聂珍钊 苏 晖·总主编
文学伦理学批评研究（一）

A Study on the Theory of Ethical Literary Criticism

文学伦理学批评理论研究

聂珍钊 王松林◎主　编

图书在版编目(CIP)数据

文学伦理学批评理论研究/聂珍钊,苏晖总主编;聂珍钊,王松林主编. —北京:北京大学出版社,2020.8
（文学伦理学批评研究;一）
ISBN 978-7-301-31442-5

Ⅰ.①文… Ⅱ.①聂… ②苏… ③王… Ⅲ.①文学研究–伦理学 Ⅳ.①I06

中国版本图书馆 CIP 数据核字(2020) 第 120185 号

书　　名	文学伦理学批评理论研究 WENXUE LUNLIXUE PIPING LILUN YANJIU
著作责任者	聂珍钊　苏　晖　总主编 聂珍钊　王松林　主编
责任编辑	李　娜
标准书号	ISBN 978-7-301-31442-5
出版发行	北京大学出版社
地　　址	北京市海淀区成府路 205 号　100871
网　　址	http://www.pup.cn　新浪微博:@北京大学出版社
电子邮箱	编辑部 pupwaiwen@pup.cn　总编室 zpup@pup.cn
电　　话	邮购部 010-62752015　发行部 010-62750672 编辑部 010-62759634
印　刷　者	北京虎彩文化传播有限公司
经　销　者	新华书店 650 毫米 ×980 毫米　16 开本　20.25 印张　369 千字 2020 年 8 月第 1 版　2025 年 2 月第 3 次印刷
定　　价	78.00 元

未经许可,不得以任何方式复制或抄袭本书之部分或全部内容。
版权所有,侵权必究
举报电话:010-62752024　电子邮箱:fd@pup.cn
图书如有印装质量问题,请与出版部联系,电话:010-62756370

目 录

总序（一） …………………………………………………………… 1

总序（二） …………………………………………………………… 20

第一章 导论：文学伦理学批评的理论基础 …………………………… 1
  第一节 自然选择 …………………………………………………… 2
  第二节 伦理选择 …………………………………………………… 6
  第三节 科学选择 …………………………………………………… 17
  第四节 从伦理选择转向科学选择 ………………………………… 28
  本章小结 …………………………………………………………… 32

第二章 从伦理批评到文学伦理学批评 …………………………… 34
  第一节 文学伦理学研究的繁荣与衰落 …………………………… 37
  第二节 伦理批评的复兴与困境 …………………………………… 46
  第三节 文学伦理学批评的兴起与繁荣 …………………………… 58
  本章小结 …………………………………………………………… 70

第三章　历史主义视域下的文学伦理学批评 …… 76
- 第一节　历史主义与新历史主义 …… 77
- 第二节　伦理观的历史演变：从古希腊到文艺复兴 …… 81
- 第三节　感性主义伦理观和理性主义伦理观 …… 89
- 本章小结 …… 95

第四章　美学伦理批评 …… 98
- 第一节　美学与伦理学：概念的辨析 …… 100
- 第二节　美与善：互通与融合 …… 104
- 第三节　美学伦理批评：至善亦至美 …… 110
- 本章小结 …… 113

第五章　精神分析伦理批评 …… 115
- 第一节　压抑理论、无意识与文学本质的伦理学再思考 …… 117
- 第二节　集体无意识与文学的起源 …… 124
- 第三节　俄狄浦斯情结：主体、语言和欲望 …… 129
- 本章小结 …… 134

第六章　后殖民伦理批评 …… 136
- 第一节　后殖民作家≠"戴着白色面具的黑人" …… 138
- 第二节　殖民伦理、家园臆想与焦虑 …… 145
- 第三节　殖民伦理与帝国殖民政治的"回飞镖" …… 149
- 本章小结 …… 152

第七章　生态伦理批评 …… 154
- 第一节　生态批评的发展概述 …… 156
- 第二节　生态伦理批评的理论基础与特征 …… 163

第三节　生态伦理批评的实践 …………………………… 170
　　第四节　生态伦理批评的发展趋势 ……………………… 176
　　本章小结 …………………………………………………… 180

第八章　叙事学与文学伦理学批评 ………………………… 183
　　第一节　从"叙事转向"到"叙事学" …………………… 184
　　第二节　从"伦理转向"到"文学伦理学" ……………… 188
　　第三节　叙事学的"伦理转向"与文学伦理学的"叙事转向" … 192
　　本章小结 …………………………………………………… 196

第九章　形式主义伦理批评 ………………………………… 198
　　第一节　形式主义的反道德批评 ………………………… 200
　　第二节　文学性与文学的伦理本质 ……………………… 204
　　第三节　陌生化与审美过程的非道德评判 ……………… 207
　　第四节　诗性语言与文学的伦理属性 …………………… 212
　　本章小结 …………………………………………………… 216

第十章　存在主义伦理批评 ………………………………… 220
　　第一节　萨特存在主义:"人的自由先于人的本质" …… 222
　　第二节　文学伦理学批评:"人是一种伦理的存在" …… 227
　　第三节　分歧与对话:何为自由选择的道德依据 ……… 231
　　本章小结 …………………………………………………… 236

第十一章　马克思主义伦理批评 …………………………… 239
　　第一节　马克思主义伦理批评与"伦理选择" ………… 240
　　第二节　马克思主义伦理批评与文学的道德起源论 …… 245
　　第三节　马克思主义伦理批评与文学的教诲功能 ……… 249

本章小结 …………………………………………………… 252

参考文献 …………………………………………………… 254
后　记 …………………………………………………… 273

总序(一)

聂珍钊　王松林

20世纪80年代以来,大量西方的文学批评理论涌入中国,如形式主义批评、结构主义批评、解构主义批评、心理分析批评、神话原型批评、女性主义批评、生态批评、后殖民主义批评、文化批评等,这些批评理论和方法丰富了我国的文学批评,并推动着我国文学批评的发展。但是,与此同时,我国的文学批评也存在诸多问题,其中最突出的问题就是唯西方批评理论为尊,缺乏具有我国特色和话语的批评体系,尤其漠视文学的伦理价值和文学批评的伦理指向。针对近二三十年来文学批评界的乱象,文学伦理学批评对文学的起源、文学的功能、伦理批评与道德批评、伦理批评与审美、文学的形态等有关文学的属性问题做了反思。在批评实践中,文学伦理学批评力图借鉴和融合其他批评理论的思想,从跨学科的视域来探索文学作品的伦理价值。

一、文学伦理学批评兴起的背景

众所周知,从20世纪八九十年代起,在当代西方文学批评理论思潮的冲击下,我国的文学批评理论研究已不再是传统意义上的关于"文学"的理论研究,而是跨越文学研究成为一种几乎无所不包的泛文化研究,政治、社会、历史和哲学等"跨界"话题成为学者们热衷研究的焦点,文学文本研究及关于文学的理论被边缘化。中国社会科学院文学研究所"学科学术前沿报告"课题组在《人文社会科学前沿扫描》(文学理论篇)一文中指出,相当一部分文学研究者"走出了文学圈",成为"万能理论家",文学理论研究变成了对各种社会问题的研究,他们在"管理一切,就是不管文学自身"。① 其实,早在20世纪80年代,以雅克·德里达为代表的一些西方批评家就预言,在消费主义和大众文化盛行的时代,影视、网络和其他视觉图像将一统天下,传统的文学必将终结,传统的关于文学的(研究)理论也必将死亡。美国著名批评家J.希利斯·米勒赞成德里达的文学终结论,他断言:"文学研究的时代已经过去了。再也不会出现这样一个时代——为了文学自身的目的,撇开理论的或者政治方面的思考而单纯去研究。那样做不合时宜。"②德里达和米勒的预言不是空穴来风。

简略检索一下西方批评理论的发展,我们不难发现,现代意义上的"批评理论"的兴盛是从20世纪50年代批评的"语言转向"开始的。此前,语言学家费尔迪南·德·索绪尔的结构主义思想对欧美形式主义和结构主义产生了重要影响,新批评和俄国形式主义批评在学界广为流行。之后,"批评理论"逐渐发展为一个独立的知识领域。大约到了60年代晚期,英国、美国、联邦德国、法国等国家的一流大学竞相开设批评理论课程,文学批评理论一度被认为是大学人文学院里的新潮课程,这种情况在80年代达到高峰,以致形成"理论主义"。实际上,这一现象可以说是与60—80年代里涌现的纷乱繁杂的社会思潮、哲学思想和政治价值取向交织在一起的。粗略扫描一下盛行一时的批评理论,不可不谓令人目不暇接:自新批评和俄国形式主义批评之后,

---

① 中国社会科学院文学所"学科学术前沿报告"课题组:《人文社会科学前沿扫描》(文学理论篇),《中国社会科学院院报》2003年5月15日第2版。

② [美]J.希利斯·米勒:《全球化时代文学研究还会继续存在吗?》,国荣译,《文学评论》2001年第1期,第138页。

结构主义(以罗曼·雅各布森、克劳德·列维-斯特劳斯、弗拉基米尔·普罗普等为代表)、后结构主义(以米歇尔·福柯、罗兰·巴特、朱莉亚·克里斯蒂娃等为代表)、解构主义(以德里达、保罗·德曼、米勒等为代表)、诠释学与读者反应理论(以汉斯-格奥尔格·伽达默尔、埃德蒙德·胡塞尔、沃尔夫冈·伊瑟尔、汉斯·姚斯等为代表)、女性主义(以西蒙·德·波伏娃、伊莱恩·肖瓦特、克里斯蒂娃、埃莱娜·西苏等为代表)、西方马克思主义(以西奥多·阿多诺、瓦尔特·本雅明、詹明信、特里·伊格尔顿、路易·阿尔都塞等为代表)、后殖民主义(以弗朗茨·法农、霍米·巴巴、爱德华·萨义德、佳亚特里·斯皮瓦克等为代表)、文化研究(以雷蒙德·威廉斯、斯蒂芬·格林布拉特、福柯、斯图亚特·霍尔等为代表)、后现代主义(以尤尔根·哈贝马斯、让-弗朗索瓦·利奥塔、让·鲍德里亚等为代表)等各种批评理论纷至沓来,令人眼花缭乱。然而,你方唱罢我登场,由于大多数理论用语艰涩,抽象难懂,因此,其生命力难以持久,教授口中那些高深莫测的理论常被讥讽为赶时髦的"愚民主义"(faddish or trendy obscurantism)。20世纪80年代后期,在英美学界就已经开始了一场针对"理论主义"的"理论之战"。及至90年代,一场学术论战的硝烟之后,"理论热"开始在西方(尤其是英、美)渐渐降温。

然而,虽然"理论热"逐渐降温,"理论主义"的负面影响却仍然在继续,对"理论主义"的批评在欧美学界也在持续,这或许可以从美国加利福尼亚大学伯克利分校前校长威廉·查斯在《美国学者》(The American Scholar)上发表的一篇长篇大论《英文系的衰退》(The Decline of the English Department)中窥见一斑。[①] 查斯发现,20世纪70年代至21世纪初,美国高等教育出现了本科生专业选择上的重大转变,选择英文专业的年轻人数量大幅度下降。查斯一针见血地指出,理论热和课程变化是导致美国英文系生源减退的重要原因。美国

---

① W. M. Chace, "The Decline of the English Department," *The American Scholar* Autumn 78(2009):32—42.

多数英文系在文学课程内容取舍上出于"政治正确"的考虑，取消了原来的那些传统的经典作品，取而代之的是一些次要作品（特别是关于种族或少数族裔、身份与性别等社会和文化问题的作品以及流行的影视作品）；即便保留了经典的文学作品，选择的也是可供文化批评的典型文本。于是，与之相关的身份理论和性别理论、解构理论和后现代理论以及大众文化理论等盛极一时，文化研究大有颠覆传统的文学研究之势。

在理论浪潮的冲击下，文学研究的学科边界变得模糊，学科根基逐渐动摇。文化批评家、后殖民主义批评的代表人物萨义德在逝世前终于意识到这个问题的严重性，他认为艰涩难懂的理论已经步入歧途，影响了人们对文学的热爱，他痛心疾首地感叹："如今文学已经从……课程设置中消失"，取而代之的都是些"残缺破碎、充满行话俚语的科目"，认为回到文学文本，回到艺术，才是理论发展的正途。① 美国语言协会（Modern Language Association）前主席、著名诗歌批评家玛乔瑞·帕洛夫在一次会议上也告诫同行，批评家"可能是在没有适当资格证明的情况下从事文学研究的，而经济学家、物理学家、地质学家、气候学家、医生、律师等必须掌握一套知识后才被认为有资格从事本行业的工作，我们文学研究者往往被默认为没有任何明确的专业知识"②。

美国文学研究界出现的上述"理论热"和"泛文化"研究现象同样在中国学界泛滥，且有过之无不及。总体而言，改革开放以来的中国文学批评界，几乎是西方文学批评理论和方法的一统天下。尽管我们应该对西方批评方法在中国发挥的作用做出积极和肯定的评价，但是我们在享受西方文学批评方法带来的成果的同时，也不能忽视我们在

---

① 转引自盛宁：《对"理论热"消退后美国文学研究的思考》，《文艺研究》2002年第6期，第6页。
② 转引自 W. M. Chace, "The Decline of the English Department," *The American Scholar* Autumn 78(2009):38。

文学批评领域留下的遗憾。这种遗憾首先表现在文学批评方法的原创话语权总是归于西方人。我们不否认把西方的文学批评理论和方法介绍进来为我们所用的贡献,也不否认我们在文学批评理论和方法中采用西方的标准(如名词、术语、概念及思想)方便了我们同西方在文学研究中的对话、交流与沟通,但是我们不能不做严肃认真的思考,为什么在文学批评方法原创话语权方面缺少我们的参与?为什么在文学批评方法与理论的成果中缺少我们自己的创新和贡献?尤其是在国家强调创新战略的今天,这更是需要我们思考和认真对待的问题。文学伦理学批评就是在这样的语境中孕育而生。

文学伦理学批评方法是针对20世纪80年代以来我国文学批评,尤其是外国文学批评出现的某些令人担忧的问题提出来的。这些问题表现在以下两个方面:一是近二三十年来我国文学批评理论严重脱离文学批评实践。从20世纪以来,我国文学批评界出现了重理论轻文本的倾向。一些批评家打着各种时髦"主义"的大旗,频繁地引进和制造晦涩难懂的理论术语,沉湎于编织残缺不全的术语碎片,颠倒理论与文学的依存关系,将理论当成了研究的对象,文学批评成了从理论到理论的空洞说教。文学批评话语因而变得高度抽象化、哲学化,失去了鲜活的力量。令人担忧的是,这种脱离文学文本的唯理论倾向还被认为是高水平的学术研究,一连串概念和理论术语的堆砌竟成为学术写作的时尚;扎实的作家作品研究被打入冷宫,文本研究遭遇漠视。学术研究的导向出现了严重问题,文学研究的学风也出现了问题。聂珍钊教授用"理论自恋"形容这一不良的学术现象。他指出,这种现象混淆了学术的评价标准,使人误认为术语堆砌和晦涩难懂就是学问。二是受形式主义和解构主义等西方文学批评思想的影响,我国的文学批评和文学创作伦理价值缺失现象严重。应该承认,现当代西方的诸多批评理论,如形式主义、原型批评、精神分析、女性主义、文化批评、结构主义、后现代主义等种种批评模式,或偏重形式结构或倾向文化、政治和权力话语,虽然它们各有其合理的一面,但是普遍忽略了文学作品的伦理价值这一文学的精髓问题。西方的批评方法和理论影响了作家的创作，使他们只是专注于本能的揭示、潜意识的描写或形式的实验，忽视了对文学作品内在的伦理价值的关注。文学伦理学批评坚持理论思维与文本批评相结合，从文学文本的伦理道德指向出发，总结和归纳出文学批评理论，认为文学作品最根本的价值就在于通过作品塑造的模范典型和提供的经验教训向读者传递从善求美的理念。作为一种方法论，它旨在从伦理道德的角度研究文学作品以及文学与社会、文学与作家、文学与读者等关系的种种问题。文学伦理学批评主张文学作品的创作与批评应该回归到文学童真的时代，应该返璞归真，回归本源，即回到文学之初的教诲功能和伦理取向。文学伦理学批评关注的是人作为一种"道德存在"的历史意义和永恒意义。

二、文学伦理学批评的基本立场

文学伦理学批评具有自身的批评话语和理论品格。它对文学的一些本质属性问题进行了新的思考，对一些传统的文学批评观念提出了挑战。归纳起来，文学伦理学批评从文学的起源、伦理批评与道德批评、文学的审美与道德、文学的形态等四个方面做了大胆的阐述。①

其一，文学伦理学批评认为，无论从起源上、本质上还是从功能上讨论文学，文学的伦理性质都是客观存在的，这不仅是文学伦理学批评的理论基础，而且也是文学伦理学批评术语的运用前提。在文学伦理学批评看来，文学作品中的伦理是指人与人、人与社会以及人与自然之间形成的被接受和认可的伦理秩序，以及在这种秩序的基础上形成的道德观念和维护这种秩序的各种规范。文学的任务就是描写这

---

① 有关文学伦理学批评理论的详细论述可参看聂珍钊：《文学伦理学批评：基本理论与术语》，《外国文学研究》2010年第1期，第12—22页，以及聂珍钊的专著《文学伦理学批评导论》，北京：北京大学出版社，2014年。

种伦理秩序的变化及其变化所引发的道德问题和导致的结果,为人类的文明进步提供经验和教诲。

文学伦理学批评从起源上把文学看成道德的产物,认为文学是特定历史阶段伦理观念和道德生活的独特表达形式,文学在本质上是伦理的艺术。关于文艺起源的问题,古今中外有许多学者对这个问题做过多方面的探讨:有人主张起源于对自然和社会人生的模仿,有人主张起源于人与生俱来的游戏本能或冲动,有人主张起源于原始先民带有宗教性质的原始巫术,有人认为起源于人的情感表现的需要,凡此种种,不一而足。马克思主义关于艺术起源于劳动的学说在中国影响最大。但是,聂珍钊认为,劳动只是一种生产活动方式,它只能是文艺起源的条件,却不能互为因果。文艺可以借助劳动产生,但不能由劳动转变而来。那么文学是如何起源的呢?按照文学伦理学批评的观点,文学的产生源于人类伦理表达的需要,它从人类伦理观念的文本转换而来,其动力来源于人类共享道德经验的渴望。原始人类对相互帮助和共同协作的认识,就是对如何处理个人与集体、个人与个人关系的理解,以及对如何建立人类秩序的理解。这实质上就是人类最初的伦理观念。由于人与人之间的关系是伦理性质的,因此以相互帮助和共同协作的形式建立的集体或社会秩序就是伦理秩序。人类最初的互相帮助和共同协作,实际上就是人类社会最早的伦理秩序和伦理关系的体现,是一种伦理表现形式,而人类对互相帮助和共同协作的好处的认识,就是人类社会最早的伦理意识。文学伦理学批评认为,人类为了表达自己的伦理意识,逐渐在实践中创造了文字,然后借助文字记载互相帮助和共同协作的事例,阐释人类对这种关系的理解,从而把抽象的和随着记忆消失的生活故事变成了由文字组成的文本,用于人类生活的参考或生活指南。这些文本就是最初的文学,它们的产生源自传承伦理道德规范和进行道德教诲的需要。

其二,文学伦理学批评有别于传统意义上的道德批评。文学伦理学批评是一种文学批评方法,主要从伦理的立场解读、分析和阐释文学作品、研究作家以及与文学有关的问题。文学伦理学批评同传统的道德批评不同,它不是从今天的道德立场简单地对历史的文学进行好与坏的道德价值判断,而是强调回到历史的伦理现场,站在当时的伦理立场上解读和阐释文学作品,寻找文学产生的客观伦理原因并解释其何以成立,分析作品中导致社会事件和影响人物命运的伦理因素,用伦理的观点对事件、人物、文学等问题给以解释,并从历史的角度做出道德评价。因此,文学伦理学批评具有历史相对主义的特征。与文学伦理学批评不同的是,传统的道德批评是以批评家所代表的时代价值取向为基础的,因此批评家个人的道德立场、时代的道德标准就必然影响对文学的评价,文学往往被用来诠释批评家的道德观念。实际上,这种批评在很大程度上不是批评家阐释文学,而成了文学阐释批评家,即文学阐释批评家所代表的一个时代的道德观念。因此,文学伦理学批评同道德批评的根本区别就在于它的历史客观性,即文学批评不能超越文学历史。客观的伦理环境或历史环境是理解、阐释和评价文学的基础,文学的现实价值就是历史价值的新发现。在论及文学伦理学批评与道德批评的关系时,聂珍钊教授指出:"文学伦理学批评与道德批评的不同还在于前者坚持从艺术虚构的立场评价文学,后者则从现实的和主观的立场批评文学。"①

文学伦理学批评重视对文学的伦理环境的分析。伦理环境就是文学产生和存在的历史条件。文学伦理学批评要求文学批评必须回到历史现场,即在特定的伦理环境中批评文学。从人类文明发展的历史观点看,文学只是人类历史的一部分,它不能超越历史,不能脱离历史,而只能构成历史。不同历史时期的文学有其固定的属于特定历史的伦理环境和伦理语境,对文学的理解必须让文学回归属于它的伦理环境和伦理语境,这是理解文学的一个前提。由于文学是历史的产物,因此改变其伦理环境就会导致文学的误读及误判。如果我们把历

---

① 聂珍钊:《文学伦理学批评与道德批评》,《外国文学研究》2006年第2期,第11页。

史的文学放在今天的伦理环境和伦理语境中阅读,就有可能出现评价文学的伦理对立,也可称之道德判断的悖论,即合乎历史道德的文学不合乎今天的道德,合乎今天道德的文学不合乎历史的道德;历史上给以否定的文学恰好是今天应该肯定的文学,历史上肯定的文学恰好是今天需要否定的文学。文学伦理学批评不是对文学进行道德批判,而是从历史发展的观点考察文学,用伦理的观点解释处于不同时间段上的文学,从而避免在不同伦理环境和伦理语境中理解文学时可能出现的巨大差异性。

其三,对于文学伦理学批评与审美的关系,文学伦理学批评有自己鲜明的立场,认为伦理价值是文学作品的最根本的价值。有人强调文学作品的首要价值在于审美,认为文学是无功利的审美活动,或者认为"文学的特殊属性在于它是审美意识形态"①。也有学者从折中的角度把文学看成是"具有无功利性、形象性和情感性的话语与社会权力结构之间的多重关联域,其直接的无功利性、形象性、情感性总是与深层的功利性、理性和认识性等交织在一起"②。但是,文学伦理学批评认为,审美价值也是伦理价值的一种体现。审美以伦理价值为前提,离开了伦理价值就无所谓美。换言之,审美必具有伦理性,即具有功利性,现实中我们根本找不到不带功利性的审美。因此,文学伦理学批评认为,"审美不是文学的属性,而是文学的功能,是文学功利实现的媒介……任何文学作品都带有功利性,这种功利性就是教诲"③。审美只不过是实现文学教诲功能的一种形式和媒介,是服务于文学的伦理价值和体现其伦理价值的途径和方法。

其四,文学伦理学批评对文学的形态问题提出了新的看法。一般

---

① 童庆炳主编:《文学理论教程》(修订二版),北京:高等教育出版社,2004年,第57页。
② 同上书,第61页。
③ 聂珍钊:《文学伦理学批评:基本理论与术语》,《外国文学研究》2010年第1期,第17页。

认为,文学是意识形态的反映。文学伦理学批评认为,这一说法有失偏颇或不太准确。应该说,文学史是一种以文本形式存在的物质形态。实际上,文学的意识形态是指一种观念或者意识的集合,而文学如荷马史诗,古希腊悲剧,歌德的诗歌,中国的《诗经》、儒家经典、楚辞、元曲等首先是以物质形态存在的文学文本,因此有关文学的意识形态则是在文学文本基础上形成的抽象的文学观念,并不能等同于文学。按照马克思主义的物质决定意识的认识论来看问题,文学无论如何不能等同于文学的意识形态。在文学伦理学批评看来,如果从马克思主义的文学观来看待文学,从文学文本决定意识形态还是意识形态决定文学文本这一问题出发来讨论文学,就不难发现,文学文本乃是第一性的物质形态,而意识形态是第二性的。文学伦理学批评据此提出文学形态的三种基本文本:脑文本、物质文本和电子文本,其中"脑文本"是最原始的文学形态。

上述问题是我们讨论文学伦理学批评的关键问题。正是基于这些理论,文学伦理学批评有了一套行之有效的批评术语,可以很好地阐释文学作品中的伦理现象与伦理事件。

三、文学伦理学批评的核心术语

文学伦理学批评提出了一整套的批评术语,从伦理的视角解释文学作品中描写的不同生活现象及其存在的伦理道德原因,其中斯芬克斯因子、人性因子、兽性因子、自由意志、理性意志、伦理身份、伦理禁忌、伦理线与伦理结、伦理选择等是文学伦理学批评的核心术语。而在这些术语中,伦理选择又是最为核心的术语。[①]

文学伦理学批评从古希腊神话有关斯芬克斯的传说着手来探讨人性和伦理的关系问题。斯芬克斯象征性地表明人乃是从兽进化而

---

① 文学伦理学批评的核心术语的阐释主要参考聂珍钊的论文《文学伦理学批评:基本理论与术语》,《外国文学研究》2010年第1期,第12—22页,以及聂珍钊的专著《文学伦理学批评导论》,北京:北京大学出版社,2014年。

来的,人的身上在当时还保留着兽的本性。我们可以把人类身上的兽性和人性合而为一的现象称为"斯芬克斯因子"——它由"人性因子"和"兽性因子"构成。这两种因子有机地组合在一起,其中人性因子是高级因子,兽性因子是低级因子,因此前者能够控制后者,从而使人成为有伦理意识的人。

"斯芬克斯因子"是理解文学作品人物形象的重要依据。斯芬克斯因子的不同组合和变化,会导致文学作品中人物的不同行为特征和性格表现,形成不同的伦理冲突,表现出不同的道德教诲价值。人性因子即伦理意识,主要是由斯芬克斯的人头体现的。人头是人类从野蛮时代向文明进化过程中进行生物性选择的结果。人头出现的意义虽然首先是人体外形上的生物性改变,但更重要的意义是象征伦理意识的出现。人头对于斯芬克斯而言是他身上具有了人的特征,即人性因子。人性因子不同于人性。人性是人区别于兽的本质特征,而人性因子指的是人类在从野蛮向文明进化过程中出现的能够导致自身进化为人的因素。正是人性因子的出现,人才会产生伦理意识,从兽变为人。伦理意识的最重要特征就是分辨善恶的能力。就伦理而言,人的基本属性恰恰是由能够分辨善恶的伦理特性体现的。

兽性因子与人性因子相对,是人的动物性本能。动物性本能完全凭借本能选择,原欲是动物进行选择的决定因素。兽性因子是人在进化过程中的动物本能的残留,是人身上存在的非理性因素。兽性因子属于人身上非人的一部分,并不等同于兽性。动物身上存在的兽性不受理性的控制,是纯粹的兽性,也是兽区别于人的本质特征。而兽性因子则是人独具的特征,也是人身上与人性因子并存的动物性特征。兽性因子在人身上的存在,不仅说明人从兽进化而来,而且说明人即使脱离野蛮状态之后变成了文明人,身上也还存有动物的特性。人同兽的区别,就在于人具有分辨善恶的能力,因为人身上的人性因子能够控制兽性因子,从而使人成为有理性的人。人同兽相比最为本质的特征是具有伦理意识,只有当人的伦理意识出现之后,才能成为真正的人。从这个意义上说，人是一种伦理的存在。

"自由意志"又称自然意志，是兽性因子的意志体现。自由意志主要产生于人的动物性本能，其主要表现形式为人的不同欲望，如性欲、食欲等人的基本生理需求和心理动态。"理性意志"是人性因子的意志体现，也是理性的意志体现。自由意志和理性意志是相互对立的两种力量，文学作品常常描写这两种力量怎样影响人的道德行为，并通过这两种力量的不同变化描写形形色色的人。一般而言，文学作品为了惩恶扬善的教诲目的都要树立道德榜样，探讨如何用理性意志控制自由意志。文学作品中描写人的理性意志和自由意志的交锋与转换，其目的都是为了突出理性意志怎样抑制和引导自由意志，让人做一个有道德的人。在文学作品中，人物的理性意志和自由意志之间的力量此消彼长，导致文学作品中人物性格的变化和故事情节的发展。在分析理性意志如何抑制和约束自由意志的同时，我们还发现非理性意志的存在，这是一种不道德的意志。它的产生并非源于本能，而是来自道德上的错误判断或是犯罪的欲望。非理性意志是理性意志的反向意志，是一种非道德力量，渗透在人的意识之中。斯芬克斯因子是文学作品内容的基本构成之一，不仅展示了理性意志、自由意志和非理性意志之间的伦理冲突，而且也决定着人类的伦理选择在社会历史和个性发展中的价值，带给我们众多伦理思考和启迪。

文学伦理学批评注重对人物伦理身份的分析。伦理身份与伦理禁忌和伦理秩序密切相关。从人类文明发展的角度来看，人类社会的伦理秩序的形成与变化从制度上说都是以禁忌为前提的。文学最初的目的就是将禁忌文字化，使不成文禁忌变为成文禁忌。成文禁忌在中国最早的文本形式是卜辞，在欧洲则往往通过神谕加以体现。在成文禁忌的基础上，禁忌被制度化，形成秩序，即伦理秩序。在阅读文学作品的过程中，我们会发现几乎所有伦理问题的产生往往都同伦理身份相关。例如，哈姆雷特在其母亲嫁给克劳狄斯之后，他的伦理身份就发生了很大变化，即他变成克劳狄斯的儿子和王子。这种伦理身份的改变，导致了哈姆雷特复仇过程中的伦理障碍，即他必须避免弑父和弑君的伦理禁忌。哈姆雷特对他同克劳狄斯父子关系的伦理身份的认同，是哈姆雷特在复仇过程中出现犹豫的根本原因。

用文学伦理学批评的方法分析作品，寻找和解构文学作品中的伦理线与伦理结是十分重要的。伦理线和伦理结是文学的伦理结构的基本成分。从文学伦理学批评的观点看，几乎所有的文学文本都是对人的道德经验的记述，几乎在所有的文学文本的伦理结构中，都存在一条或数条伦理线，一个或数个伦理结。在文学文本中，伦理线同伦理结是紧密相连的，伦理线可以看成是文学文本的纵向伦理结构，伦理结可以看成是文学文本的横向伦理结构。在对文本的分析中，可以发现伦理结由一条或数条伦理线串联或并联在一起，构成文学文本的多种多样的伦理结构。文学文本伦理结构的复杂程度主要是由伦理结的数量及形成或解构过程中的难度决定的。文学伦理学批评的任务就是通过对文学文本的解读发现伦理线上伦理结的形成过程，或者是对已经形成的伦理结进行解构。

文学伦理学批评的核心术语是伦理选择。这是因为，在人类文明发展进程中，人类面临的最大的问题是如何把人自身与兽区别开来以及在人与兽之间做出身份选择。这个问题实际上是随着人类的进化而自然产生的。19世纪中叶查尔斯·达尔文创立的生物进化论学说，用自然选择对整个生物界的发生、发展做出了科学解释。我们从进化论的观点考察人类，可以发现人类文明的出现是人类自我选择的结果。在人类文明的历史长河中，人类已经完成了两次自我选择。从猿到人是人类在进化过程中做出的第一次选择，然而这只是一次生物性选择。这次选择的最大成功就在于人获得了人的形式，即人的外形，如能够直立行走的腿、能够使用工具的手、科学排列的五官和四肢等，从而使人能够从形式上同兽区别开来。但是，人类的第一次生物性选择并没有从根本上解决什么是人的问题，即没能从本质上把人同兽区别开来。达尔文只是从物质形态解决了人是如何产生的问题，并没有清楚回答人为什么是人的问题,即人与其他动物的本质区别问题。因此,人类在做出第一次生物性选择之后,还经历了第二次选择即伦理选择,以及目前正在进行中的第三次选择,即后人类时代面临的"科学选择",这是人类文明进化的逻辑。

四、文学伦理学批评的跨学科视域

文学伦理学批评是一个极具生命力的批评理论,因为它具有开放的品格和跨学科的视域,借鉴并吸收了包括伦理学、心理学、哲学、语言学、社会学、历史学、人类学以及某些自然科学(如生命科学、脑科学等)在内的研究成果,并融合了其他现当代文学批评理论和方法。

从方法论上来说,文学伦理学批评采用辩证唯物主义和历史唯物主义的研究方法,从历史主义的道德相对主义立场出发,强调伦理批评的历史性和相对性。文学伦理学批评借鉴历史主义的研究方法,强调文学批评要回归历史的伦理现场,采用历史的相对主义的视角来审视不同时代伦理环境下人物做出的伦理选择。从伦理学的维度来看,文学伦理学批评吸收了理性主义和非理性主义的关于伦理道德的观点,将人的理性和情感协调起来给予考虑。理性主义伦理观最基本的观点认为人是理性的动物,服从理性是人生的意义之所在,是人类幸福的前提和保障。在理性主义伦理学看来,正是人类的贪婪和欲望导致了人类的不幸与灾难,人类的欲望必须受到理性的约束,人类要获得幸福就必须服从理性的指导,一个有道德的人就是一个理性、律己和控制情欲的人。非理性主义伦理观把情感作为道德动机来加以考察,精神分析批评即是这一思想的产物。精神分析批评为文学伦理学批评提供了相对应的研究范式和类似的理论术语。西格蒙德·弗洛伊德、卡尔·荣格和雅克·拉康的精神分析理论强调人的欲望和潜意识的作用,强调自然意志和自由意志的重要性,从一个侧面启发了文学伦理学批评理论。文学伦理学批评同样关注非理性的问题,尤其关注人性因子和兽性因子的问题。当然,在文学伦理学批评看来,自由意志应该受到理性意志的约束，人才能成为一个道德的存在。不过，西方文学中的非理性主义表现的是道德与人的情感问题，揭示的是个体理性与社会理性之间的矛盾和冲突，这是对西方伦理理性主义传统的一种对抗，从更为广阔的社会文化背景来看，也是西方哲人在新的社会秩序巨变、新的经济关系变化、新的文化转型背景下自我觉醒的产物，因而在伦理思想史上具有积极的意义。

伦理批评与美学有着极为密切的关系。伦理批评吸收了美学的批评传统。西方伦理学的发展经历了一个从传统知识论型美学向现代价值论型美学转化的过程，这种转型给美学伦理研究带来了有益的启发：随着作为审美个体的人的崛起，美学研究不应再囿于传统的理性——知识论框架，而是从情感——价值论角度去重新审视作为现实个体的人的审美现象。美学开始回到现实生活中，关注人的情感和价值，发挥其本有的人生救赎功能。文学伦理学批评认为，只有建立在伦理道德上的美学才能凸显出其存在价值。

文学伦理学批评与存在主义思想既有分歧也有对话。存在主义的代表人物让-保罗·萨特把自由与人类的现实存在等同起来，认为自由构成了人类的现实存在。这意味着人的自我是与世隔绝的自我，世界对自我来说是虚无的，生命的伦理价值因此被抽空了。这样，存在主义就从根本上否认了绝对价值的存在，也否认了一切道德系统的可能。然而，文学伦理学批评认为，我们可以在伦理选择的实践经验中体会到自由的价值，伦理选择过程中所做出的道德判断不可避免地都是指向外部，是我们对客观世界的反映。文学伦理学批评重视人与人之间的伦理关系，认为人在本质上是一种伦理的存在，在一定的伦理关系和环境下，自我的选择和价值是可以实现的。

与文学伦理学批评一样，后殖民主义批评同样主张回归历史的现场来看待问题。后殖民文学描写的往往是东方与西方、"自我"与"他者"之间的权力关系等问题，这些问题均涉及道德正义这一问题。一般来说，后殖民作家会选取重大历史事件的特定"伦理时刻"来阐发个人的政治伦理观,从某种意义上讲,殖民遗产从政治层面上对新独立国家的伦理道德影响往往是后殖民作家创作的焦点所在。所以,后殖民文学可以成为文学伦理学批评的重要研究对象。后殖民作家清醒地意识到殖民伦理虽是殖民政治的产物,但不会伴随殖民政治的终结而消失。

文学伦理学批评特别适用于阐释生态文学。可以说,生态批评的核心就是建构人与环境的生态伦理关系。生态文学把生态危机视为人类的生存危机,我们可以从伦理的高度将人类文明的发展、人类的文化建设与自然生态联系在一起。文学伦理学批评与生态批评可以结合起来构成文学生态伦理批评,从伦理道德的角度对人类面临的生态危机以及由此而生的文明危机和人性危机做出深度反思。生态伦理批评可以指引人们走出长期以来的人类中心主义的藩篱,从人与自然的伦理关系这一维度去探究文学作品主题的生态意义,从而提升人的伦理道德境界。

总之,无论是从方法论上还是从学科体系上,文学伦理学批评都具有跨学科的特征。这一特征决定了文学伦理学批评旺盛的生命力。在即将到来的后人类时代,文学伦理学批评还可以吸收计算机科学、生命科学、脑科学、认知语言学和神经科学的最新研究成果,进一步探讨后人类时代的文学及其伦理状况。

文学伦理学批评的提出具有学理上的创新意义。[①] 它对传统的有关文学的起源问题进行反思、追问,大胆提出"文学源于伦理的需要"这一崭新的命题。这一问题表明了该批评方法倡导者勇于探索的学术胆识和富有挑战性的创新思考。关于文学起源的问题,国内外教科书中似乎早已多有定论:或曰文学源于劳动,或曰源于模仿,或曰源于游戏,或曰源于表现等。但文学伦理学批评在学理上对这一问题提出怀疑,认为文学与劳动和模仿虽然有关,却不一定起源于劳动和摹

[①] 以下部分内容参见王松林:《作为方法论的文学伦理学批评》,《文艺报》2006年7月18日第3版。

仿；文学艺术作品是人类理解自己的劳动及其所处的物质世界和精神世界的一种情感表达和理解方式，这种情感表达和理解与人类的劳动、生存和享受紧密相连，因而一开始就具有伦理和道德的意义。换言之，文学是因为人类伦理及道德情感或观念表达的需要产生的。如希腊神话中有关天地起源、人类诞生、神与人的世界的种种矛盾等故事无不带有伦理的色彩。荷马史诗往往也被用作对士兵和国民进行英雄主义教育的道德教材。从根本上说，文学产生的动机源于伦理目的，文学的功用是为了道德教育，文学的伦理价值是文学审美的前提。

　　文学伦理学批评作为一种方法论具有其独特的研究视野和内涵。文学伦理学批评的特色在于它以伦理学为理论武器，针对文学作品描写的善恶做出价值判断，分析人物道德行为的动机、目的和手段的合理性和正当性，它指向的是虚构的文学世界中个人的心性操守、社会交往关系的正义性和社会结构的合法性等错综复杂的关系。总之，它要给人们提供某种价值精神或价值关系的伦理道德指引，即它要告诉人们作为"人学"的文学中人之所以为人的道理。文学伦理学批评要直面三个敏感的问题：一是文学伦理学批评与伦理学的关系问题；二是文学伦理学批评与道德批评的关系问题；三是文学伦理学批评与审美的关系问题。首先，文学伦理学批评并不是社会学或哲学意义上的伦理学。它们的研究对象、目的和范畴不尽相同。伦理学研究的对象是现实社会的人类关系和道德规范，是为现实中一定的道德观念服务的，重在现实的意义上研究社会伦理，它可以看成是哲学的重要分支（即道德哲学）；文学伦理学批评的对象是文学作品的虚拟世界，重在用历史的、辩证的眼光客观地审视文学作品中的伦理关系。在方法论上，文学伦理学批评以马克思的历史唯物主义和辩证唯物主义为基础。其次，文学伦理学批评不同于道德批评。道德批评往往以现实的道德规范为尺度批评历史的文学，以未来的理想主义的道德价值观念批评现实的文学。而文学伦理学批评则主张回到历史的伦理现场，用历史的伦理道德观念客观地批评历史的文学和文学现象。例如对俄狄浦斯杀父娶母的悲剧就应该历史地评价，要看到这出悲剧蕴含了彼时彼地因社会转型而引发的伦理关系的混乱以及为维护当时伦理道德秩序人们做出的巨大努力。同时，文学伦理学批评又反对道德批评的乌托邦主义，强调文学及其批评的现实社会责任，强调文学的教诲功能，主张文学创作和批评不能违背社会认同的伦理秩序和道德价值。最后，文学伦理学批评并不回避文学的伦理价值和美学价值这两个在一般人看来貌似对立的问题。在文学伦理学批评看来，文学作品的伦理价值和审美价值不是相互对立的两个方面，而是相互联系、相互依存的一个硬币的正反两面。审美价值是从文学的鉴赏角度说的，文学的伦理价值是从文学批评的角度说的。对于文学作品而言，伦理价值是第一的，审美价值是第二的，只有建立在伦理价值基础之上的文学的审美价值才有意义。

　　文学伦理学批评具有学术的兼容性和开放性品格。这一品格是由其方法论的独特性所决定的，即它牢牢地把握了文学是人类伦理及道德情感的表达这一本质特征。文学伦理学批评并不排斥其他文学批评方法。相反，它可以融合、吸纳和借鉴其他文学批评方法来充实和完善自己。譬如，它可以借鉴弗洛伊德的精神分析方法就人格的"自我、本我、超我"之间的关系展开心理的和伦理道德的分析；它可以结合女权主义批评理论来剖析性别间的伦理关系和道德规范等问题；它还可以吸纳后殖民主义理论对文化扩张和全球化进程中不同文化的伦理道德观的冲突进行反思；它还可以融合生态批评就人与自然的关系进行伦理层面的深入思考，从而构建一种新的文学生态伦理学或文学环境伦理学。更具现实意义的是，文学伦理学批评还可以为发展社会主义先进文化以及树立社会主义荣辱观服务，为在全社会大力弘扬爱国主义、集体主义和社会主义思想服务，为倡导社会主义基本道德规范和促进良好社会风气服务。文学伦理学批评坚持认为文学对社会和人类负有不可推卸的道德责任和义务，文学批评者应该对文学中反映的社会伦理道德现象做出客观公正的评价,让读者"辨善恶,知荣辱"。文学和文学批评要陶冶人的心性,培养人的心智,引领人们向善求美。从这个层面上来说,文学伦理学批评对目前和未来我国和谐社会的构建、对当下我国的伦理道德秩序建设的意义是不言而喻的。

总序(二)

苏 晖

改革开放以来,大量的西方文学批评理论被介绍到中国,对我国文学批评和文学研究的繁荣做出过积极的贡献。但与此同时,这也导致中国的文学批评出现了三种令人忧思的倾向:一是文学批评的"失语症";二是文学批评远离文学;三是文学批评的道德缺位,即文学批评缺乏社会道德责任感。为应对上述问题,聂珍钊教授在2004年富有创见地提出文学伦理学批评,认为文学在本质上是关于伦理的艺术,强调文学的教诲功能以及文学批评的社会责任。文学伦理学批评着眼于从伦理的视角对文本中处于特定历史环境中不同的伦理选择范例进行剖析,对文学中反映的社会伦理道德现象做出客观公正的评价,揭示出它们的道德启示和教诲价值。正如中国外国文学学会会长、中国社会科学院研究员陈众议先生所言:"伦理学确实已经并将越来越成为显学,主要原因包括:第一,中华文化有着深厚的伦理传统……;第二,当今的文学批评陷入了困境……;第三,科技的发展也逼迫着我们直面各种伦理问题。"[①]因此,文学伦理学批评在当今中国

[①] 这是陈众议先生在"文学伦理学批评与世界文学研究高端论坛"开幕式致辞中所言,详见汤琼:《走向世界的文学伦理学批评——2016"文学伦理学批评与世界文学研究高端论坛"会议综述》,《外国文学研究》2017年第1期,第171页。

的勃兴与发展具有重要的意义。

文学伦理学批评经过十六年的发展,以其原创性、时代性和民族性特征,成功构建了具有中国特色和中国风格的理论体系和话语体系,展现了中国学者的历史使命感和学术责任感。同时,文学伦理学批评团队在国际学术对话与交流方面成果斐然,为中国学术"走出去"和争取国际学术话语权提供了范例。本文将对文学伦理学批评十六年来取得的成果及其在国内外的影响力加以总结,阐述其学术价值和社会现实意义,并展望其未来发展趋势。

一、文学伦理学批评理论与实践的发展及其在中国的学术影响力

从2004年至2020年,文学伦理学批评走过了十六个春秋,从理论的提出及体系的建构,到理论推广和丰富及实践运用,再到理论拓展和深化及批评实践的系统化,文学伦理学批评日益发展成熟并产生广泛的影响。

(一)文学伦理学批评的提出及理论体系的建构

文学伦理学批评是聂珍钊教授于2004年在两场学术会议上提出的,即2004年6月在南昌召开的"中国的英美文学研究:回顾与展望"全国学术研讨会,以及同年8月在宜昌召开的"剑桥学术传统与批评方法"全国学术研讨会。聂珍钊的两篇会议发言稿《文学伦理学批评:文学批评方法新探索》和《剑桥学术传统与研究方法:从利维斯谈起》分别发表于《外国文学研究》杂志2004年第5期和第6期,前一篇作为第一次在我国明确提出文学伦理学批评方法论的文章,对文学伦理学批评方法的理论基础与思想渊源、批评的对象和内容、意义与价值等问题进行了论述;后一篇则通过分析利维斯文学批评的特点,对文学伦理学批评方法做了进一步的阐释。

《外国文学研究》杂志于2005年至2009年间,推出十组"文学伦理学批评"专栏,共计刊发论文三十余篇,为建构文学伦理学批评理论提供平台。其中包括聂珍钊教授的两篇论文:《关于文学伦理学批评》一文,进一步阐明了文学伦理学批评的思想基础、研究方法和现实意

义;《文学伦理学批评与道德批评》一文提出文学伦理学批评强调还原到文本语境与历史语境中分析和阐释文学中的各种道德现象,这与道德批评以当下道德立场评价文学作品是不同的。陆耀东在《关于文学伦理学批评的几个问题》中予以评价:"聂先生在他发表的论文中,以大量外国文学史实,论证了目前提出这一问题的根据和现实重要性与必要性,其中特别是'文学伦理学批评的对象和内容',可以说是第一次如此全面、系统、周密地思考的结晶,令人钦佩。"[①]其他学者从不同角度阐述文学伦理学批评相关理论问题,如刘建军的《文学伦理学批评的当下性质》、王宁的《文学的环境伦理学:生态批评的意义》、乔国强的《"文学伦理学批评"之管见》、王松林的《小说"非个性化"叙述背后的道德关怀》、李定清的《文学伦理学批评与人文精神建构》、张杰和刘增美的《文学伦理学批评的多元主义》以及修树新和刘建军的《文学伦理学批评的现状和走向》等。

由此看来,2004—2009年间,聂珍钊及诸位学者主要针对文学伦理学批评的理论基础、研究对象、价值与意义等问题展开研究。2010年至2013年,聂珍钊等学者所刊发的论文在阐发文学伦理学批评理论的同时,也致力于建构文学伦理学批评的话语体系。在此期间,聂珍钊先后在《外国文学研究》发表《文学伦理学批评:基本理论与术语》《文学伦理学批评:伦理选择与斯芬克斯因子》《文学伦理学批评:口头文学与脑文本》等论文,分别对伦理禁忌、伦理环境、伦理意识、伦理身份、伦理选择、伦理线、伦理结、斯芬克斯因子、脑文本等文学伦理学批评的重要术语进行了阐述。

上述有关文学伦理学批评理论和话语研究的论文,在国内外产生了较大的影响。《文学系列期刊学术影响力分析》的数据显示,在2005—2006年外国文学研究高被引论文统计表中,聂珍钊的论文《文学伦理学批评:文学批评方法新探索》被引15次,排在第一位,排在其

---

① 陆耀东:《关于文学伦理学批评的几个问题》,《外国文学研究》2006年第1期,第32页。

后的几篇论文被引次数皆为4次。①据Web of Science数据库统计,在2010—2014年全球发表的16235篇A&HCI收录论文中,聂珍钊的两篇论文《文学伦理学批评:基本理论与术语》和《文学伦理学批评:伦理选择与斯芬克斯因子》的引用排名分别高居第19位和第40位。另外,据笔者2019年10月12日对于中国知网的检索,《文学伦理学批评:基本理论与术语》一文被引用高达933次,《文学伦理学批评:文学批评方法新探索》亦被引562次。这些数据表明,文学伦理学批评受到了国内外学术界的广泛关注,并吸引越来越多的学者参与其中。

与此相应和,聂珍钊教授的著作《文学伦理学批评导论》于2013年入选国家哲学社会科学成果文库,2014年由北京大学出版社出版,2016年获得第十届湖北省社会科学优秀成果奖一等奖。该书首次对文学伦理学批评进行了全面、系统和深入的研究,解决了文学伦理学批评的理论与批评实践中的一些基本学术问题,是文学伦理学批评的纲领性著作。尤其值得一提的是,该书有两个附录,附录一是文学伦理学批评术语列表,附录二对53个文学伦理学批评的主要术语进行了解释,为建构文学伦理学批评的话语体系打下了坚实的基础,被广泛运用于古今中外文学作品的解读之中。

(二)理论推广和丰富及在批评实践中的运用

随着文学伦理学批评理论体系和话语体系的初步形成,诸多学者也参与到文学伦理学批评理论的评论与构建中,使之得到进一步推广和丰富。与此同时,文学伦理学批评实践方面也取得了诸多可喜成果。

聂珍钊自2013年之后继续在国内外重要期刊发表系列论文,深入阐发文学伦理学批评的基本理论,并进行批评实践的示范。其主要的理论文章有:发表在《外国文学研究》上的《文学伦理学批评:论文学的基本功能与核心价值》《文学伦理学批评:人性概念的阐释与考辨》和《脑文本和脑概念的形成机制与文学伦理学批评》,发表于《文学评

---

① 张燕蓟、徐亚男:《"复印报刊资料"文学系列期刊学术影响力分析》,《南方文坛》2009年第4期,第123页。

论》的《谈文学的伦理价值和教诲功能》和《"文艺起源于劳动"是对马克思恩格斯观点的误读》,发表于《文艺研究》的《文学经典的阅读、阐释和价值发现》等。同时,聂珍钊在中国、美国、德国、韩国、马来西亚等国家的期刊上发表了数篇论文,如发表于 A&HCI 收录的国际名刊《阿卡迪亚:国际文学文化期刊》(Arcadia: International Journal of Literary Culture,以下简称《阿卡迪亚》)2015 年第 1 期上的文章"Towards an Ethical Literary Criticism",发表于中国的 A&HCI 收录期刊《哲学与文化》2015 年第 4 期的《文学伦理学批评:新的文学批评选择》,发表于韩国杂志《离散与文化批评》(Diaspora and Cultural Criticism)2015 年第 1 期上的文章"Ethical Literary Criticism: Basic Theory and Terminology"等。其中发表于《阿卡迪亚》的文章获得浙江省第十九届哲学社会科学优秀成果奖一等奖。

在批评实践方面,聂珍钊继发表《伦理禁忌与俄狄浦斯的悲剧》和《〈老人与海〉与丛林法则》之后,又针对中国文学进行文学伦理学批评实践,发表《五四时期诗歌伦理的建构与新诗创作》①,还在美国的 A&HCI 收录期刊《比较文学与文化》(CLCWeb: Comparative Literature and Culture)2015 年第 5 期发表"Luo's Ethical Experience of Growth in Mo Yan's Pow!"等论文。

随着文学伦理学批评的影响日益扩大,诸多学者纷纷撰写相关评论和研究文章。刘建军在《文学伦理学批评:中国特色的学术话语构建》中指出,文学伦理学批评是"具有中国特色的文学批评模式,具有自己的学术立场、理论基础和专用批评术语"②,他认为《文学伦理学批评导论》一书凸显了三个特点:在实践层面具有强烈的当代问题意

---

① 聂珍钊:《伦理禁忌与俄狄浦斯的悲剧》,《学习与探索》2006 年第 5 期,第 113—116、237 页;《〈老人与海〉与丛林法则》,《外国文学评论》2009 年第 3 期,第 80—89 页;《五四时期诗歌伦理的建构与新诗创作》,《华中师范大学学报》(人文社会科学版)2013 年第 6 期,第 114—121 页。
② 刘建军:《文学伦理学批评:中国特色的学术话语构建》,《外国文学研究》2014 年第 4 期,第 18 页。

识和解决中国现实问题的针对性,在主体层面表现出清晰而自觉的中国学人立场,在学理层面体现出强烈的创新精神。吴笛在《追寻斯芬克斯因子的理想平衡——评聂珍钊〈文学伦理学批评导论〉》一文中指出,《文学伦理学批评导论》"为衡量经典的标准树立了一个重要的价值尺度,即文学作品的伦理价值尺度"。该书提出的"新的批评术语,新的批评视角,为我国的文学批评拓展了空间。如对人类文明进化逻辑所概括的'自然选择'、'伦理选择',以及目前正在进行中的'科学选择'等相关表述和研究,具有理论深度,令人信服"①。王立新的《作为一种文化诗学的文学伦理学批评》认为,"古代东西方轴心时代产生的文学经典无不以伦理教诲为其主要功能"②。该文通过对《圣经·旧约》中《路得记》人物的伦理身份特征、伦理观的变化和伦理选择的结果的具体分析,阐明了文学伦理学批评的有效性与合理性。其他学者的论文,如赵炎秋的《伦理视野下的西方文学人物类型》、董洪川的《文学伦理学批评与英美现代主义诗歌研究》、杨和平与熊元义的《文学伦理学批评与当代文学的道德批判》、苏晖和熊卉的《从脑文本到终稿:易卜生及〈社会支柱〉中的伦理选择》、樊星和雷登辉的《文学伦理学批评的理论建构与批评实践——评聂珍钊教授〈文学伦理学批评导论〉》、朱振武和朱晓亚的《中国文学伦理学批评的发生与垦拓》、张龙海和苏亚娟的《中国学术界的新活力——聂珍钊〈文学伦理学批评导论〉评析》、张连桥的《范式与话语:文学伦理学批评在中国的兴起与影响》等,也都引起了一定的关注。杨金才的"Realms of Ethical Literary Criticism in China: A Review of Nie Zhenzhao's Scholarship"和尚必武的"The Rise of a Critical Theory: Reading *Introduction to Ethical Literary Criticism*"这两篇发表于《外国文学研究》的英文文章,为国外学者了解文学伦理学批评提供了英文参考读本。

---

① 吴笛:《追寻斯芬克斯因子的理想平衡——评聂珍钊〈文学伦理学批评导论〉》,《外国文学研究》2014年第4期,第20页。
② 王立新:《作为一种文化诗学的文学伦理学批评》,《外国文学研究》2014年第4期,第29页。

为了集中展示文学伦理学批评的代表性成果,聂珍钊、苏晖和刘渊于 2014 年编辑了《文学伦理学批评论文选》(第一辑)①。论文选从国内学术期刊上发表的众多文学伦理学批评论文中选取了 40 位作者的 52 篇论文。这些都是文学伦理学批评在理论建构与批评实践方面取得的代表性成果,为文学伦理学批评提供了可资参考的研究范例。2018 年,在《外国文学研究》创刊四十周年之际,聂珍钊、苏晖、黄晖编选了《〈外国文学研究〉文学伦理学批评论文选》②,从批评理论、美国文学研究、欧洲文学研究和亚非文学研究四个方面,遴选出自 2013 年以来在《外国文学研究》刊发的文学伦理学批评方面的优秀论文 26 篇,以展示文学伦理学批评在理论和实践方面的新突破和新成果,充分体现出文学伦理学批评跨文化、跨学科、兼容并蓄的特点。

随着文学伦理学批评日益产生广泛影响,越来越多的博士学位论文和硕士学位论文以文学伦理学批评作为主要批评方法,研究古今中外的作家作品,如华中师范大学出版社推出"文学伦理学批评建设丛书",主要出版已经过修改完善的对文学伦理学批评理论与实践进行探索的优秀博士论文,目前已出版十余本著作,如王松林的《康拉德小说伦理观研究》、刘茂生的《王尔德创作的伦理思想研究》、马弦的《蒲柏诗歌的伦理思想研究》、杜娟的《论亨利·菲尔丁小说的伦理叙事》、朱卫红的《文学伦理学批评视野中的理查生小说》、刘兮颖的《受难意识与犹太伦理取向:索尔·贝娄小说研究》、王群的《多丽丝·莱辛非洲小说和太空小说叙事伦理研究》、杨革新的《美国伦理批评研究》、王晓兰的《英国儿童小说的伦理价值研究》以及陈晞的《城市漫游者的伦理足迹:论菲利普·拉金的诗歌》等。

由文学伦理学批评取得的成果可以看出,参与文学伦理学批评研究和评论的学者已经广泛分布于中国各大高校和研究机构,并形成了"老

---

① 聂珍钊、苏晖、刘渊主编:《文学伦理学批评论文选》(第一辑),武汉:华中师范大学出版社,2014 年。
② 聂珍钊、苏晖、黄晖主编:《〈外国文学研究〉文学伦理学批评论文选》,武汉:华中师范大学出版社,2018 年。

中青"三结合的学者梯队,这是文学伦理学批评产生广泛学术影响的有力证明。

(三)理论体系的拓展及批评实践的系统化

聂珍钊教授主持的国家社会科学基金重大项目"文学伦理学批评:理论建构与批评实践研究"已于2019年2月正式结项,结项成果将以五本著作的形式出版,包括聂珍钊和王松林主编的《文学伦理学批评理论研究》、苏晖主编的《美国文学的伦理学批评》、徐彬主编的《英国文学的伦理学批评》、李俄宪主编的《日本文学的伦理学批评》以及黄晖主编的《中国文学的伦理学批评》。在这五本著作中,《文学伦理学批评理论研究》拓展和深化了文学伦理学批评的理论体系,系统梳理了文学伦理学批评理论的发生和发展过程,拓宽了文学伦理学批评的疆界,并在理论体系上建立一个融伦理学、美学、心理学、语言学、历史学、文化学、人类学、生态学、政治学和叙事学为一体的研究范式。另外四本则是运用文学伦理学批评方法和独创术语,分别研究美国、英国、日本和中国文学中的重要文学思潮、文学流派以及经典作家与作品。

这五本著作向我们展现了文学伦理学批评理论体系的进一步拓展,以及批评实践的逐步系统化。五本著作相互的关联十分密切,《文学伦理学批评理论研究》着眼于文学伦理学批评的理论研究,另外四本则着眼于批评实践,而理论与批评实践是相辅相成的:文学伦理学批评理论研究既为国别文学的伦理学批评提供理论支撑和研究方法,也从国别文学的伦理学批评中提升了自己的理论体系;国别文学的伦理学批评,既践行文学伦理学批评的理论术语和话语体系,也丰富和拓展了文学伦理学批评的理论建构。

二、文学伦理学批评的国际学术影响力与国际话语权建构

文学伦理学批评团队在努力构建理论体系、拓展批评实践的同时,也积极响应国家"走出去"战略号召,致力于该理论的国际传播及国际学术话语权的建构。"以习近平同志为核心的党中央一贯重视着

力推进国际传播能力建设,要求创新对外宣传方式,加强话语体系建设,着力打造融通中外的新概念新范畴新表述,讲好中国故事,传播好中国声音,增强在国际上的话语权。"①文学伦理学批评经过十六年的发展,构建了具有中国特色的理论体系,形成了一套独特的话语体系;既承袭和发展了中国的道德批评传统,又与当代西方伦理批评的转向同步;既立足于解决中国当代文学批评理论脱离实际和伦理道德缺位的问题,也能够解决世界文学中的共同性问题。因此,文学伦理学批评具备了"走出去"并争取国际话语权的良好基础和条件。

所谓学术话语权,"即相应的学术主体,在一定的时空范围内、学术领域中所具有的主导性、支配性的学术影响力"②,"学术质量、学术评价和学术平台是构建学术国际话语权的三大基本要素"③。近年来,文学伦理学批评团队在学术论文的国际发表、成立国际学术组织、举办国际学术会议等方面成果卓著,引起了国际学术共同体的热切关注,得到了国际主流学术界的认同,在国际学术界的影响不断上升。中国的文学伦理学批评在引领国际学术发展走势、决定相关国际学术会议议题、主导相关国际学术组织方面,已经掌握了主动权,可谓在一定程度上掌握了国际学术话语权,对于提升中国的文化软实力做出了应有的贡献。可以说,文学伦理学批评是中国学术"走出去"及争取国际学术话语权的成功范例。

(一)通过国际学术期刊传播文学伦理学批评

学术期刊是展示学术前沿、传播学术思想、进行学术交流和跨文化对话的重要平台。在国际学术期刊上发表论文并形成中外学者的对话,是文学伦理学批评走出国门、走向世界的重要方式。文学伦理学批评特别强调以中外学者合作、交流和对话的形式推动学术论文的

---

① 《习近平新闻思想讲义》(2018年版)编写组编著:《习近平新闻思想讲义》(2018年版),北京:人民出版社、学习出版社,2018年,第147页。

② 参见沈壮海:《试论提升国际学术话语权》,《文化软实力研究》2016年第1期,第97页。

③ 胡钦太:《中国学术国际话语权的立体化建构》,《学术月刊》2013年第3期,第5页。

国际发表。近年来,美国、英国、德国、爱沙尼亚、韩国、日本、越南、马来西亚以及中国一些有国际影响力的学术期刊上都纷纷推出了"文学伦理学批评"专刊或专栏。

多种 A&HCI 或 SCOPUS 收录期刊出版文学伦理学批评专刊或开辟研究专栏,发表国际知名学者的相关论文,引起了国际学界的关注。英国具有百年历史的顶级学术期刊《泰晤士报文学增刊》(*The Times Literary Supplement*)于 2015 年刊发美国北伊利诺伊大学杰出教授威廉·贝克与中国学者尚必武合作撰写的评论文章,推介文学伦理学批评;国际权威学术期刊《阿卡迪亚》2015 年第 1 期出版"文学伦理学批评:东方与西方"(Ethical Literary Criticism: East and West)专刊,由中国学者聂珍钊和尚必武及德国学者沃尔夫冈·穆勒和维拉·纽宁展开合作研究,四位中外学者从不同角度对文学伦理学批评进行了阐释;美国 A&HCI 收录期刊《比较文学与文化》2015 年第 5 期出版主题为"21 世纪的小说与伦理学"(Fiction and Ethics in the Twenty-first Century)的专刊,发表了 13 篇中外学者围绕文学伦理学批评的术语运用及批评实践所撰写的论文;中国 A&HCI 收录期刊《哲学与文化》2015 年第 4 期推出文学伦理学批评专刊,由中国学者聂珍钊、苏晖和李银波与马来西亚马来亚大学、拉曼大学,韩国建国大学学者展开合作研究,一共合作撰写了 8 篇专题学术论文,另有王卓针对《文学伦理学批评导论》撰写的书评;中国期刊《外国文学研究》(SCOPUS 收录,2005—2016 年被 A&HCI 收录)不仅自 2005 年以来组织了共 32 个文学伦理学批评研究专栏,还于 2017 年第 5 期推出"中外学者对话文学伦理学批评"专栏;中国香港出版的 A&HCI 收录期刊《文学跨学科研究》(*Interdisciplinary Studies of Literature*)以刊发中外学者撰写的文学伦理学批评研究论文为主;《世界文学研究论坛》(*Forum for World Literature Studies*, SCOPUS 收录)2016 年第 1 期和第 2 期连续推出"超越国界的文学伦理学批评研究"专栏,发表来自美国、匈牙利、德国、意大利、澳大利亚、韩国、日本和中国学者的论文 12 篇。这些国际一流期刊出版的文学伦理学批评专刊或专栏都由中外学者共同参与撰稿,就文学伦理学批评展开学术交流、讨论、对话和争鸣,这表明文学伦理学批评在国际学界的影响日益扩大。正如田俊武在美国的A&HCI收录期刊《比较文学研究》(*Comparative Literature Studies*)上发表的文章中所言:"从2004年到2018年的15年间,聂的文学伦理学批评在中国和其他国家得到了广泛的接受。"①

除上述国际一流期刊外,韩国的《跨境》(*Border Crossings*)、《现代中国文学研究》(*The Journal of Modern Chinese Literature*)、《离散与文化批评》(*Diaspora and Cultural Criticism*)、《英语语言文学研究》(*The Journal of English Language and Literature*)等杂志,越南的《科学与教育学报》(*Journal of Science and Education*),日本的《九大日文》,马来西亚的《中国—东盟论坛》(*China-ASEAN Perspective Forum*),爱沙尼亚的《比较文学》(*Interlitteraria*)等杂志,也都推出文学伦理学批评研究的专刊、专栏或评论文章。

国际最具权威性的人文杂志《泰晤士报文学增刊》邀请国际知名文学理论家威廉·贝克教授领衔撰文《合作的硕果:中国学界的文学伦理学批评》("Fruitful Collaborations: Ethical Literary Criticism in Chinese Academe"),这是文学伦理学批评得到国际主流学术界认可的有力证明。该文高度评价文学伦理学批评,将其看作中国学术界对于"中国梦"的回应以及"中国话语权崛起"的代表。文章肯定了中国这一创新理论同中国现实的联系,指出:"习主席提出的'中国梦'在很大程度上是对工业化、商业化和享乐主义在文学领域引起的一系列问题做出的及时回应……在这种语境里,聂珍钊教授的文学伦理学批评可以看成是知识界对此号召做出的回应。"②文章同时强调:"在过去的十年中,文学伦理学批评已经在中国发展成为一种充满活力和成果

---

① Junwu Tian, "Nie Zhenzhao and the Genesis of Chinese Ethical Literary Criticism," *Comparative Literature Studies* 2 (2019): 413.

② William Baker and Biwu Shang, "Fruitful Collaborations: Ethical Literary Criticism in Chinese Academe," *Times Literary Supplement* 31 (2015): 14.

丰富的批评理论。同时,它也不断获得了众多国际知名学者的认可。""文学伦理学批评的影响正在不断扩大,用它来研究欧美文学必将成为中国以及其他国家的潮流,而且将会不断繁荣发展。"①这篇文章改变了《泰晤士报文学增刊》数十年来极少评介亚洲原创人文理论的现状。这说明,中国学术只有理论创新,只有关心中国问题和具有世界性的普遍问题,才会引起外国学者的关注。

《阿卡迪亚》作为代表西方主流学术的顶级文学期刊,不仅于2015年第1期推出"文学伦理学批评:东方与西方"专刊,而且打破数十年的惯例,由欧洲科学院院士约翰·纽鲍尔教授执笔,以编辑部的名义在专刊开篇发表社论,高度评价文学伦理学批评。社论指出,"聂珍钊教授开创的文学伦理学批评理论所依据的文学作品之丰富,涉及面之广,令人震惊……文学研究的伦理视角是欧美学界备受推崇的传统之一,但聂珍钊教授在此传统上却另辟蹊径。他发现了西方形式主义批评、文化批评和政治批评中的'伦理缺位',从而提出了自己的新方法,认为文学的基本功能是道德教诲,他认为文学批评家不应该对文学作品进行主观上的道德评判,而应该客观地展示文学作品的伦理内容,把文学作品看作伦理的表达"②。

在国际期刊发表的有关文学伦理学批评的论文中,有相当一部分是外国学者发表的论文,他们在对文学伦理学批评理论和话语体系有一定了解的基础上,从理论和批评实践两个方面对之展开了进一步的研究和批评实践。

美国普渡大学哲学系教授伦纳德·哈里斯的论文《普适性:文学伦理学批评(聂珍钊)和美学倡导理论(阿兰·洛克)——中美伦理学批评》("Universality: Ethical Literary Criticism (Zhenzhao Nie) and the Advocacy Theory of Aesthetics (Alain Locke) —Ethical Criti-

---

① William Baker and Biwu Shang, "Fruitful Collaborations: Ethical Literary Criticism in Chinese Academe," *Times Literary Supplement* 31 (2015): 15.

② *Arcadia* Editors, "General Introduction," *Arcadia: International Journal of Literary Culture* 1 (2015): 1.

cism Between China and America"）将聂珍钊的文学伦理学批评理论与美国美学家洛克的美学理论进行了比较研究，论证了聂珍钊文学伦理学批评的普适价值。该文认为，虽然聂珍钊和洛克的文学观"是对不同社会背景的回应"，"使用的许多概念亦并不相同"①，但两位学者"都强调了文学伦理观的重要性，都考虑了文学中人物的伦理身份、种族身份对伦理选择的影响"②。"聂和洛克要求我们考虑价值观的重要性，价值观作为所有文本的重要组成部分，无论是道德的还是非道德的，都是通过主题、习语、风格、内容、结构和形式表达出来的。"③他们的文学伦理观"提供了普遍公认的概念，包括文本蕴含着价值取向的伦理意义，具有普适的价值"④。"聂先生的著作越来越受到许多国家和多种语言读者的欣赏。"⑤

也有外国学者运用文学伦理学批评理论和方法对世界范围内的文学作品进行解析，他们运用文学伦理学批评独创的术语，如伦理身份、伦理选择、伦理禁忌、伦理两难、斯芬克斯因子等，对作家作品进行具体分析，研究作家作品中的伦理内涵和伦理价值。如日本九州大学大学院（研究所）比较社会文化研究院波潟刚教授发表《阅读的焦虑、写作的伦理：安部公房〈他人的脸〉中夫妻间的信》（任洁译），运用文学伦理学批评方法，对日本作家安部公房的小说《他人的脸》中夫妻间的伦理问题进行剖析。该文作者表示，自己"与聂珍钊教授进行了长达一年的书信讨论，聂教授的观点给予笔者极大启示，也成为写作本文的契机，在此谨表谢意"⑥。"聂珍钊提出的文学伦理学批评理论为文

---

① Leonard Harris, "Universality: Ethical Literary Criticism (Zhenzhao Nie) and the Advocacy Theory of Aesthetics (Alain Locke) —Ethical Criticism Between China and America," *Interdisciplinary Studies of Literature* 1 (2019): 25.
② Ibid., 26.
③ Ibid., 30.
④ Ibid., 26.
⑤ Ibid., 25.
⑥ [日]波潟刚:《阅读的焦虑、写作的伦理：安部公房〈他人的脸〉中夫妻间的信》，任洁译，《文学跨学科研究》2018年第3期，第417页。

本从男性与女性关系的角度探讨《他人的脸》提供了可能性。"①该文认为,文学伦理学批评"已建构了自己的批评理论与话语体系,尤其是一批西方学者参与文学伦理学批评的研究,推动了文学伦理学批评的深入以及国际传播"②。

国际学术期刊发表的这些评论和研究论文,可以说反映了国际学术共同体的观点和看法,是对中国学术理论的高度认可。也正是由于这些有国际影响力的期刊发表中外学者的研究成果,才使更多的外国学者了解和接受文学伦理学批评,才使越来越多的外国学者参与到文学伦理学批评的研究中,并成为推动中国学术"走出去"的重要力量。同时,有这么多国际期刊推出文学伦理学批评的专刊或专栏,也说明文学伦理学批评不仅已经走出国门,而且还在国际学术界发挥了引领学术话语的作用。

(二)在国际学术组织中掌握话语权

国际性学术组织在推动中国学术"走出去"方面所起的作用日益受到重视。习近平总书记指出:"要鼓励哲学社会科学机构参与和设立国际性学术组织。"③由中国学者牵头成立的国际学术组织国际文学伦理学批评研究会(The International Association for Ethical Literary Criticism, IAELC),在推动文学伦理学批评"走出去"、引领国际学术前沿和争取国际学术话语权方面发挥了重要作用。

由于中国学者创立的文学伦理学批评理论的国际影响日益扩大,为了推动文学伦理学批评研究的国际化,在聂珍钊教授的倡议和中外学者的共同努力下,国际文学伦理学批评研究会于2012年12月在第二届文学伦理学批评国际学术研讨会召开之际正式成立,这是以中国学者为主体创建的学术批评理论和方法开始融入和引领国际学术对

---

① [日]波潟刚:《阅读的焦虑、写作的伦理:安部公房〈他人的脸〉中夫妻间的信》,任洁译,《文学跨学科研究》2018年第3期,第416页。
② 同上。
③ 习近平:《在哲学社会科学工作座谈会上的讲话(全文)》,人民网,http://politics.people.com.cn/n1/2016/0518/c1024-28361421.html,2020年5月1日访问。

话与交流的标志。该研究会的宗旨是创新文学伦理学批评理论、实践文学伦理学批评方法、重视文学创作和文学批评价值取向。《泰晤士报文学增刊》发表评论指出:"国际文学伦理学批评研究会的成立是一件值得一提的大事。"①这说明国际学术界对这个国际学术组织的认可和接受。

国际文学伦理学批评研究会第一届理事会选举中国社会科学院荣誉学部委员吴元迈先生担任会长。第二届理事会于 2017 年 8 月 9 日宣布成立,美国人文与科学院院士、耶鲁大学克劳德·罗森教授当选会长,浙江大学聂珍钊教授担任常务副会长;挪威奥斯陆大学克努特·布莱恩西沃兹威尔教授、韩国东国大学金英敏教授、爱沙尼亚塔尔图大学居里·塔尔维特教授、德国耶拿大学沃尔夫冈·穆勒教授、俄罗斯国立大学伊戈尔·奥列格维奇·沙伊塔诺夫教授任副会长;华中师范大学苏晖教授担任秘书长;宁波大学王松林教授、上海交通大学尚必武教授、韩国外国语大学林大根教授、马来西亚马来亚大学潘碧华博士担任副秘书长。理事会的 45 位理事为来自中国、美国、加拿大、英国、德国、奥地利、意大利、西班牙、丹麦、波兰、斯洛文尼亚、韩国、日本、南非等国家的知名学者。

迄今为止,国际文学伦理学批评研究会已召开九届年会暨文学伦理学批评国际学术研讨会,吸引了一大批国际学者参与文学伦理学批评的研究,在引领国际学术话语、扩大文学伦理学批评的国际影响方面起到了重要作用。由此可见,国际学术组织对于推动中国学术的国际传播、促进中国学术"走出去"、掌握国际学术话语权是非常重要的。

(三)在国际学术会议中发出主流声音

近年来,文学伦理学批评团队不仅以国际文学伦理学批评研究会、华中师范大学国际文学伦理学批评研究中心和《外国文学研究》杂志为平台,与国内外学术机构共同组织了九届国际文学伦理学批评研

---

① William Baker and Biwu Shang, "Fruitful Collaborations: Ethical Literary Criticism in Chinese Academe," *Times Literary Supplement* 31 (2015): 15.

究会年会和五届文学伦理学批评高层论坛,而且在一些有国际影响的会议上组织文学伦理学批评分论坛,表明文学伦理学批评已具有强大的国际影响力与广泛的接受度。国际文学伦理学批评研究会目前已召开九届年会,其国际化程度逐届增高。九届年会分别于华中师范大学(2005)、三峡大学(2012)、宁波大学(2013)、上海交通大学(2014)、韩国东国大学(2015)、爱沙尼亚塔尔图大学(2016)、英国伦敦大学玛丽女王学院(2017)、日本九州大学(2018)、浙江大学(2019)召开。其中第五至八届都在国外召开,吸引了数十个国家的一大批学者参加,充分体现了文学伦理学批评在国内外的广泛学术影响力(具体情况可参见历届年会综述)①。

文学伦理学批评高层论坛迄今为止已举办五届,分别于暨南大学(2016)、韩国高丽大学(2017 和 2018)、广东外语外贸大学(2019)以及菲律宾圣托马斯大学(2019)召开。这五届高层论坛在世界文学的大背景下,从不同角度对文学伦理学批评理论和实践进行了拓展,凸显了鲜明的问题意识与探索精神。

2018 年 8 月 13—20 日,"第 24 届世界哲学大会"在北京人民大会堂和国家会议中心举行。这是有着一百多年传统的全球最大规模哲

---

① 王松林:《"文学伦理学批评:文学研究方法新探讨"全国学术研讨会综述》,《当代外国文学》2006 年第 1 期,第171—173 页;苏西:《"第二届文学伦理学批评国际学术研讨会"综述》,《外国文学研究》2013 年第 1 期,第 174—175 页;徐燕、溪云:《文学伦理学批评的新局面和生命力——"第三届文学伦理学批评国际学术研讨会"综述》,《外国文学研究》2013 年第 6 期,第171—176 页;林玉珍:《文学伦理学批评研究的新高度——"第四届文学伦理学批评国际学术研讨会"综述》,《外国文学研究》2015 年第 1 期,第 161—167 页;黄晖、张连桥:《文学伦理学批评与国际学术话语的新建构——"第五届文学伦理学批评国际学术研讨会"综述》,《外国文学研究》2015 年第 6 期,第 165—169 页;刘兮颖:《文学伦理学批评与跨国文化对话——"第六届文学伦理学批评国际学术研讨会"综述》,《外国文学研究》2016 年第 6 期,第 169—171 页;陈敏:《文学伦理学批评与文学跨学科研究——"第七届文学伦理学批评国际学术研讨会"综述》,《外国文学研究》2017 年第 6 期,第 172—174 页;王璐:《走向跨学科研究与世界文学建构的文学伦理学批评——"第八届文学伦理学批评国际学术研讨会"综述》,《外国文学研究》2018 年第 4 期,第171—176 页;陈芬:《走向跨学科研究和东西方对话的文学伦理学批评——"第九届文学伦理学批评国际学术研讨会"综述》,《外国文学研究》2019 年第 6 期,第 171—176 页。

学会议首次在中国召开。大会以"学以成人"为主题,将"聂珍钊的道德哲学"(Ethical Philosophy of Nie Zhenzhao)列为分会主题,自14日到19日期间在不同时段的7场分组讨论中得到充分展示。有近二十位学者做了主题发言,探讨文学伦理学批评的基本理论、哲学基础、话语体系、应用场域和国际影响等,来自中国、美国、英国、法国、意大利、匈牙利、日本、韩国等国家的学者参与讨论。这次世界哲学大会的成功举办,得到了全世界诸多重要媒体的关注,海外网(《人民日报》海外版官网)发文指出,在世界哲学大会上,中国的"文学伦理学批评备受关注,精彩发言不胜枚举,印证了文学伦理学批评作为一种批评理论的学术吸引力与学术凝聚力"①。这充分体现了中国人文学术在世界范围内的话语权与影响力。

分别于奥地利维也纳大学和中国澳门大学举行的第21届和22届国际比较文学学会年会均设置了文学伦理学批评专场。第21届年会设立"文学伦理学批评:文学的教诲功能"研讨专场,来自中国、美国、英国、奥地利、韩国和挪威的学者在专题会上做了发言,展示出文学伦理学批评学术话语的魅力。第22届年会则设置"文学伦理学批评与跨学科、跨文类研究"和"伦理选择与文学经典重读"两个分论坛,来自国内外知名高校的三十余位学者做了分论坛报告。这说明中国学者建构的文学伦理学批评理论话语体系正在比较文学研究中发挥重要作用,并在国际比较文学舞台上日益展示出其影响力。

由这些国际会议可以看出,文学伦理学批评已经走向世界并成为国际学术研究的热点,而且中国学者创立的文学批评理论不仅在文学领域得到认同,在哲学领域也产生了影响,这也是中国文学批评理论成功"走出去"、产生国际影响力的又一证明。

(四)国际同行给予高度评价

如果说学术共同体的评价是中国学术能否在国际上被认同和接

---

① 任洁、孙跃:《世界哲学大会在京召开 文学伦理学批评备受关注》,海外网,http://renwen.haiwainet.cn/n/2018/0821/c3543190-31379582.html,2020年5月1日访问。

受的试金石,那么,同行专家的评价无疑是其中的重要组成部分,尤其是那些具有重要影响的专家以及来自不同国家和地区的专家,从他们的评价中可以看出一种学术理论是否被广泛接受。文学伦理学批评在走向国际的过程中,得到了北美洲、欧洲、亚洲不同国家和地区的众多知名学者的积极评价。例如:

美国人文与科学院院士、斯坦福大学马乔瑞·帕洛夫教授认为:"文学最重要的价值之一就是其伦理与道德的价值。有鉴于此,中国学者提出的文学伦理学批评就显得意义非凡,不仅复兴了伦理批评这一方法本身,而且抓住了文学的本质与基本要义。换言之,文学伦理学批评在很大程度上帮助读者重拾和发掘了文学的伦理价值,唤醒了文学的道德责任。"①

美国人文与科学院院士、耶鲁大学克劳德·罗森教授在第八届文学伦理学批评国际学术研讨会开幕式致辞中,称聂珍钊教授为"国际文学伦理学批评研究会的创立者和文学伦理学批评之父"。

欧洲科学院院士、德国吉森大学安斯加尔·纽宁教授高度评价文学伦理学批评,他指出,伦理批评自20世纪90年代起,就在西方呈现出日渐衰微的发展势头,而中国学术界目前所兴起的文学伦理学批评,无论是在理论体系、术语概念还是在批评实践上所取得的成果,都让人刮目相看,叹为观止。他认为:"中国的文学伦理学批评在很大程度上复兴了伦理批评,这也是中国学者对世界文学研究的一个重要贡献。"②

美国阿拉巴马大学英语系讲座教授、著名诗人及诗歌理论家汉克·雷泽教授撰文指出,聂珍钊作为"文学伦理学批评领域的领路人","在伦理学批评领域取得的成果受到国际瞩目和广泛好评!""文学伦理学批评很重要至少有两个原因:第一,它是有中国特色的文学

---

① 转引自邓友女:《中国文学理论话语的国际认同与传播》,《文艺报》2015年1月14日第3版。
② 林玉珍:《文学伦理学批评研究的新高度——"第四届文学伦理学批评国际学术研讨会"综述》,《外国文学研究》2015第1期,第165页。

批评理论,因此它从一个特别的文化与历史视角改变着、挑战着并且活跃着世界范围内关于文学和文学研究价值的讨论与创作;第二,它让我们不可避免地重新思考一系列根本性的问题,如我们为什么要阅读文学,深度地研究和阅读文学(尤其是严肃文学)有什么价值。"①

欧洲科学院院士、美国加利福尼亚大学欧文分校乔治斯·梵·邓·阿贝勒教授在 2015 年于加利福尼亚大学欧文分校召开的以"理论有批评价值吗?"为核心议题的首届"批评理论学术年会"上,特别评价了聂珍钊教授近年提出并不断完善的文学伦理学批评方法。他说:"在西语理论过于倚重政治话语的当下,文学伦理学批评对于文学批评向德育和审美功能的回归提供了动力,与西方主流批评话语形成互动与互补的关系。为此……文学伦理学批评必将为越来越多的西方学者接纳和应用,并在中西学者的共建中得到进一步的系统化。"②

斯洛文尼亚著名学者、卢布尔雅那大学比较文学与文学理论系托莫·维尔克教授认为,当代大量的文学批评,总体上脱离了对文学文本的细读、诠释和人类学维度。在文学伦理学批评领域,聂珍钊的理论是迄今为止最有体系的、最完整的和最有人文性的方法;它不仅是一种新理论,而且也是一种如何研究文学的新范式。维尔克 2018 年 12 月出版以斯洛文尼亚语撰写的新著《文学研究的伦理转向》(*Etični Obrat v Literarni Vedi*),其中第三章专论文学伦理学批评,标题为"聂珍钊和文学伦理学批评"。③

韩国建国大学申寅燮教授认为:"作为一种由中国学者提出的

---

① Hank Lazer, "Ethical Criticism and the Challenge Posed by Innovative Poetry," *Forum for World Literature Studies* 1 (2016): 14.
② 夏延华、乔治斯·梵·邓·阿贝勒:《让批评理论与世界进程同步——首届加州大学欧文分校"批评理论学术年会"侧记》,《外国文学研究》2015 年第 6 期,第 172 页。
③ Tomo Virk, *Etični Obrat v Literarni Vedi*. Ljubljana: Literarno-umetniško društvo Literatura, 2018.

新的文学批评方法,文学伦理学批评不仅立足中国文学批评的特殊语境,解决当下中国文学研究的问题,同时又放眼整个世界文学研究的发展与进程,充分展现出中国学者的历史使命感与学术责任感。""文学伦理学批评不仅在文学批评中独树一帜,形成流派,而且正在形成一种社会思潮。回顾中国文学伦理学批评的发展,不能不为东方学者感到振奋。文学伦理学批评让当代东方文学批评与理论研究重新拾回了信心,也借助文学伦理学批评在由西方主导的文学批评与理论的俱乐部中,有了自己的一席之地。"①

国际文学伦理学批评研究会副会长、韩国东国大学金英敏教授认为:"文学伦理学批评为中国乃至世界的文学研究提供了新思路"②,聂珍钊的《文学伦理学批评导论》"是亚洲文学批评话语的开拓之作"③。

以上外国同行专家对中国学者创建的学术理论的看法可谓持论公允、评价客观。这表明,中外学者的一致目标是追求学术真理。同时,也让我们看到中国理论正在走向世界、走向繁荣。

三、文学伦理学批评的学术价值与现实意义

作为具有中国特色的批评理论和方法,文学伦理学批评不仅在理论建构与批评实践方面取得了突出的成就,为文学研究提供了新的研究路径与批评范式,具有重要的学术价值;而且,还有助于推动我国当代伦理秩序的建设,有着重要的现实意义。具体而言,文学伦理学批评的价值与意义包括如下方面:

第一,对现有的文学理论提出了大胆质疑与补充,从文学的起源、文学的载体、文学的存在形态、文学的功能、文学的审美与伦理

---

① [韩]申寅燮:《学界讯息·专题报道》,《哲学与文化》2015 年第 4 期,第 197 页。
② Young Min Kim, "Sea Change in Literary Theory and Criticism in Asia: Zhenzhao Nie, *An Introduction to Ethical Literary Criticism*," *The Journal of English Language and Literature* 2 (2014): 397.
③ Ibid., 400.

道德之关系等方面做了大胆的阐述,对于充分认识文学的复杂性以及从新的角度认识和理解文学提供了一种可能。

具体而言,文学伦理学批评从如下方面挑战了传统的文学观念:

就文学的起源而言,文学伦理学批评在质疑"文学起源于劳动"观点的基础上提出文学伦理表达论,认为文学的产生源于人类伦理表达的需要。"文学伦理学批评从起源上把文学看成道德的产物,认为文学是特定历史阶段伦理观念和道德生活的独特表达形式,文学在本质上是伦理的艺术……劳动只是一种生产活动方式,它只能是文艺起源的条件,却不能互为因果。"①

就文学的载体而言,文学伦理学批评在质疑"文学是语言的艺术"等现有观点的基础上提出文学文本论,认为"文学是语言的艺术"的观点"混淆了语言与文字的区别,忽视了作为文学存在的文本基础。只有由文字符号构成的文本才能成为文学的基本载体,文学是文本的艺术"②。文学伦理学批评认为,任何文学作品都有其文本,文本有三种基本形态:脑文本、书写文本和电子(数字)文本。③

就文学的存在形态而言,文学伦理学批评在质疑文学是"一种意识形态或审美意识形态"观点的基础上,提出文学物质论,"认为文学以文本为载体,是以具体的物质文本形式存在的,因此文学在本质上是一种物质形态而不是意识形态"④。

就文学的功能以及审美与伦理道德之关系而言,文学伦理学批评在质疑"文学是审美的艺术""文学的本质是审美""文学的第一功能是审美"等观点的基础上,提出文学教诲论,认为文学的教诲作用是文学的基本功能,文学的审美只有同文学的教诲功能结合在一起

---

① 聂珍钊:《文学伦理学批评:基本理论与术语》,《外国文学研究》2010年第1期,第14页。
② 聂珍钊:《文学伦理学批评导论》,北京:北京大学出版社,2014年,第9页。
③ 聂珍钊:《脑文本和脑概念的形成机制与文学伦理学批评》,《外国文学研究》2017年第5期,第31页。
④ 聂珍钊:《文学伦理学批评导论》,北京:北京大学出版社,2014年,第9页。

才有价值,审美是文学伦理价值的发现和实现过程。

第二,独创性地建构了自己的理论体系和话语体系,同时亦具有开放的品格和跨学科的视域,借鉴并吸收了伦理学、哲学、心理学、社会学、历史学等学科的研究成果,并融合了叙事学、生态批评、后殖民主义批评等现当代文学批评理论和方法。

文学伦理学批评在继承中国的道德批评传统和西方伦理学及伦理批评传统的基础上,构建起不同于西方的、具有中国特色的文学伦理学批评理论和话语体系,形成了文学伦理表达论、文学文本论、伦理选择论、斯芬克斯因子论、人类文明三阶段论等理论,以及由数十个术语组成的话语体系。

文学伦理学批评具有很大的包容性,它能够同其他一些重要批评方法结合起来,而且只有同其他方法结合在一起,才能最大限度发挥其优势。同时,由于文学伦理学批评本身就具有跨学科性,在近年来的研究中更日益凸显出其跨学科的特点。第七届和第八届文学伦理学批评国际学术研讨会均以文学伦理学的跨学科研究为核心议题,这本身就很能说明问题。

第三,具有很强的实践指导性和可操作性,适用于对古今中外的文学作品进行批评实践,因此,对这一方法的运用将有助于促使现有的学术研究推陈出新。

文学伦理学批评从一开始就致力于基础理论的探讨和方法论的建构,尤其注重文学伦理学批评方法的实践运用。美国的A&HCI收录期刊《文体》(*Style*)上发表杨革新关于聂珍钊《文学伦理学批评导论》的书评,认为"聂先生在阅读一系列经典文学作品的基础上,将理论研究与批评实践紧密结合起来……聂珍钊著作的出版,既是对西方伦理批评复兴的回应,也是中国学者在文学批评上的独创"①。

与西方的伦理批评所不同的是,中国学者将文学伦理学转变为文

---

① Gexin Yang, "Nie Zhenzhao. *Introduction to Ethical Literary Criticism*. Beijing: Peking UP, 2014" (review), *Style* 2 (2017): 273.

学伦理学批评方法论,从而使它能够有效地解决具体的文学问题。文学伦理学批评构建了由伦理环境、伦理秩序、伦理身份、伦理选择、伦理两难、伦理禁忌、伦理线、伦理结、伦理意识、斯芬克斯因子、人性因子、兽性因子、理性意志、自由意志、非理性意志、道德情感、人性、脑文本等构成的话语体系,从而使之成为容易掌握的文学批评的工具,适用于对大量的古今中外文学作品进行阐释和剖析。正是由于这些特点,文学伦理学批评才能焕发出蓬勃的生命力。

第四,强调文学的教诲功能,坚持认为文学对社会和人类负有不可推卸的道德责任和义务,具有十分重要的社会现实意义。

文学伦理学批评以推动我国当代伦理秩序的建设为重要的现实目标,有助于满足当前中国伦理道德建设的现实需求。该理论将文学与伦理道德的关系研究作为一个重要的议题加以探讨,强调文学的教诲功能,坚持认为文学对社会和人类负有不可推卸的道德责任和义务。因此,文学伦理学批评有助于扭转当今社会出现的伦理道德失范的现象,促进社会主义新时代人文精神的培养,具有十分重要的社会现实意义。

第五,作为由中国学者提出的新的文学批评方法,文学伦理学批评不仅着眼于解决中国文学批评面临的问题,而且积极开展与国际学术界的交流和对话,吸引国际学者的广泛参与,使之逐渐发展成为在国际上产生广泛影响的中国学派,对突破文学理论的西方中心论、争取中国学术的话语权起到了重要的推进作用,充分展现了中国学者的学术自信和创新精神。

正如聂珍钊教授所言,文学伦理学批评一系列论文的国际发表和国际会议的成功召开,具有三个方面的意义:一是助推中国学术的海外传播,向海外展示中国学术的魅力,增强中国学术的国际影响力;二是改变人文学科自我独立式的研究方法,转而走中外学者合作研究的路径,为中国学术的国际合作研究积累经验,实现中国学术话语自主创新;三是借助研究成果的国际合作发表和国际会议的召开,深化中外学术的交流与对话,引领学术研究的走向,推动世界学术研究的发展。①

四、文学伦理学批评可开拓的研究领域

作为原创性的文学批评理论,文学伦理学批评已经在国内外具有了广泛的学术影响力。在中国强调一流大学和一流学科建设的今天,文学伦理学批评及其产生的影响无疑具有战略性的启发价值与借鉴意义。

为了进一步推进文学伦理学批评理论和实践的发展,有必要拓展和深化以下几个方面的研究:

第一,在多元化的理论格局下拓展新的研究方向,在与其他理论的对话中整合新的理论资源。通过认真搜集和系统整理中外文学伦理——道德批评的文献资料,梳理其学术发展史,尤其是针对20世纪80年代以来随着伦理批评复兴出现的诸种伦理批评理论,展开中外学术的对话与争鸣,并进行文学伦理学批评与哲学、美学、伦理学、社会学、心理学以及自然科学的跨学科研究,以推动文学伦理学批评向纵深发展。

第二,将文学伦理学批评方法付诸文本批评实践时,应大力开展对于包括中国文学在内的东方文学的文学伦理学批评;在强调对文本伦理内涵进行解析的同时,也要加强对文本所反映的特定时代及不同民族、国家伦理观念的考察;同时尝试建构针对小说、戏剧、诗歌等不同体裁的伦理批评话语体系,并就文本的艺术形式如何展现伦理内涵进行深入的研究。

第三,梳理文学伦理学批评的发展历程,探究其研究成果所体现的批评范式与国际化策略,总结文学伦理学批评对当代文学批评和学术研究的贡献。同时,探讨如何将文学伦理学批评融入教学中,包括进行文学伦理学批评教材的编写、提供相应教学指南及培训等。

---

① 黄晖、张连桥:《文学伦理学批评与国际学术话语的新建构——"第五届文学伦理学批评国际学术研讨会"综述》,《外国文学研究》2015年第6期,第166页。

文学伦理学批评作为新兴的文学批评理论，未来有着广阔的发展空间。文学伦理学批评需要经受文学批评实践的反复检验，不断发现自身理论和实践缺陷，在未来的发展中努力充实、完善其理论体系，关注批评实践中存在的各种不足，进一步加强国内外学术交流与对话，为繁荣中国以及世界学术研究做出应有的贡献。

第一章

导论：文学伦理学批评的理论基础

"伦理选择"不仅是文学伦理学批评的核心概念,而且也是它的理论基石。文学伦理学批评认为,人类文明的发展进程是由三个选择阶段构成的,即自然选择(natural selection)、伦理选择(ethical selection)和科学选择(scientific selection)三个阶段。自然选择解决人的形式问题,伦理选择解决人的本质问题,科学选择解决人的科学化问题。自然选择的方法是自然进化,伦理选择的方法是伦理教化(教诲),科学选择的方法是科学技术。当人获得人的形式以后,自然选择阶段就结束了,人类进入伦理选择阶段。由于当代科学技术的迅猛发展已经超出了人的想象,科学选择阶段正在迅速接近我们。在人类文明三个选择阶段中,伦理选择阶段是我们现在生活的阶段、选择的阶段，因而也是最重要的阶段。在整个文学伦理学批评理论体系中，伦理选择既是伦理选择阶段的核心理论，也是文学批评的核心理论，同时它还是我们认识自己、认识社会、认识世界的哲学基础。在文学批评实践中，伦理选择是文学伦理学批评理论体系中的核心概念和术语，分别用英文 ethical selection 和 ethical choice 两个术语表述。在中文表述中，由于找不到与英文相对的合适术语，因此"伦理选择"用来表述 ethical selection 和 ethical choice 这两个内涵不同的术语，具有一个术语两种概念的特点。为了避免中文语境中的术语混乱，我们也可以用"自我选择"表达英文语境中的 ethical choice。自我选择（self-choice）就是自我伦理选择，是人类完成整个伦理选择过程的方法。

第一节 自然选择

在文学伦理学批评的理论体系中，自然选择是人类文明历史的初始阶段，是伦理选择的前提。自然选择是达尔文提出的关于生物进化机理的学说，指生物在生存斗争中适者生存、优胜劣汰的自然现象。在《物种起源》中，达尔文指出现存的各种生物都是经过自然选择进化而来，是生存竞争中优胜劣汰的结果。自然选择理论以充分的科学事实为根据，百余年来经受住了时间的考验，在学术界产生了深远的影响。就人而言，从古猿到人的整个进化过程就是一个自然选择的过程。

关于自然选择是怎样进行的问题，达尔文已经给我们提供了答案，即自然选择是通过进化的方法进行的。自然选择的过程就是进化（evolution）的过程，自然选择是进化的结果。自然选择和进化紧密相连，没有进化就没有自然选择。进化指的是整个生物界的进化。但是，我们从文学伦理学批评角度讨论自然选择和进化，并不是讨论整个生物界的进化,而是讨论人的机体的进化,即人的形式的进化。进化的目的是使人能够从形式上同其他动物区别开来。因此,无论动物还是其他生物虽然也是通过进化而来,但是讨论人的进化时,它们都被排除在外。

  人的进化是指自然选择阶段人的形式的进化,因此进化既是时间积累的过程,也是时间积累的结果。就进化的结果而言,古猿并不知道自己将来会变成什么模样,也没有想到要把自己变成什么模样,它只是被动地等待着。在漫长的等待时间中,进化开始发生作用。进化带来的变化是细小的,不易察觉的,但是这种漫长的细小变化促使进化中的生物能够逐步适应进化带来的结果。进化的最后形式不是预定的,而是在进化中自然选择的。目前人的形式如五官的分布、手脚的分工、发音器官的完善等,都不是预先确定的,而是在漫长的进化中自然选择的结果。就人的自然选择来说,进化是一个生物学术语,主要用来说明我们人体的变化过程。人从古猿到人的形式上的逐渐变化,既是进化的过程,也是自然选择的过程。

  进化导致特定物种的性状改变,也导致新的物种诞生。当某个特定物种通过进化而变为一个新物种以后,原先那个特定的物种就消失了。从进化的意义上说,不仅人是某种特定动物即古猿经过漫长的时间进化而来的,而且所有其他的非人物种同样都是进化的结果。进化不只是人的进化,也包括其他物种的进化。实际上,包括人在内的所有物种的进化都是同步的,因此,当人完成进化的时候,其他物种也同样完成了进化。人的形式获得定型以后,适用于自然选择的进化的使命就结束了。这对于其他物种同样如此。随着人的形式的定型,所有其他从进化而来的物种的形式也都得到定型,进化的进程就随之结束了。由于进化的进程已经结束,因此也就不存在任何其他动物进化为人的可能性。而其他物种由于都是进化而来的新物种,因此也同样不存在进化为其他物种的可能性。

在自然选择阶段，进化导致新物种的出现和自然选择阶段的结束。目前存在的包括人在内的所有物种，都是通过进化而来的新物种。新物种的出现，尤其是人的出现，不仅改变了整个自然界，而且开启了人类的文明进程。

新物种的出现是进化的结果，同时新物种的出现也意味着旧物种的消亡。从进化的逻辑上说，所有物种的进化还可以继续下去，但根据遗传学理论，这种可能性是不存在的，人尤其如此。导致生物适应性改变的生物变异、遗传和自然选择的作用只适用于特定的生物。以人的进化为例，导致古猿完成人的形式的自然选择只适用于古猿而不适用于其他物种。这就是说，当古猿进化出人的形式之后，能够进化出人的形式的古猿也就永远消失了，因而能够进化出人的形式的物种也就不存在了。其他物种也会发生进化，但是不可能进化出人的形式。例如，从逻辑上说，狒狒和猩猩在外形上已经非常接近人，如果经过进化，它们似乎还存在进化为人的可能性。但是，由于狒狒和猩猩同人一样本身就是进化的结果，因此它们也就不可能再进化出人的形式了。也许狒狒和猩猩在漫长的时间过程中可能出现某些新特点，但这些新的特点只是对新的环境的适应，而不是进化。由于作为自然选择动力的进化已经完成了使命，其他动物也都是作为新物种出现的，因此其他动物要进化出人的形式的可能性是不存在的。

在文学作品中，如中国或外国的神话故事、鬼怪故事以及童话故事，描写过变成人形的其他生物。例如中国古典小说《聊斋志异》中的故事《娇娜》《莲香》《红玉》，民间传说故事《白蛇传》等，女主人公都是从狐狸或白蛇变化而来的。在文学的描述中，它们获得人的形式的过程同古猿获得人的形式的过程有类似之处，也同样需要经过类似进化的长时间修炼过程。其他动物通过修炼的过程能够进化为人，这只能出现在文学作品的想象中，在现实中并不存在。即使有人坚持认为其他某些物种也存在进化为人的可能性，但这种可能性类似于我们推测外太空存在某种类似人的生物一样,其可能性微乎其微。

自然选择只适用于解释自然界的物种而不适用于解释人类社会的人。古猿是唯一能够通过进化获得人的形式的物种,由于物种的进化已经完成,因此任何其他动物都不可能再进化出人的形式。当某种物种通过进化获得新的物种形式之后,则意味着这个物种的进化已经完成,自然选择过程已经结束,这个物种已经从世界上永远消失了。由于达尔文的自然选择不适用于人类社会而只适用于自然界物种的解释,所以当古猿进化出人的形式之后,自然选择就不能继续用于解释新出现的人这个物种,也不适用于其他物种。人的出现是生物进化的最高标志,它不仅表明古猿已经进化为人,发生了质的变化,同时也表明其他物种也像人一样是在自然选择中进化出来的新物种。或者说,包括人在内的所有物种,都是新出现的物种,都是自然选择的结果。即使从形式上看那些被认为没有发生进化或者没有受到进化影响的古老物种如鳄鱼、鸭嘴兽、负鼠等,实际上它们也经历了进化的洗礼,在无数代繁衍的过程中也同样发生了性质改变,变成了新环境的新物种。它们同样经历了自然选择,同样是自然选择的结果,是自然选择中出现的新形式。

自然选择是一个漫长的过程,它通过进化的办法完成了从古猿到人的形式的改变,其结果是导致人这个新的物种的出现。人是在进化过程中自然选择的新物种,以人为标志,所有的物种都是通过进化而来的新物种,都是自然选择的结果。人的形式从进化而来,人的出现标志着自然选择过程的结束。当人获得了人的形式之后,还必须经历一个道德完善的选择过程,这就是伦理选择。自然选择是人的形式的选择,伦理选择是人的本质的选择,因此新出现的人类代表着一个新的文明进程。

第二节　伦理选择

伦理选择不仅是文学伦理学批评的核心概念,而且也是它的理论基石。自然选择完成之后,我们人类社会是怎样向前发展的？到目前为止,众多科学家、哲学家、伦理学家、社会学家都进行了大量研究,但是并没有真正解决这个问题。有人曾以达尔文的进化理论为基础,认为自然选择之后人类还要继续进化,提出社会进化论、道德进化论、社会向善论等观点,用来解释达尔文自然选择之后人类文明的发展。但是,这些努力并没有从理论上对人类自然选择阶段结束后的社会发展提供完满的解释。怎样解释人类在完成自然选择之后所经历的文明发展,目前学界还没有一种大家认可的科学总结或者科学描述。但是有一点是清楚的,那就是自然选择通过进化的方法解决了人的形式问题,这为人成为伦理的人、道德的人创造了条件。

人类文明进程中的自然选择结束后,新出现的文明阶段是伦理选择阶段,它是属于新出现的人类必须经历的文明阶段。自然选择是人的形式的选择,是人作为新的物种的选择。伦理选择是人的本质的选择,是如何做一个有道德的人的选择。古猿进化出人的形式之后,随着人这个新的物种的出现,古猿这个物种消失了,自然选择也就随之结束了。新出现的人不再需要自然选择,因此伦理选择也就随之出现了。

新出现的人是一个斯芬克斯因子(Sphinx Factor)的存在,这一点可以从最初的关于人的观念中看出来。在表现人类观念的古代神话中,希腊人把人描绘成人面狮身的形象,中国人把人描绘成人面蛇身的形象。在后来氏族社会的图腾中,动物也往往被用于某个动物的象征。古代人类用朴素的方法说明了人的起源和特征,说明古代人类已经认识到人是从某种动物演化而来,认识到人的基本特征就像希腊神话中的斯芬克斯和中国神话中的伏羲、女娲一样，一半是人一半是兽。即使在当今的文明世界里，人仍然是一个斯芬克斯因子或伏羲、女娲因子的存在。无论是斯芬克斯因子还是伏羲、女娲因子，都是由人性因子(human factor)和兽性因子(animal factor)构成的，因此人始终处于做人还是做兽的两种基本选择中。这种选择就是伦理选择。

伦理选择在本质上是做人还是做兽的伦理身份的选择，做人的动力来自人性因子，做兽的动力来自兽性因子。人性因子通过人头体现理性力量，兽性因子通过兽体体现原始本能。由于人身上的人性因子和兽性因子始终存在，因此人始终都处于做人和做兽的自我选择中。兽性因子是古猿进化成人之后的动物性残留，是人身上本能的一部分，因此做兽既是人的本能反应，也是人的自然倾向。兽性因子转化成自然意志在人身上发生作用，是推动人做兽的力量。自然意志从人的本能转换而来，是不受人的意识控制的意志。如果兽性因子得不到约束，人就会在兽性因子引导下选择做兽。尽管兽性因子是人身上的原始动力，但它只是从属因子，而人性因子是主导因子，能够抑制和约束兽性因子，引导人做一个有道德的人。如果兽性因子得不到约束，人就会做出错误的伦理选择，人就会因为兽性泛滥而失去人性的光彩。

人性因子转化成理性意志在人身上发生作用，是引导人做人的力量。理性意志从理性转换而来，它是受理性控制的意志，是约束自然意志和自由意志的力量。当兽性因子得到抑制和约束时，人就会做出正确的伦理选择，人身上就会绽放出人性的光辉。在伦理选择阶段，最重要的就是人如何用人性因子约束兽性因子，选择做人而不是做兽。因此，做人是伦理选择的最终目的。

费尔巴哈说："人所认为的绝对本质，就是人自己"[①], "人的绝对

---

① [德]路德维希·费尔巴哈：《费尔巴哈哲学著作选集》(下卷)，荣震华、王太庆、刘磊译，北京：商务印书馆，1984年，第555页。

本质、上帝,其实就是他自己的本质"①。他又说:"究竟什么是人跟动物的本质区别呢?对这个问题最简单、最一般、最通俗的回答是:意识。……理性、爱、意志力,这就是完善性,这就是最高的力,这就是作为人的人底绝对本质,就是人生存的目的。"②费尔巴哈实际上就是从人性和兽性两方面寻找人与兽的区别。恩格斯说:"人来源于动物界这一事实已经决定人永远不能完全摆脱兽性,所以问题永远只能在于摆脱得多些或少些,在于兽性或人性的程度上的差异。"③恩格斯所说的人性与兽性的程度差异,正是人一生中需要通过伦理选择解决的问题。人从动物进化而来,身上带有动物本性的残留,因而是人同兽的结合体,即一个人身上既有人的部分,也有兽的部分。古代希腊神话中人面狮身的斯芬克斯形象,中国神话中人面蛇身的女娲的形象,正是对人的这一本质的物质说明。在伦理选择中,人需要通过理性约束人的动物本性,强化人的道德性,并对动物本性保持警觉,追求做一个有道德的人的理想目标。如果任凭兽性膨胀泛滥,人就会丧失理性,就会道德沦丧而做兽。

人性因子转化成理性意志在人身上发生作用,是引导人做人的力量。理性意志从理性转换而来,它是受理性控制的意志,是约束自然意志和自由意志的力量。当兽性因子得到抑制和约束时,人就会做出正确的伦理选择,人身上就会绽放出人性的光辉。在伦理选择阶段,最重要的就是人如何用人性因子约束兽性因子,选择做人而不是做兽。因此,做人是伦理选择的最终目的。

ethical selection 和 ethical choice 是两个术语,两个概念。ethical selection(伦理选择)从达尔文的 natural selection(自然选择)发展而来,它是同自然选择相对应的术语,指的是人完成自然选择之后所必

---

① [德]路德维希·费尔巴哈:《费尔巴哈哲学著作选集》(下卷),荣震华、王太庆、刘磊译,北京:商务印书馆,1984年,第30页。
② 同上书,第26—28页。
③ 同上书,第83页。

须经历的获取人的本质的伦理选择过程。ethical selection 同 ethical choice 的区别在于,前者指人获取本质的整个伦理选择过程,后者指整个过程中的一个个选择。ethical selection 是单数,是整个过程,而 ethical choice 是 ethical selection 整个过程的具体构成。因此,ethical selection 是由具体的 ethical choice 推动的,是由一个个 ethical choice 构成的。

在中文表述里,无论是 ethical selection 还是 ethical choice,使用的术语都是"伦理选择"。中文术语"伦理选择"对应的是两个英文术语:ethical selection 和 ethical choice。ethical selection 和 ethical choice 是两个概念,在理解和使用时需要把它们区别开来,分清楚在具体的伦理语境里究竟是指 ethical selection 还是 ethical choice。例如,人的一生是一个 ethical selection(伦理选择)过程,这个过程是由生到死的做人过程。但是,人一生的伦理选择过程却是由具体的自我选择即伦理选择(ethical choice)构成的。ethical selection 是整个过程的选择,是集合概念;ethical choice 是整个选择过程中的个别选择,是非集合概念。因此,复数的 ethical choices 构成单数的 ethical selection,但是单数的 ethical selection 却不能构成复数的 ethical choices。在中文表达中无法找到完全与 ethical selection 和 ethical choice 相匹配的术语,只好用同一个术语"伦理选择"分别表达英文中的两个术语 ethical selection 和 ethical choice。在中文中,"伦理选择"是一词两义,分别对应不同的英文术语。因此,我们在用中文表达伦理选择时,需要注意把 ethical selection 和 ethical choice 区别开来。

在伦理选择阶段,每一个人都需要通过自我选择完成人生的伦理选择。我们的行为、思想、情感、道德等,都是自我选择的结果。我们生活在伦理选择之中,自我选择就是每一个人的具体存在。人的出生是伦理选择的结果,人的死去也是伦理选择的结果。我们生活在伦理选择之中,我们每时每刻都在进行伦理选择,一直到生命结束。因此,每一个人的存在都是由一个个自我选择即 ethical choice 构成的，自我选择就是每一个人的具体存在。

伦理选择的整个过程，尤其是一个个具体的伦理选择，都在文学作品中得到了集中描写。文学作品以人为书写对象，通过伦理选择写人、叙事、抒情，描写人从出生到死去整个过程中一个个选择事例，评说做人的道理。因此，文学作品描写人生选择的经验教训和得失范例，就能够被借鉴，发挥教诲的作用。以叙事性作品为例，欧洲文学如荷马的史诗、塞万提斯的《堂吉诃德》、拉伯雷的《巨人传》、菲尔丁的《弃儿汤姆·琼斯的历史》、狄更斯的《大卫·科波菲尔》等，中国文学如四大古典小说《水浒传》《三国演义》《西游记》《红楼梦》等，无不是描写人物生活中的一系列选择，描写他们选择的过程、情感与体验、得失与思考，描写他们的选择怎样影响了自己的人生。文学作品无论是记叙人物的行为，还是描写人物的心理和情感，都是通过描写他们具体的伦理选择实现的。

由于文学作品记录和评说人一生中所经历的一个个选择，这就决定了对文学作品的分析和批评应该是对具体的伦理选择的分析和批评。离开了对人物具体的选择的描写，就无法对人物的性格、心理、情感、精神进行分析，给予评价。无论心理还是精神，情感还是道德，都是选择的结果。心理变化和精神状态也都是在选择过程中产生的。对人物的性格、情感、心理、精神、道德等的分析与批评，就是对人物伦理选择的分析和批评。因此，我们对文学的批评研究，就需要从传统上对性格、心理和精神的分析转移到对伦理选择的分析上来，通过对伦理选择的分析而理解人的心理和精神状态、理解人的情感以及道德。

以莎士比亚的悲剧《哈姆雷特》为例。哈姆雷特在德国威登堡大学读书，获知父亲的死讯后回国奔丧。他从父亲的鬼魂那里知道了父亲被克劳狄斯毒死的真相，决心为父亲复仇，最后在同雷欧提斯比剑时中毒而死。哈姆雷特复仇的整个过程是一个伦理选择的过程,而整个过程又是由一个个具体的选择构成的。无数个选择构成了哈姆雷特的生活,构成了他的整个人生。

哈姆雷特从德国回到丹麦以后,面临的是如何为父亲复仇的选择问题。父亲的鬼魂嘱咐哈姆雷特复仇,哈姆雷特也当着父亲鬼魂的面发誓复仇。但是,哈姆雷特在复仇的过程中发现问题变得越来越复杂,复杂性就在于他要复仇的对象是他母亲的丈夫,自己的继父。从伦理身份上说,他是克劳狄斯的继子,同克劳狄斯的关系是父子关系。哈姆雷特自身也认可并承认这种父子关系。在他同克劳狄斯的对话中,他们相互之间都是以父子相称的。哈姆雷特的伦理身份对他如何选择复仇造成了障碍。如果哈姆雷特在复仇中选择杀死克劳狄斯,就等于杀死了自己的父亲,而这将使他违反弑父的伦理禁忌。弑父、弑君、弑母都是被严格禁止的伦理犯罪。杀死克劳狄斯既是弑父,也是弑君。因此,哈姆雷特的复仇面临着弑父和弑君的两大伦理禁忌。哈姆雷特一方面发誓为父复仇,另一方面又不能违反伦理禁忌,如何选择就构成了他最大的选择难题。对于哈姆雷特来说,他一直思考的是如何选择的问题,思考他究竟是应该复仇还是放弃复仇的问题。实际上,哈姆雷特面临的是伦理两难,因为作为死去父亲的儿子,他有为父复仇的充分理由。作为杀人凶手克劳狄斯的继子,他也有放弃复仇的充分理由。哈姆雷特需要在伦理两难中做出选择,但是他又无法做出选择。正是在这样一个艰难的选择过程中,哈姆雷特从心底发出了那句震撼人心的诘问:"To be, or not to be, that is the question"。实际上这就是哈姆雷特的选择,他的无奈的选择,或者说就是他无法做出选择的结果。

哈姆雷特的母亲乔特鲁德也构成了哈姆雷特的选择难题。在哈姆雷特的复仇意识里,他的母亲是杀人帮凶,尽管父亲的鬼魂劝说哈姆雷特不要杀死自己的母亲而让她遭受天谴,但是哈姆雷特内心里要杀母复仇的意志却是十分强烈的。后来哈姆雷特导演的那出戏中戏，表面看是针对克劳狄斯的，但实际上是针对他母亲的，是为了试探他的母亲是否真的与他父亲的死有关。因此，对哈姆雷特的一个个伦理选择进行分析，我们可以看出"To be, or not to be, that is the question"并非是哈姆雷特表达的对生死的看法，而是表达了他在复仇问题上究竟应该如何选择的自我追问，即他应该复仇，还是放弃复仇？复仇是正确的，还是错误的？复仇是符合伦理的，还是违反道德的？这就是哈姆雷特面临的需要解决的问题。通过对哈姆雷特一系列伦理选择的分析，我们发现了哈姆雷特悲剧的根源就在于他无法解决的伦理选择问题，在于他必须做出选择但又无法做出选择的两难处境。哈姆雷特的选择我们感同身受，这也加深了我们对这个人物的理解。

在伦理选择阶段，进化不再对人发挥作用。伦理选择阶段虽然还存在一些类似进化的变化，如胚胎的发育、婴儿的成长、身高的变化、外形的改变、器官功能的调节、环境的适应性等，但这些人体机能的变化不属于人体的进化，而属于人体机能调节（regulations of body functions）。自然选择结束后，人体对内部和外部环境的适应是通过人体机能的自我调节实现的。人体机能的自我调节是人体的生物性功能，是人体进化的结果。通过生物性自我调整，人体可以适应不断发生变化的环境，这有利于人的生存并为人的伦理选择奠定基础。例如，当人体感到饥渴、困乏时，就会自动发出警示，提醒人体需要进食或休息。当人体感到过度炎热时，会通过汗腺系统排出汗水以实现人体的自动降温。人体机能自我调节将使人体得到改造（modification），以适应新的和发生了变化的人体自身状况或外部环境。人体改造不是人体进化，也不导致人体性状的改变。如果需要人体出现性状改变，这在科学选择阶段才能实现，因为在科学选择阶段，科学技术不仅可能代替进化改变人体本身的性状，甚至可以借助科学技术创造新的物种。

伦理选择阶段的人体机能调节，在性质上同自然选择阶段的进化是不相同的。进化(evolution)是就物种而言的，它主要通过遗传变异导致种群遗传性状的变化，进而出现新的物种，例如人就是通过进化而出现的新物种。进化不是主观意志的体现，也不是人工干预的结果，而是在自然选择中实现的。进化是自然选择的方法，完全由时间决定，只要有足够长的时间，既有物种就会发生改变并以新的形式出现。进化不能主动选择而只能被动接受，人无法对进化进行自主性干预。

同进化相比，伦理选择阶段人体机能的调节并不是由时间决定的，而是由人体自身状况和特定环境决定的。人体机能的调节既是自动调节，也是自主调节。自动调节主要通过人体机能的自我适应性调整实现。出于生存需要，人体机能会自动调节以适应内部或外部环境，这种调节是自动的，下意识的，不由自主的。除了人体机能的自我调节，伦理选择阶段的人还会利用一切可以利用的方法如科学技术主动地改变自己，以便使自身在不同的内部或外部环境中更好地生存。正是人的这种主观能动性，人体机能的自主调节越来越明显，越来越重要。人体机能的自主调节推动了科学发展和技术进步，不仅让科学技术在我们日常生活中广泛运用，而且还推动了医学的发展，借助医疗技术使人体机能得到最大改善。

在伦理选择阶段，人往往借助某种方法或科学技术对人体进行改造，以达到某种要求或标准。改造是一种主动的适应性改变，它不是被动地等待改造的出现，而是人工主动干预的结果，是主观意志的体现。人体改造的方法就是人工干预，例如为获得某种特殊技能而进行的某种人体训练，按照某种标准进行的人体塑造，服用某种营养物质促进大脑的发育，服用某种药物以获得对某种疾病的终身免疫，利用科学技术对人体外形的改造等，这些都属于通过人工干预而实现的人体自主改造。

在当代社会，随着科学技术的飞速发展，科学技术越来越多地用于我们身体的改造，如孕妇怀孕期间有意识地吃某些食物以促进胎儿的发育，婴儿出生后通过哺育方式的改变促进婴儿的健康，当代社会通过注射卡介苗、脊髓灰质炎疫苗、麻疹疫苗、鼠疫菌苗等疫苗让孩子的机体获得对某些病菌和疾病的免疫能力，通过人体器官移植技术以延续人的生命，通过生殖技术让不孕不育患者获得子女等。通过科学技术实现对人自身的干预，已经不是自然选择进程中的进化所能比拟的了。人体改造为科学选择的出现积累了经验，也为科学选择的到来创造了条件。科学技术的飞速发展，势必加快伦理选择的进程，迎接科学选择的早日来临。

自然选择的方法是进化，伦理选择的方法是教诲。自然选择是被动的，一切物种都在漫长的时间中被动地经历进化。自然选择是形式的选择，人长成什么模样都不是由自己决定的，而是自然选择的结果。伦理选择是内容的选择、本质的选择。用什么样的规范要求自己，按照什么标准塑造自己，做什么样的人，都不是通过自然选择决定的，而是由伦理选择决定的。伦理选择按照某种社会要求和道德规范进行选择，或者根据特定伦理环境和语境的需要进行选择。要做到这一点就需要教诲，而教诲是教与学的结果。从婴儿到幼儿，从少年到成人都要经过一次次选择最终成长起来。

伦理选择的目标是解决做人的问题。如何做人是一个道德命题，这不是通过进化解决的问题，而是要通过教诲才能实现的。进化是被动的选择，教诲是主动的选择。教诲包括两个方面，首先是教，然后是学。教是学的前提，学是教的结果。通过教导和学习从中获得教诲，学会做人，达到教诲的目的。这也是做人的伦理选择过程。简而言之，伦理选择通过教诲的方法让人变成符合道德规范的人。刚刚诞生的婴儿只是形式的人，或者说婴儿只是一个斯芬克斯因子的存在。由于伦理意识还没有出现，婴儿是由兽性因子主导的。随着婴儿成长为幼儿，婴儿的认知能力得到加强，伦理意识产生，在父母的教导和环境的影响下有了人的概念，进而能够对自己进行人的身份确认。幼儿关于人的身份的自我确认是非常重要的，正是因为有了对人的身份的确认，幼儿才能进入伦理选择的阶段。但是幼儿的自我身份确认以及随后的伦理选择，都是教诲（teaching and learning）的结果。没有教诲，幼儿的伦理意识难以产生，也不能进行正确的伦理选择。婴儿从诞生开始就存在做人和做兽两种可能性，即可能变成好人，也可能变成坏人；可能变成一个有道德的人，也可能变成一个没有道德的人。只有通过教诲，才能做到选择做人而不做兽。

第二十四届世界哲学大会的主题"学以成人"（learning to be human）强调的就是教诲的作用。"学以成人"既是一个哲学主题，更是一个伦理主题。"学以成人"就是学习做人，做一个有道德的人（to be a moral human）。做人是伦理问题，如何做人是哲学问题，也是方法问题。做人的方法不仅需要学习（learning），也需要教导（teaching），因此教导＋学习才能成人（to be human）。teaching and learning"教与学"就是教诲，就是教人如何做。教是学的前提，学是教的结果。教即教人如何学习，学即学其所教。例如，缺乏学习能力的幼儿没有人的教导，则无法学习，因此幼儿首先需要经过启蒙，开启心智，才能学习做人。教和学是教诲方法，不仅儿童需要教诲，即使儿童长大成人也同样需要。伦理选择强调教诲的方法，就是强调教与学的方法，强调经由教诲做出正确的伦理选择，从而做一个道德高尚的人。

文学作品能够作为工具用于教诲，这是文学伦理学批评的基本观点。学习需要课本，书写需要笔墨，教诲同样需要工具，而教诲的工具就是文学。有人可能反对将文学作品作为教诲工具的观点，尤其是那些反对文学工具论的人，他们会用文学主体论或文学审美论反对把文学作品用作教诲工具的观点。但是，如果能够客观地、历史地进行反思，厘清文学和文学作品的概念，我们会认识到文学作品作为工具用于教诲，事实上历来有之。

自有文学以来，文学作品就被用作对人进行教诲的工具。从中国最早的卜辞开始，到后来的春秋战国时期的诸子百家、秦汉文学、唐宋诗歌、元明戏曲，再到现当代文学，无不坚持文以载道的思想。这说明自古以来，中国都重视文学的教诲作用以及将文学作品作为工具用于教诲。但是也有人反对这一点，认为没有文学也可以进行教诲，甚至以幼儿为例说明教育并非需要文学。他们认为，在识字之前，幼儿不具备学习的能力，因而对幼儿进行教育可以不需要文学。在识字之前，幼儿的确不具备学习文学的能力，但这并不影响幼儿接受文学教育。对没有学习能力的幼儿进行教育，幼儿的父母是主要的教育者。父母对幼儿进行教育的普通方式是讲故事，尤其是讲童话故事。可以说，幼儿是在听童话故事的过程中获得学习能力的。在幼儿能够识字之后，幼儿就开始阅读童话故事。通过听故事和读故事，幼儿长成了儿童、青年，开始明辨是非，有了思想，有了道德。这说明，孩子的成长是同文学教育紧密相连的。

没有文学，就没有孩子的成长。没有文学的教诲，孩子不能长大成人。在英国作家吉卜林的《丛林之书》中，那个名叫莫格里的小孩在狼群中生活了九年，没有听人朗读或讲述过文学，也没有阅读文学的能力，更没有接受人类的教诲，其结果是变得越来越像狼。这说明了教诲的重要性，说明没有教诲，孩子不能成人。所以，童话在教育孩子方面发挥了至关重要的作用。孩子的伦理意识从何而来，主要是父母灌输的，是从父母讲述文学和幼儿学习文学中来。例如大灰狼、小白兔、狼外婆等这些儿童终生难忘的文学形象，就是儿童的道德源泉。文学作为教诲的工具是不可缺少的，没有儿童文学，就没有儿童的成长。

伦理选择是文学伦理学批评的核心理论，也是文学伦理学批评的哲学基础。文学伦理学批评既是一种文学批评方法,也是一种哲学观念。这也说明,我们今天在讨论文学的时候,必须要从跨学科的角度,把文学同哲学、历史学、政治学、经济学、人类学、生物学等各个研究领域结合起来,才能真正把文学的研究推向深入。

第三节 科学选择

人类文明整个发展过程的逻辑从自然选择开始,经过伦理选择进而发展到科学选择。自然选择不是人类文明的开始,只有经历自然选择继而出现人类以后,人类文明的历史才得以开始。人是人类文明存在的前提条件,没有人,则没有人类文明。人类文明历史的起点从自然选择开始,历经伦理选择,最后以科学选择结束。自然选择、伦理选择和科学选择三个阶段有着内在逻辑连贯性,但它们性质不同,各自的使命也不同。

自然选择解决人的形式问题。古猿在自然选择过程中通过进化获得人的形式,因此人类得以出现。人是自然选择的结果,因此人的出现则意味着自然选择的结束和伦理选择的开始。伦理选择解决人的本质问题。形式的人通过教诲的方法获得人的本质,变为道德的人,从而使人不仅在形式上更在本质上同其他动物区别开来。伦理选择是人类道德化的选择过程。这是一个漫长的过程,我们目前正处在伦理选择的进程中。人类在伦理选择过程中通过教诲解决面临的一系列伦理问题,但所有的问题最终都将通过科学解决,而这个特点决定了伦理选择必然向科学选择发展。不同于伦理选择,科学选择解决人的科学化问题,解决人同科学技术融合的问题。尽管我们目前还处于典型的伦理选择阶段,但是科学技术的飞速发展已经让伦理选择同科学选择接轨。实际上,如今伴随许多复杂伦理问题出现的诸如亲子鉴定、试管婴儿、器官移植等问题,都是借助科学技术解决的。科学选择是人类历史三阶段中的最后阶段,虽然我们还没有进入科学选择的阶段,但是科学技术的发展正在让我们快速接近科学选择,我们已经从科学选择的神秘亮光中窥视到了科学选择的奥秘。科幻文学的繁荣,也让我们从作家超越时空的想象和描写中,感受到了科学选择的奇妙,从而激发我们去深刻思考科学选择的问题。

科学选择是人类文明在经历伦理选择之后将要经历的可以预见的人类文明的最后阶段。在人类文明发展过程中,自然选择解决了人的形式问题,从而使人能够从形式上同兽区别开来。伦理选择解决了人的本质问题,从而使人能够从本质上同兽区别开来。科学选择将解决人的科学化即现代人变为科学人的问题,①从而使人能够从科学技术上同伦理的人区别开来。在科学选择阶段,科学技术将不仅极大地影响人的生活方式,而且从根本上改变人的生活观念及生存方式,并导致现有的伦理道德逐渐被技术标准所取代。

科学选择是人类文明发展的最后阶段,是伦理选择的结果。科学选择同由伦理主导的伦理选择不同,它指的是由科学技术主导的整个人类文明发展的最后进程,是对人类文明发展最后阶段的整体性描述。科学选择以科学人的大量出现为标志。为了解决不育夫妇的生育问题,人工授精(Artificial Insemination)和体外受精—胚胎移植(In Vitro Fertilization and Embryo Transfer, IVF－ET)等医疗辅助技术,已经越来越多地被使用。试管婴儿就是使用体外受精—胚胎移植技术生育的婴儿。尽管试管婴儿是通过人类辅助生殖技术实现的,但它并没有改变自然生育的本质,因此试管婴儿还不属于科学人。真正的科学人不是通过自然生育方式而是通过科学技术的方法繁殖的人,

---

① 现代人指的是伦理选择阶段的人。现代人同自然选择阶段的古猿有本质的不同。一是形式上已经从古猿的外形进化出现代人的外形,能够从形式上把自己同古猿以及其他动物区别开来;二是借助特有的道德特征即人性使自己从本质上同其他动物区别开来。由于人身上保有兽性因子和人性因子两种因子,因此现代人才能在伦理选择过程中做出正确的伦理选择。就现代人的伦理选择而言,也可以称之为伦理人。

例如日本作家东野圭吾的小说《分身》中通过基因复制技术繁殖的一对一模一样的姐妹（非双胞胎孪生姐妹），美国作家罗维克的小说《克隆人》中的富商通过自己体细胞核移植产下的男婴，德国小说家夏洛特·克纳的《我是克隆人》中音乐家伊丽丝对自己的复制，所有这些通过基因技术无性繁殖的人都属于科学人。在可以预见的未来，基因技术将是科学人繁殖的主要方法。基因不仅可以帮助人类摆脱通过婚姻繁衍人类的自然生育方式，而且还可以根据科学标准对人进行改良、改造和重造。不过，现在采用基因技术对人进行复制或者繁殖不仅违背现有伦理和法律，而且技术上也没有完全成熟，所以科学人近期还不可能出现。

科学选择的核心内容是人的繁衍、学习、成长和生活等方面的科学化，是一个由科学技术改变人类、改造人类，甚至是再造人类的较长的过程。这个过程是由一个个具体的科学选择（scientific choice）构成的。这一点同由一个个具体的选择（ethical choice）构成的伦理选择（ethical selection）类似。

伦理选择的核心是伦理道德，科学选择的核心是科学技术，而科学技术是由个体的人掌握、运用和发展的。在科学选择阶段，人能够按照科学标准在实验室里制造人，这在《我是克隆人》等小说中已经有过大量描写。如何掌握、运用和发展克隆技术制造人，这是一个科学选择（scientific choice）命题。但是，克隆人技术的运用或者借助科学方法对人进行复制或繁殖，包括被复制或制造出来的人的身份、地位、责任、义务等，既是科学选择的问题，也是伦理的问题。玛丽·雪莱的小说《弗兰肯斯坦》中的主人公在实验室里制造出来的类似人类的人造怪物，美国科幻小说家罗维克的小说《克隆人》通过体细胞核移植技术对人的复制，无论制造者自己还是被复制出来的人，都是在伦理主导下进行的科学选择（scientific choice）。从本质上看，这类科学选择并没有摆脱伦理选择。但是，随着科学技术的发展，尤其是随着现代人数量的减少和科学人数量的增多，科学选择的伦理性质就会逐渐消失，科学人的选择最终将变成不受伦理干预的真正的科学选择。

经过自然选择和伦理选择两个阶段，科学选择将完成人类文明发展历史的最后进程，终结人类文明发展的历史。科学技术的迅速发展导致伦理选择加速，推动人类文明快速进入科学选择阶段。科学选择是现代人运用科学改变自己并通过科学把自己变为科学人的阶段。借助科学技术，不断自我优化的人将逐渐转化为科学人。科学人越来越科学，同此前的现代人相比显示出巨大的优越性，因而最终将完全取代现有人类。

经过科学选择，现代人要么转化为科学人，要么被科学淘汰。未来的结果是，由于现代人在科学面前越来越显得落后，越来越不符合科学标准，繁殖能力急剧下降，生存能力大幅减弱，因而现代人的数量迅速减少，伦理特性逐渐让位于科学标准，最后在科学选择过程中逐渐消亡。随着科学人成为主体，人类文明进程将最后终结，一个新的世界即科学人的世界最终出现。在科学选择阶段，科学技术前所未有地高度发达，科学人不仅有能力自我改造以便使自己符合科学，得以永生，而且还有能力超越地球进入其他星球，进入一个全新的宇宙选择阶段。

科学人并非从天而降，而是科学选择的结果，是科学技术发展导致的新人类。在可以预见的历史阶段，借助基因技术在实验室创造的人，将是科学人的主要来源。科学人是在科学选择中创造的新的智慧生物。在伦理选择阶段，人要经过漫长的伦理选择过程才能道德化。与之相比，科学人也要经过漫长的科学选择过程才能使自己去道德化以实现科学化，最终变为科学人。科学人拥有自己的科学社会，基因克隆技术的成熟与运用，是科学人出现的强大动力。克隆是英文clone 或 cloning 的音译，原意是指以无性繁殖或营养繁殖的方法如扦插和嫁接培育植物，实际上就是复制。在当代科学中，克隆是利用技术改造基因以获取胚胎的方法。胚胎是指雄性生殖细胞和雌性生殖细胞结合成为合子后,经过多次细胞分裂和分化后形成的能发育成生物成体的雏体。胚胎是生命的最初阶段,也指发育生物学的最早阶段。科学家发现,导致遗传发生的物质是细胞核。克隆的过程是先去掉含有遗传物质的卵细胞的核,然后将供体细胞的核移植到卵细胞中,利用微电流刺激等方法使二者融为一体,这时就得到一个新的细胞。新细胞不断分裂、繁殖,发育成胚胎。如果是一枚动物的胚胎,以代孕的方式将其植入动物的子宫中,便可产下与提供细胞的动物的基因完全相同的动物。如果是一枚人的胚胎,也以代孕的方式将其植入人的子宫中,便可产下与提供细胞的人的基因完全相同的人。在克隆过程中如果对供体细胞进行基因改造,无性繁殖的动物或人的后代基因就会发生相同的变化。

由此可以看出,克隆是一种有别于传统的"无性繁殖"方法,对于动物或者人而言,是指生物体通过体细胞进行的无性繁殖,以及由无性繁殖形成的基因完全相同的新个体。克隆不仅是一种人工基因复制技术,而且也是一种能够对基因进行编辑改造的技术。它既可以对母本或父本进行复制而得到同母本或父本一样的个体,也可以对母本或父本进行编辑改造而获得不一样的新个体。尽管基因克隆这项现代生殖技术被禁止在人身上使用,但是却在人以外的其他动物身上得以试验成功,已经克隆出了绵羊、猕猴、猪、牛、骡、马、骆驼等。基因克隆技术在动物身上的成功运用,表明这项技术用于人的克隆已经不存在技术上的障碍。在目前的实验中,通过克隆技术获得的胚胎都需要植入子宫孕育,而未来人工子宫完全可以取代自然子宫孕育生命,做到生命能够在生命制造工厂里生产。

运用科学技术的方法制造生命如克隆人或者制造人是科学选择的基本特征,科学人的出现是科学选择阶段开始的标志。科学选择首先是人自身的科学选择,科学人不仅可以用科学技术方法改造人以便使人更符合科学，而且可以使用科学技术方法改造人、制造人、克隆人。因此我们有理由说，在进入科学选择阶段之前或者在伦理选择阶段结束之前，科学伦理将是人类需要面对的最重要问题。目前科学技术快速发展，不仅技术上可以做到使用基因技术克隆婴儿或制造生命，而且人类通过技术克隆婴儿和制造人的愿望会越来越强烈，现实的需求也会越来越突出。这将导致一系列因科学技术引发的人造人的伦理问题。例如，我们不仅需要思考使用基因技术克隆婴儿和制造人是否符合伦理的问题，而且还需要思考克隆婴儿出生及长大成人后可能面临的身份、责任、义务、地位等伦理问题，甚至用于克隆或制造生命的人体细胞、基因，包括人的精子、卵子以及人体器官移植等，都将成为科学伦理中无法回避的问题。而且，这些问题并非仅仅出现在科幻文学中，而是已经出现在现实中。

无论是自然选择、伦理选择还是科学选择，选择的目的是为了人的自我生存、改进、优化、繁衍。从自然选择开始，古猿就开始使用工具，开始使用火并利用火取暖和烤熟食物，改善生存环境，从而加快了人类的文明进程。伦理选择阶段的人不仅获得了完美的人体外形，而且还有了畜牧业、农业、商业、手工业、现代工业以及艺术、科学和宗教。表面上看，人类文明进步的最大价值在于改进了人类的生活，提高了生活质量，但实质上是通过改进人类生活质量促进了人类繁衍及生殖质量的提高。伦理禁忌、道德约束、医疗技术如试管婴儿等技术的运用，都是保证人类高质量繁衍的方法。所有这些都发生在伦理选择阶段，都属于伦理选择的内容。

无论是自然选择还是科学选择，其前提是人，都是人的选择。科学选择亦如此，也仍然是人的选择。自然选择完成了从古猿向现代人的转变，通过自然选择人终于获得定型，为伦理选择提供了条件。自然选择是由原始人决定的，伦理选择是由现代人决定的，而科学选择则由科学人决定。没有原始人就没有自然选择，没有现代人就没有伦理选择,没有科学人就没有科学选择。不同的文明阶段有不同的人,不同的人决定不同性质的选择。伦理选择阶段的人在不断提高自我生存质量的同时,也在按照心中的理想采取各种方法不断改进和完善自己的形式,使自己高度道德化。当现代人的道德化过程即伦理选择过程完成时,伦理选择阶段结束,人类历史进入最后的科学选择阶段。

在伦理选择阶段,文学作品中人的自我改造的幻想为伦理选择向科学选择的转变提供了动力。科学技术是这种动力的源泉。科学技术尤其是生殖技术如基因克隆技术的发展,已经超出了我们的想象。利用基因技术克隆人类胚胎,在实验室里制造人,已经不只出现在文学作品的想象性描写中,而是出现在现实中。尽管目前克隆人类胚胎都是在科学实验的名义下进行的,实验的公开目的是为了获得治疗现有人类某些疾病的材料,但实际上这些实验已经在有意和无意中挑战了既有的伦理道德观念,颠覆了我们传统上有关人的认识。人体克隆的伦理问题是多方面的,例如人体克隆的目的、技术可靠性、伦理许可、风险评估以及克隆技术失败的责任等。还有通过克隆技术得到的人类胚胎的法律地位和伦理地位,通过克隆胚胎获得的人体干细胞用于疾病治病的伦理问题,通过干细胞获取的克隆人的地位、权利、责任以及克隆人的欲望、意识、情感、意志等未知的伦理问题。

在伦理选择阶段,克隆技术使用者的伦理问题是当下最为突出的问题。例如,南方科技大学副教授贺建奎通过基因编辑技术得到"基因编辑婴儿"娜娜和露露,引起了社会一片反对和谴责之声。表面上看,这是人类社会对人工制造婴儿的恐惧,实质上是科研技术人员滥用基因技术编辑婴儿引起的伦理恐慌。"基因编辑婴儿"指的是通过基因编辑技术修改人体胚胎、精子或卵细胞核中的DNA(脱氧核糖核酸)后生下的婴儿。当编辑婴儿诞生的消息发布后,整个社会的第一反应几乎都指向了科研人员编辑婴儿基因的伦理,质疑编辑婴儿是否经过医学伦理委员会的审查和许可。在整个社会看来,医学伦理委员会的审查是使用基因技术克隆人体所要面对的的第一道关卡。社会的担忧与恐惧不是没有道理的。科研人员通过基因编辑技术得到婴儿娜娜和露露，是以去除艾滋病基因 R 从而获得对艾滋病终身免疫为理由的。那么问题是，科研人员对志愿者的卵子进行基因编辑以获得对艾滋病的免疫是一种疾病治疗还是一种治疗疾病的实验？显然，科研人员通过基因编辑技术对还未出生的婴儿进行免疫治疗的理由不仅牵强，而且根本站不住脚。显而易见的是，一种技术用于疾病的治疗是以实验数据为基本前提的。只有在一定数据积累的前提下某种技术治疗疾病的有效性得到证实后，这种技术才能得到法律许可，然后才能谨慎地用于疾病的治疗。没有实验数据而将某种技术用于治病既违反法律，更违反医学伦理。科研人员声称娜娜和露露是世界上首例通过基因编辑技术得到的婴儿。显然，娜娜和露露的诞生没有实验数据的支持。相反，作为首例通过基因编辑技术得到婴儿娜娜和露露倒是真正的实验。从运用医疗技术的实验性质来说，基因编辑婴儿犹如实验大白鼠，旨在为科研人员提供实验数据。在没有实验数据验证的前提下，科研人员敢于把基因编辑技术用于繁殖婴儿，这从根本上就违反了医学伦理。因此，娜娜和露露的诞生不能不说是对科研人员滥用基因编辑技术的伦理拷问。

基因编辑婴儿引起的诸多伦理问题是可想而知的。由于缺乏实验数据，即使是使用这项技术的科研人员，也无法验证这项技术的可靠性。例如，世界首例克隆羊多莉，已经有未老先衰的迹象。假设这种现象以其他未知的情形出现在娜娜和露露身上，且不论这种所谓的基因免疫治疗是否可靠和有效，即使能够对艾滋病终身免疫但是导致智商、健康和寿命低于常人，这种免疫治疗又有什么意义呢？

除此之外，即使基因编辑婴儿能够对艾滋病终身免疫而且是健康的，基因编辑婴儿也需要面对自身带来的伦理问题。基因编辑婴儿的基因被人为改造，这种人为改造导致的基因缺损是健康的还是病态的？尤其是在他们的后代身上是否会出现新的遗传性或基因疾病？遭到人为基因改造的婴儿的法律地位和伦理地位是怎样的？由于没有前期实验，如果出现意料之外的结果如因为基因缺损导致的未知疾病怎么办？如果娜娜和露露在成长的过程中得知自己身世真相后会出现什么反应？外界的异样眼光会对她们的心理、情感产生什么影响？通过基因编辑治疗病症，基因编辑婴儿的身世是应该严格保密的，而贺建奎有意把娜娜和露露的身世暴露于世，这不仅严重违反了作为医生或科学家的基本道德操守，而且还会在社会环境和心理健康方面影响娜娜和露露的成长。早在200年前玛丽·雪莱在《弗兰肯斯坦》中描写过的这些未知问题，都可能出现在娜娜和露露身上，给她们造成的损害可能是巨大的和无法弥补的。

克隆人体胚胎也会给人类的伦理道德和思想观念带来巨大冲击。克隆人会给自然进化了若干年才出现的人类带来什么影响？它是否会干扰或阻断人类现有繁衍方式并最终危及人类的存在？被克隆出来的人，究竟是人还是一个由人在实验室里制造出来的产品？它是否应当和正常人一样，拥有同等的社会权利和社会义务？另外，人类应该怎样处理那些因克隆技术失败而导致的"残次品"？最为可怕的是，一旦人口可以在实验室里批量地复制或制造出来，人类社会的传统观念、道德、伦理、法律、制度等会不会被完全颠覆？

贺建奎滥用基因编辑技术导致娜娜和露露的诞生，将来会引发多少现实问题并给她们的生活带来怎样的危机现在还不得而知，但是它已经向有条件和有机会使用基因编辑技术进行人体胚胎克隆的科学家和医生等人提出了严峻的科学伦理问题。实际上，目前社会各界几乎一致的反对与谴责不仅表明了人们对基因克隆的担忧和恐惧，而且也对科学家、医生和公众提出了伦理拷问：在基因克隆的巨大诱惑面前，他们的良心和责任应该摆放在什么位置？伦理的思考刻不容缓。科学家根据什么理由、出于什么目的以及按照什么标准在实验室里制造出同我们一样的人，这本身就是一个极其复杂的伦理问题。在现代实验室里，如果科学家借助克隆技术把人和老鼠或其他动物的遗传物质随意混合起来，是完全可以通过 DNA 重组技术制造出我们无法想象和接受的人造怪物。早在 20 世纪 60 年代，人类已经基本拥有了这种技术。在自然选择阶段，一个物种要实现稳定的单基因突变需要经过五百万年至两千万年的进化，而在实验室里现在只需要几个星期、几天甚至几个小时就可以实现。通过基因技术，科学家不难制造出希腊神话中才有的人头狮身或狮头羊身的怪物，或者制造出新的生命类型。形态各异的妖魔鬼怪不只是出现在《西游记》以及各类志怪小说中，也可以轻而易举地在实验室里制造出来。

科学选择阶段是现代人消亡的阶段，是伦理与道德被科学规范与标准取代的阶段。正因为如此，科学选择阶段的伦理道德问题将比伦理选择阶段更为严重。但是，科学选择阶段所有的伦理道德问题都集中在现代人与科学人的伦理关系与道德要求上。例如，在小说《克隆人》中，孕育孩子的那个名叫麻雀的人是什么身份？在伦理选择阶段，血缘是伦理道德的前提与基础。麻雀孕育了孩子，但是却同孩子没有血缘关系，那么她是孩子的妈妈吗？生下的婴儿是麻雀的孩子还是一个孤儿？小说中已经提出了这些问题。例如，孩子同麻雀之间是夫妻关系还是母子关系？生下的孩子来源于莫克斯的细胞，那么孩子是莫克斯的孩子吗？莫克斯是孩子的父亲吗？乱伦的观念是否还会对他们之间的关系产生影响？例如，麻雀爱上了莫克斯，他们很可能结为夫妻，如果莫克斯死去后，从莫克斯复制而来的孩子能够代替他做麻雀的丈夫吗？这些问题也出现在 2017 年获得诺贝尔文学奖的日裔英国作家石黑一雄的小说中。例如，《别让我走》讲述了一群作为器官捐献者出现的克隆人的生活。虽然他们都是一个个鲜活的生命，但他们的使命就是为人类提供器官。他们是通过克隆方法创造出来的人，除此而外同我们并无分别。那么，这些克隆人有没有同我们一样作为人存在的身份？有没有人的权利？能不能进行自我选择？尤其是我们运用科学技术的方法把他们创造出来后摘取他们的器官，这是否违反了科技伦理？尽管这些克隆人只是出现在科幻小说中，然而在现实中他们离我们已经不远了，不能不引发我们严肃的伦理思考。

在日本作家东野圭吾的小说《分身》中，我们也可以看到在进入科学选择之前围绕克隆人产生的一系列伦理问题。《分身》不仅是一部科幻小说，而且也是一部科学普及读物，能够让读者通过阅读获得有关试管婴儿、基因重组、人的复制等科学方面的专门知识。无论在小说出版的1993年，还是在小说出版27年后的今天，大多数非生物学专业的读者对基因重组及人的复制等当代尖端技术都还是较为陌生的。小说的专业描述和解释，正好可以弥补读者这方面的知识空白。

小说《分身》中通过基因技术克隆出来的两个孩子——氏家鞠子小姐和小林双叶小姐，已基本颠覆了我们传统的伦理观念。克隆人实际上是对人的复制，是一种复制人。小说《分身》明确提出了复制人的伦理身份等一系列伦理问题。例如，小林双叶小姐是什么身份？她同她的原始版本高城晶子之间的关系是什么？她同代孕母亲小林志保之间是什么关系？她同小林志保的丈夫是否为父女关系？尤其是小林双叶和氏家鞠子是晶子的女儿还是晶子的妹妹？她们是独立的个体吗？她们有自己的人权吗？她们的出生没有经过晶子的允许，晶子有权对她的分身进行处理吗？晶子并不希望自己的分身存在。鞠子和双叶都是高城晶子的复制品，都是从高城晶子克隆而来，或者说是她的复制品。小说提出的疑问是，冒牌的LV箱包会被贱卖，珍贵文件的复印件可随意销毁，伪钞无法像真钞一样在市面流通，而像鞠子和双叶这类人的复制品也许就像伪钞一样没有价值。那么，她有权毁掉从自己复制而来的人吗？显然，这些伦理问题都需要做出回答。

克隆人是特殊伦理环境中的伦理选择，是科学技术飞速发展的产物。在科学层面上它超越了伦理传统，引发出我们从未经历过的伦理问题,因而也就缺少解决这些问题的现成答案。正如小说《克隆人》提出的问题那样,如果克隆出来的人在幼年死去,代理母亲能否声明自己是这个死去孩子的母亲?或者,如果父本莫克斯去世后,从他的体细胞克隆出来的这个孩子能否成为他的合法继承人并继承他的财产?还有,这个从莫克斯的体细胞克隆出来的同莫克斯一样的人身份怎样确定?他应该是莫克斯自己还是他的儿子?克隆人引起的伦理问题都是前所未有的,但是这些问题离我们已经不远了。

第四节 从伦理选择转向科学选择

按照文学伦理学批评的观点,人类文明进程中的人可以分为原始人、现代人和科学人三种。原始人指自然选择阶段的人,但这个阶段已经过去,原始人已经消失。自然选择解决人的形式的问题。在自然选择阶段,古猿通过进化获得了人的形式,但是还没有人的本质,因此被称为原始人。原始人只是兽类中的一种,除了在形式上同其他兽类不同外,在本质同其他兽类一样,并无多少区别。现代人指伦理选择阶段的人,这个阶段正在进行中,现代人正在经历整个伦理选择的过程。科学人是科学选择阶段的人,但这个阶段存在于未来中,是人类文明历史的最后阶段,也是伦理选择的终点。

三个阶段各有特点,但它们承上启下,推动着历史向前发展。通过自然选择,古猿才能进化出人的形式,获得其他兽类不具有的生存能力,才能使用火、制造和使用工具,能够对自己作为人存在的身份进行自我确认以同其他兽类区别开来,从原始人变成现代人,进入伦理选择的阶段。现代人是原始人道德化的结果。通过教育和学习,现代人计算、思维和表达能力大大提高,在规则和秩序基础上形成伦理道德等。伦理选择阶段的现代人处于一个动态发展的过程,伦理道德是其发展的根本动力。在科学选择阶段,伦理道德的作用日益减小并最终被科学技术取代,无论人、社会还是日常生活,一切都不是由伦理道德而是由科学技术进行评价。三个阶段性质不同,自然选择解决人的形式问题,伦理选择解决人的本质问题,科学选择解决人的科学化问题。自然选择已经过去,科学选择即将到来,而伦理选择正在进行中。因此对于我们来说,目前最重要的是要解决伦理选择的问题。

伦理选择阶段的人作为主体存在,能够主宰自己,伦理与道德是人的最本质特征。作为有理性的人,自然意志始终由理性意志控制,人能够坚持用道德规范要求自己,通过自我选择加强道德修养,掌握自己的命运。因此,伦理选择过程中人始终作为主体发挥作用,不同的人生与命运都是自我伦理选择的结果。在自然选择阶段,人在进化过程中是作为客体存在的,而在伦理选择阶段,人从客体转变为主体,尽管受到伦理道德的约束,但主要是自主地进行伦理选择。在科学选择阶段,人又从主体转变为客体,人不能主宰自己,而由科学技术主宰。人从主体转变为客体是伦理选择深入发展的结果,同样也是人作为主体高度道德化的结果。当人经过伦理选择完成道德化以后,道德就开始消失。科学选择阶段的道德的消退和科学技术的增强是一个此消彼长的过程,也是科学技术决定一切的过程。在风俗习惯基础上形成的伦理道德,必定要接受科学的检验,只有符合科学的习俗才会作为科学的一部分保留下来,而不符合科学的部分则被摒弃。长此以往,伦理道德的作用越来越小直至消失,最终将完全被科学技术标准取代。人的道德消失是一个过程,也是人的一种伦理选择。伦理道德科学化的过程就是去道德化的过程。当伦理道德完全消失而科学技术成为人的标准时,科学人的世界就真正出现了。

科学选择既是一个消除道德化的过程,也是一个消除人性的过程。科学人不同于自然选择阶段结束后出现的原始人,也不同于通过伦理选择进行自我道德化的现代人,而是在科学选择过程中借助科学技术而高度科学化的新人类。科学选择阶段科学人的出现是同伦选择阶段现代人的减少相联系的。由于伦理选择阶段人的生育能力的大幅降低、婚姻和家庭观念的改变，通过正常婚恋而自然生育的人越来越少，未来的人口来源问题必须借助科学才能得到解决，因此克隆人伦理上的障碍就会消除并被伦理社会接受，克隆人数量会越来越多。到了伦理选择阶段后期，克隆人将成为人口的主要来源，克隆人在整个人口中的比例将大大提高，最后必然出现现在谁也没有预见到而且也不会承认的一个科学现实，那就是所有的人都来自质量远远高于我们现在这种人的克隆人。

自人类出现以后，人类一直在努力通过科学技术改善自己，使自己能够更好地生存与生活。这种努力包括人对自己身体的改造。例如，斯威夫特的小说《格列佛游记》中的格列佛的变形、玛丽·雪莱的科幻小说《弗兰肯斯坦》中的科学怪人、歌德在《浮士德》中描写的制造于玻璃瓶中的人造人等，已经通过文学表达了人类对自身进行改造的渴望。在自然选择阶段，人类通过进化完成了对自己的改造，如五官的分布、直立行走、思维和语言能力等。在伦理选择阶段，人类从伦理上把自己同其他动物区别开来，变成了现代人。科学时代，人类则要经历一个科学选择的阶段，使人变成科学的现代人。

事实表明，科学时代的人已经不能脱离科学而存在，科学几乎影响了人的所有方面。人类不仅在创造科学、发展科学，同样也在接受科学的影响及科学对自身的改造。科学对人的改造已经不仅仅局限在通过外科手术实现对人的身体改造，如对病变部分的切除、对部分病变器官的置换、对不符合自身愿望部分的美化等，而是已经扩大到对人的生命的制造，如试管婴儿，或者对人的机体的复制，如基因克隆。夏洛特·克纳的《我是克隆人》已经对此做了带有前瞻性的描写。同自然选择以及伦理选择相比，人在科学选择阶段需要面对的问题更多、更复杂、更难做出选择。以夏洛特·克纳的《我是克隆人》为例，小说中的丝丽伊如同弗兰肯斯坦在实验室里制造的科学怪人一样，提出了一系列人类需要面对的新问题。丝丽伊是科学家从身患绝症的女天才音乐家伊丽丝身上提取的细胞克隆出来的,是一个不仅外貌同伊丽丝一样漂亮而且也同样拥有音乐天赋的克隆人。这个通过科学技术制造出来的克隆人,是科学选择的结果。因此,丝丽伊的身份以及与伊丽丝的关系,丝丽伊的权利、责任和义务,丝丽伊的身体、思维、情感、道德等,都是需要我们做出回答的新问题。而且,还有通过科学技术对伊丽丝的克隆以及丝丽伊诞生后产生的一系列伦理问题,都是科学选择阶段不能不加以探讨和解决的。在科学发展十分迅速的时代,人类所经历的科学选择的时间,将比人类所经历的自然选择的时间短得多。经历科学选择的人,和经历自然选择的猿或人是不同的。经历自然选择的猿或人不能在主观上控制选择的方式和进程,主要是被动地经历漫长的进化。而经历科学选择的人则不同,在接受科学影响或改造的同时,也可以主动地掌控科学和创造科学,让科学为人服务。但是无论怎样,由于科学技术的发展,科学选择的阶段必将到来。

在科学选择阶段,人的外形和本质都是由科学而不是由伦理决定的,由科学决定科学人是否符合科学、是否符合标准。因此,科学选择阶段如果说有什么规则的话,那就是标准。不同的科学人有不同的标准,以满足不同的科学人的需要。伦理选择阶段的价值判断标准是伦理,科学选择阶段的价值判断标准是技术。因此,科学选择阶段的科学人没有伦理选择而只有标准选择,即选择什么样的技术标准以满足不同需要。例如人的身高,在伦理选择阶段普遍认同男子170厘米的基本身高标准,但这个标准是一种伦理标准而不是科学标准。而在科学选择阶段,人体的高度则是按照科学标准确定的。

伦理选择阶段的结束就是科学选择阶段的开始,而科学选择阶段的性质则是由科学人决定的。当所有的人都是通过科学的方法在实验室里制造出来的时候,人类就真正进入了科学选择的阶段。同我们在伦理阶段讨论克隆人不同,科学选择阶段的克隆人是科学人。克隆人是对人的复制，因此克隆人是科学人的初级阶段。科学人不仅仅是对人的复制，而且包括对人的DNA的改造、重组、重造或者通过基因技术制造人，因此科学人是一种有别于现代人的新人类。科学人不仅保留了人所有的符合科学的优良基因，而且还会按照科学标准改造基因，让科学人变得更健康，更长寿，更有智慧。科学人比我们现在的人更高级。可以这样认为，科学选择阶段是从克隆人逐渐优化并最终转变为科学人的结果。

现在科学选择还没有真正开始，我们也没有进入科学选择阶段。我们现在正在经历伦理选择的过程和创造进入科学选择的条件，或者说正处在从伦理选择向科学选择转变的过程中。当代科学技术的飞速发展，为我们进入科学选择开辟了道路。基因技术的快速发展导致人的生殖新技术的出现，表明科学选择阶段已经离我们越来越近了。只要我们放弃了伦理的约束，就可以克隆出一个在形式上同我们完全一样的克隆人或者凭借科学技术制造一个人。科学选择阶段一定是以科学人的出现和接受为特征的。当科学人能够批量地生产并成为人口繁殖常态时，科学选择就真正开始了。

本章小结

在伦理选择阶段，传统上以伦理为基础的道德观念，如婚姻观念、家庭观念、生育观念等都在发生改变，现有伦理道德观念尤其是婚姻观念和生育观念逐渐被新的以科学为基础的思想观念所取代。科学技术快速发展，不仅改变了世界，也改变了人的思想。科学技术导致人的生存时间大幅延长而人力的需求大幅减少，人类生育愿望和生育能力越来越弱，人类已经不再关注孕育孩子的过程，没有生育能力的人或者不愿生育的人越来越多。由于伦理道德观念逐渐被科学标准所取代，通过基因技术繁殖的人将大量出现。同人相比，通过基因技术改造的克隆人不仅拥有前所未有的智力、能力和生存力,而且还能够根据科学的需要随时改造自己以使之更符合科学。克隆人由于借助基因技术拥有了巨大的优势,因此变成了科学人。现代人的寿命是有限的,科学人符合科学,健康且长寿,因此科学人越来越多,现代人越来越少并最终完全被科学人所取代。当现代人开始被科学人大量取代的时候,就是科学选择阶段开始的时候,当现代人大量消失的时候,就是人类伦理选择阶段结束的时候。

在科学选择阶段,人的定义肯定同伦理选择阶段人的定义不同。在伦理选择阶段,伦理与道德性质是人的最本质特征,而在科学选择阶段,伦理道德消失了,不存在了。伦理选择阶段是从伦理和道德方面思考人,定义人。以克隆人为例,尽管克隆人的形式同我们现在的人一样,但由于克隆人的产生违反了我们的伦理,因此才会出现克隆人"是人还是非人"的问题,才会制定法律禁止对人进行克隆。

在科学选择阶段,伦理道德逐步消失,科学技术标准成为科学人的本质特征。同现代人强调道德修养不同,科学人强调技术含量,强调技术水准。科学人的定义不是以伦理和道德为标准,而是以科学技术为标准。随着科学技术的迅速发展,技术越来越多地运用于人体改造与改进,尤其是基因克隆技术的成熟与运用,将使人体的科学化程度越来越高。在科学技术中产生的科学人在质量上越来越高于伦理选择阶段的现代人,他们更聪明、更智慧,更符合科学的标准。基因技术的运用可以消除人身上存在的影响健康和生存时间的因素,人越来越健康,生存的时间越来越长,而在伦理选择中产生的现代人由于无法消除与生俱来的不利因素如疾病、衰老、死亡等,其数量会越来越少,直至完全消失。当最后一个现代人消失的时候,剩下的就是一个全新的科学人的世界。因此,科学人是在科学选择过程中出现的,既是伦理选择的结果,也是科学选择的结果。

第二章

从伦理批评到文学伦理学批评

在文学批评领域,伦理批评并不是一个新鲜字眼,只是在不同时代它有着不同的内涵。无论在东方还是西方,文学自古以来都有着深厚的伦理批评传统。在中国,道德批评是伦理批评的最初表现形式。孔子说:"兴于诗,立于礼,成于乐。"① 四书五经尽管涉及政治、经济、军事、文化、家庭等多方面内容,但是核心内容仍然是教人做人的道理。两千多年来,《礼记》强调的"修身齐家治国平天下"的古训,不仅是儒家思想传统中知识分子一直尊崇的信条,也适用于文学批评

---

① 孔丘:《泰伯篇第八》,《论语译注》,杨伯峻、杨逢彬译注,长沙:岳麓书社,2009年,第93页。

的标准。道德批评是由文学的教诲价值决定的。例如,在中国最早的诗歌总集《诗经》里,文学的道德说教倾向已经十分明显。《诗经》第一篇《关雎》中的著名诗句"关关雎鸠,在河之洲。窈窕淑女,君子好逑"①,既是古代青年男女追求爱情的道德境界,也是淑女应该和君子相配的道德说教。《国风·卫风·淇奥》以金和锡来比喻美德②,《小雅·节南山之什·小宛》以蜂育螟蛉来比喻教养后辈,都是用诗进行道德说教。《国风·鄘风》中《相鼠》一诗,以丑陋、狡黠、偷窃成性的老鼠比喻卫国"在位者",谴责他们的虚伪狡诈,寡廉鲜耻,连老鼠都不如。③ 在楚国诗人屈原的《离骚·橘颂》里,诗人用拟人的手法将橘树理想化、人格化、道德化,以橘树为媒介描绘理想的品格、高尚的道德、坚定的意志和不变的节操。这些说明,从《诗经》开始,文学已经形成了道德教诲的传统。

　　西方文学的伦理批评也同样源于文学的道德批评。柏拉图和亚里士多德是西方文学道德批评的鼻祖。柏拉图不仅利用文学做例子以阐明复杂的伦理问题,而且还善于用伦理学的观点评价文学,认为文学应该弘扬美德,教人从善,因此在他的理想国里绝不允许史诗、抒情诗或悲剧把众神写坏。他按照道德的标准评价荷马及悲剧诗人,只允许作家歌颂神明和赞美好人的颂诗进入理想国。亚里士多德像柏拉图一样强调文学的道德因素,根据自己关于文学的道德标准把诗人分为严肃的诗人和平庸粗俗的诗人两类,按照道德的标准提出建构悲剧情节时必须遵循的规则,即"不应该表现好人由顺达之境转入败逆之境","不应该表现坏人由败逆之境转入顺达之境"。④ 在后来的文学批评中,道德一直是评价文学的首要标准。例如菲尔丁在《弃儿汤姆·琼斯的历史》的序言中说,他在小说中努力做到"扬善举德",展示

---

① 姚小鸥:《诗经译注》(上册),北京:当代世界出版社,2009年,第2页。
② 同上书,第90页。
③ 同上书,第83—84页。
④ [古希腊]亚里士多德:《诗学》,陈中梅译注,北京:商务印书馆,1996年,第97页。

"道德之美","以一个更强大的动力来促使人们向往道德",力图"以讽刺嘲笑来把人们从他们所喜爱的愚蠢及邪恶中挽救出来"。[1] 古往今来,强调文学劝善,既是西方文学批评的传统,也是中国文学批评的传统。中国和西方都强调文学的教诲作用,把文学作为教育的工具,形成了"文以载道"和"寓教于乐"的文学观念,一直延续至今。

　　古希腊时期,柏拉图"把诗人逐出理想国"的学说和亚里士多德提出的"净化"说其实就是伦理批评的雏形。伦理批评作为批评术语在最初阶段主要体现在伦理学与文学之间形成的辩论关系中,但并没有实现伦理学与文学的融合。后来,随着文学不断发展和批判现实主义文学在19世纪的兴起,道德评价在文学中不断赢得重要地位,进一步促进了文学与伦理学的融合,掀起了文学伦理学研究热潮。虽然文学伦理学这一概念的产生,受到了批评界的广泛关注与认同,但是,从20世纪30年代到70年代,西方文学理论研究的重心经历了从作家研究到文本研究再到以读者为中心的研究,文学研究开始关注文学本身的内在规律。在这种背景下,文学的伦理学研究因其研究的重点和方法不能归入主流而走向衰落,因而传统伦理批评也逐渐遭受冷落,并被打入冷宫。后来,在文学的"伦理转向"背景下,伦理批评于20世纪80年代复苏,沉寂了40余年的伦理批评又获得了新的发展空间,并取得了进一步发展,实现了从原来的"伦理学研究"转变为"伦理批评"实践。这也意味着,文学从过去传统道德价值观念的研究领域直接跨度到对作品伦理分析层面。这对于文学研究来说,是一次质的飞越。在接下来的研究发展进程中,伦理批评也从原来的女性主义、形式主义以及文化批评中脱离出来,形成了文学研究的新领域,并带来了新的批评热潮。针对此发展情况,美国学者大卫·帕克(David Parker)还特地发表专文描述伦理批评在沉寂了40年后的复苏,形象地描述了

---

[1] [英]亨利·菲尔丁:《弃儿汤姆·琼斯的历史》(上册),萧乾译,西安:太白文艺出版社,2005年,第18页。

伦理批评从兴盛走向衰落再走向复兴的过程。伦理批评复兴后在区分传统伦理批评方面做出了巨大努力,批评家也从不同角度对伦理批评进行了重新定义,试图从方法论上进行重构和完善,但就现状来看结果非但未能如愿,反倒陷入僵局。在此背景下,本章意欲重新梳理伦理批评在美国的发展脉络,再反观中国的文学伦理学批评,然后结合实际情况为伦理批评的进一步发展提供新的思路。

第一节 文学伦理学研究的繁荣与衰落

综观西方文学批评的发展,从古希腊文学开始,有关文学与伦理学关系的争论就从未停止。自柏拉图和亚里士多德对文学与伦理学的关系进行辩论之后,文学的伦理价值取向越来越明显,主流文学最重要的价值就在于对现实社会道德现象的描写、评论和思考,甚至文学被用作某种伦理道德的载体,以实现某种教诲的目的。此后中世纪的文学无论是教会文学还是世俗文学都具有明显的伦理道德性。文艺复兴时期的人文主义思想更为后来道德批评的繁荣奠定了坚实的基础,因为,当时的文学不仅从人文主义的道德观念来看是完全符合当时的道德标准的,而且也让人们认识到他们所接受的是什么样的道德观念。经过15—17世纪对古希腊文化的复兴,到18世纪的启蒙运动,文学的伦理层面被置于显著的位置。尤其是18世纪的现实主义文学更是大力宣扬某种伦理道德价值观念,从而为社会树立道德榜样。19世纪中期以来,随着宗教势力的衰落,尤其是随着19世纪批判现实主义的不断繁荣,文学的道德功能得到了进一步重视,涌现了大量描写当时社会中存在的种种道德问题、表现时代道德主题的作家和作品。例如,巴尔扎克在他的《人间喜剧》中用道德的眼光对贵族和资产阶级进行讽刺和批判;狄更斯在小说中对建立在人道主义基础之上的道德理想予以歌颂;屠格涅夫在小说中表现无视一切社会和道德准则的虚无主义；托尔斯泰在小说中提倡勿以暴力抗恶的托尔斯泰主义。这些作家在他们的创作中无不突出作品主题的道德倾向，也正是这些作品促进了19世纪道德批评的繁荣和文学伦理学研究的勃兴。

正如弗朗西斯·福山所言："从本性上说，人是社会的产物。人的大部分基本驱力和本能导致他们创造出道德法则，而这些道德法则又使他们自己结为团体。"①而各阶级、各民族、各社会形态都需要道德来规范人们的意志行为，建立人与人、人与社会、人与国家或群体的伦理关系，以维护其生存和发展，因此，人的自然状态不像托马斯·霍布斯所想象的那样，是一场"人人为敌"的战争，而是一个由许多道德法则所规范的有秩序的文明社会。这使得以道德标准为基本尺度所进行的评价活动在进入阶级社会后变得越来越成熟。自柏拉图、亚里士多德和贺拉斯之后，从道德角度来评价文学的人物就大有人在：如菲利普·锡德尼对道德的关注；约翰逊博士在《诗人传》中毫不迟疑地对论及的诗人所进行的道德品评；马修·阿诺德为艺术"高尚的严肃性"的重大意义所做出的极力争辩。虽然文艺复兴时期人文主义者面临的任务首先是针对中世纪基督教会对文艺的攻击和摧残而为文艺进行辩护，而且他们世俗化的资产阶级伦理道德规范已不同于传统的封建伦理道德规范，但大多数的艺术批评家都承认了艺术作品的道德教育作用，从而肯定了道德批评存在的价值。

此后，道德批评不断发展，在19世纪和20世纪初，道德批评更是西方文学批评的主要流派。作为道德批评代表人物的美国"新人文主义"文学批评家欧文·白璧德在其宣言性文章《批评家与美国生活》中具体阐述了道德批评的准则。他认为文学的重要性不仅体现在表达的方式上，更在于表达的内容。新人文主义者十分重视文艺作用于人的根本目的以及它在形成人的观念和态度中的影响。他们继承了文

---

① ［美］弗朗西斯·福山：《大分裂：人类本性与社会秩序的重建》，刘榜离等译，北京：中国社会科学出版社，2002年，第6页。

艺复兴时期人文主义者的传统观点，主张人的存在与动物的存在不同，其区别在于人具有理智和道德观念。这种观点使得他们既反对自然主义及其低估人、否定人的自由意志和责任感的观点；同时又反对浪漫主义及其过分地宣扬自我和缺乏节制的表现。在白璧德看来，严肃的批评家更关心的不是自我表现，而是建立正确的评价标准，并用它来准确地观察事物。他把这种评价标准称为"克制原则"，就是说要尽可能地遵循传统的道德行为规范，对现实生活持克制的态度。艺术就是要诉诸人内心的道德感，使人已经减弱了的内在克制得到强化，因而，把人性的道德观念和美学的感受结合起来就成为新人文主义的宗旨和道德批评标准。衡量一部文学作品，首先要看它表现的思想内容是否具有这种社会功能，是否对人性的陶冶产生促使人们遵守当时社会行为准则的影响。①

随着批判现实主义文学的兴起与不断发展，从道德角度评价文学的批评更是得到了大力宣扬，出现了文学研究中道德批评的繁荣。批评界出版了大量讨论文学的道德特性以及用道德标准批评文学的著作，如强调文学道德教诲价值的《道德教诲诗文杂集》(1802)，探讨文学道德特点的学术著作《作家的不幸》(1812)，表达道德思考的文集《美文选粹或文学之花》(1814)、《散文与诗歌中的道德故事》(1814)，讨论文学情感及道德问题的《论美国诗歌》(1918)、《道德娱乐故事集》(1823)、《思想、记忆、想象文集》(1855)等。这些著作都有一个显著的特点，即作家们都注重文学的道德教诲功能，从道德的角度对文学进行了阐释，而这些著作的出现正好为19世纪中后期文学伦理学研究的勃兴创造了条件。

道德批评的繁荣直接刺激了文学伦理学研究的勃兴。从19世纪中期开始出现了一系列研究文学伦理学的著作：如1838年拉尔夫·

---

① 参见伍蠡甫主编：《现代西方文论选》，上海：上海译文出版社，1983年，第231—249页。

沃尔多·爱默生在达特茅斯学院发表了以"文学伦理学"为主题的演讲,1853年,查尔斯·怀特出版了论文集《论文学与伦理学》。该论文集共收录了查尔斯·怀特的12篇论文,从宗教、哲学、伦理的角度全面讨论了文学的教诲作用与道德功能。他首先探讨了宗教在道德教育中的重要作用,并从四个方面解释了宗教在道德教育中具有重要性的原因:一是它注重人类灵魂的构建与规范;二是道德情感对宗教有一种特殊的需求;三是道德情感在生活中的积极作用有利于人内心的宗教信仰成为所有教育关注的对象;最后他还指出,在强调宗教对道德教育的重要性时绝不能忽略历史的教育作用。

19世纪后半期,西方有关文学伦理学的研究继续深入发展,出现了一系列具有代表性的学术著作。J. B. 塞尔科克(J. B. Selkirk)的《现代诗歌的伦理学与美学》(1878)从不同的角度探讨了现代诗歌与怀疑论、现代诗歌与现代信条、现代诗歌与神秘主义、现代诗歌与宗教和文化之间的关系,尤其值得强调的是他还从伦理的角度分析了现代诗歌中艺术与道德的冲突。他首先指出了以"为了艺术而艺术"为指导对诗歌进行评价的谬误,认为该观念看似有理,但仔细分析后却发现其实根本站不住脚,而且对艺术和道德都非常有害。① 随后他以马洛、莎士比亚、丁尼生、布朗宁等人的作品为例分析了应如何处理艺术和道德的关系。威廉·埃克森(William Axon)于1889年编辑出版的《文学与伦理学论文集》收录了英国著名牧师和作家威廉·奥康纳(William O'Conor)生前的8篇论文。奥康纳以布朗宁的《恰尔德·罗兰》、丁尼生的《艺术之宫》、埃斯库罗斯的《普罗米修斯》三部曲、雪莱的《解放了的普罗米修斯》、莎士比亚的《哈姆雷特》、《圣经》中的《约伯书》等为例,从伦理学和宗教的立场讨论了作家和文学道德问题,并从道德和宗教的立场对作家和作品进行了评论。显然,奥康纳的文学

---

① J. B. Selkirk, *Ethics and Aesthetics of Modern Poetry*, London: Smith, Elder, and Co., 1878, p. 119.

批评主要是道德评价，而且带有宗教倾向。

在1892年出版的《古英语文学中的伦理教谕》前言中，西奥多·W. 亨特(Theodore W. Hunt)首先表明："该论文一大特色是从伦理的角度而不是语言学的角度对古英语著作和作家进行了研究。"①该书共分两大部分，每部分又分十二章从历时的角度对古英语时期的作家作品中的伦理教谕进行了分析。如在第一部分的第三章"《贝奥武夫》中的伦理教谕"中，亨特指出："毋庸置疑，该诗的总体基调显然具有伦理意味，而且远非如此，它还具有极大的热忱和严肃性。"②其第二部分的第一章"乔叟作品中的伦理精神"则着重挖掘了乔叟作品中的各类人物所体现的伦理精神。

《文学艺术伦理学》则由莫里斯·汤普森(Maurice Thompson)为哈特福德神学院做的三次演讲组成，主要在道德的范畴内全面讨论了文学与宗教以及文学与道德的关系问题，如有害的文学和有益的文学、艺术家的道德责任、批评文学的道德立场等伦理问题。他指出："我们活着就是为了享受生活，我们创造文学也是为了获得愉悦。但愉悦并不一定轻松，从长远看来它其实很严肃，因为生活中恶毒的东西在文学中却并无恶意而且还能给人愉悦。"③在谈到伦理、艺术和美的关系时，他认为"人类的伦理就是要有完全健康纯洁的思想，思想的健康必然有益于身体的健康，因而伦理的主要任务是不断净化人类的私心，从而能正确地行事"④，而"美显然具有伦理上的重要性，即使外在的美也不例外，因此，好的东西显然是美的；艺术的主要功能是通过其魅力来起到教育作用，好艺术与坏艺术的区别在于前者具有极大的

---

① Theodore W. Hunt, "Preface", *Ethical Teachings in Old English Literature*, London: Funk & Wagnalls Company, 1892, p.67.

② Theodore W. Hunt, *Ethical Teachings in Old English Literature*, London: Funk & Wagnalls Company, 1892, p.67.

③ Maurice Thompson, *Ethics of Literary Art*, Connecticut: Hartford Seminary Press, 1893, p.5.

④ Ibid., p.8.

魅力并让人得以提高,而后者的魅力转瞬即逝并让人变得堕落"①。汤普森的观点虽然主要是从道德的角度讨论伦理学和艺术,而且也没跳出前人寓教于乐的范畴,但他提出美具有伦理性是很有创见的,只可惜他没有就此深入下去。

约翰·泽西(John Jersey)的《文学伦理学》由23章组成,从更广泛的角度讨论了宗教、哲学、政治、文化、科学等与文学的关系问题。前十章主要讨论了宗教尤其是护教学、神学、哲学和文学的关系,后面章节讨论的问题则显得比较宽泛,既有对神秘化形而上学的大量研究,又有对文学中的分类、归纳和隐喻的探讨;既谈到了科学性和哲学性问题,又涉及了文学中的苏菲派和"虔诚的骗子",最后一章还专门讨论了科学社会主义。虽然泽西写了洋洋洒洒23章并冠以"文学伦理学"之名,但他更多的是从宗教、哲学的角度来讨论文学,侧重于文学与宗教伦理的关系和文学研究中科学方法的探讨。

显然,19世纪的文学伦理学研究讨论的已经不是一个单纯的文学与道德的问题,它还与其他学科,如伦理学、哲学等紧密相连,尤其经过漫长的中世纪宗教神学的浸淫不可避免地要受到宗教的明显影响。从总体上看,19世纪西方的文学伦理学研究虽然提出了文学伦理学这个观念,但并没有真正形成一个学界都接受的文学研究和批评的术语,既没有人对它进行明确的界定,也没有人明确指出它所包含的内容。从上述著作所研究的内容来看,它们主要还是从伦理道德的立场讨论和评价文学,并没有建立起文学伦理学的理论体系,与当时流行的道德批评的实质并没有多大区别,但文学伦理学这个观念的提出本身就具有极大的理论意义,因为它虽然主要是以伦理道德立场来评价文学的,但却扩大了文学研究的范围,除了讨论自古希腊以来一直探讨的文学与伦理的关系之外,还从宗教、政治、神学、文化的角度探讨

---

① Maurice Thompson, *Ethics of Literary Art*, Connecticut: Hartford Seminary Press, 1893, p. 28.

了与文学相关的问题。这为文学伦理学研究能在20世纪初各种新理论、新思潮的冲击下得以继续进行奠定了基础,也为其后出现的伦理批评的具体实践创造了条件。

20世纪初,尽管各种新的文学理论和思潮引领了文学研究的时代主流,但是文学与伦理学的研究仍然是社会、作家与读者所关注的对象,有的学者还在大学开设了文学与伦理学的专题讲座,如查尔斯·赫福德(Charles Herford)在威尔士大学发表的系列演讲"文学与伦理学"(1906—1907)。另外,与之相关的研究著作仍不断地出版:如《犹太次经文学的伦理学》(1900)、《莎士比亚交响乐:伊丽莎白时代戏剧伦理学导论》(1906)、《希腊文学及旧约全书的伦理学和伦理宗教》(1935)、《劳伦斯的爱情伦理》(1955)、《康拉德和达尔文主义伦理学》(1983)等。不过尽管如此,但对比当时的文学研究主流,从总体上看文学伦理学研究的热潮已渐渐式微。

20世纪文学伦理学研究衰落既有其自身的原因,也与当时的时代背景有很大的关联。如前所言,文学伦理学研究虽然明确提出了"文学伦理学"之名,但其实质更多的还是从道德角度讨论文学,坚持的是文学的道德批评立场,批评家们并没有把审美兴趣与实用兴趣区分开来,或者通常从理论上把二者混淆为一体。在康德的"审美说"出现之前,这种做法一直都是主流,因为当时的文学评论尽管纷繁芜杂,但都是源自古希腊柏拉图和亚里士多德所建立的传统,都比较注重文学的教化功能,其着眼点都是文艺和创作者精神、思想、情感的关系,即着重于文艺与其反映的外部世界的关系。及至康德的《判断力批判》,观察文艺的基本出发点才与传统观点迥然不同。康德在前人已有零星论述的基础上,着重探讨了审美这种独特的心理功能的特性所在,并以"游戏"为喻说明艺术创作和艺术欣赏都是本身就能给人以精神愉悦的审美活动。康德创立的"审美说",除了在德国有美学家席勒加以继承和发展之外,法国的泰奥菲尔·戈蒂耶、美国的埃德加·爱伦·

坡、英国的奥斯卡·王尔德等，都继而对文学的审美特质和如何创造纯美文学的问题，做了更为具体的说明，并发展成了盛极一时的唯美主义。唯美主义坚持认为文学与道德判断全然无关，否认文学的道德意义与道德效果。法国的戈蒂耶第一次提出"为艺术而艺术"的唯美主义美学纲领，提出了一种纯艺术观和纯美论，割裂了文学的审美性与实际效用的相互联系。唯美主义虽然因其自身在哲学基础和理论体系中存在的诸多矛盾，以及在理论与创作实践中出现了许多的冲突而很快走向衰落，但它片面强调艺术的独立性和美的超功利性以及偏重形式、追求技巧、轻视内容的做法，对以道德批评为基础的文学伦理学研究起到了极大的冲击作用，使得人们开始更多地关注文学形式技巧等形式性的研究，因而对文学自身之外的东西，如伦理道德的研究便被自然地放到了一边。

另外，从 20 世纪二三十年代起，随着俄国形式主义、语义学和新批评派的崛起，西方文论研究的重点开始悄悄发生变化，即从以作家研究为主逐步转向以作品研究为主，从而出现了西方文论研究重点的第一次转移。随后，20 世纪三四十年代的现象学和存在主义文论，在重点研究文学作品的同时，已开始关注读者的接受问题，结构主义文论后期也开始注意读者的阅读问题。到了 20 世纪六七十年代的诠释学和接受理论，则完成了当代西方文论研究重点的第二次转移，即从作品文本转到读者接受上来。20 世纪文学理论研究重点的这两次转移不只是研究对象或重点的表面上的变化，更多的是文学观念和认知方法的根本性变化。在古希腊，哲学中的核心问题是"世界是什么"。到 17 世纪，哲学由对世界本质的探究转到了对人认识世界何以成为可能的探询。经历"认识论转向"之后的欧洲哲学，在 17—19 世纪的两百多年间成为西方哲学研究的主流。而到了 19 世纪末、20 世纪初，由于受到索绪尔理论的启迪及 19 世纪实证主义的影响，西方哲学逐渐由认识论轴心转到语言理论轴心。1915 年，罗素在一次演讲中指出,以前在哲学中讨论的认识论问题,大多只是语义的问题,可以归结为语言学的问题。① 20 世纪 60 年代,美国哲学家理查德·罗蒂(Richard Rorty)编了一部《语言论转向》的论文集,这标志着语言论转向问题在学界已有了自觉。无论是研究重心的转移还是研究方法的转向都体现了一种对传统文学研究的反叛,作为自柏拉图和亚里士多德以来形成的对作家作品的道德功能和文学与伦理道德关系的研究的传统文学研究方法自然受到了冷落,文学研究关注更多的是文学自身的内部规律。在此大背景之下,文学伦理学研究因其研究的重点与方法都无法归入当时的主流,因而走向衰落就成了情理之中的结局。

文学伦理学研究衰落的另一个原因是从文学中获得道德知识的传统探究模式也发生了显著的哲学转向,文学伦理学研究对文学与道德关系的探讨已经无法满足时代对道德知识的需要。托德·F.戴维斯(Todd F. Davis)和肯尼斯·沃马克(Kenneth Womack)把现代人文主义的衰落归因于"面对两次世界大战、核武器的扩散、种族灭绝和屠杀以及欧美范围之外受压迫人民时它所表现出的无能"②。这些事件使得人们"传统道德观的破灭,并对过去的经典文学,尤其是人文主义文学产生了怨恨,因为它们既没有帮助人们阻止这些人为灾难的发生,也没有帮助人们为可能发生的灾难做好准备"③。再者,西方文明在全球扩张中所遇到的不同甚至相对的价值体系使得西方道德观陷入更深的混乱,从而使人们又"重新提起伦理和文学经典形成过程中历史和文化的偶然因素,因此它们的永恒性和普遍性不可避免地受到

---

① [英]伯特兰·罗素:《我们关于外间世界的知识:哲学上科学方法应用的一个领域》,陈启伟译,上海:上海译文出版社,2006 年,第 1—4 页。
② Todd F. Davis and Kenneth Womack, "Preface," Qtd. in Todd F. Davis and Kenneth Womack, eds. *Mapping the Ethical Turn: A Reader in Ethics, Culture, and Literary Theory*, Charlottesville: University Press of Virginia, 2001, p. ix.
③ Leona Toker, "Introduction," Qtd. in Leona Toker, ed. *Commitment in Reflection: Essays in Literature and Moral Philosophy*, New York: Garland Publishing, 1994, p. xiii.

了质疑"①。与此同时，随着哲学内部的运动以及后结构主义尤其是解构主义的兴起，对伦理学的相对性与主观性的关注也不断活跃起来。正如新批评主义者所言："许多后结构主义者坚决要与任何涉及伦理观念的作品划清界限。"②大卫·帕克指出："解构至少以两种方式排除了文学中的道德思考，一是它认为文学意义的不可决定性，因此，伦理问题或伦理两难的终极意义最终因语言本身的不确定性而变得模糊不清；二是解构把伦理思考、伦理意图和伦理选择的内在生命只看成语言的结果而不是先于语言的存在。"③既然文学伦理学研究对内可能导致文学批评变成道德审查，对外无法抵御各种新思潮的攻击并解决因传统道德破灭而产生的道德观念的混乱，那么，在20世纪那个风云变幻的时代，它必然会从繁荣走向衰落。文学伦理学研究作为伦理批评的前期表现，其衰落过程证明传统的从道德角度来研究文学的方法已经不适应时代的需要，伦理批评要想得到进一步发展必须有新的内容和新的突破口。

第二节　伦理批评的复兴与困境

在诸多因素的影响下，20世纪前期蓬勃发展的文学伦理学研究的渐渐衰落意味着以道德批评为主要特征的伦理批评也暂时退出了文学批评的主流，一些哲学家和文学批评家不仅忽略了艺术的伦理批评

---

① David Parker, "Introduction," Qtd. in Jane Adamson, Richard Freadman, and David Parker, eds. *The Turn to Ethics in the 1990s. Renegotiating Ethics in Literature, Philosophy and History*, Cambridge: Cambridge University Press, 1998, p.5.

② Todd F. Davis and Kenneth Womack, "Preface," Qtd. in Todd F. Davis and Kenneth Womack, eds. *Mapping the Ethical Turn: A Reader in Ethics, Culture, and Literary Theory*, Charlottesville: University Press of Virginia, 2001, p.ix.

③ David Parker, "Introduction," Qtd. in Jane Adamson, Richard Freadman, and David Parker, eds. *The Turn to Ethics in the 1990s. Renegotiating Ethics in Literature, Philosophy and History*, Cambridge: Cambridge University Press, 1998, p.8.

这一主题,而且还认为伦理批评要么与艺术无关,要么在理论上不成立。虽然伦理批评在艺术、哲学理论界确实被束之高阁,但是从伦理道德的角度进行评价的实践却还是存在的。例如在讨论种族主义、性别歧视以及同性恋等主题时,伦理评价一直是大多数人文主义批评家乐于采用的最主要的方法。到了20世纪80年代,由于伦理批评在实践中的运用越来越广泛,哲学家和文学家们开始重新评价对艺术和文学进行伦理批评的传统观念,试图挖掘出伦理批评赖以存在的前提条件,从而出现了学界称之为的"伦理转向"。1983年,美国哲学学会主席阿瑟·C.丹多(Arthur C. Danto)在他的就职演说中用"作为文学的哲学/哲学和文学/文学的哲学"(Philosophy as / and / of Literature)这些表述来重新探讨文学与伦理学的关系。①他的陈述后来作为导言放在了就这两个学科的交叉性进行研究的论文集里。遗憾的是,该论文集并未达成主编安东尼·J.凯斯卡迪(Anthony J. Cascardi)所希望的一致意见。在各种各样的观点中,虽然出现了少部分讨论作为哲学的文学和作为文学的哲学等与丹多的演讲相关的论文,但大多数论文的主题都与之相去较远。②虽然起初看来这有点违背主编的意图,但论文集所体现的丰富的多样性正好可以说明文学和哲学界对伦理的重新提及显然有了新的内容。

1983年,《新文学史》开创了以"文学与伦理学/作为伦理学的文学"为题的专刊,这激起了当代人文领域对"文学和伦理学"问题的强烈兴趣,文学与伦理学关系的研究再一次进入公众视野,并在此后出现了蓬勃发展的态势,其中出现了一些影响很大的成果:如努斯鲍姆的《白玉有瑕》(1983)、J.希利斯·米勒(J. Hillis Miller)的《阅读的伦

---

① Arthur C. Danto, "Philosophy as/and/of Literature," *Proceedings and Addresses of the American Philosophical Association* 58.1 (September 1984): 5.

② Anthony J. Cascardi, "Introduction," Qtd. in Anthony J. Cascardi, ed. *Literature and the Question of Philosophy*, Baltimore: Johns Hopkins University Press, 1987, p. ix.

理》(1987)、韦恩·布斯(又译韦恩·布思)的《我们所交的朋友：小说伦理学》(1988)和托宾·希伯斯(Tobin Siebers)的《批评的伦理》(1988)等。除此之外，还有一些哲学家如理查德·罗蒂、西蒙·克里奇利(Simon Critchley)、塞缪尔·哥德伯格(Samuel Goldberg)、道恩·麦克坎斯(Dawne McCance)、罗伯特·伊格尔斯通(Robert Eaglestone)、科林·麦克吉恩(Colin McGinn)、吉尔·罗宾斯(Jill Robbins)、威廉·沃特斯(William Waters)和德里克·阿特里奇(Derek Attridge)等以这种或那种方式加入该阵营共同推动了其发展，因此出现了该研究中的双重转向："文学研究中的伦理转向"和"哲学或伦理学研究中的文学转向"。其实，早在当代伦理转向兴起之前，有关"转向"的提法就在不同场合明确出现过，库尔特·品萨斯(Kurt Pinthus)在评论第一次世界大战及其后续影响的著作中曾提出过"向伦理的重点转向"的观点，理查兹和利维斯也在自己的作品中分别提到过"批评的伦理转向"。①值得注意的是，德里达作为解构主义非伦理说的代表人物在1980年以前也从事过对伦理学与文学相关问题的研究，就连读者反应批评和接受理论从广义的角度来看都具有伦理批评的特征，因为它们关注的是读者对他者的责任。

显然，此次的双重转向可以看作是学科内的和跨学科发展的结果：文学研究中的伦理转向可以看作是"对解构的形式主义的反驳"并受到了伊曼纽尔·列维纳斯(Emmanuel Levinas)与保罗·德曼的辩论以及女性主义批评、后殖民理论、多元文化理论和同性恋批评的影响；相应地，哲学或伦理学研究中的文学转向，尤其是罗蒂所说的"从理论转向叙事"，则可看作是对分析性道德理论中形式主义的反驳和对只有通过文学作品才能最好地阐释人类存在方式的赞成。②然而，

---

① Robert Eaglestone, *Ethical Criticism: Reading after Levinas*, Edinburgh: Edinburgh University Press, 1997, p. 18.
② Michael Eskin, "Introduction: The Double 'Turn' to Ethics and Literature?" *Poetics Today* 25.4 (2004): 558.

此次伦理转向并不仅仅是对形式主义的反驳,更重要的是它把文学重新定位为认知的方式和"从文化深层次进行道德探究的场所"①。马歇尔·格雷戈里(Marshall Gregory)也赞同此观点,他认为把文学潜在的伦理功能与其模仿能力联系在一起,可以为读者提供仿效的模型:"叙事通过为人们的行为和态度树立典范,通过指导我们如何摆脱各种人生困境,通过总结我们对各种行为所做的种种伦理评判来影响人们的精神和气质。"②这样,文学所提供的认知方式必然与人类认知的叙事结构联系在一起,因此,不能孤立地分析伦理批评复兴的主要原因,而应考虑到整个知识界的发展,这不仅包括文学和哲学,而且还包括心理学等学科。

从今天的眼光来看,对于这次转向我们可以感知的解释力和直接原因绝不是我们所理解的"转向"这个词本来的含义,它更像现代思想史上的一次激流涌湍。除了必须关注诸如文学对人类道德潜能的重要性之类的永恒话题之外,它还必须在理论和实践上不断提供新主张和见解,并且至少考虑到相互作用的两个因素:一是已有认知阐释模式、伦理及文学关注的重新表达和语境的重置;二是根据当前文化、社会、历史条件和要求对该模式的替换与重新设计。正如戴维斯和沃马克所言:"如果要说当代文学研究中的伦理转向有什么显著的特点,那必定是几乎没有谁希望再回到过去教条式的规定或道学式的解读模式。"③因此,大多数当代伦理批评家都接受了马歇尔·格雷戈里的观点:"如果伦理批评意欲成为一种可行的阐释范式,则必须与传统教条

---

① David Parker, "Introduction," Qtd. in Jane Adamson, Richard Freadman, and David Parker, eds. *The Turn to Ethics in the 1990s. Renegotiating Ethics in Literature, Philosophy and History*, Cambridge: Cambridge University Press, 1998, p. 15.

② Marshall Gregory, "Ethical Engagements over Time: Reading and Rereading *David Copperfield* and *Wuthering Heights*," *Narrative* 12.3 (2004): 284.

③ Todd F. Davis and Kenneth Womack, "Preface," Qtd. in Todd F. Davis and Kenneth Womack, eds. *Mapping the Ethical Turn: A Reader in Ethics, Culture, and Literary Theory*, Charlottesville: University Press of Virginia, 2001, p. x.

式的批评模式进行有效的区分。"①

当代批评家认为,在伦理转向的影响下复兴的伦理批评要与过去有所区别就要首先弄清伦理与道德的区别。因此,批评家们力图从不同的角度对此做出自己的比较:约翰·杰洛瑞(John Guillory)指出:"在平常的使用过程中,'伦理'和'道德'的概念只有细微的差别,但是在更具体的语境中'伦理'主要用来指涉更宽泛的探究领域,它回答的是'人应该如何生活'的问题,而'道德'所指涉的却更具法律或条文性的权利与义务,或可以简单理解为有关'对错的选择'。"②布斯也在其里程碑式的著作《我们所交的朋友:小说伦理学》中说道:"'伦理'这个词最初可能被曲解成对有限的道德标准的研究",但他很快澄清,他更关心"与之相关的更宽泛的话题,如对性格、个人或自我的影响,道德评价仅仅只是其中一小部分"。③

在区分"伦理"与"道德"的基础上,批评家们进一步重新对伦理批评进行了界定。如韦恩·布斯指出,伦理批评力图描述故事讲述者与读者听众的精神气质(ethos)之间的交流(encounter),任何旨在揭示叙事性故事的德性与个人和社会德性之间的关系的行为,或任何旨在揭示它们如何相互影响各自的"精神气质"(即全部德性之和的行为),都称得上是伦理批评。格雷戈里在《伦理批评:它是什么,为什么重要》中也给出了相似的定义:读者与小说人物的换位(transposition)具有明显的伦理意义。伦理批评的任务就是分析小说如何对读者产生影响,然后对该影响做出评价。戴维斯和沃马克在《引言:阅读文学与批评的伦理》中也对此做出了肯定:"如果我们同意文学既能反映人生经历又

---

① Marshall Gregory, "Ethical Engagements over Time: Reading and Rereading *David Copperfield* and *Wuthering Heights*," *Narrative* 12: 3 (2004): 114—115.

② John Guillory, "The Ethical Practice of Modernity: The Example of Reading," Qtd. in Marjorie Garber, Beatrice Hanssen, Rebecca L. Walkovitz, eds. *The Turn to Ethics*. New York: Routledge, 2000, p. 38.

③ Wayne C. Booth, *The Company We Keep: An Ethics of Fiction*, Berkeley: University of California Press, 1988, p. 8.

能影响人的生活这个命题,那文学就既是社会秩序的产物又有助于社会秩序的建立和维持。以考察艺术作品的伦理特征为目的的伦理批评显然要在文本所体现的生活与读者真实的生活之间建立一种重要的联系(bond)。"①换言之,故事讲述凭借其本质特征变成了一项道德参与活动,教促我们做出同意与否的判断。它要求我们参与其中并对其做出反应或按照路易斯·M.罗森布拉特(Louise M. Rosenblatt)的观点"与之沟通交易"(transact)。

从这些界定中我们不难发现,此次文学批评的伦理转向绝非是向传统的简单回归,而是被赋予了新的内涵和承载了新的使命。在这种新语境下兴起的伦理批评因其所依据的理论渊源和出发点及策略的不同又出现了具有不同特点的伦理批评方法或理论。其中韦恩·布斯、玛莎·努斯鲍姆、J.希利斯·米勒、亚当·扎克瑞·纽顿(Adam Zachary Newton)、马歇尔·格雷戈里和彼得·拉宾诺维茨成就最为突出。他们共同构成了一道后现代语境下的文学伦理批评的景观,推动了该批评方法的不断深入发展。

布斯的伦理批评理论首先继承了柏拉图和亚里士多德的观点。他主张伦理批评应该对叙事作品的真理进行价值判断,应关注文学作品可能对读者产生影响的内在思想。为了阐释我们应该如何进行伦理批评,布斯创造了一个新术语"共导"(coduction)。他认为在阅读一部小说时,我们做出的种种价值判断就是"共导"的结果,包含了我们对作品、作家、其他读者及我们自己的所有体验,它们是经验的建构(constructions of experience)。因此,"批评家所要解决的本质问题不是故事的某些部分是否有悖于这样或那样的道德规范,而是故事对社会精神和读者品格产生的全部影响"②。

---

① Todd F. Davis and Kenneth Womack, "Introduction: Reading Literature and the Ethics of Criticism," *Style* 32, 2 (Summer, 1998): 185.
② Todd F. Davis and Kenneth Womack, *Mapping the Ethical Turn: A Reader in Ethics, Culture, and Literary Theory*, Charlottesville: University of Virginia Press, 2001, p. 18.

努斯鲍姆有关伦理批评的理论与布斯一脉相承,其基础主要以亚里士多德的伦理观为核心并参考了斯多葛学派的主要观点和18世纪的道德情感论。她认为"价值判断犹如以质量为基础的商品选择,具有多元性和复杂性,每种选择都应以其独特的价值为基础"①。通过对伦理选择变量的仔细考察,努斯鲍姆指出文学不仅可以表现伦理选择潜在的困难,还能提供必不可少的实例。伦理选择的复杂性和责任性在于人类价值观念的多样性和非公约性,因为做出选择所包含的道德分量不仅在于做出什么选择,还包括怎样做出选择。例如,面对牺牲自己的女儿还是"藐视众神犯上不恭之罪从而给所有的人带来毁灭"②,阿伽门农选择了前者,因为他认为既然女儿必死无疑,那何不以她来挽救其余人的生命呢?尽管在特定的环境下他做出了最佳的选择,也不管他的理由多么充分,阿伽门农毕竟是谋杀他女儿的凶手。他的选择的正确性却烙上了道德过失的印记。因此,努斯鲍姆认为在伦理评价中人们还需要评价原则,既尊重问题的复杂性又能灵活应对各种特定情况,同时还应强调伦理选择过程中情感的作用。通过体验阿伽门农的两难,人们不仅感知到文本所传递的情感内涵和情感自身的经历,而且还理解了诸如失落、悲伤、无情等情感的真正本质,读者对此的体验从根本上完善了现在的定义,从而形成新的情感。

米勒基于文本理论的伦理批评是在对康德等人的观点进行解构的基础上发展起来的。他指出,"阅读过程中必然含有伦理因素,它既不是认知的、政治的,也不是社会的、人际的,而是伦理的"③,"任何阅读行为的某个必要时刻都是我们得出伦理结论和做出伦理评价的参

---

① Martha C. Nussbaum, *Love's Knowledge: Essays on Philosophy and Literature*, New York: Oxford University Press, 1992, p.56.
② Ibid., p.63.
③ J. Hillis Miller, *The Ethics of Reading: Kant, Eliot, Trollope, James, and Benjamin*, New York: Columbia University Press, 1987, p.1.

考点"①。米勒通过对一系列不同文本的分析,充分论证了"阅读的伦理"这个概念,指出它既不是阅读中道德思考的重新关注,也不是从文本中归纳出的具体的道德观念。米勒指出,阅读要想成为一种伦理行为不可能是自由的:"如果阅读的反应不是建立在'必须'基础之上的必然,如果它是一种随心所欲的自由,例如按某人的喜好来解读文本,则必定不是伦理行为。"②阅读必须有自己的伦理,即阅读的伦理,而不是大范围内的价值观。

亚当·扎克瑞·纽顿的叙事伦理学的整个构架源自于"热奈特的三分法"。他接受了韦恩·布斯和路易斯·M.罗森布拉特有关文本和读者关系的理论,并在他们的基础上提出了文本和读者相互影响的阅读互动理论。他认为,"每个文本最后都被类比成了审美的外表和人类关系,体现了审美感知和叙述与被述伦理之间的紧密联系"③。纽顿主张伦理学一定要求读者做出相应的反应,因为它"可能包含着这样一种独特的内涵,即只有读者的在场,人物的命运才会得以呈现……文本要求读者承担与他们所采取的评价方式一致的伦理责任,阅读的伦理就是去思考无限者、超越者和陌生者"④。纽顿非常清楚,叙事伦理批评是以主体间性为基础的,"审美行为和伦理行为体现了阐释性阅读和体验之间的可转换特性……早期小说中司法审判的失败只能说明言语和想象与公平正义如何紧密相连,而在此过程中从伦理的角度来对人进行划分是叙事伦理的基本原则"⑤。但是对主体间性的直接性研究是否属于叙事伦理学研究的范围呢? 我们需要对阅读过程中受到影响的读者所做的伦理反应和抵制这种影响的读者的

---

① J. Hillis Miller, *The Ethics of Reading: Kant, Eliot, Trollope, James, and Benjamin*, New York: Columbia University Press, 1987, p.53.
② Ibid., p.4.
③ Adam Zachary Newton, *Narrative Ethics*, Cambridge: Harvard University Press, 1995, pp.78—79.
④ Ibid., p.292.
⑤ Ibid., pp.86—88.

伦理反应进行区分，同时还需要了解阅读之后第二种反应是如何发生的。

马歇尔·格雷戈里试图从方法论上重新定义伦理批评，他指出了传统伦理批评从一开始就饱受三大问题的困扰：一是方法论方面的，即倾向于以一种双管齐下的方法进行论证。一靠个人体验，二靠列举伦理批评家的各种积极的或消极的观点；二是知识方面的，即文学作品的内容最初是如何实现伦理引导的；三是修辞方面的，即过去的伦理批评总是用一种确定性的修辞来表达观点，而不是与人们讨论如何识别和评价生活中好坏的影响。因此，他提出了用"召唤力"（power of invitation）来代替旧伦理批评所强调的"教训"（lesson），并强调新伦理批评必须重点关注作品的伦理召唤。他认为每部文学作品会向读者发出至少三种需要回应的召唤。首先，作品对情感发出召唤，每部作品都邀请读者对作品所表现的内容以自己独特情感做出回应；其次，作品对信仰发出召唤，即读者是否相信作品所依赖的事实或观念；最后，作品对伦理判断发出召唤。作为与艺术再现最基本的互动，读者必须做出一些好坏、对错、善恶的判断。新伦理批评如果关注这三种召唤力则不会用肯定的或带有权威性的措辞来提出自己的观点，因为它提出的观点的权威性不是建立在批评家自己的喜好之上，而是以论证和文本证据为基础的。①

与格雷戈里一样，彼得·拉宾诺维茨赞同"无论人们如何诋毁伦理批评，我们绝不能把伦理批评和审美批评分离开来"②。他指出新的伦理批评必须以两个紧密相连的前提为基础：一、任何有关伦理的讨论要求指明要讨论的对象是谁，以及他们所处的条件。二、阅读是一个社会活动，因而我们阐释文本时的阅读习惯本质上具有社会性。

---

① 有关伦理召唤的主要观点参见 Marshall W. Gregory, "Redefining Ethical Criticism, the Old vs. the New," *JLT* 4.2 (2010): 273—301.

② Marshall Gregory,"Ethical Criticism: What It Is and Why It Matters," *Style* 32:2 (1998): 195.

在阐释文本时,除了考查作者－文本－读者这种主要的伦理关系之外,我们还需涉及从侧面与我们伦理相连的一个特定群体,即"侧面伦理"①。侧面伦理要求我们在阅读时与其他读者或潜在读者联系在一起,这必然会产生各种伦理关联,只不过它不是叙事与伦理讨论中传统意义上的中心。再者,我们阅读的目的主要是为了能公开对其做出评价。一旦我们充当批评家的角色,我们就会行使某种权力,从而与其他读者区分开来。尤其对于一些专业批评家而言,他们在进行评价时的确在行使某种权力或表现出某种权威。这种批评权威又会表现出另外一类伦理关系,这种关系也不是在谈论叙事和伦理时理论家所关心的话题。但就新伦理批评而言,如果我们认真对待文学和伦理学,除了思考传统的读者－文本－作者之间的关系之外,我们也不能回避这些伦理问题。

纵观西方学者对伦理批评的重新界定,他们力图与传统的道德批评进行严格区分,也提出了各自的主张,如布斯的"共导"、努斯鲍姆的"多元评价"、格雷戈里的"伦理召唤"、拉宾诺维茨的"侧面伦理",但从他们不同的用词来看,伦理批评在他们的眼里只不过是一种阅读模式和对文本的反应模式,他们的理论都不可避免地存在这样或那样的不足,更没有把伦理批评提升到方法论的高度,因而从20世纪80年代复兴至今,美国伦理批评并没有真正形成一个强大的批评流派,反而越来越陷入困境。

布斯提出的伦理批评强调批判地阅读文本本身,是一种自上而下的批评方式,是一种把文学只看作工具的伦理观念。他主要从叙事角度强调了小说阅读中读者与作者和文本之间的关系与责任,因此,最终还是转向了叙事学;努斯鲍姆虽提出了以多元性评价为基础并结合感知、情感与叙事为特点的伦理批评观,但她主要关注如何用文学文

---

① 有关侧面伦理的主要观点参见 Peter J. Rabinowitz, "On Teaching *The Story of O*. Lateral Ethics and the Conditions of Reading," *JLT* 4.1 (2010): 157—165.

本来阐释伦理学和哲学问题，因此，从哲学角度来看，努斯鲍姆伦理批评的哲学基础还是比较单薄的，我们经常很难判断她所要论证的论题到底是什么。

虽然米勒以语言理论为基础的伦理批评重点阐释了阅读中的伦理必然，但从严格意义上说，米勒并没有在康德的伦理学基础上建立自己的伦理批评。人们大都倾向于乔纳森·鲁斯伯格对此的评价："米勒所说的伦理建立在使伦理评价成为可能的修辞性解构基础之上"①，因而，他的伦理批评可以看作是对结构式阅读策略的伦理阐释，也即"修辞式细读"。纽顿的伦理批评虽提出了文本和读者相互影响的阅读互动理论，但还需要区分两个概念，即阅读的伦理（ethics of reading）和阅读中的伦理（ethics while reading）。再者，就叙事伦理研究而言，纽顿还应该涉及当代女权主义话语可能给出的暗示，或女权主义批评可能表现出的不同的伦理问题。同样他还应该讨论一下文化相对论如何影响不同读者对某个叙事文本所做出的不同的伦理反应以及我们对戏剧、电影和绘画所做出的伦理反应。

格雷戈里认为阅读总是给人带来伦理影响，其产生的变化是主要的，处于中心地位。而拉宾诺维茨则认为阅读必定会对人际关系产生侧面的影响。不过他们两人在概括自己观点时都有点延伸过度。新伦理批评的说服力和可行性不仅应该以各种类型的文本和读者的反应为基础去证明其可能性，还应该找到其局限性。格雷戈里所提出的新伦理批评从方法论上来看有点名不副实。他所关注的是文本对读者产生的伦理后果，但却没有给出任何实践意义上的证据证明阅读文本真正改变了读者。格雷戈里认为读者能对文本发出的召唤做出肯定或否定的回应，仔细想来，这一点也表达得有点草率。读者也可以从别的文本中得到该文本所表达的观点，也可能同意这里的，否定那

---

① Jonathan Loesberg, "From Victorian Consciousness to an Ethics of Reading: The Criticism of J. Hillis Miller," *Victorian Studies* 37.1 (1993): 114.

里的。例如我可以同意自己文中的观点，又可以否定别人文中出现的该观点。因此他还需要向读者指明什么是伦理影响，或确切地说，伦理影响不是什么。毕竟文本的内容只是一种潜在的召唤，它并不能决定文本如何去影响真实的读者。没有人能预测某个读者所读出的文学作品的意义具体是什么。因此，格雷戈里在此与后现代主义者一样，犯了以偏概全的错误，这并不是他所提倡的理性论证。

拉宾诺维茨的侧面伦理为系统考察读者的反应提供了一条富有成效的路径，而且这条路径是伦理批评必不可少的一环。其不可或缺性在于审美评价和伦理评价的形影不离、不可分割。就拉宾诺维茨而言，文学的学术解读是个孤独的行为，在此过程中全神贯注于文学作品的审美维度是完全可能的，但其直接反应总是具有某种社会性，因而必然产生伦理影响。在分析性行为理论中我们应该考虑行为结果和行为后果的区别。文本接受这个行为的直接目的是建构文本意义，而格雷戈里所指的个人内部的变化和拉宾诺维茨所指的通过与社会环境交流产生的影响都是文本接受过程中意义生成所产生的后果。因此在文本接受过程中（至少在直接反应阶段）把审美评价和伦理评价分开是完全可能的。所以我们必须承认有某种只从审美评价维度进行的接受存在。至此，拉宾诺维茨有关审美评价和伦理评价不可分的论断显然不攻自破。因此，伦理批评既不是后结构主义所说的绝无可能，也不是格雷戈里和拉宾诺维茨所说的不可或缺。无论是按格雷戈里的中心伦理维度还是拉宾诺维茨的侧面伦理维度，我们都应该以文本潜在的影响是否或如何真正作用于接受者为基础。新的伦理批评不仅应该考虑文本内容的不同以及文本潜在的伦理影响，同时也应区分伦理文本影响的不同维度，最主要的是对与伦理相关的文本影响做出系统性的体验式观察。同样我们也应允许只对文本进行审美评价而不做出伦理评价的理论和方法存在。

既然伦理转向后各位批评家提出的伦理批评都存在着各自的问

题,只有解决这些问题,从方法论上建立起完善的伦理批评理论体系才能真正走出困境。就这点而言,中国学者倡导的文学伦理学批评正好在西方伦理批评的基础上做出了进一步的完善。与布斯等学者的伦理批评相比,中国的文学伦理学批评具有与之不同的显著特征:首先,它将文学伦理学理论研究升华为文学伦理学批评方法论,提出了文学起源于伦理需求的观点,并把文学的教诲作用看成是文学的基本功能,从而从起源上为文学伦理学批评建立了理论基础。其次,它从不同角度对伦理批评与伦理学研究、伦理批评与道德批评、伦理批评与审美批评这三组关系进行了区分,并建立了一系列的批评话语,如伦理环境、伦理身份、伦理禁忌、伦理结、伦理选择、斯芬克斯因子等,从而使文学伦理学批评成为更容易掌握的批评方法。最后,它对什么是文学伦理学批评做出了明确的界定,并提出了文学的伦理第一性和审美第二性的观点,从而解开了自唯美主义以来学者们在文学的伦理价值和审美价值之间一直纠缠不清的死结。下一节,我们将具体阐述中国学者倡导的文学伦理学批评的理论和方法。

第三节　文学伦理学批评的兴起与繁荣

改革开放以来,中国文学批评界开始大量翻译和研究西方的文学批评理论和方法,并取得了很大的成就,出现了中西融合、多元共存的局面。西方的文学批评理论和方法甚至占据了中国文学批评的主导地位。如弗洛伊德(Sigmund Freud)的精神分析、女权主义批评、生态批评、后殖民主义等几乎是中国文学批评界比比皆是的字眼。可以说,几乎西方的文学理论一出现,马上就会有中国学者的翻译和介绍,并得到广泛的运用。但遗憾的是,美国的伦理批评自20世纪80年代复兴以来并没有像其他的批评理论和方法那样受到中国文学界的热捧。究其原因可能与学者对伦理批评的误解有关,因为提到伦理,一般都会想到道德,于是多数人都会想当然地认为伦理批评就是道德批评,而在中国几千年的文论中道德批评有着深厚的传统和大量的批评实践,因此,复兴后的美国伦理批评鲜有人关注和研究就不足为奇了。可喜的是,这种状况到了21世纪初得到了巨大的改观。以华中师范大学聂珍钊教授为首的一批学者借助《外国文学研究》杂志这一平台对美国的伦理批评进行了深入的研究和大胆的创新,并构建了较为完善的理论体系和批评模式,形成了有中国特色的文学伦理学批评。

中西方深厚的道德批评传统使得大多数学者并没有注意到美国伦理批评在20世纪80年代以来所出现的新变化,从而想当然地认为是过时的东西而没有给予太多的关注。我国学者对西方文学批评译介的重点还是瞄准各种新批评理论和批评方法,对西方伦理批评的介绍和研究少之又少。21世纪以前对此所做的介绍也仅限于韦恩·布斯的《小说修辞学》。1987年,南京大学的周宪教授对此书进行了翻译,并在北京大学出版社出版。周宪教授从20世纪80年代初就开始研究布斯,并撰文《现代西方文学学研究的几种倾向》来探讨西方出现的伦理批评倾向。他指出,应该"从文学的功能和价值实现过程入手,具体地讨论作品在审美领域中所起的道德伦理功用,文学对社会生活的反作用,以及文学传统和体裁发展演变的规律,作品的时间和空间生命力和价值构成方面的规律"[①]。随后他又主编并出版了《修辞的复兴:韦恩·布斯精粹》一书,该译文集精选了布斯的17篇经典之作,较为系统地梳理了布斯伦理批评理论的发展过程。

四川大学的程锡麟教授可以算得上是对布斯进行研究的另一个很有影响的学者,他在《外国文学评论》1997年第4期发表的《试论布思的〈小说修辞学〉》一文可能是中国最早研究和介绍西方伦理批评的论文。随后他又在《四川大学学报》(哲学社会科学版)2000年第1期

---

① 参见周宪:《现代西方文学学研究的几种倾向》,《文艺研究》1984年第5期,第43—55页。

上发表《析布思的小说伦理学》一文,第一次全面系统地把布斯的小说伦理学介绍到中国。该文对布斯《我们所交的朋友:小说伦理学》的理论构架、基本观点和布斯的批评实践进行了较为详细的论述,该文可以算得上真正介绍复兴后的美国伦理批评的最早的一篇论文。另外,他还在2001年出版了《当代美国小说理论》一书,对当代美国小说主要理论的代表人物及其代表性著作进行了较为系统全面的介绍,并专门介绍了布斯的伦理批评。这些介绍和研究对中国学者全面了解布斯的伦理批评起到了非常重要的作用,也为美国的伦理批评在中国的创新与完善创造了条件。

真正点燃中国文学研究中伦理批评燎原之势的是2004年6月在江西师范大学召开的"中国的英美文学研究:回顾与展望"全国学术研讨会。此次会议一是总结了改革开放以来中国外国文学研究所取得成果;二是指出了目前存在的主要问题,即只研究理论而不研究文本,一味从理论到理论的研究倾向大行其道;三是对将来的外国文学研究进行了展望。针对我国批评界的问题聂珍钊教授做了以"文学批评方法新探索:文学伦理学批评"为题的主题发言,大力倡导"文学伦理学批评"方法,试图以此来解决我国文学批评理论与实际相脱离的倾向,其主要观点随后发表在同年的《外国文学研究》杂志第5期。该文第一次在我国明确提出了文学伦理学批评的方法论,对文学伦理学批评方法的理论基础、批评的对象和内容、思想与文学渊源进行了讨论。接着,聂珍钊教授又在2004年《外国文学研究》杂志第6期上发表论文《剑桥学术传统与研究方法:从利维斯谈起》,以利维斯为个案对文学伦理学批评方法做了进一步阐释。自此之后,文学伦理学批评在中国学术界受到越来越多的关注,这可以从以下数据得到明证:聂珍钊发表的《文学伦理学批评:文学批评方法新探索》一文在2005—2006年外国文学研究被引论文统计中,不仅位居第一,甚至高出其他被引论文近四倍。①

如果将2004年召开的"中国的英美文学研究：回顾与展望"全国学术研讨会看作是为文学伦理学批评在中国的燎原点燃了一把火，那么，2005年在武汉召开的"文学伦理学批评：文学研究方法新探讨"全国学术研讨会则可以看作是文学伦理学批评在中国勃兴的标志。在此会议之前，《外国文学研究》杂志2005年第1期发表了一组共六篇的专题论文来为此做铺垫。这六篇论文从不同的角度讨论了文学伦理学批评：聂珍钊从总体上对文学伦理学批评的起源、方法、内涵、思想基础、适用范围、实用价值和现实意义进行了论述。挪威奥斯陆大学克努特教授以易卜生的戏剧为例，讨论了易卜生戏剧中的伦理道德问题，并发表了对文学伦理学批评的看法。王宁把生态批评同文学伦理学批评结合在一起，为文学伦理学批评同其他批评相结合提供了范例。刘建军用比较的和多学科的观点对文学伦理学批评做了进一步阐释。乔国强和邹建军分别从不同角度阐释了自己对文学伦理学批评的认识。②这一组论文具有重要的学术价值，为文学伦理学批评在中国的勃兴奠定了基础。

2005年10月，《外国文学研究》杂志、东北师范大学、华中师范大学、江西师范大学、广东商学院等在武汉联合举办了"文学伦理学批评：文学研究方法新探讨"全国学术研讨会。大会聚集了外国文学研究的专家和学者120多人，收到论文80多篇，会议集中讨论了四大主题：伦理学批评方法与外国文学经典作品的解读、文学存在的价值判断与伦理批评、文学批评的道德责任、伦理学批评方法同其他批评方法的融合。这不仅是我国第一次举办关于文学伦理学批评的专题讨论会，而且也是美国伦理批评在中国的传播与接受过程中发生质的变

---

① 张燕蓟、徐亚男：《"复印报刊资料"文学系列期刊学术影响力分析》，《南方文坛》2009年第4期，第119—124页。
② 参见聂珍钊：《关于文学伦理学批评》，《外国文学研究》2005年第1期，第8—31页。

化的起点。此次大会对于文学伦理学批评而言最大的成就在于在大会主题发言中,聂珍钊以希腊神话为例,结合《哈姆雷特》的具体文本分析,提出了文学的本质是一种伦理表达的核心观点,并从文学伦理学与现实的需要,文学伦理学批评的意义、对象、内容、原则等方面阐释了文学伦理学批评构建的框架。

这次具有标志性意义的学术会议真正掀起了中国文学伦理学批评研究的热潮,其势头远远盖过了西方对文学伦理学批评的研究。会议之后,不仅出现了大量对文学伦理学批评进行研究的理论性文章,还出现了大批运用这一批评方法对作家、作品进行阐释的实践性分析,而且一批学术专著和学位论文得以出版和发表,同时一批与文学伦理学批评有关的研究课题也获得了国家项目的资助。

这些论文的发表、著作的出版和国家给予课题的资助无疑进一步推动了文学伦理学批评的蓬勃发展,但这只是外因,真正的原因可能还是美国伦理批评在与中国文学批评语境相结合后发生了一些显著的变化。除了在理论构建上更完善之外,文学伦理学批评还从文学伦理学研究开始向方法论提升,因而更能解决文学研究中的实际问题。从文学伦理学批评的积极倡导者聂珍钊所发表的一系列论文来看,文学伦理学批评在中国已经表现出了一些不同于西方伦理批评的显著特征:

1. 它将文学伦理学理论研究升华为文学伦理学批评方法论。

2. 它提出文学起源于伦理需求,并把文学的教诲作用看成是文学的基本功能,从而从起源上为文学伦理学批评建立了理论基础。

3. 它从不同角度对伦理批评与道德批评进行了区分,力图避免文学批评中主观式的鉴赏,呼吁回到作品的伦理现场进行客观分析,有助于解决文学批评与历史脱节的问题。

4. 它建立了自己的批评话语,如伦理环境、伦理秩序、伦理混乱、伦理两难、伦理禁忌、伦理结等,从而使文学伦理学批评成为容易掌握的文学批评的工具。

正是由于这些特点,伦理批评才能从众多的文学批评中被重新发现并获得新生。

伦理批评在中国批评语境中的重构首先表现在术语上的变化。从字面上看,文学伦理学批评这个术语虽然与伦理批评的表述只有细微的差异,但其实质却是方法论上的差异,因为这个术语的提出源于对文学起源的界定。就文学的起源而言,自古希腊开始就从未停止对该问题的争论,目前通行的观点大致是模仿说、游戏说、表现说和劳动说,而中国学界最为认可的非劳动说莫属。这可能与它是马克思主义的观点有很大的关联,正因如此,中国学者也没有深究其是否合理,便使之理所当然地流传至今。其实只要我们稍加分析就会发现,无论是模仿、游戏,还是表现、劳动都只不过是一种活动方式,它们都不具有物质性,因而不能成为源头。我们可以说这些活动方式为艺术的产生提供了条件,而不能说艺术是由这些活动转化而来的,否则就犯了逻辑错误,把条件当作了原因,混淆了因果关系。

中国的文学伦理学批评从文字的产生着手对此问题做出了全新的阐释,明确提出了文学发生的逻辑轨迹:伦理表达的需要—文字的产生—文本的形成—文学的产生。恩格斯指出:"劳动的发展必然促使社会成员更紧密地互相结合起来,因为劳动的发展使互相支持和共同协作的场合增多了,并且使每个人都清楚地意识到这种共同协作的好处。"①文学伦理学批评理论却认为,"人类最初的互相帮助和共同协作,实际上就是人类社会最早的伦理秩序和伦理关系的体现,是一种伦理表现形式,而人类对互相帮助和共同协作的好处的认识,就是人类社会最早的伦理意识"②。最初的伦理意识往往只能通过言语和

---

① [德]恩格斯:《劳动在从猿到人转变过程中的作用》,《马克思恩格斯选集》第三卷,北京:人民出版社,2012年,第991页。
② 聂珍钊:《文学伦理学批评:基本理论与术语》,《外国文学研究》2010年第1期,第14页。

手势等方式相互传达,具有时效性和易逝性等局限,因此,为了记载和保存共同协作中的重要事件(往往是具有伦理意义的事件),原始人类在长期的实践中创造出了文字。文字的产生方便了人类把生活中发生的各种事件保存下来以做参考和指南,这些最初的记载就组成了我们所说的文本,也是最初的文学。因此,从文字的产生到文本的形成和文学的出现都离不开伦理表达的需要。通过这种追根溯源的方式,聂珍钊教授大胆地提出:"文学的产生源于人类伦理表达的需要,它从人类伦理观念的文本转换而来,其动力来源于人类共享道德经验的渴望。"[①]

在文学的伦理本质属性基础上,文学伦理学批评理论进一步辨析了三组关系:一是文学伦理学批评与伦理学研究的关系;二是文学伦理学批评与道德批评的关系;三是文学伦理学批评与审美的关系。针对第一组关系,聂珍钊教授从研究的对象、目的和范围对两者做了区分。关于文学伦理学批评与道德批评的关系,在《文学伦理学批评与道德批评》一文中,聂珍钊指出:"文学伦理学批评与道德批评的不同还在于前者坚持从艺术虚构的立场评价文学,后者则从现实的和主观的立场批评文学。"[②]关于文学伦理学批评与审美的关系,在2006年的一次访谈中,聂珍钊教授在谈到目前文学创作与文学批评中忽略伦理价值的倾向时指出:"文学作品最根本的价值就在于伦理价值。有人强调文学作品的审美价值,但是审美价值也是伦理价值的一种体现。审美以伦理价值为前提,离开了伦理价值就无所谓美。"[③]审美必然具有伦理性,即具有功利性,因此现实中我们根本找不到不带功利性的审美。审美无功利的观点其实是对文学的审美价值的否定。因此,聂

---

① 聂珍钊:《文学伦理学批评:基本理论与术语》,《外国文学研究》2010年第1期,第14页。
② 同上文,第11页。
③ 黄开红:《关于文学伦理学批评——访聂珍钊教授》,《学习与探索》2006年第5期,第117页。

珍钊教授认为："审美不是文学的属性,而是文学的功能,是文学功利性实现的媒介……任何文学作品都带有功利性,这种功利性就是教诲。"①审美只不过是实现文学教诲功能的一种形式和媒介,是服务于文学的伦理价值和体现其伦理价值的途径和方法。

正是凭借着这些颠覆性的创新,聂珍钊教授以文学伦理学批评为名对伦理批评的定义进行了重新界定,使之进一步趋于完善。随后他又提出了一系列文学伦理学批评的基本术语,以便更好地阐释文学中的伦理现象与伦理事件,如伦理意识、伦理秩序、伦理禁忌、伦理身份、伦理混乱、伦理环境、伦理线、伦理结等。

如果说 2010 年之前文学伦理学批评倡导者聂珍钊教授所刊发的论文重点解决了文学伦理学批评的定义与界定、理论基础与边界、研究对象与范围等问题,而他在 2010 年之后所刊发的论文在进一步完善理论主张的同时细化了批评实践的术语使用,诸如论文《文学伦理学批评:基本理论与术语》(《外国文学研究》2010 年第 1 期)解决的是文学伦理学批评的基本理论及其术语问题;论文《文学伦理学批评:伦理选择与斯芬克斯因子》(《外国文学研究》2011 年第 6 期)进一步对伦理选择做出阐释,进而提出"斯芬克斯因子"的重要术语;论文《文学伦理学批评:口头文学与脑文本》(《外国文学研究》2013 年第 6 期)针对口头文学展开研究,提出"脑文本"的重要概念;《文学伦理学批评:人性概念的阐释与考辨》(《外国文学研究》2015 年第 6 期)针对学界对人性的误读,重新阐释了人性论概念;此外还有论文《论文学的伦理价值和教会功能》(《文学评论》2014 年第 2 期)、《文学伦理学批评:论文学的基本功能与核心价值》(《外国文学研究》2014 年第 4 期)、《"文艺起源于劳动"是对马克思恩格斯观点的误读》(《文学评论》2015 年第 2 期)等,对文学的本质、文学的起源、文学的基本功能、文学的核心价值等问题展

---

① 聂珍钊:《文学伦理学批评:基本理论与术语》,《外国文学研究》2010 年第 1 期,第 17 页。

开阐释，构建了一整套文学伦理学批评的理论体系。这一系列论文一经刊发，便获得了较高的下载率和引用率，让文学伦理学批评在中国获得了广泛的关注，众多学者、研究生纷纷采用这一批评方法从事实践研究。

文学伦理学批评，这一由中国学者聂珍钊首先倡导并积极构建的原创理论体系，经过十余年的探索发展，在中外学者的努力参与下，渐成风气，成为中国文论研究影响广泛的原创理论体系。在国内，聂珍钊教授以文学伦理学批评为核心研究方法的选题，先后获得2007年国家社会科学基金一般项目、2013年国家社会科学基金重点项目的立项资助，并于2014作为首席专家以"文学伦理学批评：理论建构与批评实践研究"为选题获得国家社会科学基金重大招标项目立项资助，将文学伦理学批评在中国的研究推向一个高度；同时，聂珍钊教授的论文《文学伦理学批评：基本理论与术语》获第六届高等学校科学研究优秀成果三等奖、专著《文学伦理学批评导论》入选2013年度国家哲学社会科学成果文库；我国大批硕士和博士研究生以文学伦理学批评为研究方法撰写学位论文等。上述动向说明文学伦理学批评在我国获得了高度的认可。

在国外，中国文学伦理学批评研究团队积极参与国际对话，迅速在国际上产生了广泛影响，吸引了包括欧洲科学院院士、美国人文与艺术科学院院士在内的众多国际知名学者参加由中国主导的国际文学伦理学批评研究学术研讨会，并积极运用文学伦理学批评这一中国原创理论研究各国文学现象和文学问题。欧洲名刊《阿卡狄亚》(Arcadia, indexed by A&HCI)于2005年第1期推出文学伦理学批评研究的专题论文，同时该杂志编辑部还为该组专题论文撰写了长达三页的导论。在导论中，编者强调"该期专刊不仅主题重要，而且还把中西方的学者汇聚到一起，别具一格，因此编辑部打破惯例为该期专刊撰写一篇导论，作为对这一批评理论的思考和反应。"[1]另外享有百

---

[1] Editorial Office of Arcadia, "General Introduction," *Arcadia: International Journal of Literary Culture* 50.1 (2015):1.

年盛誉的《泰晤士报文学增刊》(*The Times Literary Supplement*)也于2015年推出中外学者合作研究的论文《硕果累累的合作：中国学术界的文学伦理学批评》，文章指出："在中国和远东其他地区，除英美文学研究持续兴盛之外，对伦理理论的兴趣也日渐浓厚。"①

文学伦理学批评以西方伦理批评为参照、以我国传统的道德批判为起点，其对伦理问题的重视体现了中国文化精神的核心内容。"作为文学研究的新范式，文学伦理学批评在理论上要探寻人类经由第一次选择即自然选择之后，进入第二次选择即伦理选择的种种'疑点'，以及人类即将面临的第三次选择即科学选择的种种挑战与不确定性。"②文学伦理学批评作为中国学者所倡导的文学研究方法，对于构建中国学术话语体系有着重要的启示意义。文学伦理学批评在短短十几年时间里迅速崛起，在国际舞台上传达了中国的声音、展示了中国的形象。

2012年中国学者主导并成立了"国际文学伦理学批评研究会"(The International Association for Ethical Literary Criticism)，这标志着文学伦理学批评正式走向国际。从研究会的机构人员构成来看，涉及国家有中国、美国、俄罗斯、挪威、爱沙尼亚、韩国、马来西亚等，而加入研究会的会员更是来自数十个国家。在中外学者的共同努力下，依托《外国文学研究》和《世界文学研究论坛》等国际期刊及国内外高校的资源与平台，国际文学伦理学批评研究会先后举办了多届国际文学伦理学批评学术研讨会，为中国学术走向世界构建起了一整套对话机制。中外学者通过交流和对话，实现了彼此之间的沟通和理解，消除了彼此之间的隔阂和文化交流上的障碍。更重要的是，通过平等对话，实现了彼此之间的尊重。正如国际文学伦理学批评研究会副会长

---

① William Baker and Shang Biwu, "Fruitful Collaborations: Ethical Literary Criticism in Chinese Academe," *Times Literary Supplement* 7.31(2015):15.

② 张连桥:《范式与话语：文学伦理学批评在中国的兴起与影响》，转引自王宁主编：《文学理论前沿》（第十七辑），北京：清华大学出版社，2017年，第148—169页。

聂珍钊认为的那样,国际合作研究与国际会议召开具有三重意义:"一是借助研究成果的国际发表深化中外学术交流与对话,推动中国学术'走出去'。二是改变人文学科自我独立式的研究方法,转而走中外学者合作研究的路径,为中国学术的国际合作研究积累经验,实现中国学术话语自主创新。三是借助国际学术期刊和国际会议的召开助推中国学术的海外传播,向海外展示中国学术魅力,增强中国学术的海外影响力。"①

美国著名期刊《比较文学与文化》(CLCWeb: Comparative Literature and Culture, indexed by A&HCI)也于2015年推出"21世纪的小说与伦理学"(Fiction and Ethics in the Twenty-first Century)的专刊,共计推出了13篇中外学者围绕文学伦理学批评的术语运用及批评实践所撰写的论文,其中就有由中国学者用英文撰写的有关莫言小说研究的最新成果。此外,我国台湾地区名刊《哲学与文化》(indexed by A&HCI)于2015年第4期推出文学伦理学批评专刊,该专刊围绕文学伦理学批评展开研究,其中多篇论文涉及中国当代文学研究。比如蔡晓玲的论文《"中国大陆移民"或"台湾外省人"——从文学伦理学批评看骆以军小说的身份认同》,研究台湾当红作家骆以军小说中所描写的台湾外省人及其后代微妙的伦理两难与认同矛盾。②另一篇研究中国古典文学的论文同样具有代表性:盖希平和王秀娟的《妖·人·神:中国古典小说的道德伦理主题进化》。研究中国古典文学中神、妖形象的成果很多,但是作者另辟蹊径,选择研究神、妖形象与道德伦理主题的进化问题富有新意。作者指出,妖、神为代表的虚拟存在贯穿中国古代人思想活动的始终,对中国传统道德伦理观念的形成发挥了重要作用,而妖、人、神三者之间经历了从身份混沌无法界

---

① 黄晖、张连桥:《文学伦理学批评与国际学术话语的新建构——"第五届文学伦理学批评国际学术研讨会"综述》,《外国文学研究》2015年第6期,第166页。
② 蔡晓玲:《"中国大陆移民"或"台湾外省人"——从文学伦理学批评看骆以军小说的身份认同》,《哲学与文化》(台湾)2015年第4期,第61页。

定,人居中,妖、神居两端,妖、神成为人演绎道德伦理规则的外象三个阶段:"中国古典小说主题经过妖、魔、神、怪诸存在的繁复演绎变化,繁华落尽,归结为成熟的、以人追求自我的完善为中心的道德伦理体系。这一道德伦理体系最终成为社会约定俗成的规则。"①综上所述,运用文学伦理学批评这一中国特色的理论体系研究和阐释中国文学作品,在与西方学术进行沟通与对话的过程中积极彰显中国立场与伦理使命。

　　随着中国综合国力的加强,在与世界交流过程中,需要自身拥有独立的文学研究话语体系,但现实语境却往往不尽如人意。几十年以来,由于大量西方理论的涌入,我国学界早已意识到中国文学研究缺失原创话语理论的问题,但始终摆脱不了西方话语理论的垄断。"理论原创性的焦虑在强化并蔓延,文学理论界深陷某种'认同危机'之中。"②文学伦理学批评自创建以来,积极地加强理论构建并付诸实践,成为中国学术走向国际的重要力量。其一,由中国学者倡导的文学伦理学批评,一开始就提出并阐释原创性的学术观点,并富有创见地提出了一系列批评术语,其解决的问题是中国学术走向国际的话语体系问题;其二,文学伦理学批评在中外学者的努力下创建了国际文学伦理学批评研究会,并在研究会的主导下召开了一系列大型国际学术研讨会,其解决的是文学伦理学批评走向国际的合作机制问题;其三,文学伦理学批评积极组织中外学者进行专题研究,与国际知名期刊密切合作,整合资源,不断推出用文学伦理学批评研究中国文学的最新成果,其解决的是文学伦理学批评走向国际的合作渠道问题。曹顺庆指出中国文学"失语症"引发争议恰恰说明中国文学研究的话语体系构建问题任重道远。中国学者如何更好地构建中国学术话语体

---

①　盖希平、王秀娟:《妖·人·神:中国古典小说的道德伦理主题进化》,《哲学与文化》(台湾)2015年第4期,第73页。
②　周宪:《文学理论的创新问题》,《中国社会科学》2015年第4期,第137页。

系?"一是以中国本土的文学基本话语形态为主导,结合中国当下的文学实际展开纵贯历史的理论总结和归纳,二是要有海纳百川的世界眼光,在中外文论的对话中突出并发展中国文论话语的基本精神。"①构建中国学术话语体系问题并非一日可以达成,但我们坚信,中国学界构建的学术中国梦一定可以实现。

本章小结

从西方文学批评的发展来看,文学的伦理价值取向是在亚里士多德与柏拉图关于伦理学与文学之间关系的争论后逐渐明朗起来的。在这一价值取向的影响下,主流文学更侧重于关注社会道德现象,甚至把文学作为一种道德载体,通过评论与思考以达到某种道德教诲的目的。中世纪以来,无论是在教会文学还是在世俗文学中,这一时期的文学伦理道德特征十分突出,具有鲜明的时代特征。后来,古希腊文化在15—17世纪得到复兴,学界又在18世纪经历了启蒙运动,这一系列文化思潮让文学的伦理道德性得到大力发展,并上升到了新的高度。19世纪中叶以来,随着宗教力量的衰落,特别是随着19世纪现实主义的不断繁荣,文学的道德功能得到加强,与此同时,对文学作品的道德批评也得到大力推广,取得了良好的效果,进一步促进了文学道德批评领域的快速发展。具体表现在以道德为视角,以伦理学为核心,展开对文学的阐释和研究。这样的研究特点反过来进一步推动了文学伦理学的繁荣与发展。

19世纪后半期,西方文学伦理学研究得到了持续深入的发展,研究成果颇丰。尽管如此,西方文学伦理学研究虽然在19世纪提出了文学伦理学的概念,但还没有形成一个批评的专业术语,也没有学者

---

① 曹顺庆:《重写文学概论——重构中国文论话语的基本路径》,《西南民族大学学报》(人文社科版)2007年第3期,第75页。

有意识地去界定文学伦理学这一概念。他们的出发点只是从伦理道德角度去描述和评价文学，还没有对文学展开进一步的思考和批评，还没有形成系统的、关于文学伦理学批评的理论体系。所以此时的文学伦理学并没有真正脱离传统道德批评。但文学伦理学概念的提出本身却具有重大的理论价值和现实意义，因为它虽然主要是从伦理道德的角度来评价文学，但它扩大了文学研究的范围，不仅明确划分了伦理学与文学的范围，界定了二者之间的关系，同时还从文学、宗教、政治等维度展开了详细的探讨与论述。

尽管在20世纪初期的文学理论界掀起了各种批评和理论的新思潮，一些学者仍然在大学里开设了文学伦理学讲座，如在1906年至1907年间，查尔斯·赫福德针对伦理学与文学之间的关系与作用在威尔士大学开办了系列讲座。即便如此，与当时文学研究的主流相比，从整体上看文学伦理学研究的热潮已经逐渐衰落。20世纪文学伦理学研究的衰落有其自身的原因，也与当时的时代背景有很大的关系。如前所述，文学批评界虽然明确提出了"文学伦理学"这一名称，但其实质更多的是从道德的角度来探讨文学，强调的是文学的教育功能，关注的是文学与艺术的关系以及在讨论过程中对外界的反思。而后，康德出版了《判断力批判》，自此对于文艺批评的出发点有了新的方向，开始转为注重审美的独特心理特征，并把艺术创作和艺术鉴赏看作一种可以给人精神快乐的审美活动。随后戈蒂耶、爱伦·坡和王尔德等学者对康德的审美思想进行了推广，从而促进了唯美主义的形成。这种主张对文学伦理学的研究产生了很大的影响，让人们开始重新审视文学内部自身的东西，将一切文学以外的东西，如伦理道德的研究搁置在外。

20世纪20年代，形式主义的兴起带动了语义学和新批评的诞生，西方文学理论研究的重心开始悄然改变，即从以作家为基础的研究逐渐转向以文本为基础的研究，从而出现了西方文学理论研究重心的第一次转移。随后,从20世纪30年代和40年代的现象学和存在主义文学理论再到20世纪60年代和70年代的诠释学和接受理论,西方文学研究重心完成了第二次转移,即从原来的以文本为研究中心继而转向为以读者为研究中心。总的来看,这两次转向不仅是研究对象或研究重心在表面上的变化,同时也是对原有认知方法的摈弃及对原有文学观念的转变。所以在实证主义和索绪尔理论的启发和影响下,文学研究从原来的认识论轴心明显转向了以语言理论为轴心。文学研究重心的转移和研究方法的转变反映出的是对传统文学研究方法的一种反叛。作为自柏拉图和亚里士多德以来形成的一种传统的文学研究方法,对作家作品的道德功能和文学与伦理关系的研究自然被忽视。文学研究更注重文学本身的内在规律。在这种背景下,文学伦理学研究由于研究的重点和方法不能纳入当时的主流,因而走向衰落也就成为必然。

在诸多因素的影响下,文学伦理学于20世纪初期出现衰落。这意味着传统伦理批评已经不能融入文学批评的主流。直到20世纪80年代,哲学家、文艺理论与批评家又开始重新反观伦理批评。随着《新文学史》(1983)"文学与伦理学/作为伦理学的文学"专刊的开创,沉寂许久的文学伦理学得到复兴,并在文学领域和人文领域掀起了一股研究浪潮,让人们重新关注文学与伦理学的关系,并出现了"伦理转向"。这种转向首先是对形式主义的反驳。更重要的是,它将文学重新定位为一种认知方法,因此批评家纷纷从不同角度重新对伦理批评进行界定,从而使此次"伦理转向"避免出现对传统道德批评的简单的复兴,而是赋予了文学伦理学全新的内核,即一种在新语境背景下发展起来的伦理批评理论,并由此演变出了韦恩·布斯的以共导为基础的伦理批评、玛莎·努斯鲍姆的以多元和非公约性为基础的伦理评价、J.希利斯·米勒的以文本与语言理论为基础的阅读伦理。虽然这些批评家都试图避免重走过去道德批评的老路,但复兴后的美国伦理批评还没有形成系统的批评框架;布斯主要从叙事角度强调了小说阅读中读者与作者和文本之间的关系与责任;努斯鲍姆则主要关注如何用文学文本来阐释伦理学和哲学问题;他们的伦理批评或多或少还带有一点道德批评的痕迹,而米勒的阅读伦理严格地说只不过是一种解构式的细读,是一种阅读法则。因此,美国的伦理批评一开始就饱受方法论和认知论的困扰。21世纪初,以马歇尔·格雷戈里和彼得·拉宾诺维茨为首的批评家力图重新定义伦理批评,并提出了伦理召唤和侧面伦理等核心术语和具体批评模式,但并没有形成方法论。既然伦理转向后各位批评家提出的伦理批评都存在着各自的问题,只有解决这些问题,从方法论上建立起完善的伦理批评理论体系才能真正走出困境。就这点而言,中国学者倡导的文学伦理学批评正好在美国伦理批评的基础上做出了进一步的完善:第一,它创新性地突破了原来只停留在理论层面的研究,将这种批评上升至方法论的高度。同时还提出了极具社会价值的观点,认为文学的基本功能是"教诲"作用,而且认为文学是在人类社会的发展下,随着人们对伦理表达的需求而产生的,从而"从起源上为文学伦理学批评建立了理论基础"[1]。第二,中国文学伦理学批评还分别展开了关于伦理批评与道德批评的区别性分析,研究了伦理批评与伦理学理论,进一步提出了审美批评与伦理批评的区别。这样的研究成果不仅让人们更好地认识了文学的审美价值和伦理价值之间的联系与区别,同时也建立了比较完备的批评话语体系,如伦理选择、伦理身份、伦理环境、伦理禁忌等,[2]并且提供了运用这些术语进行文本批评的范例,从而使文学伦理学批评成为更容易掌握的批评方法。

任何一种批评理论和方法的建立都不是一帆风顺的,其中必然经

---

[1] 杨革新:《文学研究的伦理转向与美国伦理批评的复兴》,《外国文学研究》2013年第6期,第24页。
[2] 参见聂珍钊:《文学伦理学批评:伦理选择与斯芬克斯因子》,《外国文学研究》2011年第6期,第1—13页。

历潮起潮落、再研究、再发展的过程。发展到文学伦理学批评阶段的伦理批评虽已建立起了作为批评方法论的基本框架,但从目前研究的现状来看,还需要进一步从以下几个方面进行完善:首先,要处理好文学伦理学批评的有限性与文本阐释的无限性之间的关系。我们绝不能又回到"理论自恋"与"术语自恋"的老路,认为文学伦理学批评能替代其他所有的批评理论和方法;其次,要以批评的实践性为导向,进一步构建运用文学伦理学批评方法分析不同文本的范例。文学伦理学批评提出的初衷是为了纠正理论与实践严重脱节的研究状况,因此,伦理批评今后的发展方向一定要以具体的文本为立足点和着眼点;再次,要以批评的多元性为基础,努力融合其他批评方法的精华以增强文学伦理学批评的阐释力。正如布斯和努斯鲍姆所言,伦理批评是一种多元性批评,涉及多个批评领域,包括文化、政治等。学者聂珍钊认为,文学伦理学批评的最大特点是"具有较强的包容性,可以将它与其他批评方法相结合"[1];最后,伦理批评的理论构建与完善还要具备跨学科的视角。正如杰弗里·盖特·哈珀姆(Geoffrey Galt Harpham)所言:"伦理批评应该被认为是一个矩阵,一个各种话语和学科发源、汇集走出自身以相互交流的中心。"[2]因此,文学伦理学批评在进一步完善理论构建的过程中还需要把心理学、历史、宗教等多个学科领域的批评方法与文学相结合,进一步构建一个具有包容性、综合性的伦理批评理论基础。

实践证明,作为一种批评方法,以布斯为首的美国伦理批评和发展到中国的文学伦理学批评都彰显出了旺盛的生命力和强大的阐释力。但我们应该明白,任何作品或文学现象都是一个由多个侧面交织而成的立方体,任何一种批评方法只是对某个侧面的解读。此外,我

---

[1] 聂珍钊:《文学伦理学批评:文学批评方法新探索》,《外国文学研究》2004 年第 5 期,第 18 页。

[2] Geoffrey Gait Harpham, *Getting It Right: Language, Literature, and Ethics*, Chicago, CA: University of Chicago Press, 1992, p.17.

们必须消除程式化的解读模式,即把伦理批评当作一种具有固定框架的流水化作业,然后对任何作家和作品中的伦理关系进行千篇一律的解释和分析。文学中的伦理现象非常复杂,指涉之广、内涵之深远非程式化所能替代,必须进行综合分析与整体研究方显伦理批评的独特魅力。我们相信在有志于文学伦理学批评研究的同人努力下,其前景必定大放异彩。

第三章

历史主义视域下的文学伦理学批评

历史主义视域下的文学伦理学批评,是在借鉴历史主义（Historicism）的研究方法的基础上,强调伦理批评的历史性和相对性。在 20 世纪后期,历史主义遭遇了新历史主义的挑战。在探讨什么是历史主义伦理批评之前,有必要对于历史主义和新历史主义的概念做一番梳理。历史主义和新历史主义既具有史学研究方法维度的含义,同时也具有文学批评理论维度的含义。历史主义和新历史主义视域下的伦理批评有别于传统的道德批评。文学伦理学批评借鉴历史主义和新历史主义的研究方法,强调文学批评要回归历史的伦理现场,采用历史的相对主义的视角来审视不同时代伦理环境下人物做出的伦理选择。以下我们从历史主义与新历史主义、伦理观的历史演变以及感性主义和理性主义伦理观等几个方面展开讨论。

第一节 历史主义与新历史主义

苏联哲学家罗森塔尔和尤金主编的《哲学词典》从马克思主义的立场出发，把历史主义定义为："根据事物、事件、现象所藉以产生的历史条件，从事物、事件、现象的发展中对它们进行研究。"①历史主义强调基于历史的时间、地点、环境、事件等来讨论意义或价值的历史相对性，对特定历史时期发生的历史事件进行总结归纳并得出相对的规律。由于历史主义讨论的特定历史时期与特定对象往往是相对应的，其不同历史时期研究的对象和主要任务是不同的。历史主义的这一特点，决定了其本质上的非理性主义特征，导致其难于获得具有普遍性的历史规律，尽管历史主义也追求历史规律的普遍性。但是，历史主义在不断地归纳、总结出阶段性的、相对的规律的同时，也为奉普遍规律为目的的逻辑主义提供了丰富的理论依据。历史主义的原则是史学研究的基本原则，主张一切史学研究都要从历史事实出发，回归历史的现场来研究历史，要在一定的历史范围内，对历史人物和事件具体问题具体分析。历史主义要求注重特定历史时期的内在联系，尊重历史的客观规律，对待历史文化遗产持有批判性继承态度。

一般来讲，人们经常把历史主义与相对主义相提并论。但也有学者指出，历史主义在概念上依然不太清晰："西方所谓历史主义，尽管评论众多，并无确切定义。"②历史主义实际上是近代史学从神学、哲学、文学中分离出来后逐步形成的一些原则，带有"文史哲"的着重事件描述和直观的思想方法，"强调历史世界（Welt als Geschichte）和自然世界

---

① 转引自吴承明：《论历史主义》，《中国经济史研究》1993年第2期，第2页。
② 吴承明：《论历史主义》，《中国经济史研究》1993年第2期，第2页。

(Welt als Natur)之不同"①。有学者指出,历史主义(Historismus)一词最早可能是由德国哲学家维科在他的著作《新科学》中首次提及的。维科认为历史是循环进化的,但一国的观念、制度、价值观完全由自己历史发展所决定。19世纪末以来,德国历史主义学派开始在世界史学界产生重要影响。美国当代史学家伊格尔斯在《德国的历史观》一书中梳理了德国历史主义学派在19世纪、20世纪的兴衰史。伊格尔斯指出,德国历史主义以历史叙述为特征,注重特殊性和个人,缺乏整体性分析。因而,在不少学者看来,"历史主义者……不去研究一般模式和存在于过去的普遍规律……其解释是个别的和相对主义的"②。有学者甚至认为,历史主义的相对主义态度是不可取的,因为他们"或是根据伦理、道德取向来评议是非、臧否人物;或是认为一切是受时间、地点和历史环境决定,无绝对的善恶"③。中国社科院历史研究所景德祥研究员对此做了比较中肯的评价:"历史主义所主张的对客观公正的追求、对价值判断的自律,尽管未被当年德国历史学家真正做到,在原则上却是值得肯定的。与历史主义相伴生的价值相对主义,虽然有利于历史的研究与历史人物的理解,却很容易蜕变成一种老好人哲学,无力抵抗历史与现实中的邪恶势力。"④

然而,历史主义的兴起有其值得肯定的一面。历史主义是在启蒙运动和法国大革命之后与浪漫主义思潮相伴而生的。它的兴起主要是基于一种"反启蒙"的历史意识的觉醒,它反对启蒙哲学所宣扬的普遍理性和普遍价值。启蒙运动是主张以"自然权利"和"自然法精神"为核心的思潮和运动,"自然法"以及"自然权利"宣扬的是斯多葛学派以来的自然(理性)秩序,主张一套普遍的、抽象的原则和规范。而历

---

① 吴承明:《论历史主义》,《中国经济史研究》1993年第2期,第2页。
② 同上文,第3页。
③ 同上文,第3—4页。
④ 景德祥:《德国历史主义学派的评价问题——兼评伊格尔斯著〈德国的历史观〉》,《山东社会科学》2007年第7期,第34页。

史主义则否定、批判任何普遍的抽象的价值规范,认为所有的价值规范都是在某一历史环境的背景下产生的,因而都是独特的和历史的。①德国史学家弗里德里希·梅尼克(Friedrich Meinecke)在《历史主义的兴起》一书中对历史主义用个体化的考察来代替对历史的普遍化的、抽象化的考察给予了高度的赞扬。他说:"历史主义的兴起乃是西方思想史中发生过的最伟大的精神革命。"②

历史主义为解读文学作品提供了重要的理论依据和研究方法。在文学的历史主义批评看来,历史只是文学的背景,它为阐明文学文本提供服务,文学文本反映了某一特定的历史阶段的社会现象。历史主义文学批评秉持这样一种文学观:文学作品记录下来的历史是对过去真实发生的事件的准确描述。秉持这种观点的批评家认为,文学家和历史学家一样能够客观地书写和再现任何既定的时代的人物、事件和事实。文学作品同样可以记录不同时期的伦理道德状况,伦理学家阿拉斯代尔·麦金太尔(Alasdair Macintyre)就指出:"一种社会方式与另一种社会方式区别开来的一个重要途径,就是识别道德概念上的差异。"③由此看来,我们可以从历史主义的高度全面客观地考察文学作品中人物所处的社会、历史、文化、宗教等诸多因素所致的道德差异。然而,这一观点遭遇了新历史主义的挑战。

新历史主义(New Historicism)在 20 世纪 80 年代兴起,经由美国加州大学伯克利分校英文系教授史蒂芬·格林布拉特(Stephen Greenblatt)的著述传播,其影响在 20 世纪 90 年代达到顶峰。新历史主义质疑旧历史主义秉持的有关历史事实的客观性、可靠性和可再生

---

① 参见宋友文:《"反启蒙"之滥觞——历史主义兴起的哲学反思》,《南京社会科学》2012 年第 1 期,第 55—61 页。

② 陆月宏:"译者的话",转引自[德]弗里德里希·梅尼克:《历史主义的兴起》,陆月宏译,南京:译林出版社,2010 年,第 5 页。

③ [美]阿拉斯代尔·麦金太尔:《伦理学简史》,龚群译,北京:商务印书馆,2004 年,第 24 页。

产性的历史观,否认历史主义主张的"历史本来面目"之说。新历史主义者认为,历史书写的背后蕴含了强大的文化因素,暗含了政治权力、意识形态和文化霸权。因此,新历史主义的文学批评方法不同于传统的强调文本本身的形式主义和结构主义批评,而是主张聚焦分析文学与人生、文学与政治、文学与历史、文学与权力话语之间的关系。更为重要的是,格林布拉特在1987年发表了一篇名为《走向一种文化诗学》("Toward a Poetics of Culture")的重要论文,进一步发展了新历史主义思想。他在该文中借用了后结构主义批评家让-弗朗索瓦·利奥塔(Jean-Francois Lyotard)和弗雷德里克·詹姆逊(Frederic Jameson)的观点,认为文学与文化和历史之间不存在所谓"前景"与"背景"的关系,而是相互作用、相互影响,艺术和社会是互相联系、互为渗透的。此后,新历史主义就被人们称为"文化诗学"。格林布拉特本人就是研究文艺复兴时期文学的专家,他称自己研究文艺复兴时期文学的方法就是"不断返回到个别人的经验和特殊环境中去,回到当时男女每天都要面对的物质必需和生活压力上去,以及沉降到一部分共鸣性的文本上。"①格林布拉特强调文学与文化之间的联系,认为文学是文化编织的网络的重要组成部分,研究文学作品必须研究公共文化与私人文化之间的关联,考察文学与权力政治的复杂关系。在他看来,文本和批评家之间也互相交织,你中有我,我中有你,且与两者所依存的文化紧密相连。这样看来,文学不仅是意识形态作用的结果,同时也参加意识形态的塑造。因此,从本质上来看,新历史主义乃是一种文本历史主义,是将历史视作一种虚构的、想象的或隐喻的语言文本和文化文本的历史主义,是一种具有明显的结构性、消解性和颠覆性特征的批判色彩强烈的历史主义,具有明显的后现代主义特征。

---

① [美]格林布拉特:《〈文艺复兴自我造型〉导论》,赵一凡译,中国社会科学院外国文学研究所《世界文论》编辑委员会编:《文艺学与新历史主义》,北京:社会科学文献出版社,1993年,第81页。

综上所述,历史主义具有浓郁的相对主义和非理性主义色彩,或者说具有道德相对主义的特点。相比之下,新历史主义从文化出发,强调文学(文本)与历史、文学(文本)与政治话语、文学(文本)与意识形态之间的相互渗透和相互影响,强调文本建构要素的多元性。然而,历史主义和新历史主义两者之间也有共性,即两者都提倡"个学"式研究,注重既定文本阅读产生的个体独特体验。在批评实践上,历史主义侧重文本本身与现实的对应性,研究方法具有明显的历史辩证主义倾向;新历史主义则有明显的跨学科特征,它将传统的文学文本与报刊、书信、游记、电视广告、宣传手册、医学报告,甚至绘画和摄影作品等并置在一起加以分析考察,打破"前景"与"背景"之分,突破了文学研究的自治疆域,使文学参与到与其他文化文本的对话中。

第二节 伦理观的历史演变:从古希腊到文艺复兴

伦理学科是一门关于"道德"的学科,故伦理学又称为"道德哲学"。阿拉斯代尔·麦金太尔在他的著作《德性之后》中认为,现代西方社会处于传统的德性视野之后,要拯救现代社会,就要"向亚里士多德的传统德性社会回归"[①]。这一观点实际上隐含了麦金太尔对于社会伦理的关注,他以德性为关键词串联起社会的道德观念演变,从中不难发现自亚里士多德以来社会的伦理道德观念一直在变化。若要了解伦理道德观念变化的历史,最好的方法莫过于研究文学作品反映的各个时代的伦理道德观念,因为"文学是特定历史阶段伦理观念和道德生活的独特表达形式,文学在本质上是伦理的艺术"[②]。

历史主义视角下的文学作品所反映的伦理道德观是动态的、不断

[①] 龚群:《伦理学简史》"译者前言",[美]阿拉斯代尔·麦金太尔:《伦理学简史》,龚群译,北京:商务印书馆,2004年,第2页。
[②] 聂珍钊:《文学伦理学批评:基本理论与术语》,《外国文学研究》2010年第1期,第14页。

演变的。我们之所以选取文学作品来考察一个民族的伦理道德状况，其中一个重要的原因就是，在伦理学、哲学等形而上的著作中，我们无法全面地探寻一个远去的时代的生动的伦理状况，而文学却为我们提供了人类生活现实和精神活动的一个标本。文学作品（如古希腊神话、戏剧、荷马史诗等）较全面地保存了一个民族的道德生活和伦理状况。以古希腊神话为例，它反映了古希腊原始社会向私有化阶级社会的过渡时期，折射出了当时淡薄的伦理观念和混乱的家族关系。

古希腊最早的神是原始神卡俄斯，代表了宇宙的混乱和无序。盖亚是大地女神，在卡俄斯中孕育诞生，被称为地母，她孕育了天神乌拉诺斯并同乌拉诺斯婚配，从而繁衍出其他的神。乌拉诺斯既是盖亚的儿子，也是盖亚的丈夫。乌拉诺斯同盖亚婚配后生产了六男六女共十二个泰坦神。克洛诺斯是十二个泰坦神中最年轻的一个，克洛诺斯推翻了父亲的暴政后，娶了自己的妹妹瑞亚。因为盖亚与乌拉诺斯都预示克洛诺斯会被自己的子女推翻，克洛诺斯便把他的子女都吃掉了。但是，此时在瑞亚腹中的宙斯幸免于难，因此宙斯在长大后同父亲开战，用计解救了被吞下的兄弟姊妹，推翻了父亲克洛诺斯的统治。希腊神话中的母子和父女的乱伦关系、父子杀戮的描述等正是原始社会人类伦理关系混乱的象征。可以看出，在家庭和家族起源的意义上，希腊神话记录的是以群婚和杂婚为主要形式的原始人类的伦理混乱状态。希腊神话中的家族关系存在着明显的伦理错位，这种混乱无序的情况一直延续到第三代神，此后才逐渐建立了一定的具有伦理禁忌的伦理道德观念。此后，经过漫长的岁月，以这一状态为基础，人类关系逐渐向一夫一妻制形式的伦理关系转变，这种转变反映的就是两种不同的伦理道德秩序的更替，"在这种转变过程中，通过神话表现的道德观念也得到了鲜明的体现"①。

---

① 聂珍钊：《文学伦理学批评导论》，北京：北京大学出版社，2014年，第106页。

古希腊人的伦理观与他们对宇宙和人的本性的认识是密切相关的。在文明之初的古希腊人眼中,宇宙、大自然与人是融为一体的,这一朴素的世界观具有浓郁的主观主义色彩。早期人类文明的有限认知使他们只能通过幻想来解释自然界的现象,希腊神话就是人类初期宇宙观的反映。随着社会的发展,人们开始摆脱蒙昧的状态,逐渐摒弃以超自然的力量来解释世界,转而以理性的、思辨的眼光来代替幻想,于是哲学便开始取代了神话和巫术,理性主义逐渐取代神秘主义。即便如此,早期的希腊哲学仍然保存了明显的把自然人格化的倾向,譬如,早期希腊哲学中"万物同体"的世界观就是对古老神话的继承和改造。在这种世界观的背后可以清楚地看出古代希腊人对人的本性和自然及宇宙的和谐统一的追求。在古希腊人看来,"无论世界中的个体事物还是宇宙总体,都是有灵魂、有生命、有意志、有目的的;人在本质上只是宇宙的仿造品,是'小宇宙';人按照宇宙精神来生活,也就是不违背其本性来生活,才是正当的,才能称之为善,才能获得幸福。"[1]这一思想可以解释为什么在古希腊人看来,只要不违背人的本性和宇宙精神的行为就是道德行为,譬如欲望、复仇和勇气就被视为合乎道德的。

如果回顾一下古希腊的复仇悲剧,我们就会发现一个共同的特点:古希腊悲剧的主人公都是为荣誉和尊严而战的英雄。更为突出的是,一旦这些不可一世的英雄的个人利益受到损害,他们就"会不惜任何代价,不惜采取任何手段,甚至将斗争推进到残酷的地步"[2],最终酿成悲剧。古希腊英雄的悲剧行为不能用近代或现代的善恶标准来衡量,因为就古希腊的伦理道德标准而言,"善"这一概念是与"勇敢"联系在一起的,是与个人的尊严、利益和幸福紧密相连的,它必须在行

---

[1] 武兴元:《西方伦理学中理性主义的含义及其基本观念》,《延安大学学报》(社会科学版)2007年第3期,第6页。

[2] 何辉斌:《古希腊文学中的"善"》,《外国文学研究》2005年第4期,第123页。

动中体现出来,哪怕是以残酷的方式。譬如,阿喀琉斯的复仇、美狄亚的复仇、安提戈涅的复仇等。他们的行为既充满血性又充斥血腥。但从当时伦理的角度来看,他们的行为是"善"的。麦金太尔指出,荷马史诗中善是"勇敢、聪明、高贵"的同义词。① 其实,古希腊伦理观念中的"善"可能更多的是与个人的"荣誉"和"尊严",尤其是个人的利益相联系的,较少地顾及现代理性意义的道德标准。个人的荣誉和利益被看作是至高无上的东西,是上苍赋予的,一旦受到侵犯,当以命博取。正如麦金太尔所言:"对于荷马而言,(康德哲学意义上的)应当(ought)是否包含了能够(can)。因为在荷马那里,我们不能发现(康德哲学意义上的)应当。"②麦金太尔还进一步指出在荷马史诗中,"一个人以某种方式行动,就足以称他为善"③。应该说,古希腊人的这种伦理观念是可以理解的,这一伦理观的水准与当时的社会发展和人的生存需求是相适应的。

从文学批评史的角度来看,西方文学批评有一条清晰的以伦理道德批评为主线的批评传统。西方伦理道德批评可以说肇始于柏拉图和亚里士多德。柏拉图在讨论伦理问题时大量借用古希腊文学的例子以阐明善的本质。在《理想国》中,他从伦理道德的层面对诗人进行了批评,认为如果我们相信了诗人的话,"那我们就会放手去干坏事,然后拿出一部分不义之财来设祭敬神"④。柏拉图认为诗人不能认识真理,所以他要把诗人逐出理想国。古希腊的哲学家亚里士多德在《诗学》中给予道德评价很高的地位,他认为:"悲剧是对一个严肃、有一定长度的行动的摹仿;……摹仿方式是借人物的动作来表达,而不

---

① [美]阿拉斯代尔·麦金太尔:《伦理学简史》,龚群译,北京:商务印书馆,2004年,第29页。
② 同上书,第31页。
③ 同上书,第30页。
④ [古希腊]柏拉图:《理想国》,郭斌和、张竹明译,北京:商务印书馆,1986年,第55页。

是采用叙述法;借引起怜悯与恐惧来使这种情感得到陶冶。"①由此可见,亚里士多德主张悲剧的审美特征就是要陶冶人的道德情操。在评价人物的性格方面,亚里士多德把人物的性格纳入批评的视野,他不仅认为"人物应当是善的",而且"性格也必须是善的"②。亚里士多德的《尼各马可伦理学》更是对德性、幸福、欲望、勇气以及"至善"(身体的善、外在的善和灵魂的善)给予了系统的论述。继柏拉图和亚里士多德之后,古罗马奥古斯都时代的诗人贺拉斯也倡导文学作品的道德教谕和心灵净化作用,他在《诗艺》中说:"一首诗仅仅具有美是不够的,还须有魅力,必须能按作者的愿望左右读者的心灵。"③贺拉斯此处强调的"魅力"即是诗歌的道德感染力。

中世纪的伦理思想是封建社会和教会专制下的道德观念,注重个人的道德与上帝的关系。这一宗教伦理思想将道德的起源和本质归为上帝的意志和人的"原罪",认为上帝是美德的最高体现。阿奎那就是中世纪基督教伦理思想的代表人物,他把爱上帝视为最高的德性和伦理规范。中世纪是宗教统治一切的世纪,整个西方文学的伦理道德批评均在宗教的前提下开展,可以说"圣经文学"支配了中世纪人们近千年的伦理道德生活。中世纪宗教伦理的核心是禁欲主义。意大利诗人但丁对中世纪的道德进行了激烈的批评。但丁的《神曲》以第一人称的笔触描写了通往地狱、炼狱和天堂之路的过程,表达了诗人对知识和美德的追求。但丁在分析自己作品的意义时坦言:"第三种意义不妨叫做道德的意义,它是读者应该在作品里细心探求的意义。"④

---

① [古希腊]亚里士多德:《诗学》,罗念生译,北京:人民文学出版社,1962年,第19页。
② [古希腊]亚里士多德:《论诗》,苗力田主编:《亚里士多德全集》(第九卷),北京:中国人民大学出版社,1994年,第663页。
③ [古罗马]贺拉斯:《诗艺》,杨周翰译,北京:人民文学出版社,1962年,第142页。
④ [意]但丁:《飨宴》,中国社科院外国文学研究所外国文学研究资料丛书编辑委员会编:《欧美古典作家论现实主义和浪漫主义》(一),北京:中国社会科学出版社,1980年,第90页。

文艺复兴时期,以人文主义为核心的伦理道德观念得以弘扬,世俗伦理观得到普遍认同。文艺复兴时期的伦理道德观代表了新兴的资产阶级的思想,提倡以人为本、尊重人的价值和尊严、追求人的幸福和自由的具有世俗意义的伦理道德。这一时期的伦理道德观已经开始关注主体德行与客体法则、个人利益和社会利益之间的平衡关系,试图把理性与情感结合起来。整体而言,文艺复兴宣扬的世俗伦理道德具有伦理学的感性主义特征。一方面,文艺复兴宣扬感性主义的享乐思想有其积极的一面,它是对中世纪禁欲主义的挑战;另一方面,它也产生了一定的负面影响,追求感官欲望的满足带来了一定程度的道德滑坡现象。这一现象可以说在莎士比亚的悲剧《哈姆雷特》中得以充分的体现。

《哈姆雷特》一开场,情节即以伦理冲突的形式展开:哈姆雷特本来从国外回来奔丧,却发现其叔父娶了母亲。这在他看来是无法接受的有悖传统伦理的乱伦行为,哈姆雷特在独白中严厉地谴责了母亲的这一行为:"一头没有理性的畜生也要悲伤得更长久一些——她就嫁给我的叔父……啊,罪恶的匆促,这样迫不及待地钻进了乱伦的衾被。"①可以说,叔父和母亲的乱伦行为引发了哈姆雷特的道德休克(moral shock)。"道德休克"指的是个人道德的传统理念在毫无心理准备的情况下忽然遭受无法承受的打击,致使个人道德感受处于"休克"状态。目睹人世间的道德沦丧,哈姆雷特痛不欲生,如他的父王的鬼魂所言,他的叔父是一个"乱伦的,奸淫的畜生"②,而在哈姆雷特看来,母亲的行为"可以使贞洁蒙污,使美德得到了伪善的名称"③。哈姆雷特的"道德休克"不单是由个人面临的道德打击所致,更是他对整个社会的伦理道德的堕落表现出的难以接受。身为王子的哈姆雷特

---

① [英]莎士比亚:《莎士比亚全集》(9),朱生豪译,北京:人民文学出版社,1978年,第15页。
② 同上书,第28页。
③ 同上书,第88页。

在国外接受了高等教育,深受人文主义思想的熏陶,虽然在剧中没有交代其成长和教育背景,但是从后来哈姆雷特的言语和待人接物中,我们能推断出这位王子具有与人为善的高贵品格。在"道德休克"的过程中,哈姆雷特经历了一个从理想的道德巅峰跌入黑暗的精神低谷的过程。19世纪德国戏剧家、批评家古斯塔夫·弗莱塔克在论述戏剧的任务时指出,在《哈姆雷特》中,"事物对人物心灵影响"体现在伦理道德和心理层面上。从很大程度上来讲,悲剧性在本质上"是一种伦理力量"[1]。

感性主义和理性主义的道德观的冲突在《哈姆雷特》中得到了淋漓尽致的体现。经历了漫长的中世纪,文艺复兴试图将古希腊的精神再度挖掘,但绝不是简单的重复,这也促使了这个时期的伦理道德观发生重大的变化。古希腊之后的文艺复兴时期,社会和思想已经发生了巨大的变革,伦理观念也产生了较大的变化。古希腊崇尚的充满激情的、无所顾忌的个人主义思想到了这一时期被注入了新的内涵,这一内涵就是人文主义。它超越狭隘的以个人利益为中心的希腊传统道德观,将眼光投向具有普遍意义的人性价值和世界真理。因而,文艺复兴时期的道德观更具理性色彩,也更趋于完美。古希腊伦理道德传统捍卫个人荣誉与利益在《哈姆雷特》中清晰可辨,但是在哈姆雷特身上捍卫荣誉的激情受到了来自理性的强烈挑战,这也是使其复仇行为延宕的原因。与古希腊悲剧相比,哈姆雷特已经不是简单的希腊式神话英雄复仇模板,他是一个理性的、追求道德完美的新型人物形象。他力求自我道德的完美,保持自己在百姓心中有着美好的、高贵的形象。国王克劳狄斯多次提及王子在百姓心中的威望:"他是为糊涂的群众所喜爱的,他们喜欢一个人,只凭眼睛,不凭理智"[2];"我之所以

---

[1] [德]古斯塔夫·弗莱塔克:《论戏剧情节》,张玉书译,上海:上海译文出版社,1981年,第70页。

[2] [英]莎士比亚:《莎士比亚全集》(9),朱生豪译,北京:人民文学出版社,1978年,第97页。

不能把这件案子公开,还有一个重要的顾虑:一般民众对他都有很大的好感,他们盲目的崇拜像一道使树木变成石块的魔泉一样,会把他带的镣铐也当作光荣。"①这表明民众对哈姆雷特的爱戴源自一种道德情感。但是哈姆雷特是一个兼具理性和激情的人文主义者。一方面,他非常向往激情,试图维护道德伦理秩序,向叔父克劳狄斯复仇。在第二幕第二场中哈姆雷特内心充满了对血腥的激情的渴望,但是在理智与情感的较量中,他的理智占了上风,盲目的情感得到收敛。在荣誉与道德的冲突中,哈姆雷特总是试图将两者完美地协调起来,因为从根本上而言,他是一个道德的理性主义者。在克劳狄斯忏悔祷告时,哈姆雷特的理性占了上风,他收敛了复仇的冲动。不少评论家认为哈姆雷特是一个行动延宕、性格优柔寡断的人。其实不然,哈姆雷特的复仇延宕未必意味着他是一个优柔寡断的人,他只不过陷入了伦理悖论中,无论何种选择都将使他陷入伦理困境之中。黑格尔曾指出,哈姆雷特的复仇充满了道德悖论:"冲突中对立的双方各有它那一面的辩护理由,而同时每一方拿来作为自己所坚持的那种目的和性格的真正的内容却只能是把同样有辩护理由的对方否定掉或破坏掉。因此,双方都在维护伦理理想之中而且通过实现这种伦理理想而陷入罪过中……"②在悲剧的结尾,哈姆雷特的死是他自己寻找的激情和理性相统一的完美结局。莎士比亚用哈姆雷特的死阐释了一个道德完美主义的故事。可以说,《哈姆雷特》是文艺复兴时期新的伦理道德观与旧的伦理道德观博弈的一幕悲剧。在哈姆雷特的身上,我们看到了感性主义伦理道德观和理性主义伦理道德观的冲突。

---

① [英]莎士比亚:《莎士比亚全集》(9),朱生豪译,北京:人民文学出版社,1978年,第112页。
② [德]黑格尔:《美学》(第三卷)下册,朱光潜译,北京:商务印书馆,1981年,第286页。

第三节 感性主义伦理观和理性主义伦理观

感性主义伦理观也被称为非理性主义伦理观。非理性主义伦理观认为宇宙的发展和动力都源自某种非理性的力量,人在本质上是非理性的动物。这一观念源远流长。古希腊诗人赫西俄德就把爱和欲望视为世界的本原,他的诗歌《工作与时日》其实就是一部伦理道德格言集。古希腊智者学派的主要代表人物普罗泰戈拉认为人的感觉是可靠的,人们可以根据各自的感觉做出不同的道德选择和判断,因此他提出了一个著名的命题:"人是万物的尺度。"这一命题强调人的作用和价值,后来成为文艺复兴时期人道主义的一个重要命题。但是,这一命题的背后表现出明显的个人主义思想,即强调人可以以自身的感觉获得知识和评判世界,人可以凭借自身的感性欲望和个人利益来追求幸福,并以此作为道德的标准。普罗泰戈拉甚至认为道德是因人而异的,因此他的伦理思想具有道德相对主义的倾向。古希腊怀疑主义哲学的鼻祖皮浪更是极端,他怀疑人的判断力,主张不要做出任何判断,因为他认为人们感觉到的一切都是表象而已。在他看来,并不存在本质意义上的美与丑、真与假、公正与不公正。他甚至把不作任何判断本身看作是一种善的行为,宣称:"最高的善就是不作任何判断,随着这种态度而来的就是灵魂的安宁,就像影子随着形体一样。"[①]究其实质,皮浪的怀疑主义哲学所谓的"善"乃是一种道德虚无主义。

英国 18 世纪著名的伦理学家休谟继承并发展了感性主义伦理学的思想,他认为衡量道德的善恶不是由理性决定的,而是由感性道德感最终决定。休谟指出:"道德的本质在于产生快乐,而恶的本质在于

[①] 北京大学哲学系外国哲学史教研室编译:《西方哲学原著选读》(上卷),北京:商务印书馆,1981 年,第 177 页。

给人痛苦。"①在他看来,判断善恶的标准在于人的情感是否愉快。感性主义者认为道德只是个人情绪的表现,表达的是个人的情感,因而道德判断并不能反映什么客观的东西,它表达的只是个人的道德激情、意愿、态度和立场。因此,从逻辑上而言,道德判断是假判断,不具有科学的意义,因为它不能用事实和经验来检验。这样看来,道德判断就失去了客观标准,感性主义伦理观坚持的是一种典型的道德相对主义立场。感性主义道德观对18世纪的伤感主义文学产生了重要影响。

19世纪的西方文学深受当时的感性主义伦理思想的影响,特别是以边沁和穆勒为代表的功利主义思想的影响。边沁把人们对苦乐的感觉作为道德判断的标准,认为给人带来快乐的行为即是合乎道德的行为,是善的行为。边沁甚至列出了计算苦乐的七个条件:"强度、可持久性、确定性或不确定性、迫近性或遥远性、继生性、纯度和广度。即苦和乐扩展所及的人数或受苦乐所影响的人数的多少。"②功利主义从人的避苦趋乐的天性出发来看待道德,坚持社会的每一个个体都有追求幸福和快乐的权利,从这个意义上来说具有积极意义,是对中世纪禁欲主义的反对。但是,边沁的功利主义思想也可能导致庸俗的享乐主义,因为快乐的质量有高低之分,同时也容易导致算计主义和商业主义。这也正是穆勒要给予批评的。

穆勒继承了边沁的功利主义思想,他也主张功利是道德的基本信条,但是穆勒对边沁的快乐计算法给予了批评。穆勒认为快乐存在质的不同,质量高的快乐远高于那些数量虽然多却质量低下的快乐。他说:"做一个不满足的人要比做一个满足的猪好;做一个不满足的苏格拉底比做一个满足的傻子好。"③穆勒并不像边沁那样不加区分地看

---

① [英]休谟:《人性论》,关云文译,郑之骧校,北京:商务印书馆,1980年,第519页。
② 转引自肖凤良、伍世文:《边沁与穆勒的功利主义思想之比较》,《广东农工商管理干部学院学报》2000年第4期,第66页。
③ 同上文,第67页。

待满足、快乐和幸福的关系,他认为三者之间的关系是相对的:"满足、快乐不一定是幸福,不快乐也不一定就不幸福。"① 穆勒说:"享受能力低的人有最大的机会得到完全满足,而一个天赋高的人无疑会觉得世界既然如此,他所企求的幸福永远有缺陷,但是若这些缺陷是可以忍受的,他能练习忍受它。"② 显然,穆勒的功利主义思想较之边沁更为深刻。更为可取的是,穆勒的思想中还有利他主义的成分,他特别强调把"最大多数人的最大幸福"作为道德的最高原则,同时也主张为他人幸福而牺牲自己的幸福乃是一种最高的道德品质。

感性主义伦理观发展到现代成就了唯意志主义哲学,尤以叔本华(Arthur Schopenhauer)和尼采(Friedrich Nietzsche)为代表。叔本华认为人的理性只能帮助人获取知识,推进科学的发展,进而改造自然和社会,但是理性并不能认识作为世界本原的意志,只有生命意志才是主宰世界的力量。叔本华的这一思想也反映在他对文学的看法上。叔本华特别强调文学创作的主体性和读者阅读文学作品时必须拥有的独立思考能力,这与他的"唯意志论"对人的"意欲"的侧重是分不开的。在《论文学》一文中,他提出文学最简单和最确切的定义就是"一门借助词语把想象力活动起来的艺术"③。"文学家把我们的想象力活动起来的目的是向我们透露人和事物的理念,也就是通过例子向我们显示出人生世事的实质。"④ 换言之,叔本华希望人们在阅读文学作品时要透过现象看本质,要在阅读作品的过程中形成自己独立的思想。叔本华特别鄙视那些只会阅读他人作品,照搬他人思想的人。在《论思考》一文中,他对机械的、缺乏思考的阅读给予了尖锐的批评:"独立、自为的思考与阅读书籍对我们产生出不同的效果,其差别之大

---

① 转引自肖凤良、伍世文:《边沁与穆勒的功利主义思想之比较》,《广东农工商管理干部学院学报》2000年第4期,第67页。
② 同上。
③ [德]叔本华:《叔本华美学随笔》,韦启昌译,上海:上海人民出版社,2009年,第39页。
④ 同上书,第41页。

令人难以置信。……太多的阅读会使我们的精神失去弹性,就像把一重物持续压在一条弹簧上面就会使弹簧失去弹性一样;而让自己没有自己思想的最好办法就是在空闲的每一分钟马上随手拿起书。"① 此处隐约可见叔本华"反知识"的非理性主义思想。实际上,在叔本华看来,知识未必就是一种美德。

在哲学史上叔本华是第一个公开反对理性主义的唯意志论哲学家。叔本华从人类的道德动机出发提出了他的伦理主张。他认为人的道德基础基于下面三种动机:一是希望自己快乐;二是希望别人快乐;三是希望他人痛苦。他从伦理的层面把这三种动机分别归为利己、同情和恶毒,其中利己和恶毒是非道德的动力,只有建立在同情基础上的动机才是真正的道德。

尼采进一步提出反理性的唯意志论哲学,认为"理性反对本能,理性无论如何是摧残生命的危险力量"②。同叔本华一样,尼采也推崇意志的作用,但是尼采推崇的不是生命意志而是权力意志。叔本华认为生命的意志是无目的、无意义的、纯粹的,尼采却赋予生命的意义一定的目的和意义。这个目的就是对权力或者强权的渴望。在尼采看来,权力意志是一切生命的本质,他据此认为利己是正当的、合乎道德的,并由此推断强力就是道德的最高表现形式。尼采的"权力意志论"显然是非道德主义的,即他否认道德存在的客观性。叔本华和尼采的思想对20世纪弗洛伊德的心理分析主义、柏格森的直觉主义和海德格尔(Martin Heidegger)及萨特(Jean-Paul Sartre)的存在主义哲学产生了巨大的影响。以叔本华和尼采为代表的非理性主义的思想在20世纪现代派文学中非常盛行,特别见之于现代意识流小说、存在主义文学、荒诞派文学和后现代主义文学作品中。这些作品鼓吹人的本能和欲望、否定知识与美德之间的内在联系,呈现出一种明显的

---

① [德]叔本华:《叔本华美学随笔》,韦启昌译,上海:上海人民出版社,2009年,第2页。
② [德]尼采:《尼采生存哲学》,杨恒达等译,北京:九州出版社,2003年,第373页。

反理性、反科学、排斥价值、过分宣泄个人私欲的道德虚无主义倾向。

西方非理性主义伦理观把情感作为道德动机来加以考察,将道德与人性联系起来,以个体理性代替社会理性,这是对西方伦理理性主义传统的一种对抗,从更为广阔的社会文化背景来看也是西方哲人在新的社会秩序巨变、新的经济关系变化、新的文化转型背景下自我觉醒的产物,因而在伦理思想史上具有积极的意义。

与感性主义伦理观相对的是理性主义伦理观。理性主义伦理观最基本的观点认为人是理性的动物,服从理性是人生的意义之所在,是人类幸福的前提和保障。在理性主义伦理学看来,正是人类的贪婪和欲望导致了人类的不幸与灾难,人类的欲望必须受到理性的约束,人类要获得幸福就必须服从理性的指导,一个有道德的人就是一个理性、律己和控制情欲的人。赫拉克利特就曾说:"人很难对抗情欲,凡是它想得到的,它都要以牺牲灵魂来换取。"① 亚里士多德也说:"同人的整体性相比,理性是神圣的,所以理性的生活比起人类通常的生活来也定然是神圣的。"② 理性主义伦理观反对相对主义和虚无主义的伦理立场,主张以理性为基础寻求具有普遍性和客观性的伦理道德规范。理性主义伦理观在17—18世纪的欧洲得到发展,重要的代表人物有笛卡儿、斯宾诺莎、康德等。

笛卡儿是现代欧洲哲学的奠基人,他也被认为是欧洲理性主义的开拓者。笛卡儿反对经验哲学和神学,怀疑通过感官和知觉获得的知识的可靠性。笛卡儿也是近代解析几何之父,他认为人类甚至应该使用数学的方法(也即理性)来进行哲学思考。笛卡儿认为人们可以怀疑一切,却不能怀疑那个正在怀疑着的、思考着的"我"的存在。所以,他提出"我思故我在"的著名论断,试图通过纯粹的自我思辨来建立理性主义的基石。笛卡儿的伦理观大致可以概括为两个方面:一是关于

---

① [美]梯利:《西方哲学史》,葛力译,北京:商务印书馆,1995年,第23页。
② 转引自[美]梯利:《西方哲学史》,葛力译,北京:商务印书馆,1995年,第97页。

真伪的伦理;二是关于善恶的伦理。笛卡儿认为理性才是辨别真伪的第一原则;但是他认为在善恶问题上,理性不一定能够完全有用,理性还需佐以良心的判断。在笛卡儿看来,最高的道德是慷慨,这说明他的理性主义思想中还带有一种人性的温情。

斯宾诺莎可以说是近代西方第一个以理性主义的方式从本体论和认识论的角度全面讨论自由这一概念的人。他的《伦理学》一书的第三卷"论情感的起源和性质"和第四卷"论人的奴役或情感的力量"与伦理学关系密切,其中讨论了情感、自由与道德之间的关系问题。他指出,人非常容易受制于情感,成为情感的奴隶。若是一个人被情感所支配,那么他的行为便丧失了自主权,他就会沦为受命运奴役的牺牲品。故此,斯宾诺莎指出,人只有运用理智才能驾驭内心的情感。斯宾诺莎认为情感和理性是不相容的,人只有遵从理性的指导才能有道德的作为。他说:"我把人在控制情感上的软弱无力看成为奴役。因为一个人为情感所支配,行为便没有自主权,而受命运的宰割。"① 在伦理学上,斯宾诺莎提出"自然法理"之说,认为上帝是宇宙规律和自然法理的化身,所以人只有和上帝达成一致才能摆脱恐惧,获得自由。他说:"我们是万有自然的一部分,所以我们遵从自然的法理。"② 在斯宾诺莎看来,服从必然性和秩序就是德性,而道德则意味着守法、律己和控制情感。

康德主张普遍理性主义的伦理观。早在启蒙运动时期,他就一方面倡导启蒙运动,另一方面极力反对启蒙运动中的功利主义、快乐主义和相对主义。康德是从责任或者义务(道义)的角度建立他的伦理观的,他把责任视为一切道德的核心和源泉。一个人的行为是否有道德要看他是否有责任,而不是看他的爱好或情感。康德的责任伦理观是以理性为前提的。他坚信人天生具有辨别善恶的理性能力,他在建

---

① [荷兰]斯宾诺莎:《伦理学》,贺麟译,北京:商务印书馆,1958年,第85页。
② 同上书,第99页。

立其责任伦理学时,就用人类理性的"绝对命令"替换斯宾诺莎的"自然法理",认为善的动力不是源自外部自然的力量,而在于人的具有理性的"善良意志"。康德的责任伦理观秉持了人是目的而不是工具的思想,这充分体现了人作为一种理性的存在的生命力量,体现了人之所以为人的本体存在和本质力量。

文学伦理学批评吸收了理性主义和情感主义关于伦理道德的观点,将人的理性和情感协调起来给予考虑。文学伦理学批评认为,人类文明的发展经历了两个阶段:自然选择和伦理选择。人的伦理选择意味着人在理性上和伦理上走向成熟,这一过程是人的人性因子战胜了兽性因子、人的理性意志战胜了非理性意志的结果,因而人是一种道德的存在。伦理选择是通过教诲来实现的,而文学作品就是最好的伦理教诲方式,也就是说文学作品的最重要的功能就在于它的教诲功能。一方面,文学作品要教育和指导人们成为有理性的人;另一方面,文学作品也要培育人的道德情感。正如黑格尔所指出的那样:"艺术的要务在于它的伦理的心灵性的表现,以及通过这种表现过程而揭露出来的心情和性格的巨大波动。"[1]

本章小结

本章讨论了历史主义视域下的文学伦理学批评观,强调文学批评要回归历史的伦理现场,采用历史的相对主义的视角来审视不同时代伦理环境下人物做出的伦理选择。首先,本章辨析了历史主义和新历史主义的基本概念。历史主义主张对历史事实进行客观公正的描述,要求对历史的价值判断做出客观的评价,这是历史学家研究历史的出发点和遵守的基本原则。历史主义是对启蒙运动的一种反思或曰反

---

[1] [德]黑格尔:《美学》(第一卷),朱光潜译,北京:商务印书馆,1979年,第275页。

动，它深受法国大革命之后的浪漫主义思潮影响，反对启蒙哲学所宣扬的普遍理性和普遍价值。历史主义否定、批判任何普遍的抽象的价值规范，认为所有的价值规范都是在某一历史背景下产生的，因而都是独特的和历史的，与历史主义相伴而生的价值往往具有相对主义色彩。文学伦理学批评吸收了历史主义的批判方法，具有道德相对主义的特点。比较而言，新历史主义将历史和文本的"背景"和"前景"并置起来，强调文学、文化、历史、政治与意识形态之间的相互渗透和相互影响，强调文本建构要素的多元性，认为文学不仅是意识形态作用的结果，同时也参与意识形态的塑造。历史主义和新历史主义两者之间有相似之处，即两者都提倡具有相对主义的个性研究。历史主义强调要将文学文本置于一定的历史伦理环境下来考察，其研究方法具有明显的历史辩证主义倾向；新历史主义则突破了文学研究的传统疆域，从更宏大的文化视域来看待文学与文化之间意识形态的相互渗透和互为形塑关系。

随后，本章从历史的角度简要回顾了从古希腊到中世纪再到文艺复兴时期的伦理观念的变化。古希腊人追求人的本性和自然及宇宙的和谐统一，在古希腊人看来，只要是不违背人的本性和宇宙精神的行为就是道德行为，譬如欲望、复仇和勇气等。这一思想反映了古希腊人朴素的伦理观，具有浓郁的主观主义色彩。中世纪的伦理思想是封建社会和教会专制的产物，中世纪是宗教主宰一切的世纪，因而宗教伦理是这一时期的核心。宗教伦理认为上帝是美德的最高体现，这一时期整个西方文学的伦理道德均以"圣经文学"为中心，其伦理的核心是禁欲主义。随着社会的进步和发展，理性主义开始取代了神话、宗教和超自然主义伦理观。文艺复兴时期的伦理道德观念的核心是人文主义，提倡以人为本、尊重人的价值和尊严、追求人的幸福和自由。这一时期，世俗伦理观得到了普遍认同。文艺复兴宣扬的世俗伦理具有一定的享乐主义倾向，这一思想是对中世纪禁欲主义的挑战，具有积极意义;但是它也产生了一定的负面影响,过度的追求感官享受导致了一定程度的道德堕落现象。在莎士比亚的悲剧《哈姆雷特》中,我们可以看到感性主义伦理道德观和理性主义伦理道德观的矛盾和冲突。

有鉴于此,本章又从历史的视角梳理了感性主义伦理观和理性主义伦理观的发展脉络。对以休谟为代表的感性主义伦理学、边沁和穆勒为代表的功利主义伦理思想以及叔本华和尼采为代表的非理性主义思想进行了阐释,指出20世纪现代派文学深受非理性主义伦理观的影响。这在意识流小说和存在主义文学作品中表现得尤为突出,不少现代主义文学作品否定知识与美德之间的内在联系,呈现出一种明显的反理性、反文明的道德虚无主义倾向。理性主义自亚里士多德以来一直是西方哲学的根基和传统,理性主义伦理观认为一个有道德的人就是一个理性、律己和控制情欲的人。这一观念在17—18世纪的欧洲得到发展,重要的代表人物有笛卡儿、斯宾诺莎、康德等。笛卡儿反对经验哲学和神学,怀疑通过感官和知觉获得的知识的可靠性。斯宾诺莎则提出"自然法理"之说,认为遵守宇宙规律和自然法理就是德性。康德是从责任或者义务(道义)的角度建立他的伦理观的,把责任视为一切道德的核心和源泉。文学伦理学批评提出了"伦理选择""自由意志""理性意志"等核心概念,在一定程度上吸收了理性主义和感性主义关于伦理道德的种种考量。

第四章

美学伦理批评

莎士比亚在他的喜剧《第十二夜》第三幕第四场中提出了一个"善即是美"的命题:"心上的瑕疵是真的污垢;/无情的人才是残废之徒。/善即是美,但美丽的奸恶,/是魔鬼雕就文采的空椟。"(In nature there is no blemish but the mind; / None can be call'd deform'd but the unkind; / Virtue is beauty, but the beauteous evil / Are empty trunks o'er flourish'd by the devil.)[①]莎翁所言"善即是美"是他观察世界、洞悉人生的深刻感悟,也是他在哲学层面上对善与美的关系所做的深度思考。这为文学伦理学批评对"善"与"美"的关系的探讨提供了有价值的参照。

---

① [英]莎士比亚:《莎士比亚全集》(4),朱生豪译,北京:人民文学出版社,1978年,第73—74页。

美学与伦理学之间的关系是哲学和文艺学长期关注的一个问题。美学和伦理学有一个共同的源头——亚里士多德。亚里士多德的《诗学》标志着美学作为一门学科正式诞生,他的《尼各马可伦理学》开创了西方伦理学的研究。亚里士多德在《尼各马可伦理学》中一开篇就指出,人的每种实践与选择都是"以某种善为目的的"[1],他还认为"最高的善就是幸福"[2]。换言之,在亚里士多德看来,伦理学既是关于善的也是关于幸福的研究。但是,善和幸福与美的关系究竟是什么?伦理学与美学之间有什么关系呢?对此,西方哲学家的观点不尽相同。亚里士多德认为:"美从属于善,正是因为美是善的所以才能产生快感。"[3]柏拉图主张"美善合一",康德提出"美是道德的象征",席勒认为"美是自由的显现",尼采提出"审美形而上学",福柯(Michel Foucault)提出"生存美学",维特根斯坦甚至认为"伦理与美学是一回事",因为它们均属于"不可言说的"世界。[4] 1988年,诗人布罗茨基在诺贝尔文学奖的颁奖仪式上说道:"每一新的美学现实都为了一个人明确着他的伦理现实。因为,美学是伦理学之美;'好'与'坏'的概念——首先是美学的概念,它们先于'善'与'恶'的范畴……个人的美学经验愈丰富,他的趣味愈坚定,他的道德选择就愈准确,他也就愈自由——尽管他有可能愈不幸。"[5]美学和伦理学同属于"人学",两者关系难分难解,美学渗入伦理学中,伦理学的领地也逐渐转化成美学的领地。在文学伦理学批评看来,至善的道德与最高的美是融为一体

---

[1] [古希腊]亚里士多德:《尼各马可伦理学》,廖申白译注,北京:商务印书馆,2003年,第3页。
[2] 同上书,第19页。
[3] [古希腊]亚理斯多德(亚里士多德):《修辞学》,罗念生译,北京:生活·读书·新知三联书店,1991年,第1366页。
[4] 参见刘悦笛:《从伦理美学到审美伦理学——维特根斯坦、杜威与原始儒家的比较研究》,《哲学研究》2011年第8期,第104页。
[5] 转引自凌越:《布罗茨基的美学和伦理学:嵌入音韵缝隙里的道德》,《新京报》2014年11月1日,https://cul.qq.com/a/20141101/012160.htm。

的,或者说,至善乃是美的最高表现形式。我们认为,文学当然要给人以美感,但是更重要的是,文学作品要给予人更严肃、更崇高的道德感,通过道德美来净化人的心灵。

第一节 美学与伦理学:概念的辨析

文学伦理学批评认为,文学作品的首要功能是伦理道德教谕功能。对此,批评界也有不同的看法,认为文学作品的主要功能应该是审美。文学作品的伦理道德教诲作用和审美功能两者之间孰轻孰重,两者是否可以一分为二,历来众说纷纭,各执一词。有鉴于此,我们首先应该有必要对美学与伦理学做出概念上的辨析。我们大致可以从研究主体、审视角度和自由维度三个层面对美学和伦理学做出区分。

第一,伦理学与美学研究主体各异。伦理学的研究主体是社会的人,美学的研究主体是个体的人。以亚里士多德为代表的目的论伦理学研究出发点就是社会关系中的人,即首先有一个社会关系共同体,其后每个个体在这个共同体中扮演各种角色,如公民、父亲、丈夫、教师等。一个人是否有道德、有德行,要看其在共同体的大环境下,行为是否符合共同体的善。同样,以康德为代表的规范伦理学主张他人的权利是自我行为的界限,以此来规范自己的行为。伦理学就是研究社会人如何实现善、幸福和神圣。而美学所面对的主体则是个体的人,将个体的人从社会关系共同体中暂时抽离出来,在审美活动中不与他人构成利益关系,是个体瞬间与美的相遇。

第二,审视的角度不同。伦理学从道德的角度对人的行为进行审视,做出善或不善的判断,是人们的共识,具有通约性。而就美学而言,这是从审美的角度进行审视,单看其形式是否符合目的性,即美学是一种对形式的判断。美的不一定是道德的。如电影《红樱桃》中少女楚楚背上的文身——一枚色彩斑斓的鹰徽。这件所谓的美的"艺术品"背后却是德国法西斯对一个中国少女肉体和心灵摧残留下的印证,因此是不道德的。再如,《巴黎圣母院》中的年轻军官弗比斯有着太阳神一般的容貌与体魄,但却是个爱情的骗子和自私的人。我们可以从审美的角度欣赏不道德的行为,但不能取消道德判断的存在。当然,美和道德也可以并行不悖,如《红字》中的海斯特、历史剧《斯巴达克斯》中古罗马奴隶起义领袖斯巴达克斯等。美与道德的结合经常以雕塑和绘画的形象呈现出来,最典型的是佛教中释迦牟尼的形象和基督教的耶稣形象,艺术家的宗教艺术作品将人间道德和审美观念投注在神像的身上,使其成为善美一体的化身。必须指出的是,审美判断是多样化的,而道德判断在既定的历史时期是相对一致的。

第三,自由的维度不同。伦理自由指人在现实社会中的自由。作为伦理人,道德的要求普遍存在于社会中,从私人空间到公共空间,从日常生活到社会生活,只要与他人发生一定关系,就必然有相应的道德行为准则和约束。只有在道德准则的约束下才能实现有限的个人自由和有限的个人幸福。道德从某种程度上来看是个人的枷锁,但是,如果没有道德这个枷锁的约束,人会失去更多的自由。而美学自由包括艺术创造自由和审美鉴赏自由。二者(创造者和鉴赏者)就主体的精神层面而言,都是一种发生于个体心灵、情感世界的想象力的无拘无束的自由心理活动,相对独立于社会之外,是"无目的的合目的性",主体不受物质利害的侵扰,不受时空的限制,不受理性的压迫,感性与理性和谐相处。如作曲家在夜间别人休息的时候弹奏乐曲,尽管满足了自我的精神世界,获得了心灵、情感上的满足和自由,但影响了他人的休息。然而,如果作曲家的行为侵犯了他人(如邻居)的休息权利和自由,那么他就要接受道德标准的审判,而不能以美的名义为其开脱。康德将审美鉴赏限制在"静观""情感""想象力"领域,所谓的自由也就是上述层面的自由。

美和道德既合作又冲突,既统一又矛盾。柏拉图为了城邦,为了理性世界,放逐了艺术。他视艺术和美为敌对的力量。在他看来,艺术仅仅是理性世界的影子,妨碍人们认识真实世界。他认为艺术只是满足和刺激人性中低下的欲望,诱使人们远离理性,因此会造成秩序混乱。柏拉图由此推断,艺术是不合乎道德的行为。

将美与道德结合起来予以广泛传播的是基督教。基督教将美引入了一个新方向,即将其与上帝的理性、道德、目的融合起来,使其成为上帝的属性。在《圣经·新约》中,我们可以感受到耶稣对美的热爱,他把一个充满盼望、温柔、爱、信心的国度带给世人,以超越的眼光看待世界,一切都蒙上了天国的光彩。耶稣将人类的存在做了艺术的美化,试图唤起世人对美的深切渴望。这种美与上帝的善紧密结合,只有符合上帝的要求,即正义和爱,才是美的艺术品。基督教将美巧妙地融入基督教传播的道德体系中,使艺术服务于上帝的福音。这在西方大量的以基督教为题材的绘画和雕塑作品中得以体现,特别是在文艺复兴以降的文学作品和艺术创作中。

可以说,文艺复兴以艺术的名义实现了对人的激情和道德力量的全面激活,它首次让人们把对世界和现世生活的审美与新的道德观念结合起来。文艺复兴是对中世纪神本意识的否定,倡导新时代的人文主义思想。一方面,它有积极的正面的影响,它推动了文学艺术和科学的发展以及思想的解放;另一方面,它也有一定的负面影响,它在动摇中世纪旧的道德观念的同时,也在一定程度上放纵了人的欲望,导致了社会道德的衰退倾向。但启蒙运动又一次将艺术拉回到道德的轨道。理性主义者试图使人将美与善结合为一种合作的和谐关系。康德发现了审美经验和道德经验之间的密切关系,他认为审美愉悦所固有的无利害性是道德使命的标志。康德一方面使道德观念成为生活的基础,另一方面又赋予美以独立的地位和价值。席勒则更自觉地意识到审美与人类生存的关系,即只有审美的练习才能通达无限。审美中所蕴含的非道德强制和规定使人达到自由、和谐,使人从感性欲望的束缚中摆脱出来。因此,在席勒看来,审美的必然是道德的。

浪漫主义运动则直接和文艺复兴对话,使艺术冲破道德的限制,给生活的审美观、艺术的优先权以肯定,并反对生活的道德观。王尔德、佩特等唯美主义诗人、作家及现代主义艺术家都试图通过艺术来改变生活,让生活模仿艺术,给生活更多独立性,从而将美学、艺术视为人生的至高目标,以审美、艺术代替理性、道德进行立法。这样,一切社会问题都成了美学问题,解决方式也不具有依据,只能以审美的、不确定的途径解决。这种逻辑在尼采、福柯、罗蒂等哲学家身上得以延续,他们均主张可以用对生活的审美观取代道德观。

这样看来,伦理学与美学在西方文学史与哲学史上有着极其相近的亲缘关系。西方伦理学从传统知识论型转化为现代价值论型,这种转型给我们美学伦理研究一个有益的启发:随着作为审美个体的人的崛起,美学研究不应再囿于传统的理性-知识论框架,"而应转换视角,从情感-价值论角度去重新审视作为现实个体的人的审美现象。"[①] 走出"美学是什么"的知识论探讨,回到现实生活中,关注其情感和价值,才能真正发挥它本有的人生救赎功能,而不是单纯用来解释现实。我们认为,只有建立在伦理道德上的美学才能凸显出其存在价值,真正反思时弊,救赎人的感官沉沦。事实上,在当下伦理道德正在滑坡的语境下,忽视"人本关怀"和伦理道德的美学会导致自身话语的退场。

如果美自身的定义就是"爱善",那么美学就应该划归到伦理学领域;反之,如果"爱善"是"美的基本法则",那么伦理学也应被划归到美学领域。[②] 前者为伦理美学,关注美学与伦理学的外部关联;后者为美学伦理学,关注美学与伦理学的内在关联。

[①] 朱鹏飞:《美学伦理化与"人生论美学"两个路向》,《社会科学辑刊》2011年第1期,第215页。

[②] 宗白华:《宗白华全集》(第三卷),合肥:安徽教育出版社,1994年,第277页。

美学伦理学是人类社会关系的伦理美,展现人与人之间的真挚、高尚的情感,体现美与善的统一。美学与伦理学这两门古典学科的结合不是偶然的,而是一种必然的跨学科结合重建。事实上,我们的社会便是"围绕着基于基本伦理价值观所形成的共识而建立起来的"[①]。美学伦理学体系的建构,从审美的视角审视生命价值的归属,寻找人类的本体,确立生命的价值核心,使伦理道德成为维护社会和谐的一种手段。必须对人的社会存在做出伦理道德层面的规范性界定,用道德理想作为人类共同体标尺,生命的价值和美的统一才能得以真正实现。

第二节 美与善:互通与融合

如上所述,美学探讨的核心主题是美,而伦理学探讨的核心主题是善。因此,探讨美学与伦理学之间的关系实质就是研究美与善的关系。我们发现,哲学史和美学史上主张美与善的统一,坚持美与善的互通和融合的思想源远流长,延续至今。从柏拉图的"美善合一",到康德的"美是道德的象征",到席勒的"美善相谐"再到现当代社会对"审美正义"的呼吁,无一不在表明美与善之间的内在关联。古希腊诗人彼翁就说:"美是善的另一种形式。"

在西方哲学史上,康德明确地提出了"美是道德的象征"之说。作为德国古典哲学的创始人,他的三大著作(即《纯粹理性批判》《实践理性批判》和《判断力批判》)的第二部《实践理性批判》实际上就是一部伦理学专著,研究意志的功能,研究人凭借什么样的最高原则去指导道德行为;第三部《判断力批判》前半部分实际上就是他的美学思想的反映,后半部分是目的论,专门研究情感(快感或不快感)的功能,"寻

[①] 转引自徐岱:《审美正义与伦理美学》,《文学评论》2014年第2期,第118页。

求人心在什么条件之下才感觉事物美(美学)和完善(目的论)。"①康德在《判断力批判》和《实践理性批判》中分别表述了人的两种心意机能,即"美"与"伦理"。实际上,康德的《判断力批判》是衔接《纯粹理性批判》和《实践理性批判》的桥梁,他认为"美"兼具"知性"和"理性",并且与"善"有区别:

> 要觉得某物是善的,我任何时候都必须知道对象应当是怎样一个东西,也就是必须拥有关于这个对象的概念。而要觉得它是美的,其实并不需要这样做。花,自由的素描,无意图地互相缠绕、名为卷叶饰的线条,它们没有任何含义,不依赖于任何确定的概念,却是令人喜欢。②

不难看出,在《判断力批判》开篇部分的论述中,康德解释了这两者之间的区别:善带有目的性,要涉及实践活动中的利害计较;而美不带目的性,能带给人纯粹的、自由的快感。不仅如此,他还进一步将美的事物与善的事物所产生的情感严格分开,提出美"对某个人来说……美则只是使他喜欢的东西,善是被尊敬的、被赞成的东西,也就是在里面被他认可了一种客观价值的东西"③。这样看来,美与善在内容上存在多处不同,两者似乎产生了某种不可逾越的鸿沟。

但是,康德紧接着在第二章"审美判断力的辩证论"一节中提出了经典命题"美是道德上的善的象征",通过这一命题,揭示了自己眼中美与道德的辩证关系,也诠释了他的伦理美学思想:为了保持美的纯粹性,它与善之间的确有所区别,但是美若是想要对具有理性的人产生意义和价值,必须和道德,或者善联系在一起。"因为只有通过这种联系,审美所产生的愉悦才不仅诉诸人的感官、情感,同时也诉诸人的

---

① 朱光潜:《西方美学史》(下卷),北京:人民文学出版社,1979年,第345页。
② [德]康德:《判断力批判》,邓晓芒译,杨祖陶校,北京:人民出版社,2002年,第44页。
③ 同上书,第47页。

理性。"①康德所指的道德不单关乎人的品格,更是关于理性与自由,而人区别于动物的原因就在于人是具有理性的,而对具有理性的人来说,美的最终目的就是道德。

如此看来,美与道德的统一乃是康德所探寻的,"从早期的《论优美感和崇高感》到《判断力批判》再到晚年的《实用人类学》,都渗透了康德对美的、道德的人生的追求,都体现了康德对人的存在和使命的关注"②。在康德看来,人的最终目标是追求成为一个有道德的、有理性的、有自由的人,而审美具有过渡作用,为达成这一目标奠定基础。显然,康德所提出的人类最高境界的道德必然是与美相统一的,至善的道德必然是美的。

席勒是深受康德哲学思想影响的美学家。但是,席勒并没有全盘接受康德哲学,而是对其进行了继承与超越。事实上,他们两者之间存在巨大的思想差异。法国大革命的失败对席勒产生了巨大的影响。面对革命的失败,席勒意识到通过政治革命,改变政治制度是不能解决社会问题的,美好国家的根基是这个国家的人民具有美好的人性,于是他提出"以审美的革命替代政治的革命,以审美教育来达到完善人性、解决现代社会问题的目的"③。

1795年,席勒出版了其美学论著《审美教育书简》,该书由1793年到1794年期间席勒写给丹麦王子克里斯谦公爵的27封信组成,这些书简成为现代性审美批判的第一本著作,书中探讨了人性批判与人性建设方面的问题,赋予了审美救赎心灵、完善人性以致最终改造社会的功能。德国当代学者维塞尔指出:"在18世纪美学理论中构成一个

---

① 杨道圣:《论"美是道德的象征"——康德哲学中审美与道德关系的初步研究》,《华东师范大学学报》(哲学社会科学版)2000年第1期,第17页。

② 王静:《"美学是伦理学的花冠"——论赫勒对康德道德美学思想的重建》,《苏州大学学报》(哲学社会科学版)2014年第3期,第33页。

③ 廖文娟:《审美的革命与政治的革命——席勒对法国大革命的美学反思》,《语文学刊》2014年第2期,第81页。

关键性转折点的是席勒的美学理论,而不是康德的《判断力批判》。因为席勒的美学理论比康德的理论更多地指出了未来的道路。"①受康德美学的影响,席勒支持"美是人类走向自由过程中必不可少的桥梁"这一观点,但区别之处在于:康德认为美与善在内容上存在多处不同,两者并无直接交互关系,审美只是通向善的过渡手段,他仍然以"美是道德的象征"来强调道德这一终极目标;而席勒却提出"道德美",强调了美与善的融合。他认为"人的性格的完善的最高程度就是道德的美;因为只有在履行义务成为人的本性时,道德美才产生"②。在席勒眼里,一个有道德的人必须是一个懂得审美的人。席勒将道德美,即人的内在善与美的高度和谐统一视为人的最高境界。

事实上,席勒的美善思想很大程度上汲取和继承了古希腊的伦理观念,柏拉图在《理想国》中早已涉及"美善合一"的概念了。在《审美教育书简》的前半部分,席勒重点描述了古希腊时期人们的社会生活和精神文明状况,他特别指出:"我看到他们既有丰富的形式,同时又有丰富的内容,既善于哲学思考,又善于形象创造并且温柔刚毅,他们把想象的青春性和理性的成年性结合在一个完美的人性里。"③席勒上述有关"完美人性"的论述与当时他所处的德国现实社会状况形成了鲜明的对比。这令人想到英国哲学家狄更生(G. Lowes Dickinson)在《希腊的生活观》中对古希腊的道德观和审美观的论述,他说:"支配希腊人心灵中的观念最重要的就是审美观念,在身体的完全方面如此,在灵魂的完全方面也是如此……道德的性质他们并不以为就是服从外面的法律,把一个自然人牺牲于自己毫不懂得的一种权利之下;而他们以为道德的性质就是组成人类自然性质的各种要素互

---

① 转引自徐岱:《席勒与审美教育论》,《美育学刊》2015年第4期,第15页。
② [德]席勒:《论美》,《秀美与尊严——席勒艺术和美学文集》,张玉能译,北京:文化艺术出版社,1996年,第56页。
③ [德]弗里德里希·席勒:《审美教育书简》,冯至、范大灿译,北京:北京大学出版社,1985年,第28页。

得其平衡。所谓的好人就是美的人——灵魂带着美的人。"①席勒坚持认为"只有美才能使全世界幸福"②,而"善所能达到的终极理想状态,其实就是一种美的状态,人将由此获得全面的发展和解放"③。这一美善和谐思想旨在使人得到道德和审美的自由的发展,从而成为一个完整的人,而席勒的功劳在于赋予"这个理想以一种更具体、更深刻的内容。人的完整性在于感性和理性的统一,必然与自由的统一以及现实与理想的统一"④。

另一位可以纳入美学伦理学批评视野的美学家是阿格妮丝·赫勒(Agnes Heller),她是东欧新马克思主义和布达佩斯学派的代表人物。赫勒进一步发展了康德的美学理论,提出"美学是伦理学的花冠"之说。

赫勒对康德的《判断力批判》给予极高的评价,赞扬他"对世界知识有着充足的个人体验、有道德责任感、严肃、有怀疑精神、幽默、理解人类的愚蠢、有实践智慧——所有这些品质都在哥尼斯堡这个矮小的人身上体现出来"⑤。如果说康德对美与道德之间关系的表达都浓缩在"美是道德的象征"这一命题中,那么赫勒在此基础上提出了"美学是伦理学的花冠"这一命题。顾名思义,"花冠"一词可以理解为"华美的环形头饰",即"外在的美的形式"。⑥ 由此看来,赫勒认为美是形式,而伦理学的核心"善"是内容。人们可以通过"美"这一形式达成"善"的目的,这一点与康德的美学思想显然有共通之处,正如康德所

---

① 转引自刘悦笛:《作为伦理学的美学:席勒的"美善"观念四题》,叶朗主编:《意象》(第一期),北京:北京大学出版社,2006年,第239页。
② [德]席勒:《美育书简》,徐恒醇译,北京:中国文联出版公司,1984年,第146页。
③ 刘悦笛:《作为伦理学的美学:席勒的"美善"观念四题》,叶朗主编:《意象》(第一期),北京:北京大学出版社,第250页。
④ 朱光潜:《西方美学史》(下卷),北京:人民文学出版社,1979年,第458页。
⑤ 转引自王静:《"美学是伦理学的花冠"——论赫勒对康德道德美学思想的重建》,《苏州大学学报》(哲学社会科学版)2014年第3期,第32页。
⑥ 同上文,第33页。

主张的那样,美,说到底,"是一种道德美而不是别的"①。

但赫勒在吸收康德美学思想的精华之后,又进一步对其进行发展。康德的伦理美学思想是基于普遍性范畴的视角,他提出的"道德律令"是一种普遍的法则,但是这一种追求最高境界的完美的道德标准在这个现代多元化的世界并不可行。赫勒认为康德的绝对律令排斥了个体的伦理选择,在她看来:

> 人类不仅包括所有曾经活着的人,也包括现在活着的人,还包括没有出生的人。但是这个道德律令并不能充分地引导我们。因为它只是一种箴言的选择,而不是我们应该采取的行动,我们不可能回答所有可能的他者的命令;在行动上我们不能。②

与康德不同,赫勒注重和强调个体选择和个体伦理,康斯坦丁诺称赫勒"极为重视自我形成的维度,完全按照个体存在选择的情感强度来决定,而不是由社会环境或遗传天赋来决定。她的指导原则是在个人的能力中发展道德资质的存在选择是自己的选择"③。因此,赫勒在《个性伦理学》中又提出了"美的性格"这一理念。有学者指出:"她对美的性格的阐述是同自由、道德、价值、生存联系在一起的,她吸取了古代的智慧,认为美的性格就是和谐的性格。"④《个性伦理学》是阿格妮丝·赫勒道德理论"三部曲"中的一部,她在书中将其美学思想与伦理学思想有机地结合起来,重构了对现代社会具有现实意义的"道德美学"。赫勒旗帜鲜明地指出,美与善是互为一体的,人们对善的向往就是对美的向往。在赫勒的个性伦理学体系中,善与美本身就是统一的,善就是美,这是个性伦理学的核心思想。

---

① 转引自王静:《"美学是伦理学的花冠"——论赫勒对康德道德美学思想的重建》,《苏州大学学报》(哲学社会科学版)2014年第3期,第32页。
② 同上文,第35页。
③ 同上。
④ 同上文,第34页。

第三节　美学伦理批评：至善亦至美

"美"之于美学伦理学而言是"善"的最高表现形式。在我国的甲骨文中，就有"美"字，说明当时的人们对美已经有了一定认识，尽管这种认识是极其肤浅的。从词源上来看，许慎在《说文解字》中认为"羊大为美"，所以先人很早就将"美"与"食"联系在一起，这在生产力低下的原始社会环境中是可以理解的。《说文解字》还云："美，甘也，从羊从大。羊在六畜主给膳也，美与善同意。"[①]"美"与"善"之间的语义勾连由此可知。在中国春秋战国时代，孔子、荀子、老子、孟子等杰出的思想家都曾从不同角度对美有过论述。秦汉两代的美学论述散见于当时哲学、历史和文艺著作中。魏晋南北朝的文论、乐论、通论，对后世的艺术理论和美学理论产生了重大影响。唐宋艺术空前繁荣，艺术理论的研究趋向专门化和深刻化。宋元之后，艺术理论和美学思想的探讨更加广泛而细致。到近代，王国维受西方美学思想影响，公开提出要将美学作为一门独立的学科。在古希腊罗马时期，著名哲学家柏拉图和亚里士多德留下了许多美学和艺术理论著作。中世纪美学在个别方面得到了充分发展。文艺复兴时期，欧洲文艺空前繁荣，美学和艺术理论也有了一个大的飞跃。到了17世纪、18世纪，美学理论更为活跃，康德和黑格尔等哲学家对美学做了系统的研究，美学研究进入高峰时期。中外哲学史上美学与伦理学的研究并行不悖，互为渗透。

"善"是美学伦理学的基础，是其指向的核心。亚里士多德从伦理学的角度阐释了人的行为包含的"善"的目的性，他指出："每种技艺与研究，同样，人的每种实践与选择，都以某种善为目的。所以有人就说，所有事物都以善为目的……医术的目的是健康，造船术的目的是

[①] 许慎撰：《说文解字》，北京：中华书局，1963年，第78页。

船舶,战术的目的是取胜,理财术的目的是财富。"①从苏格拉底开始,美善的一致性便成了长久以来学者讨论的问题。苏格拉底的学生柏拉图明确提出"至善至美",把两者的结合作为最高的"理式"。孔子呼吁"里仁为美",把美和伦理道德视为一体。国内学者在 20 世纪 90 年代就呼吁要建立"伦理美学","研究美学的伦理价值和伦理美学价值,审美感与道德感的一致性,避免形式主义倾向"②。

尼采试图切割美学与伦理学的关系。在他看来,"只有作为审美现象,生存和世界才是永远有充分理由的。"③尼采承认的唯一价值是审美价值,他以审美的人生态度反对伦理的、功利的、科学的人生态度,试图用艺术原则、审美原则来贯彻道德,取消各个人生领域如艺术、道德、政治之间的界限。伊格尔顿曾指出,尼采将万事万物"真理、认识、伦理学、现实本身——都归于一种艺术品"④。无独有偶,福柯在晚期走向对"自我呵护"伦理学的创建,即"生存美学",其思想的核心是将生活当作一件艺术品去创造,活出自己的风格。福柯认为,生活的关键并非看人的行为本身的善恶、也不是在于其行为是否服从一种道德规训,而在于其生活态度和风格是否以整个生存为艺术对象,把自己创造成一个自由的主体。福柯说:"我之所以对古代感兴趣,其全部理由在于,作为服从行为法则的道德观念正在消失,或已经消失了。这种道德的消失伴随着,必然伴随着对一种生存美学的追求。"⑤存在本身就是美学问题,道德是要加以消除的东西。显然,福柯将伦

---

① [古希腊]亚里士多德:《尼各马可伦理学》,廖申白译注,北京:商务印书馆,2003 年,第 3 页。
② 吴秉杰:《善是艺术美的内核》,《文艺理论研究》1990 年第 4 期,第 98 页。
③ [德]尼采:《悲剧的诞生——尼采美学文选》,周国平译,北京:生活·读书·新知三联书店,1986 年,第 21 页。
④ [英]特里·伊格尔顿:《审美意识形态》,王杰、傅德根、麦永雄译,柏敬泽校,桂林:广西师范大学出版社,2001 年,第 257 页。
⑤ 转引自赵彦芳:《美学的扩张:伦理生活的审美化》,《文学评论》2003 年第 5 期,第 20—21 页。

理行为变成了美学行为。德国哲学家沃尔夫冈·威尔什也认为,审美是人们认知和现实中至为根本的成分,是基础的基础;审美是一种存在模式,整个认识论都是审美化的,追寻真理本身就是一个审美化的过程。当代美国哲学家、美国新实用主义的代表人物理查德·罗蒂认为自我是向创造和塑造开放的,是被审美地塑造的,他也将生活方式视为审美。在他看来,一般由伦理来决定的领域也是由审美决定的,"因为伦理决定,像艺术决定一样,不应该是严格运用规则的结果,而是创造和批评的想象的产物"①。上述哲学家和思想家从生活审美的立场出发,倡导伦理的审美化。

然而,在美学伦理学看来,美与善的统一才是真正完满的生命实现。换言之,至善的亦是至美的。美善和伦理是人类社会中的一种关系美,这种关系体现了人与人之间的情感。这种关系美不是偶然的,而是一种必然的社会现象。其特征是善的内容与美的形式之统一,善与美成为构成美学伦理学的不可缺少的要素。人的动机、行为都有善恶、美丑之分,可同时具有美学和伦理学的意义和价值,所以二者是紧密联系的。而且它们之间的联系,不是表面的、现象的、偶然的联系,而是内在的、本质的、必然的联系。善是美的基础,美是善的要求,是善所期待的最高境界,是善的一种形式,最理想的一种形式。

能够满足人们的审美需要本身的,即是一种善。正如亚里士多德所言:"美是一种善,之所以能引起快感,正因为它是一种善。"②美与善的这种密切联系,使善和美被人们看成是有机的统一,甚至在希腊语中,美和善为同一个词。这种价值观,是从美与善所具有的客观联系中产生的。可以说,符合伦理的行为最美,符合美的行为最善。美的善行必然是至善。情与理的联系也决定美善统一。情感的流露是

---

① 转引自赵彦芳:《美学的扩张:伦理生活的审美化》,《文学评论》2003 年第 5 期,第 21 页。
② [古希腊]亚理斯多德(亚里士多德):《修辞学》,罗念生译,北京:生活·读书·新知三联书店,1991 年,第 1366 页。

情,道德的原则是理。高尚的行为,需要既符合道德原则,又充满深厚情感。如果一味严肃,会令人望而生畏。反之,仅有外表的"令色",心无诚意,就会流于虚伪。

人类共同的美感,决定了美善的统一。孟子早已提出人有共同之美感,康德也提出了"共通感"。人类最大的共同美感是美善的统一。追求美善的一体性,这是人类共同的希望和要求。美善是伦理的内核,美善是伦理的生命。正如康德把美最终落实在伦理的范畴之中那样,席勒也把美置于道德领域加以考察,不过,正如伽达默尔指出的那样,席勒"并没有追随康德的出发点把趣味当作感官享受通往道德情感的桥梁,而是把审美本身当作一种道德要求"①。文学伦理学批评认为,"审美不是文学的属性,而是文学的功能,是文学功利性实现的媒介……任何文学作品都带有功利性,这种功利性就是教诲"②。在文学伦理学批评看来,优秀的文学作品应该塑造美善统一的人物形象,宣扬美善一体的主题思想,并藉此来感召读者,达到道德教诲和审美的双重目的。

本章小结

本章讨论哲学和文艺学长期以来争论不休的话题,即美学与伦理学之间的关系问题。从本质上来说,美学和伦理学讨论的内容相似,涉及的问题都与人有关。可以说,美学与伦理学之间是相互渗透,难解难分的,但是它们之间也有区别。本章从研究主体、审视角度和自由维度三个层面对美学和伦理学做了区分。首先,两者的研究主体不尽相同。伦理学的研究主体是社会的人,而美学的研究主体是个体的

---

① 徐岱:《席勒与审美教育论》,《美育学刊》2015年第4期,第19页。
② 聂珍钊:《文学伦理学批评:基本理论与术语》,《外国文学研究》2010年第1期,第17页。

人。其次，两者的研究角度不同。伦理学从道德的角度对人的行为规范进行分析，做出善恶判断；而美学是从审美的角度做出的一种形式判断。最后，两者定义的自由内涵不同。伦理自由是指作为社会的伦理人必须有相应的道德行为准则和约束才能享受自由，而美学自由则是指个体心灵层面的无目的的、不受理性压迫的自由，是感性与理性的完美结合。实际上，美学与伦理学这两门古老的学科可以有机地结合起来成为伦理美学和美学伦理学。

美学探讨的核心主题是美，而伦理学探讨的核心主题是善。美与善的关系是西方美学界关注的焦点问题。康德认为"美是道德的象征"，他区分了善的目的性和美的纯粹性、非功利性。席勒继承并超越了康德的美学思想，提出"道德美"之说，强调人的内在的美与善的高度和谐与融合。赫勒认为康德的绝对律令排斥了个体的伦理选择，她主张"个性伦理学"，提出"美学是伦理学的花冠"这一命题，认为"美"是达成"善"的形式，"善"才是目的。

"美"之于美学伦理学而言是"善"的最高表现形式。在文学伦理学批评看来，至善的道德与最高的美应该是融为一体的，美与善的统一才是真正完满的生命实现，至善的必然是至美的。文学伦理学批评认为，审美价值也是伦理价值的一种体现。换言之，审美本身就是具有伦理性和功利性的一种行为，绝对意义上的无目的、无功利的审美在现实生活中是不存在的。因此，审美不是文学的根本属性，它只是实现文学教诲功能这一根本功能的一种形式和媒介，是为文学的伦理价值服务的。

第五章

精神分析伦理批评

精神分析学(psychoanalysis)是西方文论史上一个极具特色的流派,它从心理哲学和精神病临床试验衍生而来,具有很强的学科交叉特征。精神分析学诞生于19世纪末,在20世纪得到蓬勃发展,走过了漫长的变革发展历程。在精神分析学的版图上,弗洛伊德、荣格(Carl Gustav Jung)和拉康(Jacque Lacan)是三座巍峨耸立的高峰,他们开创性的研究成果为精神分析学和文学理论在20世纪的裂变与繁盛注入了强劲动力。精神分析学属于精神医学和深蕴心理学理论范畴,起初主要探讨神经症的治疗,在弗洛伊德等人的推动下,它运用具有一定科学原理和临床试验的学说来解释日常生活中的各种行为和现象,影响力超越了心理学的学科专业范畴,在众多领域产生了重要影响,"到了20世纪20年代,这个理论逐渐扩展到哲学、人文社会科学的各个领域,并由一种潜意识的心理学体系发展成为无所不包的人生哲学"①。精神分析学的相关理论运用于文学批评领域就形成了精神分析批评。精神分析批评不同于形式主义、阐释学、新批评和结构主义等偏重语言和文本研究的理论范式,亦有别于解构主义、女性主义、文化批评和后殖民理论等带有浓厚政治色彩和斗争姿态的批评理论。

精神分析批评并不是西方批评史上突兀的孤峰,它的前身可以追溯到历史悠久的心理批评。心理批评方法借鉴心理学的概念和方法,抓住文学作为独特精神活动的本质,关注文学活动中牵涉的作者写作意图、读者接受过程、人物心理活动和作品内在精神价值。精神分析学将"人"视为文学活动的核心所在,精神分析批评同样如此,关注文学文本、创作实践和阅读过程中涉及人的心灵、自我、梦、无意识(又译潜意识)和欲望等方面的内容。伊格尔顿指出,依照关注对象的不同,精神分析批评大体上可以分为四种:"它可以注意作品的作者、作品的内容、作品的形式结构或者读者。"②精神分析批评用跨学科的学说和概念从不同维度极大拓展了文学批评的范畴和阐释视野,深化了人类对自我的认知,以特有的思想锐度和体系性为文学批评带来新的内涵,推动了意识流小说和现代主义思潮的繁盛,在文学写作和文学批评维度均产生了重要影响。总体而言,精神分析批评流派在文学本质、文学起源、文学价值、文学功能等重大理论命题上倾向于强调本能、冲动和欲望等非理性力量,将道德视为压抑欲望的外部力量,甚至以"超越"的论调否定道德和伦理的价值评判功能。精神分析批评的学说和构想具有理论创新意义,但是不能真正解答文学批评中的重大命题。就批评立场和价值取向而言,精神分析批评经常与文学伦理学

---

① [奥]弗洛伊德著,车文博主编:《癔症研究》,北京:九州出版社,2014年,"导论"第3页。

② [英]特里·伊格尔顿:《现象学、阐释学、接受理论——当代西方文艺理论》,王逢振译,南京:江苏教育出版社,2006年,第174页。

批评背道而驰。文学伦理学批评理论体系提出了伦理选择、伦理悖论、斯芬克斯因子、理性意志、道德责任、道德教诲等核心概念,在很大程度上纠正了精神分析学将生物本能和性学决定论推向极端的批评理念,而且将俄狄浦斯情结、禁忌、困境、天性、本能、意志、人性等精神分析批评的重要概念纳入研究视野,在新的理论体系中对这些概念进行了丰富和发展。

第一节 压抑理论、无意识与文学本质的伦理学再思考

弗洛伊德是现代精神分析学的奠基人,他所做的大量开拓性工作奠定了精神分析学的基础,指明了后续百年的发展方向,他的学术影响力远远超出了精神分析学,成为人文学科领域主流话语和思维范式的缔造者。在福柯看来,弗洛伊德是跟马克思具有同等重要地位的"话语性创始人"。福柯认为自19世纪以来生物学、经济学、语言研究这三个学科模式主导了整个人文学科,在孔德和马克思之后,弗洛伊德"开始了语文学的(当涉及阐释和发掘被隐藏的意义时)和语言学的(当涉及构成和阐明支撑体系时)模式的统治"①。弗洛伊德的精神分析学说跟文学关系异常密切。他发表了《作家与白日梦》《詹森的〈格拉迪沃〉中的幻觉与梦》《陀思妥耶夫斯基与弑父者》等众多从精神分析角度论述文学的论文。他从心理学角度对文学的本质、构成和地位等问题做出了广泛的思考,他关于文学的体系化思考可以分为以下几部分:创作动因—力比多、创作活动—无意识或自由联想、人物塑造—升华说、创作主题和批评方法—俄狄浦斯情结、文艺创作与梦、艺术家与精神病。② 弗洛伊德在《精神分析导论》(*A General Introduction to*

---

① [法]米歇尔·福柯:《词与物——人文科学考古学》,莫伟民译,上海:上海三联书店,2001年,第469页。
② 王宁:《文学与精神分析学》,北京:人民文学出版社,2002年,第4—18页。

Psychoanalysis)等作品中提出了经典精神分析学理论的重要理念："跟各种梦和神经症一样,文学等各类艺术都是对那些在现实中无法实现,或者被道德礼节的社会准则所禁止的愿望的某种想象式或幻想式的满足。"①弗洛伊德将文学作品视为对被压抑欲望的重新表达,而道德礼节是压抑欲望的重要外来力量。从这个意义上来说,精神分析学将道德视为文学产生的潜在驱动力,道德对欲望进行压制,而文学作品的创作过程使得这些被道德压抑的欲望重新浮现并得到满足,由此可见,弗洛伊德的精神分析学将文学视为一种发泄压抑力量的渠道。在弗洛伊德看来,欲望无法被消灭,只能被压抑,随后它会以其他形式复现出来,文学就是被压抑的欲望的一种复现渠道。弗洛伊德意义上的文学本质论和起源学说具有较大的创新,它迥异于西方文艺界传统的模仿说、劳动说、游戏说或巫术说,将文学作品的产生归结于人的欲望被压抑之后的宣泄行为。文学伦理学批评认为文学的产生不是一种生物学意义上的无意识冲动,而是出于另一个更高层次的目的:"文学的产生是有目的性的,这个目的就是教诲。"②文学伦理学批评秉持文学教诲论的要旨,认为文学在本质上是一种伦理的艺术。文学可以有审美、娱乐、认知等多重作用,艺术家在创作时可充分注入自身的个性,可受到灵感和激情的召唤,也可在主观上纯粹出于一种不涉利害的审美诉求,但这些因素都无法消除道德无所不在的掌控力。阅读和阐释文学的进路可以是多样的,但归根结底,在文学的产生和存在过程中,教诲是最基本和最重要的功能。

长期以来,现实主义文学思潮影响力巨大,它秉持文学反映论,通常将文学视为真实"反映"客观现实的载体。弗洛伊德经典精神分析的进步意义在于它改变了这种简单的对应关系,将文学视为一种解放

---

① Qtd. in M. H. Abrams, *A Glossary of Literary Terms*, Beijing: Foreign Language Teaching and Research Press, 2004, p. 248.
② 聂珍钊:《文学伦理学批评导论》,北京:北京大学出版社,2014年,第14页。

性和主体性的理论。然而弗洛伊德的精神分析学说对文学创作过程的解释却并没有赋予文学创作独特的地位,将文学视为再现被压抑欲望的一种渠道,是一种"白日梦",文学跟梦的形成以及释放压抑欲望的过程并无二致。如此一来,弗洛伊德精神分析学并没有赋予文学足够的本体地位,文学也就失去了区别于其他心理活动的独特性。弗洛伊德认为"通常来讲,我们的文明是建立在压抑本能的基础上的"①,他将文学视为性欲的升华,性本能为文学等各类文明活动提供原动力,文学创作过程就是性欲转移目标和升华的过程:"把原来的性目标转换成另一种目标的能力就叫做升华的能力,经过转化的目标不再是性的,但却与性目标密切相关。"②经典精神分析学视域下的文学被视为再现欲望和消解内心冲动的一种形式,它源于性欲等本能力量。精神分析学并未能完全摆脱肇始于希腊时期的"艺术摹仿自然"的理念,但是它赋予了主体更大的创造力,使文学具备了更多的积极能动性。弗洛伊德将性欲的能量(力比多)视为文学的本质来源,道德则是一种具有禁止和训诫作用的外力。弗洛伊德看到了道德对人的行为的约束力和规范作用,将文学这种具有高度实践意义的社会活动归结为被作家压抑和释放欲望的个体活动,这显然无法为文学的社会功能和现实意义提供一个令人信服的答案。

弗洛伊德的欲望压抑与复现机制与无意识学说息息相关。他曾在 1924 年声明:"心理分析的目的与成就无他,唯心理生活中潜意识的发现而已。"③经典弗洛伊德主义的理论核心是以无意识为基础的人格学说。弗洛伊德的人格学说采用了三分法:本我、自我、超我。他在众多著述中对人格问题进行了研究,晚年的《精神分析新论》和《自

---

① [奥]西格蒙德·弗洛伊德:《性欲三论》,赵蕾、宋景堂译,北京:国际文化出版公司,2000 年,第 224 页。
② 同上书,第 224—225 页。
③ [美] 转引自莫达尔(Albert Mordell):《心理分析与文学》,郑秋水译,台北:远流出版公司,1987 年,第 9 页。

我与本我》等书中系统总结和阐释了人格结构的三个层次。弗洛伊德将本我视为意识深处最原始的心理部分，充满各种非理性的欲望和冲动，受快乐原则支配。弗洛伊德将超我视为良心（conscience），它是从自我中分出的具有自动监视功能的特殊机构，"把最严格的道德标准施加给在其控制下的无助的自我；一般而言，超我代表着道德要求，而且我们很快认识到，我们得到的内疚感是自我与超我之间紧张状态的流露"①。自我则是本我在现实环境中被约束以后的适应结果，是协调本我和超我之间关系的理性部分。众所周知，弗洛伊德一直在补充和修正自己的精神分析学说。1933 年他出版了《精神分析新论》，指出人类的生命现象产生于两类并存但又矛盾的行动：爱的本能（也称性本能或爱欲，Eros）和死亡本能（death instinct），前者"企图将越来越多的有生命的物质结合起来，形成一个更大的整体"，而后者恰恰与之相反地"想使有生命的一切退回到无机物状态"②。由此可见，弗洛伊德自始至终将生物性的本能视为人类生命现象和心理活动中最重要的行动，过于强调人的欲望、嫉恨、阉割焦虑等非理性因素。

弗洛伊德的人格三分说和无意识学说在西方思想史上具有重要地位，对文学写作和批评产生了深远影响。这些学说富有革命性和原创性的理论力量，从新的角度揭示出人内心世界的复杂性和多样性，为心理小说和意识流小说提供了直接的理论养分，是推动现代主义文学思潮涌现的主要力量来源，也成为后现代主义和女性主义运动中的反菲勒斯-逻各斯中心主义诉求攻击的标靶。弗洛伊德意识到道德在人格发展过程中的重要地位，但是整体而言，他的人格学说"基本出发点是把人作为自然的人、生物学上的人，作为同社会的根本对立物，夸大了人性与兽性的联系和潜意识生活的价值，否定了人的社会本质

---

① ［奥］弗洛伊德著，车文博主编：《精神分析新论》，北京：九州出版社，2014 年，第 38 页。

② 同上书，第 68 页。

和有意识心理生活的主导意义,所以它是生物学化的、精神决定论的理论"①。文学伦理学批评认为人身上的人性因子和兽性因子并存,人性因子可以控制兽性因子,理性力量可以克制和驾驭非理性冲动,使人成为有伦理意识的存在物,促使行为举止符合伦理规范的要求。弗洛伊德的人格理论体现了人性因子和兽性因子的对立,也从一定程度上揭示了二者的协调机制,但是他的理论基础仍然是建立在兽性因子之上的,将人内心最原始的生物性本能冲动和欲望视为人的心理现象发生的根本驱动力。

弗洛伊德的经典精神分析学说与文学伦理学批评之间在文学的本体论和目的论等维度均存在着巨大的鸿沟。就文学的本质而言,精神分析学说用性欲的能量(力比多)来解释文学生成驱动力和转化模式,将文学创作和审美视为本能冲动造成的结果。弗洛伊德将道德视为压抑本能的外在权威和暴力,将性欲等人类本能视为文学创作的来源。在此逻辑下,道德与文学之间形成了对立局面,文学成为释放道德压迫力量的渠道。在文学伦理学批评视域下,道德和文学之间绝非对立关系,文学伦理学批评"从起源上把文学看成伦理的产物,认为文学的价值就在于它具有伦理教诲功能"②。总之,弗洛伊德将道德视为文学的异质力量,具有暴力压制功能;文学伦理学批评将道德视为文学的内在有机成分,为文学的产生与存在提供合理性,是一种生发性的引导力量。

弗洛伊德的经典精神分析学说具有泛性论色彩,强调文学源于人类的本能冲动,将道德视为压抑性质的力量,具有非道德的倾向,否定了文学的伦理价值。"关于性本能的作用问题,达尔文早就指出,在人类的起源中,自然选择起了主导的作用,其中性选择具有特殊的意义。

---

① [奥]弗洛伊德著,车文博主编:《癔症研究》,北京:九州出版社,2014年,"导论"第19页。
② 聂珍钊:《文学伦理学批评导论》,北京:北京大学出版社,2014年,第7页。

弗洛伊德进一步发挥了达尔文进化论的生物学观点,宣称性本能被压抑不仅是产生神经症的主要原因,而且还是形成人格、创造社会文化和艺术的重要动力。"① 弗洛伊德习惯于对人的行动进行抽象解读和象征性的置换,将人外在行为的内在驱动力归结于欲望、冲动、恐惧、渴望、幻想和记忆等生理活动。弗洛伊德的精神分析理论无疑存在局限,过于凸显非理性主义和生物学力量,未能正视人的理性选择和意志的力量。文学伦理学批评认为达尔文的进化论指明了人进化过程中的第一次选择,即自然选择,这只是从形式上将人和动物区别开来。人之所以真正成为人,在于人的第二次选择,即伦理选择。在文学伦理学批评看来,"能否分辨善恶是辨别人是否为人的标准。善恶的概念是与伦理意识同时出现的",从这个意义上来说,"善恶是人类伦理的基础"。② 弗洛伊德将文学视为被压抑性能量的转移和宣泄,在心理学或生物学实验上始终无法得到有效证实。不仅如此,他关于文学本质的观点将文学的起源归因于人的本能冲动等动物性质的因素,这与文学伦理学批评的基本观点是完全冲突的。文学伦理学批评认为人类除了自然选择之外还有一种更重要的选择,人与动物的本质区别在于人的伦理选择。关于文学的起源问题,弗洛伊德心理分析学与文学伦理学批评之间最为本质的区别在于前者将文学视为一种与性欲有关的生物学意义上的本能冲动,而后者将伦理选择作为理论基础,把文学看成道德的产物,认为文学从起源上说,"是特定历史阶段伦理观念和道德生活的独特表达形式,文学在本质上是伦理的艺术"③。精神分析学实际上也认为文学源于道德,因为在它的理论构架下,文学源于被升华的性力,而这种被转移的性力又是外在道德压抑的结

---

① [奥]弗洛伊德著,车文博主编:《癔症研究》,北京:九州出版社,2014年,"导论"第21页。
② 聂珍钊:《文学伦理学批评导论》,北京:北京大学出版社,2014年,第35—36页。
③ 聂珍钊:《文学伦理学批评:基本理论与术语》,《外国文学研究》2010年第1期,第14页。

果。经典精神分析学强调和凸显的是道德的压抑作用,道德作为一种"负面"的外在力量对人的自然天性和动物本能时刻进行驯化,使之形成潜藏于意识之下的心理情结。与之相反,文学伦理学批评认为人类产生伦理意识以后,"便开始渴望从伦理混乱中解脱出来而走向伦理秩序,懂得伦理秩序对于人类生存和繁衍的重要性,并能够遵守最基本的伦理规则,如禁忌、责任、义务等"①。文学伦理学批评认为人类在伦理和道德方面更高层次的精神诉求导致文学的产生,而文学产生和存在的目的又是为了道德教诲。

弗洛伊德的泛性论饱受争议与批评,但是它也有巨大的历史进步意义。福柯在《性经验史》中提醒我们应该看到弗洛伊德的杰出天才:"把他置于18世纪以来由知识和权力策略划定的一个关键时刻上,他极富成效地重振了认识性和把性纳入话语之中的古老命令,堪与古典时代最伟大的精神导师比肩而立。"②弗洛伊德指出:"压抑理论是精神分析的整个结构建立其上的基石,它是精神分析最重要的一部分。"③在他看来,道德和社会行为规范是压抑本能的重要力量,在心理上产生强制作用,形成无意识的情结。弗洛伊德在《"文明的"性道德与现代神经症》一文中借用了冯·艾伦菲尔斯《性伦理学》的观点,区分了文明的性道德和自然的性道德,将文明视为自然的对立面。他指出,文明对人的神经系统进行压制,使之受到损害,一些神经症产生的原因在于受到文明的影响;"通过通行的性道德对文明人(或文明阶层)的性生活进行有害的压抑。"④文学伦理学批评将伦理和道德视为人之所以成为人的根本因素,文学存在的合理性不仅在于娱乐或者审

---

① 聂珍钊:《文学伦理学批评导论》,北京:北京大学出版社,2014年,第13—14页。
② 转引自张锦:《作者弗洛伊德——福柯论弗洛伊德》,《国外文学》2017年第4期,第9页。
③ [奥]弗洛伊德著,车文博主编:《精神分析新论》,北京:九州出版社,2014年,第161页。
④ [奥]西格蒙德·弗洛伊德:《性欲三论》,赵蕾、宋景堂译,北京:国际文化出版公司,2000年,第222—223页。

美,更重要的是文学可以在想象的意义上通过文本的伦理线、伦理结和伦理结构将我们带入一种文学意义上虚构或真实的伦理环境,使我们经历伦理困境或悖论,让我们进行伦理选择的切身体验,起到道德教诲的作用,锻炼和巩固我们的伦理意识。总之,文学伦理学批评所高扬的恰恰是经典精神分析学刻意批评和贬低的伦理意识和道德教诲作用。精神分析学理论的诸多开创性的概念和理论为整个人文学科带来了革命性的推进,同时也引起了不少批评,弗洛伊德对此并非毫无察觉。他在1923年出版的《自我与本我》中转述了别人对他"不顾人类本性中较高级的、道德的、超个人的方面"的批评[①]。由此可见,弗洛伊德明知自己理论的缺陷所在,却仍然不改初衷,沿着无意识、性欲和梦的解析构成的理论脉络继续前行,这种极度的自信心和学术热情固然值得称赞,但由此带来的伦理意识淡漠与理论缺陷也颇让人感到遗憾。

第二节　集体无意识与文学的起源

荣格的分析心理学继承和发展了经典弗洛伊德主义。荣格最早是弗洛伊德的崇拜者与合作伙伴,后来他们围绕着"力比多"在学术观点上产生了根本分歧。荣格于1912年发表了《力比多的变化与象征》,提出了与弗洛伊德截然不同的学术观点。1913年荣格与弗洛伊德彻底决裂。弗洛伊德将力比多基本等同于性欲能量,荣格对此并不苟同,他认为力比多是一种更为普遍的心理能量,性欲能量只是其中的一种。[②] 弗洛伊德认为无意识是儿童时期被压抑的心理结果,荣格将弗洛伊德的精神分析和无意识学说继续向前推进,提出"集体无意

---

① [奥]弗洛伊德著,车文博主编:《自我与本我》,杨韶刚译,北京:九州出版社,2014年,第177页。

② Duane P. Schultz and Sydney Ellen Schultz, *A History of Modern Psychology*, Belmont: Wadsworth, 2011, p. 327.

识"(collective unconsciousness)、原始意象(primordial image)和原型(archetype)等重要概念。作为荣格精神分析学说的核心,"集体无意识"被视为一种先验的存在物,是无意识的深层结构,是沉淀下来的具有共性的人类普遍精神,原型则是构成集体无意识的重要材料。荣格在精神分析学上的开创性贡献对文学理论的发展起到了重要的推动作用,原型批评尤为明显,直接受惠于荣格的上述理论创新。

荣格关于精神分析和文学之间关系的论述集中体现在《心理学与文学》和《论分析心理学与诗歌的关系》等论文之中。荣格不能认同弗洛伊德将文学创作视为个人被压抑欲望的宣泄渠道的理念,他认为文学艺术创作是超越个体感受的行动过程,是受心灵深处集体无意识的驱动而产生的:"创作激情不是来源于性欲(弗洛伊德),也不是来源于想要优越于他人的权力意志(阿德勒),而是来源于崇高理想和远大抱负,因此本质上不是什么个人的东西。"[1]荣格认为"艺术实践是一种心理活动,因而可以从心理学角度去考察",而关于艺术的本质问题"不可能由心理学家来回答,只能从美学方面去探讨"。[2] 荣格指出,"对艺术家们的分析不断表明:不仅创作冲动的力量,而且它那反复无常、娇纵任性的特点也都来源于无意识"[3]。荣格将文学创作的过程视为一种有生命的东西,他"曾经把孕育在艺术家心灵中的作品,说成是一种'自主情结'"[4],而艺术作品"作为一种象征,不仅在诗人的个人无意识中,而且也在无意识神话领域内有着它的源泉。无意识神话学的原始意象是人类共同的遗传物,我把这一领域称为'集体无意识',用以区别于个人无意识"[5]。由此可见,荣格将文学创作视为作

---

[1] [瑞士]荣格:《心理学与文学》,冯川、苏克译,北京:生活·读书·新知三联书店,1987年,"译者前言"第20页。
[2] 同上书,第108页。
[3] 同上书,第113页。
[4] 同上书,第117页。
[5] 同上书,第119页。

家身上潜藏的集体无意识发挥作用的结果,文学作品的基本构成要素来自原始意象,这些原始意象或原型"是同一类型的无数经验的心理残迹","在历史进程中不断发生并且显现于创造性幻想得到自由表现的任何地方"。① 荣格认为达到这种人类共同体验和整体生活的途径是回归到"神秘共享"的原初状态,将原型视为文学的来源和本质所在,有化繁为简的功效,但是他并没有办法真正解释这种神秘共享原初状态的伦理价值何在。他在论述中多次提及时代精神,但是他无法依据自己的学说对文学的价值进行真正历史情境化和个性化的解读,体现了精神分析学的局限,从心理学或集体无意识的角度来解释文学的本质和起源问题,难以摆脱精神分析学的固定视角与内在逻辑惯性。

荣格认为作品来源于艺术家意识的深处,艺术家"从集体精神中召唤出治疗和拯救的力量,这种集体精神隐藏在处于孤独和痛苦的谬误中的意识之下"②。在他看来,不是艺术家创造了艺术,而是艺术创造了艺术家。关于艺术和艺术家之间的关系,荣格在《心理学与文学》中有一个著名的论断:"艺术是一种天赋的动力,它抓住一个人,使他成为它的工具。艺术家不是拥有自由意志,寻找实现其个人目的的人,而是一个允许艺术通过他实现艺术目的的人,他作为个人可能有喜怒哀乐、个人意志和个人目的,然而作为艺术家他却是更高意义上的人即'集体的人',是一个负荷并造就人类无意识精神生活的人。"③

荣格对自我、个人化、阴影、人格、心灵等概念有过大量理论阐述,必然也涉及道德问题,他没有像弗洛伊德那样摆脱历史和文化语境,极端地将道德视为压抑欲望的负面力量,充分认可意识与道德之间的依赖关系。但是总体而言,他的文学观也没有系统和明晰的道德视

---

① [瑞士]荣格:《心理学与文学》,冯川、苏克译,北京:生活·读书·新知三联书店,1987年,第120页。
② 同上书,第144页。
③ 同上书,第241页。

角。荣格认为原型构成了集体无意识的内容,将原始意象视为人类原始经验的凝结,认为神话是无意识的产物,是最基本的文学原型。荣格将超越历史时空的原型和原始意象作为精神分析的重要任务,旨在确认一种超越个体感受局限的共同精神结构。无论是荣格本人围绕集体无意识和原型等概念演绎自己的文学理念,还是后来弗莱等人受他的分析心理学理论启发而掀起的神话原型批评运动,荣格模式的精神分析学应用于文学批评之时,关注的重心是集体无意识的原型、模式、类别等形式方面,对于这些形式所承载的内容以及它们与文化、政治、意识形态、伦理等维度的关联则往往并未深究。实际上,无论是荣格关注的宗教、神话、传说、童话还是仪式,都是古代特定民族文化伦理道德观念的载体。原始意象、原型和神话所表征的深层集体意识是一种文化基因,它们无疑具有明显的伦理道德色彩和价值判断取向。荣格着重提及的上帝原型、恶魔原型、智慧老人原型、大地母亲原型、英雄原型、阿尼玛原型等原型类别其实都是不同种类的文化构造,体现出鲜明的伦理取向。

众所周知,荣格的精神分析学具有神秘主义色彩,他认为"艺术创作和艺术效用的奥秘,只有回归到'神秘共享'的状态中才能被发现,即回归到经验的这样一种高度,在这一高度上,人不是作为个体而是作为整体生活着,个人的祸福无关紧要,只有整个人类的存在才是有意义的"①。这段话是荣格对"集体无意识"观念的典型阐释,强调文学作品的社会属性,指出人是作为整体生活着,点明了作者作为个体成员与社会整体以及文化、历史之间的密切关系,具有一定的伦理意义。但是荣格对集体无意识和原型概念并没有做出明显的伦理判断,对它们可能带来的道德问题避而不谈。他所做的是谈古、返古而不疑古,对这些人类文化中原初的与宗教、神话、仪式有关的母题或原始思

---

① [瑞士]荣格:《心理学与文学》,冯川、苏克译,北京:生活·读书·新知三联书店,1987年,第144页。

维不做道德评判。对伦理思想和道德标准的回避其实也是一种特殊的伦理取向。荣格声称文学产生于人类意识深处的集体无意识,这个观点具有一定的合理性,但是并没有真正解释文学的真正起源。文学伦理学批评并不否定文学与人类意识或者无意识之间的密切关系,提出了脑文本这一新概念,"从起源上把文学看成道德的产物,认为文学是特定历史阶段人类社会的伦理表达形式,文学在本质上是关于伦理的艺术"①。这是文学伦理学批评的基本立场。

在《心理学与文学》一文中,荣格认为"诗人的创造力来源于他的原始经验,这种经验深不可测,因此需要借助神话想象来赋予它形式"②。总体而言,在何为文学本质的问题上,荣格继承了弗洛伊德等人关于欲望、压抑和再现的基本理论脉络,但是他突破了弗洛伊德精神分析学的本质主义色彩和封闭特性,将历史、文化、社会、神话等因子引入精神分析之中,为精神分析学开拓了更为广阔的理论格局。弗洛伊德将文学创作视为单纯的个人行为,文学创作是作家个人被压抑欲望的一种复现渠道;在荣格眼中,文学创作是一种超越个人体验的活动,"在集体无意识中,诗人、先知和领袖听凭自己受他们时代未得到表达的欲望的指引,通过言论或行动,给每一个盲目渴求和期待的人,指出一条获得满足的道路,而不管这一满足所带来的究竟是祸是福,是拯救一个时代还是毁灭一个时代"③。荣格将文学创作过程和文学作品视为一种社会的产物,视为一种集体意义上的人际体验,这与文学伦理学批评的主旨是遥相呼应的。然而荣格的集体无意识理论或者原型理论皆为非伦理的理论建构,他将文化原型在人类历史上的遗传和沉淀视为具有绝对权威的神秘力量,追求的是人类原始时期在宗教、神话、童话和仪式等方面的典型体验情境与文化符码表达方

---

① 聂珍钊:《文学伦理学批评导论》,北京:北京大学出版社,2014年,第13页。
② [瑞士]荣格:《心理学与文学》,冯川、苏克译,北京:生活·读书·新知三联书店,1987年,第136页。
③ 同上书,第138页。

式。荣格的集体无意识和原型概念用历史的观点看问题,将文学创作视为一个具有历史延续性和深厚文化渊源的心理过程,这无疑具有重要的进步意义。但是荣格的理论表现出返古的倾向,试图在过去的仪式与神话中去寻求当下文学的意义,将文学的本质与集体无意识和原型神话关联起来。荣格的观点适宜于讨论文学的普遍规律,可以深入发掘象征、隐喻以及典型场景背后的原型意义,但是很难形成具有可操作性的标准来评判文学水平的高低。更值得注意的是,对象征、隐喻以及典型场景的求索与阐释并非文学阐释的全部旨归。以形式主义的方法向后推求文学作品的原初类型固然在学术理论上很有意义,但并不是文学阅读活动的根本目的所在,表现出文学伦理价值观的缺失。文学不仅需要指向文本与历史,更需要指向生活和人本身,即发挥文学的道德教诲功能,通过阅读文字,在审美过程中"为人类提供从伦理角度认识社会和生活的道德范例,为人类的物质生活和精神生活提供道德警示,为人类的自我完善提供道德经验"[①]。荣格的理论为20世纪精神分析学的拓展做出了很大贡献,但是无论是在研究内容、逻辑推论还是价值判断等方面均缺乏一以贯之的伦理意识。

第三节 俄狄浦斯情结:主体、语言和欲望

弗洛伊德提出的诸多心理分析假说和概念都已经成为文学批评的重要组成部分,"俄狄浦斯情结"(恋母情结)就是一个典型例子。"俄狄浦斯情结"来源于古希腊传说和索福克勒斯的经典悲剧《俄狄浦斯王》,它"可能是现代最有影响的批评术语。它不仅为后来以心理分析理论为基础的文学批评方法奠定了基础,同时也标志着对于《俄狄

[①] 聂珍钊:《文学伦理学批评导论》,北京:北京大学出版社,2014年,第14页。

浦斯王》的现代批评的开始"①。弗洛伊德在《释梦》中正式提出这个概念的理论内涵，并在随后发表的演讲和作品中多次对理论加以深化与修正。弗洛伊德结合《俄狄浦斯王》《哈姆雷特》和《卡拉马佐夫兄弟》等经典文学作品来讨论俄狄浦斯情结。它已经成为文学作品阐释过程中的一个具有鲜明伦理意识的概念，触及杀父娶母两大伦理禁忌。弗洛伊德在《图腾与禁忌》一书临近结尾处说道："我要坚持说，讨论结果表明，宗教、道德、社会和艺术的起源都汇集在俄狄浦斯情结之中。这与俄狄浦斯情结（目前就我们所知）构成了一切神经症的核心这一精神分析结论，完全一致。"②弗洛伊德"惊人地发现"社会心理学的种种问题居然在人与自己父亲的关系的基础上得到了解决。他所说的人与自己父亲的关系其实就是伦理关系中最为基础的父子伦理关系。在建构自己的"俄狄浦斯情结"理论之时，弗洛伊德对经典悲剧《俄狄浦斯王》进行了选择性的征用和挪用，以便适合自己的精神分析理论框架。"如果运用文学伦理学批评解读这出悲剧，可以发现，《俄狄浦斯王》在本质上只是一出伦理悲剧，源于人类文明发展过程中形成的伦理禁忌和俄狄浦斯不断强化的伦理意识。"③"俄狄浦斯情结"对一些文学文本的阐释具有启发意义，然而如果我们在文学批评实践中一味到文本中追索或者套用俄狄浦斯情结概念，则难免落入简单化的理论窠臼。在文学文本中发现"俄狄浦斯情结"固然重要，更重要的是揭示这个情结在人类认知能力成熟以后，这个儿童时期的深层原始冲动被压制的机制和消退的路径，进而发现如何认同道德伦理力量的作用并重新规范自己的行为。有鉴于此，文学伦理学批评对弗洛伊德的"俄狄浦斯情结"概念进行了继承和发展，使之对文学伦理学批评的

---

① 耿幼壮：《永远的神话——索福克勒斯〈俄狄浦斯王〉的批评、阐释与接受》，《外国文学研究》2006年第5期，第162页。

② [奥]弗洛伊德著，车文博主编：《图腾与禁忌》，北京：九州出版社，2014年，第150页。

③ 聂珍钊：《伦理禁忌与俄狄浦斯的悲剧》，《学习与探索》2006年第5期，第114页。

理论建构产生积极的推动作用。文学伦理学批评理论建构中的重要概念如人性因子、兽性因子与伦理选择等都直接或间接受惠于弗洛伊德对图腾、禁忌、欲望、力比多等问题的原创性论述。

弗洛伊德的俄狄浦斯情结学说深刻影响了后世的精神分析学家。雅克·拉康是精神分析学历史上极具颠覆性和创造力的理论家,被誉为"法国的弗洛伊德"。他运用结构语言学和符号学理论对弗洛伊德学说进行了修正与超越,将精神分析学推向后现代主义阶段。拉康在青年时代就表现出对伦理学和哲学的浓厚兴趣,对斯宾诺莎的《伦理学》以及黑格尔、康德等人的伦理思想进行过系统深入的学习。从事精神分析学研究之后,拉康的理论建构极具哲学思辨和伦理意识,他在1959—1960年间还专门将自己组织的年度研讨班命名为"精神分析伦理学"。与弗洛伊德一样,拉康也经常援引《安提戈涅》《哈姆雷特》《鬈发遇劫记》《被窃的信》等经典文学作品来建构自己的精神分析理论。拉康在1956年组织的研讨会上做了名为《关于〈被窃的信〉的研讨报告》的演讲,利用爱伦·坡的短篇小说的文本细节来讨论主体、移位、语言、能指、重复、象征等重要概念,以此作为自己理论大厦的重要支柱。

同样是精神分析学家,拉康和弗洛伊德在理论建构时对文学的征用立场是很不同的:"弗洛伊德是用自己的理论解释文学,落脚点仍在文学;而拉康是以文学解释自己的理论,落脚点是精神分析理论。"① 拉康对无意识、欲望、自我等经典弗洛伊德主义的主要理论基石进行了激进的拆解和重构。"弗洛伊德强调的是'个人无意识',荣格强调的是'集体无意识',拉康则将语言导入无意识中,强调'无意识作为主体的语言生成和主体的生成',包括镜像阶段、主体的想象、象征和现

---

① 马元龙:《安提戈涅与精神分析的伦理学》,《外国文学评论》2005年第4期,第18页。

实的三个层次。"①拉康主要借用索绪尔的能指概念和雅各布森的隐喻理论来阐释他的精神分析学,拉康的理论建构围绕语言、无意识、欲望、他者等重要概念展开,提出了不少具有震撼力的论断,"在拉康有关他人的论断中,要数'无意识是他人的话语'这句话最为有名"②。拉康在 1959 年 4 月 29 日的研讨班上做了名为《欲望及对〈哈姆雷特〉中欲望的阐释》的演讲,他颠覆了弗洛伊德对《哈姆雷特》所做的"俄狄浦斯情结"式经典阐释,运用了拓扑学坐标系统,从结构和符号学角度出发,对主体、幻想、镜像、符号、能指、位置和客体欲望等问题进行了理论重构。拉康认为主体的欲望是通过他者来界定和存在的,在儿童的俄狄浦斯期内,儿童作为母亲欲望对象存在;俄狄浦斯期之后,进入象征秩序,欲望通过语言的能指意义生成过程,成为无意识的他者指向之物。③"拉康一方面把无意识称为'大写的他者'或'他者的话语',另一方面又称'无意识具有语言的结构'。总之,主体是被动的,受语言制约,它是外在于它的语言体系的产物,也无法从语言的结构中逃脱。进入语言体系,对于主体来说,一方面意味着获得社会性交流的能力,另一方面却意味着它永远处于一种断裂状态。"④拉康用极具个人风格的精神分析理论消解了西方理论界自笛卡儿以来所高扬的主体性,从象征领域的理论视角切入,对俄狄浦斯情结做出了新的阐释,用阉割焦虑和不在场的缺失作为理论建构的焦点,揭示了主体、欲望、自我、客体、他者和想象界之间的联动关系和运作逻辑。

在拉康之后,还有很多精神分析学家也为学术的推进做出了巨大贡献,比如茱莉亚·克里斯蒂娃(Julia Kristeva)。保加利亚裔的克里

---

① 王岳川:《拉康的无意识与语言理论》,《人文杂志》1998 年第 4 期,第 122—123 页。
② [法]拉康:《拉康选集》,褚孝泉译,上海:上海三联书店,2001 年,"编者前言"第 12 页。
③ 参见[法]拉康:《欲望及对〈哈姆雷特〉中欲望的阐释》,陈越译,《世界电影》1996 年第 2 期,第 191—223 页。
④ 张剑:《他者》,金莉、李铁主编:《西方文论关键词》(第二卷),北京:外语教学与研究出版社,2017 年,第 577 页。

斯蒂娃在法国开始学术研究,她的博士论文《诗歌语言的革命》(1974)是将符号学运用于精神分析的大成之作。与弗洛伊德、荣格和拉康相比,克里斯蒂娃是一名更为专业的文学批评家。克里斯蒂娃继承了拉康关于镜像、语言和符号的思想遗产,创立了个人风格鲜明的诗学—符号学理论体系。在克里斯蒂娃看来,"象征界与符号界的物质一起作用,对后者有一定掌控力,却永远也不能产生出自己的意指物质"①。克里斯蒂娃1980年出版的《语言中的欲望》从符号学角度研究文学和艺术。克里斯蒂娃创立了"互文性"概念,并且运用符号学和语言学理论对拉康的镜像理论进行改造,对俄狄浦斯理论做出了精彩论述。

德勒兹(Giles Deleuze)和伽塔利(Felix Guattari)在"资本主义与精神分裂"系列的《反俄狄浦斯》(1972)和《千高原》(1980)等作品中对文学批评领域的精神分析阐释法进行过卓有成效的探索。德勒兹和伽塔利挑战了弗洛伊德与拉康的理论,提出了无器官身体、欲望生产、欲望机器、块茎、游牧等概念。福柯在为《反俄狄浦斯》一书所作序言中说道:"《反俄狄浦斯》(请恕作者我直言)是一部伦理之书,是长久以来用法语撰写的第一部伦理学著作,这或许可以解释为什么其成功并不限定于特定的'读者群':因为反俄狄浦斯已经成为一种生活方式,一种思维和生活之道。"②德勒兹和伽塔利意在打破俄狄浦斯情结和精神分析的极权模式和整体性,剪除束缚欲望的各种力量。德勒兹和伽塔利的政治化解读和克里斯蒂娃的女性主义解读为精神分析学提供了与时俱进的新动力,成为当代文学批评中极具影响力的理论流脉。

---

① Roman Selden, Peter Widdowson and Peter Brooker, *A Reader's Guide to Contemporary Literary Theory*, Beijing: Foreign Language Teaching and Research Press, 2004, p. 68.

② [法]米歇尔·福柯:《〈反俄狄浦斯〉序言》,麦永雄译,《国外理论动态》2003年第7期,第44页。

本章小结

在长达一个多世纪的时间里,精神分析学为文学批评提供了大量新研究范式和理论术语。在漫长的发展过程中,弗洛伊德、荣格和拉康不仅在精神分析理论上提出了最具原创力和最具深远影响的概念,而且对文学的讨论也最集中和透彻。弗洛伊德是奠基人,用一系列精神分析学概念为文学批评在20世纪的繁盛开创了广阔天地。荣格修正和发展了弗洛伊德思想,用集体无意识概念讨论了文学创作的来源问题。拉康则是更为激进的叛逆者,他打着"回归弗洛伊德"的旗号用语言学和符号学理论对经典弗洛伊德主义进行了颠覆性的重构,他顺应了语言学转向的历史潮流,为后现代主义批评和女性主义批评提供了一个强大的理论批判范式。纵观精神分析学的发展历程,可以发现精神分析的伦理学与传统的伦理学之间有着巨大的分野:"传统的伦理学以善为中心,而精神分析的伦理学将善视为欲望的障碍,这样,在精神分析中,对善的理想的批判就成了一个必需的维度。精神分析的伦理学拒绝任何理想,包括'健康'和'幸福'。"①欲望和无意识是贯穿20世纪精神分析学的两大概念,是理解精神分析文学批评理论与实践的核心线索。从弗洛伊德到德勒兹,灿若星辰的心理分析学家们都紧紧围绕这两个要素展开理论建构。后来者通常继往开来地对前人研究成果加以革新或颠覆,但总体上并未跳出这两大核心命题的掌控。

在文学伦理学批评的理论视野中,人的原欲(力比多)驱动的是身上的兽性因子,"其外在表现形式为自然意志及自由意志。自然意志

---

① 马元龙:《安提戈涅与精神分析的伦理学》,《外国文学评论》2005年第4期,第18页。

是原欲的外在表现,自由意志是欲望的外在表现形式"①。精神分析学过于强调欲望,走向了凸显人的自然意志和自由意志的极端。在伦理学意义上,"自由意志属于动物性本能的范畴,并无善恶的区别。自由意志是先于理性意志自然产生的。自由意志导致理性意志的出现,从而使自由意志得到约束。自由意志尽管追求绝对自由,但却始终要受到理性意志的约束,因此往往同理性意志发生冲突"②。欲望和无意识均属于非理性意志的范畴,它们大量存在于文学实践活动中。

人不仅是一种生物性质的存在,更重要的是作为一种社会和伦理的存在。马克思对人的本质问题有过一系列论述。他在于1845年春完成的《关于费尔巴哈的提纲》中有过著名的论断:"人的本质并不是单个人所固有的抽象物,实际上,它是一切社会关系的总和。"③从马克思的论述可以看出,人的本质在于社会关系。作为社会动物,人需要分辨善恶,超越个人本能冲动,妥善处理伦理关系。人区别于动物正在于有理性、守道德,可以克制原欲和欲望,以合宜的行为保持自己的社会身份,遵守文明道德和行为规范。在精神分析学的阵营中,早期的弗洛伊德主义伦理学夸大了无意识和性本能的作用,过于突出道德的压抑功能。到了20世纪后期,德勒兹等人批评规范性的道德学说,提出以身体和生存为基础的生命伦理学思想,主张悬置道德判断,生成一种具有内在性和"超越性"的伦理。整体来看,精神分析学受限于学科特性,天生具有内倾姿态,忽视了人真正的道德力量和道德责任,容易使文学实践活动忘记初心,迷失道德教诲这个本来目的。

---

① 聂珍钊:《文学伦理学批评导论》,北京:北京大学出版社,2014年,第39页。
② 同上书,第282页。
③ [德]马克思、[德]恩格斯:《马克思恩格斯全集》(第二版)第三卷,北京:人民出版社,2002年,第5页。

第六章

后殖民伦理批评

  凯瑟琳·因内斯在其专著《英语后殖民文学剑桥导论》(*The Cambridge Introduction to Postcolonial Literatures in English*, 2007)中指出,应对后殖民的两种表述方式"postcolonial"和"post-colonial"加以区别。历史学家们认为,"post-colonial"强调被殖民国家或地区摆脱以英、法为代表的殖民国家取得独立自治后的时间概念。凯瑟琳·因内斯认为不带连字符的"后殖民"研究(postcolonial studies)涉及文学、文化和人类学研究,重点考察殖民统治开始之后的殖民政治后果。[①]萨曼·拉什迪(Salman Rushdie)的小说《午夜之子》(*Midnight's Children*, 1981)可被用作解释英语中

---

① Catherine Lynette Innes, *The Cambridge Introduction to Postcolonial Literatures in English*, New York: Cambridge University Press, 2007, p. 2.

两个不同的"后殖民"术语的典型案例。以1947年8月15日午夜12点印度宣布独立为印度殖民与后殖民的时间分水岭，书中在讲述由印度独立与印巴分治而引发的动荡政局的同时，借助小说主人公萨里姆·西奈心灵感应的能力（telepathic powers）以倒叙的方式从政治、经济、文化和种族等方面全方位揭示了英印殖民时期与印度和巴基斯坦后殖民独立初期大英帝国的殖民主义影响。"克什米尔""午夜之子大会""城市眼""房产""私生子"和"印度腌菜"①等隐喻成为拉什迪超越殖民与后殖民（post-colonial）时间界限的后殖民（postcolonial）文学叙事的核心词。

比尔·阿什克罗夫特（Bill Ashcroft）在《逆写帝国》（1989）一书中将后殖民文学定义为曾被英国、法国、葡萄牙和西班牙等欧洲列强所统治的（前）殖民地人民所创作的文学。②阿什克罗夫特对后殖民作家的国家或地区身份的定义略显保守。就对殖民政治影响的书写而言，后殖民文学并非局限于（前）殖民地作家的创作，"逆写帝国"也并非如阿什克罗夫特等专家所说是（前）殖民地作家从"边缘"向帝国"中心"的回写。以萨姆·塞尔文（Sam Selvon）、V. S. 奈保尔（V. S. Naipaul）、萨曼·拉什迪、卡里尔·菲利普斯（Caryl Phillips）为代表的通过不同方式流散至帝国中心的作家和以扎迪·史密斯（Zadie Smith）为代表的出生于帝国中心的作家因其对英国殖民影响的文学批判可被视为在帝国中心"逆写帝国"的后殖民作家。从上述作家的创作中可以发现"帝国"的内涵有所变化，即从对世界近现代史上殖民主义地缘政治的指涉转变成对殖民主义政治经济和文化残留影响的考察。

---

① 徐彬：《拉什迪的斯芬克斯之谜——〈午夜之子〉中的政治伦理悖论》，《外语与外语教学》2015年第4期，第86—91页。
② Bill Ashcroft, Gareth Griffiths and Helen Tiffin, *The Empire Writes Back Theory and Practice in Postcolonial Literature*, London and New York: Routledge, 2002, p.1. 注：《逆写帝国》第一版的出版时间为1989年。本书参考的是2002年版。

以弗朗茨·法农（Frantz Fanon）、爱德华·萨义德（Edward Said）、霍米·巴巴（Homi Bhabha）和斯皮瓦克（Gayatri Chakravorty Spivak）等为代表的后殖民理论家以福柯的权力话语理论、弗洛伊德和拉康的精神分析理论为基础阐发了各自的殖民与后殖民政治经济和文化观。上述学者考察的重点包括：东方与西方、"自我"与"他者"之间的权力关系，殖民地知识分子国家民族与文化权力观念的流变和对殖民地历史的后殖民重估。上述学者在论述过程中虽涉及道德正义问题，但与帝国殖民政治及其后果相关的伦理问题的探讨并非他们的研究重点所在。

后殖民文学伦理学批评聚焦后殖民作家创作的伦理转向及其中的核心词"伦理时刻"（ethical moments）和"失败与危机修辞"（rhetoric of failure and crisis），提出并意在解决如下问题：一、受过良好西方教育的后殖民作家是否是被评论家们所谴责的为西方殖民政治和殖民伦理摇旗呐喊的"戴着白色面具的黑人"？二、在后殖民语境下，殖民伦理以何种方式得以延续，被压抑的殖民历史如何复现于当今英国社会并直接引发人们脱离历史与现实的家园臆想与焦虑？

第一节　后殖民作家≠"戴着白色面具的黑人"

普林斯顿大学肯尼亚文学和后殖民研究专家西蒙·季坎迪（Simon Gikandi）教授认为：去殖民化可被视为一个伦理工程（ethical project），后殖民小说创作已出现伦理转向（ethical turn in postcolonial fiction）；后殖民文学作品中独特的失败与危机修辞引人入胜，危机文学（literature of crisis）为读者提供了争辩、思考和另一可能选择的想象；这类文学作品本身是否正在对其所描述的伦理时刻及蕴含其中的诸多可能与失败进行理论化的阐释发人深思。①后殖民文学是去殖民化伦理工程的重要组成部分,其中"伦理时刻"和"失败与危机修辞"可被用作后殖民文学伦理批评的核心词。

与以吉卜林(Rudyard Kipling)为代表的充满自信、投身英国殖民事业的作家不同,后殖民作家在创作中常表现出怀旧、希望与幻灭等自相矛盾的心态。英国殖民事业的进行是吉卜林乐观与自信的源泉;就吉卜林而言,虽然殖民事业困难重重但终会圆满实现。与之相对,后殖民作家表现出怀旧与批判的双重叙事动机。这一矛盾心态的文学表达成为以 V. S. 奈保尔和萨曼·拉什迪为代表的后殖民作家遭人诟病和被贴上"戴着白色面具的黑人"的标签的主要原因。

萨义德认为:"他(奈保尔)写作的读者群是西方自由主义者(Western liberal),写作动机是消除他们的疑虑,即:'我们'(西方殖民者)离开巴基斯坦,'我们'离开马来西亚,'我们'离开伊朗之后,情况变得更糟糕。满足这种偏见的写作并非'简单地'讲述事实。"②此外,萨义德还将奈保尔和拉什迪视为"第三世界知识分子",指责他们"不仅支持殖民主义、赞扬白人文化,还认为发展中国家的问题均由'非白人'(no-whites)自己造成"③。

萨义德对奈保尔和拉什迪的批评有指责他们为满足西方后殖民文学、文化消费需求而写作的嫌疑,毕竟两位作家受过良好的英国教育且分别是诺贝尔文学奖和布克奖的获得者。萨义德"东方主义"理

---

① Simon Gikandi and David Jefferess, "Postcolonialism's Ethical (Re)Turn: An Interview with Simon Gikandi", *Postcolonial Text* 2. 1 (2006). http://postcolonial-europe. eu/index. php? option = com_content& view = article& id = 84% 3Apostcolonialisms-ethical-return-an-interview-with-simon-gikandi-&catid = 36% 3Ainterviews& Itemid = 75& lang=en

② Conor Cruise O'Brien, Edward Said and John Lukacs, "The Intellectual in the Post-Colonial World: Response and Discussion," *Salmagundi* 70—71 (1986): 65—81.

③ Edward Said, "Intellectuals in the Post-colonial World," *Salmagundi* 70—71 (1986): 44—64.

论家的身份与批判视角使其对奈保尔和拉什迪作品的阅读止于表象，未能深入挖掘两位作家作品中的"伦理时刻"和"失败与危机修辞"的内在意义。

与众多移民作家不同，奈保尔和拉什迪始终聚焦新独立的第三世界国家，选取这些国家的后殖民政治、经济、文化与种族状况作为写作素材。两位作家在文学创作中所聚焦的后殖民"伦理时刻"是新旧交替、政局动荡、秩序混乱的时刻，也是对殖民历史和去殖民化后的当下进行伦理评判的关键性时刻。

奈保尔和拉什迪笔下的"伦理时刻"涉及刚果独立、蒙博托执政、印巴分治和印巴独立等历史事件；从"贱民"（或曰平民百姓）的叙事视角出发，两位作家揭示了殖民遗产的流毒；在此基础上，阐发了对政治家建国与治国理政的方针策略的伦理批评。

奈保尔的小说《河湾》（*A Bend in the River*，1979）和拉什迪的小说《午夜之子》可被视为诠释后殖民"伦理时刻"和"失败与危机修辞"的典范。两部小说不仅揭示了殖民遗产深远的负面影响，还警示读者"怀旧"殖民历史的同时需斩钉截铁地切断与前殖民母国（mother country）之间类似"母与子"的脐带关系。奈保尔和拉什迪不约而同地指出：理性和伦理道德的缺失使新独立国家陷入无政府主义的混乱之中，"创世论"被"末世论"所取代。

《河湾》与《午夜之子》内含表层与深层两条叙事主线，表层叙事以"大人物"的政治活动、决定及其社会影响为核心，深层叙事从"小人物"的生活经历出发，描述了发生于被政局左右的无助、无知的"贱民"之中的暴力流血事件。昔日被殖民主义者视为低等、野蛮、原始的殖民地人民在"自己当家做主"的独立国家里再次降格为互相残杀的野兽，拉什迪笔下的"无头苍蝇"。缺乏理性和伦理道德的新独立国家的后殖民"民主"政治与此前压迫、剥削殖民地人民的西方殖民统治的恶相比有过之而无不及。尽管如此，此种现实主义的文学反映却不能被视为两位作家刻意丑化新独立的第三世界国家的人民从而取悦西方读者的依据。因为两位作家此番描写的真正意图在于谴责殖民遗产、西方新殖民主义并唤醒政客们的良知,即以英国为首的西方列强的殖民统治产生了殖民地上人数众多的赤贫阶层和本土民族政治文化制度的缺失。以印度建国为例,种族仇杀、贫民暴动成为贫富不均、权力真空和政治制度不健全的恶果。

透过奈保尔的游记《刚果日记》(*A Congo Diary*,1980)和《刚果新国王:蒙博托和非洲的虚无主义》("A New King for the Congo: Mobutu and the Nihilism of Africa")①可以判断《河湾》中秘而不宣的"大人物"是20世纪60年代借助美国势力发动军事政变将刚果改名为扎伊尔共和国并任其总统的蒙博托(Mobutu 1930—1997)。小说中"河湾"的所在地是曾被称作"斯坦利维尔"(Stanleyville)的刚果民主共和国第三大城市基桑加尼(Kisangani)。在《河湾》的序言中,奈保尔写道:"1975年我去了刚果,那时也被称作扎伊尔。在首都金沙萨住了大概两个星期后,我决定北上去那个曾被叫做斯坦利维尔的地方。"②《河湾》以寓言小说的形式描述了20世纪60年代至70年代蒙博托总统的扎伊尔政治转型这一特定"伦理时刻"里发生在"斯坦利维尔"的一系列重要事件。

殖民主义、新殖民主义和蒙博托政权三种力量共同作用于"河湾"。殖民主义统治虽在"河湾"终结,其影响却依旧存在,表现为以惠斯曼斯神父为代表的仍在新独立的"河湾"生活的西方人对殖民主义思想的固守。在惠斯曼斯神父眼中,以"河湾"为缩影的非洲腹地国家的独立并不能迎来美好的未来,相反,国家的独立却伴随着历史的倒退和文明的失败。对非洲物品,尤其是欧洲殖民统治时期遗物的收藏

---

① 徐彬:《奈保尔〈河湾〉中"逃避主题"的政治伦理内涵》,《外国文学》2015年第3期,第69页。
② V. S. Naipaul, *A Bend in the River*, London: Picador, 2011, p. vii.

和对小镇破败景象的感叹均可视为神父殖民怀旧情感的抒发。"神父的观点是：非洲的未来存在于逝去的历史之中；唯有回到过去非洲才能有未来，然而回到过去却意味着欧洲对非洲的再次殖民。惠斯曼斯神父的逻辑有违道德，因为他认为摆脱西方殖民统治的非洲是没有前途可言的。"①

在《河湾》中，总统白人顾问雷蒙德、雷蒙德的妻子耶苇特和偷窃神父收藏品的美国人皆是奈保尔笔下西方新殖民主义势力的代言人。雷蒙德、雷蒙德的妻子耶苇特是西方对新独立国家政治渗透并因此而在"河湾"坐享其成的政治投机者；美国小偷是西方媒体炒作的"非洲热"的受益者。与此同时，美国年轻人偷窃神父遗物的行为还是奈保尔巧妙设置的以美国为首的奉行新殖民主义的西方列强"掠夺政治"的隐喻。②

与殖民怀旧者的独立非洲末世论不同，从非洲东海岸移居至"河湾"经商的小说主人公萨林姆虽同样目睹了独立初期小镇的满目疮痍、由殖民者建造的现代文明标志性建筑物的破败不堪，却能感受到小镇独立后百废待兴的活力和希望。这便是萨林姆虽经商获利不丰却坚持定居小镇并与当地居民同呼吸、共命运的原因所在。小说中，萨林姆拥有商人和小镇居民双重伦理身份，前者以牟利为宗旨，后者则以维护小镇居民的民生为原则。萨林姆归还学校被盗账本、帮助两位非洲青年成长以及对因战争爆发小镇居民性命不保的担忧与同情是其道德良知的体现。

小说中，去殖民化后"河湾"在独立发展时期的"失败与危机修辞"聚焦"大人物"政治立场的转变以及由此而引发的政治伦理危机。"大人物"拒绝扮演西方（新殖民主义）政治傀儡的做法值得称赞；然而，抵

---

① 徐彬：《奈保尔〈河湾〉中"逃避主题"的政治伦理内涵》，《外国文学》2015年第3期，第72页。
② 同上。

制西方、反对模仿却使其走向个人崇拜与极权政治的另一极端。反殖民的善行被独裁暴政的恶果所取代,"大人物"从领导非洲人民反对帝国主义压迫的民族英雄转变为维护个人绝对权威、制造内战、导致生灵涂炭的暴君。

如果说《河湾》政治伦理叙事所针对的政客是蒙博托,那么,《午夜之子》政治伦理叙事所针对的政客是英国驻印度最后一任总督路易斯·蒙巴顿勋爵和印度圣雄甘地,针对的政党组织是印度国大党(Indian National Congress)。借助"午夜之子"萨里姆的通灵术,拉什迪将印度建国前后的宏大历史叙事替换和浓缩成以诸多小说人物为中心的底层叙事。拉什迪创造了印度建国与"午夜之子"的诞生在隐喻层面上的等式关系,国家政治的伦理探讨随即转变成以萨里姆为代表的"午夜之子"如何应对上至国家领导人下至市井百姓的印度国民的"斯芬克斯因子"问题:

> 拉什迪笔下的印度可被比作希腊神话中的斯芬克斯怪兽;历经千年文明之后,随着英国殖民统治的结束,印度不得不提出并解决"未来何去何从?"的国家身份问题。而建构国家身份或国家政体的成功与否很大程度上受到以人为代表的政治权力集团的伦理评判标准的影响,因此人所具有的"兽性因子"与"人性因子"自然而然地融入国家政治决策之中。《午夜之子》中,拉什迪指出:印度政治伦理混乱即是上述两种因子之间界定混乱或因政治、历史原因人为不作界定的结果。①

1947年8月15日印度独立日的午夜12点,是《午夜之子》中拉什迪聚焦的"伦理时刻"。拉什迪描述的是在这一"时刻"前后发生的重大历史事件及其政治伦理影响。总督路易斯·蒙巴顿勋爵不负责任的"可

---

① 徐彬:《拉什迪的斯芬克斯之谜——〈午夜之子〉中的政治伦理悖论》,《外语与外语教学》2015年第4期,第89页。

耻的逃跑"、甘地对印度未来不切实际的"克什米尔"式的空想、印度国大党奉行的带有种族、宗教色彩的极端政治均给印度人民的生命、财产带来了巨大损失。①独立并未给印度带来文明与进步；与之相反，政客们的"逃跑""空想"和"极端政治"使印度人民深陷宗教、种族和种姓的屠杀与暴力之中。

如果将"午夜之子"萨里姆的生视为印度独立的隐喻，将萨里姆的通灵术和"午夜之子"大会视为反映印度社会现实与政治现实的隐喻，那么，萨里姆的死则可视为印度建国"失败与危机"的隐喻。印度建国近31年后举国仍是一片混乱和恐慌，此种政治社会环境中的萨里姆恰如欲为人而不能的斯芬克斯，因印度自由神话的幻灭而失去了生命的意义，最终在暴民的踩踏下丧生，恰如小说中萨里姆所说："坐在公共汽车上，旅程漫长、灰尘漫天，虽然心里满怀对即将到来的独立日的兴奋，但我已能闻到其他褪色了的香水的气味：幻灭、贪污腐败、愤世嫉俗、玩世不恭……近31年的自由的神话不再是它原来的样子。需要创造新的神话，但那与我无关。"②

英国殖民统治导致印度赤贫阶层大量存在，贫穷与英国式民主政治的殖民遗产使印度自诞生之日起便具有了类似萨里姆一样的"私生子"和无法依靠现有政治体制和手段掌控自己未来的斯芬克斯怪兽。拉什迪借助"印度腌菜"指出印度建国与独立发展的"失败与危机修辞"是英国殖民政府与印度国家政权共同作用下的结果。五味杂陈的"印度腌菜"既可喻指印度建国历史，又可视为拉什迪对小说《午夜之子》的比喻，旨在告诫读者在消费印度建国史和回写这一历史的小说《午夜之子》的同时不要忘记英国殖民者与印度当权者对印度各种族人民所犯下的罪行。

---

① 徐彬：《拉什迪的斯芬克斯之谜——〈午夜之子〉中的政治伦理悖论》，《外语与外语教学》2015年第4期，第86—91页。
② Salman Rushdie, *Midnight's Children*, London: Vintage Books, 2013, p.640.

第二节　殖民伦理、家园臆想与焦虑

　　第二次世界大战后,以大英帝国为代表的西方主导的世界殖民政治体系迅速瓦解,新独立国家的人民在享受"自由"与"民主"的同时仍要为帝国的殖民遗产买单,除了奈保尔笔下萧瑟、破败的河湾和拉什迪笔下萨里姆的母亲西奈去除"城市眼"后所发现的印度街头巷尾广泛存在的赤贫阶层之外,还有从殖民时期延续到后殖民时期的前殖民地人民已内化于心的对殖民者,殖民宗主国语言、文化、政治、经济制度的"模仿"(或曰本土化了的照搬照套)。殖民统治下的"模仿"与后殖民"模仿"的差异在于前者是迫于殖民强权的生存手段,后者则是一种切断"脐带"后仍希望维持母子关系的恋母情结,其中隐含着对殖民伦理关系(殖民者与被殖民者之间主仆、尊卑关系)的物质与精神依赖。

　　聂珍钊教授在文学伦理学批评中指出"维护伦理秩序的必要性":以俄狄浦斯的悲剧为例,俄狄浦斯"杀父娶母的行为是当时最为严重的伦理犯罪,因为它破坏了业已形成的伦理秩序,严重威胁到人类的生存"[①]。与此同时,聂珍钊教授还强调对伦理秩序的考察、对文学人物伦理选择的分析应回归历史语境。殖民主义的伦理秩序不具备索福克勒斯的悲剧《俄狄浦斯王》中所描述的父与子、母与子、君王与臣民之间伦理关系近乎放之四海而皆准的普适性。殖民主义的伦理秩序是殖民者动用殖民立法与武力强制建立与实施的"伪伦理"关系,不具备人类学与社会学层面上普适的道德"合法性",殖民地是这一"伪伦理"关系产生和实施的场所。然而,因殖民统治时间过长(如英国在非洲和南亚次大陆的殖民历史长达近两个世纪),殖民教育影响之深,

---

[①] 聂珍钊:《文学伦理学批评导论》,北京:北京大学出版社,2014年,第184页。

"殖民伦理"在新独立的前殖民地国家依然有效。从社会进化论角度出发，遵从"殖民伦理"的新独立国家的人民仍是西方前殖民者眼中的劣等民族。

后殖民作家在其作品中揭露和质疑的问题是：一、为何原本应该随着殖民统治的终结而失效的殖民伦理关系在独立后的前殖民地国家和西方前殖民宗主国仍然有效？二、殖民政治的幽灵如何触发种族关系中的"暗恐"并由此引发英国人的家园臆想和焦虑？

法农认为："白人到达马达加斯加打破的不仅是非洲的地理疆界，更是此处非洲人的心理机制。"①法农所说的被殖民者的心理机制指的是他们的"自卑情结"（inferiority complex）与"依赖情结"（dependency complex）。以马达加斯加人为例，莫德·曼诺伊指出，他们（马达加斯加人）一旦建立起对优于他们的殖民者的依赖关系，他们作为被殖民者的"自卑情结"会自然消失；然而当这种依赖关系无法建立，当他们的不安全感无法通过这种方式得以缓解时，马达加斯加人便面临（身份）危机。②在萨姆·塞尔文、V. S. 奈保尔、卡里尔·菲利普斯和扎迪·史密斯等作家的作品中，移民英国的前殖民地人民及其后代具有与他们的被殖民父辈几乎相同的心理机制。不同于父辈，有色移民对其"自卑情结"的成因已有所知，并发现对英国白人的依赖不能给他们带来安全感，有色移民的身份危机油然而生。

在奈保尔的小说《半生》和《魔种》中，小说人物对"自卑情结"的认知表现为威利父亲的"英国文学谎言论"，既包括威利父亲对英国文学的习得，还包括以萨默塞特·毛姆（Somerset Maugham）为代表的帝国文学霸权对威利父亲的言说；在二者共同作用下，威利父亲、威利和威利妹妹萨拉金尼成为大英帝国文化的俘虏和为西方服务的"奴

---

① Frantz Fanon, *Black Skin, White Masks*, London: Pluto Press, 1986, p.97.
② Ibid., p.94.

仆"。①威利父亲所说的"生命的牺牲"(a life of sacrifice)即是小说中父子两代人终其一生一事无成的描写,更是印度人民在"自卑情结"影响下轻信西方,丧失文化自信心后迷失自我的文学隐喻。

英国伦敦是奈保尔小说中威利父亲和威利眼中"巨人的王国",是萨姆·塞尔文的小说《孤独的伦敦人》中加勒比移民想象中拥有"黄金铺就的街道"的城市和扎迪·史密斯的小说《白牙》中孟加拉国移民艾尔萨娜心目中"世界上最安全的地方"。三位后殖民小说家无一例外,生动地刻画了定居英国的来自前殖民地的移民对英国和英国人发自内心的盲目崇拜。这种情感虽是"殖民伦理"关系在后殖民时代中的衍生物,但却主导着前殖民地人民对西方的政治文化观。对西方的盲目尊崇在《孤独的伦敦人》中的代言人是那些在伦敦居无定所、忍饥挨饿、生命受到威胁却不愿回国的加勒比移民。对"母亲国"和《英国国籍法》②的信任使他们认为英国才是其家园归属之所在。

评论家们对后殖民文学中"我是谁?"的身份问题和"何处是我家?"的家园归属问题的探讨从本质上讲应是基于殖民历史反思之上的伦理关系问题的讨论。"家园"在以《孤独的伦敦人》《白牙》和卡里尔·菲利普斯的小说《剑桥》《渡河》及其旅行文集《大西洋之声》为代表的后殖民文学作品中均是臆想(或曰主观猜测和判断)的产物。就菲利普斯而言,这一关系既指涉白人与黑人之间的关系,又指涉流散非裔黑人与非洲本土黑人之间的关系。作为殖民政治重要组成部分的16世纪至19世纪跨大西洋黑奴贸易不仅改变了英美等国的人种景观与道德景观,还改变了非洲本土黑人的族群观,流散的非裔黑人被非洲本土黑人视为来自异国他乡的"异族"而被利用和排斥;为了消

---

① 徐彬:《黑奴、黑金与泛非节——卡里尔·菲利普斯〈大西洋之声〉中黑奴贸易幽灵的后殖民精神分析》,《国外文学》2019年第2期,第136—144页。

② Randall Hansen, *Citizenship and Immigration in Post-War Britain: The Institutional Origins of a Multicultural Nation*, Oxford & New York: Oxford University Press, 2000, p.17.

除黑奴贸易的"暗恐",英美国家和非洲前殖民地人民以各自不同的方式篡改和粉饰罪恶的黑奴贸易史。

大英帝国殖民政治服务的对象是帝国殖民经济,在相当长一段时期内(16世纪至19世纪)奴隶贸易和奴隶制是维护这一经济的持续发展的基础;为了将殖民者与被殖民者之间掠夺者、压迫者与被掠夺者、被压迫者的"殖民伦理"关系合法化,殖民者们运用"科学"与文化的手段使双方均认同这一既定关系。英国人类学家弗朗西斯·高尔顿爵士(Sir Francis Galton)运用科学归纳法得出如下结论,即"就能力和智商而言,黑人比盎格鲁-撒克逊人(英国人)低至少两个等级"[①]。菲利普斯小说《剑桥》中,在与种植园经理布朗的交流中,女主人公英国白人姑娘艾米丽发现黑奴之所以被贬低为动物是因为他们在西印度所具有的不可替代的劳动力的价值,"简言之,如果黑奴不劳动,谁劳动?根据我(艾米丽)的教导者(布朗)所说,白人和牲畜都不能胜任这样的苦役"[②]。

在小说《半生》中,奈保尔透过主人公威利以"生命的牺牲"为题的寓言故事、威利父亲的"英国文学谎言论"以及威利父亲与英国小说家毛姆之间的帝国文化霸权下的共谋关系的阐释揭示了大英帝国文化对印度人民的深远影响,这是《孤独的伦敦人》中所描述的第二次世界大战后前英国殖民地人民在英国政府吸引下为重振英国经济而大量移民英国的"恋母"情结所在。"我是英国国民,英国是我的家园"几乎是所有英国有色移民所持的普遍观点。被英国有色移民所忽视的是他们的国民待遇与家园归属的前提条件,服务于英国经济发展是其内核。就与英国人和英国社会的关系而言,有色移民与此前英国殖民地的人民没有本质差别,因为英国是世界上"最后一块殖民地",是后殖

---

① John P. Jr. Jackson and Nadine M. Weidman, "The Origins of Scientific Racism," *The Journal of Blacks in Higher Education* 50 (Winter, 2005/2006): 67.

② Caryl Phillips, *Cambridge*, New York: Vintage International, 1993, p. 85.

民时期对有色移民仍然奉行殖民主义政治的国家。萨姆·塞尔文的小说《孤独的伦敦人》和卡里尔·菲利普斯的传记故事集《外国人》深刻揭示了殖民主义时期殖民者与被殖民者之间主仆、尊卑的"殖民伦理"关系在后殖民时期英国境内"帝国中心"延续的事实。对这一事实的拷问已超越了对"种族歧视"现象的描写,且涉及第二次世界大战后以"帝国风驰号"移民为代表的有色移民在英国境内被迫遵守的"殖民伦理"及其变体"种族契约"关系的政治经济学本质。

《半生》中的威利和《孤独的伦敦人》中的摩西分别揭示了有色移民主观臆想的英国家园的虚假本质,初到英国,目睹伦敦城真实景象,威利认为英国的宫殿和女王都是微缩版的冒牌货,无法跟印度皇宫和印度国王的恢宏气势相比。威利自感被所学的英国知识所欺骗,却为时已晚。摩西则叙述了加勒比移民到达伦敦前与到达后两种不同的城市意象,移民英国前,加勒比人将伦敦视为拥有"黄金铺就的街道"的应许之地;到达英国后,才发现伦敦是他们的受难地和为生计所迫的犯罪现场,如男性加勒比移民的纵欲无度以及绰号为"加哈拉德"和"船长"的两位加勒比移民因贫困、饥饿而偷猎鸽子和海鸥的"犯罪"行为。

第三节 殖民伦理与帝国殖民政治的"回飞镖"

后殖民作家从未停止对那段或被人遗忘,或不愿提起,或选择性遗忘,或被篡改与粉饰的殖民历史的指涉。被压抑的殖民历史的后殖民复现是实际中人们的后殖民"暗恐"。童明教授对弗洛伊德心理分析学中的"暗恐"(或曰压抑的复现)解释如下:

> 有些突如其来的惊恐经验无以名状、突兀陌生,但无名并非无由,当下的惊恐可追溯到心理历程史上的某个源头;因此,不熟悉的其实是熟悉的,非家幻觉总有家的影子在徘徊、在暗中作用。

熟悉的与不熟悉的并列、非家与家相关联的这种二律背反，就构成心理分析意义上的暗恐。①

卡里尔·菲利普斯在游记《大西洋之声》中阐释道，殖民历史的后殖民"暗恐"是导致英国利物浦人身在熟悉的家园，然而其生活之处却令人感到陌生与焦虑的原因所在。这种人们脑海中"异托邦"式的家园存在与殖民政治的幽灵密不可分；换言之，是帝国殖民政治的"回飞镖"跨越时空作用于当下的结果。

随着西方殖民体系的终结，殖民政治的权力结构已经失效；帝国殖民政治的"回飞镖"从本质上讲是建立于殖民历史基础上的"殖民伦理"秩序及其对人们的规约与影响功能。以《大西洋之声》为例，18世纪、19世纪利物浦城的经济命脉和利物浦人引以为荣的奴隶贸易成为20世纪末利物浦人刻意遮蔽的罪恶"隐私"。奴隶贸易时期的建筑与艺术品是当下利物浦社会生活中见不得光的奴隶贸易幽灵的具象。

18世纪、19世纪，"殖民伦理"是利物浦贩奴商人的保护伞，是英国国家政治经济，乃至"英国性"，即有别于和优越于其他西方国家且引以为荣的政治经济特征的道德保障。贩奴商们指出利物浦奴隶贸易是英国的支柱产业，奴隶贸易的终止意味着水手、工匠、造船者、箍桶匠、索具装配工、管道工、玻璃工、军械工、面包师傅等劳工的大量失业。以曼彻斯特、伯明翰为代表的英国制造业中心将因奴隶贸易的结束而陷入贫穷，因为从非洲获得廉价劳动力和向非洲与西印度出口产品是其经济获利的主要方式。利物浦议员威廉·罗斯科（William Roscoe）将非洲（奴隶）贸易视为英国国家贸易（trade of the nation），将利物浦（贩奴）商人称为大英帝国版图内独立且具有公共美德和个人修养的榜样；然而，"这一由政府授权的贸易最近却被议会所制裁"②。实际上，利物浦奴隶贸易已深入人心，拉姆齐·缪尔（Ramsay

---

① 童明：《暗恐/非家幻觉》，《外国文学》2011年第4期，第106页。
② Caryl Phillips, *Cambridge*, New York: Vintage International, 1993, p.53.

Muir)在《利物浦历史》(A History of Liverpool,1907)中写道:"非洲(奴隶)贸易已成为利物浦的骄傲,为数众多的市民准备誓死保护这一贸易。"①

苏珊娜·豪(Susanne Howe)在其专著《帝国小说》(Novels of Empire,1949)中对英法殖民政治之间的差异略做分析,指出:不同于将殖民主义作为国家政治的英国人(其中很多的英国人也对殖民主义持反对态度),法国人尽管也有经济上的诉求,但法国大革命留下的浪漫人道主义的影响(a sediment of romantic humanitarianism)使法国人意识到殖民不可避免地引发对土著居民的压迫和剥削。因殖民而产生的良心上的不安,道德上的自我谴责同其他因素一起减缓了法国殖民扩张的进程。②由此可见,经济牟利与道德谴责是英、法等国殖民进程中本国国民所面对的两股彼此矛盾冲突的力量。然而,当利物浦贩奴商人及其政治支持者将奴隶贸易抬高至国家贸易层面的时候,对殖民地人民的压迫和剥削便被美化为大英帝国发展过程中必要的牺牲;这样一来,殖民伦理堂而皇之地取代殖民道德谴责和对殖民地人民的同情,进而成为主导利物浦商人乃至利物浦普通百姓的殖民道德准则。

在《大西洋之声》中,菲利普斯指出利物浦在奴隶贸易兴盛时的辉煌已是过眼云烟;20世纪末利物浦的经济萧条和利物浦人的集体焦虑与18世纪、19世纪时的荣耀形成鲜明对比。曾经被奉为"国家贸易"的奴隶贸易成为后殖民时期利物浦白人刻意遮蔽的罪恶历史。然而,与奴隶贸易相关的乔治亚时代式建筑、海事博物馆中的历史遗物和艺术品以及奴隶贸易时期流散至英国的非裔后代的存在时刻提醒着那些试图遗忘甚至抹杀奴隶贸易历史的利物浦人。对20世纪末的利物

---

① Ramsay Muir, A History of Liverpool, London: Redwood Press, 1907, p.194.
② Susanne Howe, Novels of Empire, New York: Columbia University Press, 1949, p.10.

浦白人而言，负罪感似乎与生俱来，却不能认罪，因为认罪就等于否定利物浦引以为荣的历史，否定前人的伟大。既然不能认罪，利物浦白人决定以封存历史和种族歧视的方式维护殖民伦理并以此维护自己的尊严。利物浦因此成为利物浦白人被压抑的道德焦虑重复出现的"暗恐"的家园。菲利普斯对五月里愁容满面、播放圣诞颂歌的利物浦白人形象的刻画可被视为因"暗恐"的道德焦虑而产生家园焦虑的文学表述。①

本章小结

从本质上讲，文学阅读是一种消费活动，读者能从文学作品中读出什么与读者自身的消费动机密切相关。读者的消费动机因人而异，因政治、文化背景的不同而不同。文学作品内涵意义被具有特定消费动机的读者所误读在所难免。以 V. S. 奈保尔和萨曼·拉什迪为代表的后殖民作家之所以能在西方获奖是因为西方读者从他们的作品中获得了掺杂"帝国怀旧情结"的阅读"快感"。然而，仅凭西方人对后殖民文学作品的喜好而将部分后殖民作家视为为西方写作的"戴着白色面具的黑人"加以谴责的确有失偏颇。文学伦理学批评倡导："对文学的理解必须让文学回归属于它的伦理环境和伦理语境，这是理解文学的一个前提。"②忽视对伦理环境和伦理语境的理解，各取所需的阅读易引发对作者创作动机的误读。

后殖民文学几乎毫无例外均涉及回写历史的问题。后殖民作家选取重大历史事件的特定"伦理时刻"阐发个人的政治伦理观，牵涉对殖民者与即将独立的前殖民地国家政治领导人的政治决定从何种程

---

① 徐彬：《黑奴、黑金与泛非节——卡里尔·菲利普斯〈大西洋之声〉中黑奴贸易幽灵的后殖民精神分析》，《国外文学》2019年第2期，第139页。
② 聂珍钊：《文学伦理学批评导论》，北京：北京大学出版社，2014年，第14页。

度上影响到"贱民"日常生活、人身安全和伦理道德等问题的探讨。其中,描写新独立国家内政与民生的"失败与危机修辞"常被批评家们误读为后殖民作家谄媚西方的做法。其实不然。后殖民作家选取的"伦理时刻"(可与伦理环境和伦理语境对等)的"失败与危机修辞"中批判的对象不仅包括新独立国家的领导者,还包括(前)殖民宗主国的政客。殖民遗产从政治层面上对新独立国家的伦理道德影响应被视为后殖民作家创作的焦点所在。在唤醒新独立国家领导者"政治为民、政治为善"[①]这一始自亚里士多德时期的基本政治伦理意识的同时,后殖民作家还致力于警醒世人充分认识(前)殖民国家留下的殖民遗产给第三世界国家在政治、经济、文化和种族关系等方面带来的巨大危害。

  后殖民作家清醒地意识到殖民伦理虽是殖民政治的产物,但不会伴随殖民政治的终结而消失,而会继续在后殖民时期东西方关系、第一世界国家与第三世界国家"国与国"和"人与人"的关系中得到体现。殖民伦理中隐含的"自卑情结"与"依赖情结"仍是主导(前)被殖民地人民的心理机制的核心要素。殖民伦理的精神内化是第三世界国家人民在被殖民时期和后殖民独立时期皆以"低人一等的被压迫者"的形象示人的原因所在。殖民伦理及其衍生物"种族契约"是西方列强在殖民时期所构建的世界秩序的核心。遵守殖民伦理意味着对世界旧秩序的维护。后殖民作家在聚焦后殖民、全球化语境下人种景观的变化及与此相关的种族政治问题的同时,指出:抹杀、粉饰殖民历史和继续坚持殖民伦理的做法只能使不同种族的人陷入身在家园却充满臆想与焦虑的恐慌之中。

[①] Aristotle, *The Politics*, Trans. Carnes Lord, Chicago and London: The University of Chicago Press, 1984, pp. 4,37.

第七章

生态伦理批评

作为 20 世纪下半叶产生重要影响的思想流派,西方生态批评在短短数十年的时间里取得了卓越的成就,在文学、艺术学、社会学、人类学、政治学等领域获得了空前的认可并被诸多学科的学者运用于批评实践。生态批评作为重要的学术流派,不仅在美国取得了卓越的成果,在欧洲、在中国都得到了极大的关注,一系列重要的学术著作得以出版。西方生态批评经过数十年的发展逐渐走向成熟,涌现出一大批学者从事该理论与实践的研究,其发展历程大致分为两个阶段:理论创立与建构阶段、环境公正转向阶段。西方生态批评绕不开以下几个问题:生态批评的定义、生态批评的理论基础、生态批评的研究对象,以及诸如生态批评与生态文学、生态批评与环境文学的关系等。作为一种批评流派,西方生态批评自传入中国以来,在中国学界产生了深远的影响。我国学者结合中国的生态资源与文学传统,在借鉴西方生态批评的理论话语的基础上,又富有创见地提出了诸如生态美学、生态文艺学、环境伦理学等理论话语,并积极付诸批评实践,引发了广泛关注。

生态伦理批评的理论基础主要涉及生态批评和文学伦理学批评。生态批评和文学伦理学批评在研究对象和研究范畴上有着一定的交叉和重合。生态批评发展到后期,尤其是 20 世纪 80 年代以来,对文学创作和文学批评产生了广泛的影响。生态伦理批评的理论基础是基于生态批评与文学伦理学批评之间的共同诉求,生态批评的道德关怀与道德约束也正是文学伦理学批评所强化的要点。生态伦理批评在本质上并非建构一种批评方法,而是作为一种视角,借助文学伦理学批评的方法,专注对文学中的生态伦理问题的关注和探究。首先,生态伦理批评所关注的生态问题本质上是伦理问题,生态伦理批评所关注的问题,都与人类生活的伦理和道德紧密联系在一起。其次,生态伦理批评反对"人类中心主义",也反对"生态中心论"。无论"人类中心主义"还是"生态中心论"都不能正确看待人类在自然环境中所扮演的重要角色。最后,生态伦理批评作为跨学科研究的视角,一方面是因为其理论基础来源于生态批评和文学伦理学批评,另一方面,生态伦理批评也是跨学科研究发展的产物。

生态伦理批评是一种从伦理的维度分析、阐释和评价文学作品中生态问题的研究视角,其本质上仍然属于文学伦理学批评的范畴。文学起源于伦理表达的需要,文学是伦理的艺术,文学的基本功能是教诲功能。因此,研究生态伦理问题,依旧是为了给人类的生存提供道德经验,为人类与自然和谐相处提供道德警示。根据文学伦理学批评,生态伦理问题的产生是人类在社会化活动过程中伦理选择的结果。作为文学伦理学批评的重要组成部分,生态伦理批评在批评实践中,一方面,要借助生态批评的理论思想,关注作家对生态问题的书写,另一方面,要紧紧围绕文学伦理学批评的批评术语而展开研究。生态伦理批评在理论建构方面任重道远。作为文学伦理学批评的重要组成部分,生态伦理批评秉承生态批评和伦理批评的理论要点,关注中外文学作品中的生态伦理问题,通过研究人类在生活生产过程中的伦理选择,为人类文明提供道德警示。为丰富和发展生态伦理批评的理论建构问题,未来主要有三个方面需要不断加强:一、进一步阐释生态伦理批评的话语属性与功能属性,建构生态伦理批评的理论体系。二、进一步总结和阐释生态伦理批评的批评术语并运用于实践,处理好生态伦理批评与伦理选择、生态伦理批评与脑文本之间的关系。三、正确处理好生态伦理批评与其他批评方法之间的关系,吸纳和借鉴其他批评方法的重要成果。

第一节 生态批评的发展概述

作为对20世纪下半叶产生重要影响的思想流派,西方生态批评在短短数十年的时间里取得了卓越的成就,在文学、艺术学、社会学、人类学、政治学等领域获得了空前的认可并被诸多学科的学者运用于批评实践。"生态批评家主要吸取的并非自然科学的具体研究成果,而是生态学的基本思想,或者更准确地说,是生态哲学思想。"[1]西方生态思想起源甚早,但西方生态批评作为重要的学术流派,其诞生的标志性事件是1992年在美国成立"文学与环境研究会"(Association for the Study of Literature and Environment/ASLE),次年成立该组织的会刊《文学与环境的跨学科研究》(ISLE: Interdisciplinary Studies in Literature and Environment)。"文学与环境研究会"自成立以来,几乎每隔两年主办一次重要的国际学术研讨会,且在世界多

---

[1] 王诺:《生态批评:发展与渊源》,《文艺研究》2002年第3期,第48页。

个地方设立研究会分会,积极筹备相关学术会议和学术活动,推动生态批评在世界各地的发展。①生态批评的迅速发展得益于"文学与环境研究会"和《文学与环境的跨学科研究》二十多年以来的积极推广与研究,正是该组织与杂志积极的引动才推动生态批评走向成熟。生态批评作为重要的学术流派,不仅在美国取得了卓越的成果,在欧洲及中国都得到了极大的关注,一系列重要的学术著作得以问世。实际上,早在20世纪50年代,美国学者阿尔多·利奥波德(Aldo Leopold)所著的《沙乡年鉴:这里和那里的草图》(*A Sand County Almanac: And Sketches Here and There*,1949),作为一本具有生态意识的非虚构著作,给美国生态批评打开了一扇新的窗户,因为《沙乡年鉴》"在文学方面唤起了持久而有力量的声音"②。另外一本重要的著作,蕾切尔·卡逊(Rachel Carson)所著的《寂静的春天》(*Silent Spring*,1962)对美国生态批评的产生起到了关键的催化作用。"卡逊在她的论文中所披露的由于滥用对环境有污染的化学杀虫剂使我们慢性中毒,这在今天看来已经十分普遍,但是在1962年,《寂静的春天》包含了社会革命的核心内容。"③从此,美国"生态运动"(The Ecological Movement)或"环境保护运动"(Environmental Movement)如火如荼地发展起来。

西方生态批评经过数十年的发展逐渐走向成熟,涌现出了一大批学者从事该理论与实践的研究,其发展历程大致分为两个阶段:"第一阶段是生态批评学派的创立及其理论建构时期(1972—1997),第二阶段是生态批评的环境公正转向时期,即环境公正生态批评的形成与发展(1997年以后)。"④关于生态批评的发展与起源问题,国内不少研究

---

① 参见"文学与环境研究会"的网站(https://www.asle.org/)介绍。
② Curt Meine & Richard L. Knight, *The Essential Aldo Leopold: Quotations and Commentaries*, Madison: The University of Wisconsin Press, 1999, Introduction, p. xiv.
③ Rachel Carson, *Silent Spring*, New York: Houghton Miffiln Company, 2002, Introduction, p. x.
④ 参见胡志红:《西方生态批评史》,北京:人民出版社,2015年,"绪论"第1页。

论著多有涉及,限于篇幅不再赘述。在数十年的发展过程中,有一些代表性的论著不得不提及,除了上面提到的阿尔多·利奥波德和蕾切尔·卡逊的研究成果外,1974年出版的约瑟夫·米克(Joseph Meeker)的《生存的喜剧:文学生态学研究》(The Comedy of Survival: Studies in Literary Ecology)、1985年出版的约翰·埃尔德(John Elder)的《想象地球:诗歌和自然景象》(Imagining the Earth: Poetry and the Vision of Nature)、1996年出版的彻丽尔·格罗特费尔蒂(Cheryll Glotfelty)和哈罗德·弗罗姆(Harold Fromm)主编的《生态批评读本:文学生态的里程碑》(The Ecocriticism Reader: Landmarks in Literary Ecology)、2005年出版的劳伦斯·布伊尔(Lawrence Buell)的《环境批评的未来:环境危机与文学想象》(The Future of Environmental Criticism: Environmental Crisis and Literary Imagination)等著作是西方生态批评取得的标志性成果。

为何生态批评会迅速发展并产生如此广泛的影响? 随着后工业时代的到来,"生态危机"(ecological crisis)或者"环境危机"(environmental crisis)成为所有国家共同关注的重要问题,尤其是在20世纪30年代到80年代。"生态危机是人类经济系统在地球生态系统中长期扩张的产物。"[1]生态危机主要涉及的问题诸如温室效应(greenhouse effect)、能源短缺(energy shortage)、物种灭绝(species extinction)、水土污染(water and soil pollution)、有毒化学品(noxious chemical)等,使得地球的生态平衡(ecological equilibrium)遭受到了前所未有的破坏。美国学者贾雷德·戴蒙德(Jared Diamond)在其著名的专著《崩溃——社会如何选择成败兴亡》(Collapse: How Societies Choose to Fail or Succeed, 2005)中指出:"社会崩溃牵涉到生态环境问题,在某些例子中也涉及气候变化、强邻在侧、友邦失势,

---

[1] 龙娟:《环境文学研究》,长沙:湖南师范大学出版社,2005年,第47页。

以及自身应对之道的不同。"①有学者指出,西方生态批评走过了以科学为主导、以文化为主导和以全球化为主导的三次浪潮,但是"无论是在以科学为导向的'第一次浪潮',还是在以文化为导向的'第二次浪潮',还是全球语境下的'第三次浪潮',没有哪一种方法可以起到占统治地位的作用"②,从发轫到繁荣,在跨学科、跨媒介发展的今天,生态批评也从单一的批评视角走向了多元的批评实践。

在西方生态批评的研究中,有几个绕不开的问题:一、生态批评的定义。中外学者对于生态批评的界定与阐释主要集中在"文学"与"环境""自然"等关键词上。其中,王诺在梳理西方学者定义的基础上,提出了他自己的定义:"生态批评是在生态主义,特别是生态整体主义思想指导下探讨文学与自然之关系的文学批评。它要揭示文学作品所反映出来的生态危机之思想文化根源,同时也要探索文学的生态审美及其艺术表现。"③二、生态批评的理论基础。生态批评的理论基础源自于西方哲学思想,尤其是西方浪漫主义文学兴起之后,生态哲学思想逐渐被文学家所接受与认可。"西方生态中心主义哲学思潮,尤其是激进派别深层生态学的产生与发展,直接催生了生态批评,并最终成为其思想基础。"④三、生态批评的研究对象。关于生态批评的研究对象,我国学者从多个方面对此进行了总结与提炼,主要涉及诸如自然生态、人文生态、精神生态和社会生态等范畴,就其发展来看,生态批评的研究重点主要围绕着生态批评的理论构建,生态批评的美学原则,生态批评的跨学科、跨文化实践等内容。生态批评研究"视域的扩大和参照物的改变不仅导致了对征服自然观、人类中心论、主客二元

---

① [美]贾雷德·戴蒙德:《崩溃——社会如何选择成败兴亡》,江滢、叶臻译,上海:上海译文出版社,2008年,"前言"第12页。

② 赵光旭:《生态批评的三次"浪潮"及"生态诗学"的现象学建构问题》,《外国文学》2012年第3期,第145页。

③ 王诺:《生态批评:界定与任务》,《文学评论》2009年第1期,第66页。

④ 胡志红:《论西方生态批评思想基础的危机与生态批评的转型》,《鄱阳湖学刊》2014年第6期,第42页。

论、欲望动力论、唯发展主义、科技至上观、消费文化等思想观念的重新审视和重新评价,而且也导致了对美、审美和艺术表现的重新思考"①。此外,生态批评在其发展过程中,需要厘清与其他概念之间的关系,诸如生态批评与生态文学、生态批评与环境文学的关系等,厘清这些概念之间的渊源关系、理论主张和发展势态可以为全方位理解生态批评提供理论参考。生态文学与生态批评的关系较为清楚,生态批评是一种理论话语,而"生态文学是指那些敏感地对现代世界生态危机加以揭示,对其人类中心主义价值观加以批判,对导致生态危机的现代文明加以反省的作品"②。

环境文学在西方生态批评发展过程中有着重要的历史渊源,也是西方生态批评发展过程中不可忽视的重要理论来源。环境文学在美国诞生。经由美国学界的努力,环境文学研究在整个欧美获得了巨大的成功。环境文学与生态批评虽然有着很多交叉的地方,但还是有着一定的区别。生态批评追求对生态美学、生态哲学的建构,而环境文学更强调一种环境正义的伸张与诉求。正如龙娟所说:"'环境正义'是人们在认识和处理人与自然的关系问题以及与环境有关的人际关系问题时所体现出来的一种正义原则、正义意识或正义观,它追求环境权利和环境义务的公平对等。美国环境文学中的环境正义思想主要包括两个维度:人与自然之正义和以环境为中介的人际正义。"③环境文学研究在研究实践中,与生态批评所倡导的批评话语也有一定的区别。龙娟提出,美国环境文学在实践方面倡导"建构主题型文学、灵

---

① 王诺:《生态批评的美学原则》,《南京师范大学文学院学报》2010 年第 2 期,第 18 页。
② 王岳川:《生态文学与生态批评的当代价值》,《北京大学学报》(哲学社会科学版)2009 年第 2 期,第 135 页。
③ 龙娟:《美国环境文学:弘扬环境正义的绿色之思》,《湖南师范大学社会科学学报》2009 年第 5 期,第 107 页。

活运用劝导式叙述模式和巧妙整合多种话语系统"①等批评模式。

作为一种批评流派,西方生态批评自传入中国以来,在中国学界产生了深远的影响。一方面,改革开放以来,中国学术研究广泛借鉴西方批评方法,对中国文学与文化进行了多方面的研究;另一方面,改革开放以来,我国在经济上获得空前发展的同时,环境也遭遇了前所未有的破坏,生态批评让我们开始反思环境问题。因此,生态批评在中国获得空前的认可,也是基于现实语境的需要。生态批评在中国走过了一条特殊的路径:"从西方引进概念和将其语境化,然后从自身的生态理论资源中提炼出特定的理论批评范畴,最终从中国的视角出发建构出自己的生态美学和批评理论。"②生态批评在中国兴起的时间并不算长,但在短短几十年的时间内形成规模,影响广泛,主要得益于中国学者的理论建构与批评实践。比如王诺、胡志红等学者,对西方生态批评进行了系统而深入的研究,并将其引入我国,推动了我国生态批评的发展。我国学者结合中国的生态资源与文学传统,在借鉴西方生态批评的理论话语的基础上,又富有创见地提出了诸如生态美学、生态文艺学、环境伦理学等理论话语,并积极付诸批评实践,引发了广泛关注。

生态批评在中国的本土化发展过程中,生态美学和生态文艺学是影响较大的理论分支,两者有着不同的理论视角,但在批评策略上又有着相似的地方。关于生态美学,曾繁仁的研究最具代表性,其先后发表数篇重要论文,阐释生态美学的理论基础和批评策略。在曾繁仁看来,生态美学"是在后现代语境下,以崭新的生态世界观为指导,以探索人与自然的审美关系为出发点,涉及人与社会、人与宇宙以及人与自身等多重审美关系,最后落脚到改善人类当下的非美的存在状

---

① 龙娟:《美国环境文学的核心主题及其表现技巧》,《湖南师范大学社会科学学报》2008年第6期,第116页。

② 王宁:《"后理论时代"西方文论的有效性和出路》,《中国文学批评》2015年第4期,第63页。

态,建立起一种符合生态规律的审美的存在状态"①。而生态文艺学,以鲁枢元的研究为代表,同样在中国兴起了研究生态文学的热潮。作为在国际上拥有较高知名度的中国学者王宁也提出了生态批评的本土话语——生态环境伦理学。相比伦理学范畴的生态伦理学,文学研究领域的生态环境伦理学强调从后现代伦理语境出发,反对人类中心主义,消解了人与自然的对立,倡导构建一种新型的环境伦理学。"这种新的环境伦理学不同于现代主义的'非此即彼'式的人与自然的二元对立,而是一种'亦此亦彼'的后现代环境伦理学。"②总而言之,生态批评在中国的重构与影响,彰显了中国学者积极建构本土化批评话语的自觉立场,在引入西方生态批评理论的同时,建构中国特色的生态批评话语,并最终积极"走出去",实现与西方学界平等对话与交流。

总的来说,一方面,生态批评给文学研究提供了可供操作的批评模式;另一方面,有关生态批评的争议声音也不绝于耳,在批评实践方面,生态批评也偶尔会被过度解读。在提到中国生态批评的缘起与重构的过程中,关于生态批评的合法性问题也引发了关注。有批评者认为中国没有生态批评,中国学者所运用的生态批评理论全是照搬西方学界的成果。尽管中国古代和近现代文论话语中有关人与自然、人与社会、人与人之间的和谐思想大量存在,但并不意味着中国有自己的生态批评话语体系。"由于没有意识到言说的根据问题,中国生态批评家习惯于以生态、自然、宇宙的身份说话,以'为生民立命'和'替天行道'的激情'重建宏大叙事,再造深度模式'。"③同时,关于生态批评与生态文明建构之间的争议问题,也有学者进行了反思。生态文明论近年来在我国获得了空前的关注,尤其在生态学、政治学、社会学、人

---

① 曾繁仁:《生态美学:后现代语境下崭新的生态存在论美学观》,《陕西师范大学学报》(哲学社会科学版)2002年第3期,第5页。
② 王宁:《生态批评与文学的生态环境伦理学建构》,《上海交通大学学报》(哲学社会科学版)2009年第3期,第11页。
③ 王晓华:《中国生态批评的合法性问题》,《文艺争鸣》2012年第7期,第36页。

口学、人类学、民俗学等学科领域内,生态文明在理论建构与批评实践方面都取得了重大的突破,从事生态文明研究的学者也以开放、自信的姿态积极地与西方学者展开了交流与对话。然而,在文学研究领域,生态文明的理论建构与批评实践并未得到较大的关注。胡志红指出:中国生态批评"徘徊于人类中心主义/生态中心主义的二元对立困境中,一直处于学术的边缘,如果这种状况得不到有效的改善,中国生态批评将会被淹没在生态文明的'洪荒'之中,而失去其应有的学术批判锋芒与文化建构力量"①。更有学者指出:"中国生态批评以土地伦理或地球伦理为旨归,是对人类中心主义和粗放型经济的有力反驳,但其在发展初期难免出现泛生态化、单一化以及去人类化等众多问题。"②诚然,这些批评的声音有一定的合理性,中国学者在建构生态批评理论话语过程中,如何摆脱西方生态批评的垄断式影响,积极建构结合中国现实语境、彰显中国立场的理论体系,是一件任重而道远的事情。

第二节 生态伦理批评的理论基础与特征

生态伦理批评的理论基础主要涉及生态批评和文学伦理学批评。生态批评和文学伦理学批评在研究对象和研究范畴上有着一定的交叉和重合。"生态批评的核心是建构和倡导生态伦理关系。"③这与文学伦理学批评所强调的文学是伦理的艺术有着异曲同工之妙。布莱恩·巴克斯特(Brian Baxter)在《生态主义导论》(*Ecologism: An Introduction*,1999)中对生态批评的主要聚焦点进行总结时指出,生态主义所关注的研究主题体现在三个方面:一是强调道德关怀(moral

---

① 胡志红:《西方生态批评史》,北京:人民出版社,2015年,第373页。
② 林朝霞:《论中国生态批评的存在误区与价值重构》,《福建师范大学学报》(哲学社会科学版)2015年第5期,第76页。
③ 温越:《生态批评:生态伦理的想象性建构》,《文艺争鸣》2007年第9期,第141页。

considerability)，这种道德诉求尤其强调人类对待"非人类生物"时应有的道德约束（moral restraint）；二是人类往往试图证明人类具有各种"极限性"（limits），以此彰显人类中心主义（anthropocentrism）所具有的优势，而生态主义就是警惕这种"极限性"所带来的副作用，妥善处理这种"极限性"才是人类绕不开的问题；三是人类与非人类生物具有广泛的"相互联系性"（interconnectedness），这种联系体现在物质、文化和精神上。①

巴克斯特所归类的三个方面正是生态批评发展数十年的主要研究内容。需要说明的是，巴克斯特认为，道德关怀和道德责任是上述三个方面的中心议题，"极限性"和"相互联系性"是在道德关照下的两个从属议题，由此可以窥见生态批评所持有的基本立场："明确的政治立场和深刻的伦理关怀"②。生态批评发展到后期，尤其是 20 世纪 80 年代以来，对文学创作和文学批评产生了广泛的影响，在理论建构方面提出了生态哲学（Ecological Philosophy）和生态美学（Ecological Aesthetics）两个层面的内容，前者强化一种生态"整体性"（integrity）的哲学思考，后者强调对非人类生物赋予"主体性"（subjectivity）关照，寻求一种新的美学模式。

一段时间内，生态批评往往被冠以"唯自然论"目的，只要作家对自然万物表示出一种热爱或喜好，所有描写自然的文学作品都成为生态批评的注脚，体现出一种"生态为本"或"生态中心"的偏颇。生态批评作为一种哲学思想，本身就离不开人类自身的参与，"唯自然论"或"生态中心"都是一种"乌托邦"（Utopia）式的幻想。因此，巴克斯特才强调作为批评家，道德关怀十分重要，不能从"人类中心主义"走向"生

---

① See Brian Baxter, *Ecologism: An Introduction*, Edinburgh: Edinburgh University Press, 1999, pp. 4-6. 同时参阅中文译本：[法]布莱恩·巴克斯特：《生态主义导论》，曾建平译．重庆：重庆出版社，2007年，第5—9页。

② 杨丽娟、刘建军：《关于文学生态批评的几个重要问题》，《当代外国文学》2009年第4期，第52页。

态中心主义",否则与道德约束背道而驰。

生态批评与文学伦理学批评之间有着共同的理论建构,两者都是生态伦理批评的理论来源。生态批评的道德关怀与道德约束也正是文学伦理学批评所强化的要点。因此,生态伦理批评的理论基础同样源自于文学伦理学批评对于道德与伦理的界定及其他相关批评术语。文学伦理学批评的理论要点主要有五个方面:

其一,文学伦理表达论。文学伦理学批评针对"文学起源于劳动"等观点提出文学表达论。文学起源于劳动混淆了生产方式与劳动本身,事实上,根据文学伦理学批评,文学的产生源于人类伦理表达的需要,文学创作的原动力来源于人类共享道德经验的渴望。通过书写各种伦理事件,为人类的发展提供道德榜样。古今中外的文学作品都是如此。

其二,文学文本论。文学伦理学批评针对"文学是语言的艺术"提出文学文本论。文学是语言的艺术这种观点混淆了语言同文字的区别,忽视了作为文学存在的文本基础,只有由文字符号构成的文本(包括电子文本)才能成为文学的基本载体。根据文学伦理学批评,文本形态有三种:脑文本、物质文本和电子文本。

其三,文学物质论。文学伦理学批评针对"文学是审美的意识形态"提出文学物质论。"文学是意识形态"这种观点忽视了"文学是一种物质存在",口头文学实际上是口头表演,属于表演艺术,而文学以文本为载体,是以具体的物质文本形式存在的,因此,文学在本质上是一种物质形态而不是意识形态。

其四,文学教诲论。文学伦理学批评针对"文学是审美的艺术"提出文学教诲论。"文学是审美的艺术"这种观点混淆了审美主体和审美客体的区别,文学是审美的对象,文学本身不能审美,只有人才能拥有审美的能力和体验,文学从起源上说其目的和功用不是为了审美,而是为了道德教诲,因此文学的基本功能是教诲功能,审美活动是实现文学教诲功能的途径。

其五,文学选择论。根据文学伦理学批评,人类经历第一次选择即自然选择之后必须要经过第二次选择即伦理选择才能完成作为一个人的伦理存在,而我们一生无时无刻不在进行我们自己的伦理选择。人类的每一次伦理选择都是在一定的道德规范和秩序中完成的,人类与自然之间的关系必然会对人类的伦理选择产生各种各样的约束和影响。换句话说,人类的伦理选择也是在人类赖以生存的自然环境和社会环境中进行的,必然要受到自然环境和社会环境的双重制约和影响。

综上所述,生态伦理批评的理论基础是生态批评和文学伦理学批评,在批评实践过程中,中外文学作品中涉及生态伦理问题的作品都可以从生态批评的视角,借助文学伦理学批评,探讨其中人与自然、人与社会等关系中所面临的伦理问题。因此,生态伦理批评仍旧属于文学伦理学批评的范畴,而不属于生态批评的范畴,尽管这两者有交叉和重合之处。

生态伦理批评在本质上并非建构一种批评方法,而是作为一种视角,借助文学伦理学批评的方法,关注和探究文学中的生态伦理问题。那么,生态伦理批评的逻辑起点是什么?要弄清楚这个问题,则要追问生态批评对于生态伦理批评的意义何在。生态批评到底是不是以一种方法论为导向给予生态伦理批评提供理论支撑?在王宁看来,"生态批评本身也缺少理论的基石和科学的方法论。它在很大程度上仅仅是问题导向的,而非方法论导向的。"[1]中国学者在引入生态批评后倡导的生态文艺学、生态美学等理论话语,也同样如此,学者们普遍认为,目前建设独立的学科条件不足。比如近年来不少学者在积极呼吁关于生态美学的学科建设问题,但是正如曾繁仁所指出的那样,生

---

[1] 王宁:《生态文明与生态批评:现状与未来前景》,《东方丛刊》2010年第2期,第8页。

态美学"是一种具有中国特色的美学观念,是中国美学工作者的一个创意。它的提出对于中国当代美学由认识论到存在论以及由人类中心到生态整体的理论转型具有极其重要的意义。但它不是一个新的美学学科,而是美学学科在当前生态文明新时代的新发展、新视角、新延伸和新立场。它是一种包含着生态维度的当代生态存在论审美观"[1]。因此,生态批评对于生态伦理批评而言,同样只是一种思想而非一种批评方法,或者说生态批评是作为"问题导向"而非"方法论导向"给生态伦理批评提供启示。正是生态思想和伦理思想的结合构成了生态伦理批评的思想来源。

首先,生态伦理批评所关注的生态问题本质上是伦理问题,生态伦理批评所关注的问题,都与人类生活的伦理和道德紧密联系在一起。人类通过自然选择拥有了人的外形,在劳动的进化过程中,人类通过伦理选择具备了人的本质,而伴随着人类的进化,以及人类对于自然万物的占有和改造,生态问题随之而来,然而这些问题无一例外都是人类所造成的,这里并非以"反人类中心主义"的观点来看待人类与自然的关系,而是想说明,生态伦理批评所关注的问题,归根到底都是人类所面临的伦理和道德的问题。在人类活动的发展史上,每个时期的伦理问题和道德问题都是不同的,不同的语境下有着不同的伦理秩序和道德标准。生态伦理批评同样遵循文学伦理学批评所倡导的原则,从文学作品的伦理语境出发,回到伦理现场,谈论在作品中的伦理命题和道德标准,不主张用今天的道德标准去衡量文学作品中的道德案例。因此,生态伦理批评所关注的问题都是具体文学作品中所涉及的伦理问题。

美国作家海明威在《老人与海》里探讨了人与自然、人与动物之间的关系。从老人的角度来看,海明威提出了一个悖论的问题:老人一

---

[1] 曾繁仁:《生态美学——一种具有中国特色的当代美学观念》,《中国文化研究》2005年第4期,第1页。

生以打鱼为生,一方面老人捕猎大马林鱼,奉行"弱肉强食"的丛林法则,另一方面老人又十分敬重大马林鱼,视大马林鱼为"同类",老人与大马林鱼之间形成了一个整体的关系。然而,老人打败大马林鱼之后却又被鲨鱼群而攻之,险些丧命。在生态伦理批评看来,小说中诸如老人捕杀马林鱼、与鲨鱼拼杀的问题,实际上就是伦理的问题。根据文学伦理学批评,"作为人类代表的老人,他忘掉了人类社会独有的社会伦理,相反却接受了动物界的丛林法则,要做海洋中的狮子,争夺海洋中鲨鱼的食物,这正是一种伦理混乱。由于老人接受了丛林法则,老人就从人的角色转入了动物的角色,因此老人同鲨鱼之间的搏斗就不再是人与鲨鱼的搏斗,而变成了兽与兽之间弱肉强食的搏斗。"①因此,在类似的文学作品中,如果简单地以"生态中心论"来评价老人捕鱼的合法性,无疑会得出这样的结论:老人捕鱼和老人杀死鲨鱼都对环境造成了影响,破坏了生态平衡。显然,这并非海明威的写作初衷。诸如此类的例子在古今中外作品中大量存在,比如对《水浒传》中武松打虎的争议问题,如果从狭义的生态整体主义来看,也会得出这样的结论:武松把珍稀的老虎打死实则是"破坏了生态平衡",非法剥夺了老虎的生命,武松无疑是一个"罪人"。显然,这是不符合事实的。从生态伦理批评角度来看,首先,要关注的是武松生活时代的伦理环境,比如"虎患"问题,其次,要看武松是否有杀死老虎的预谋和动机,最后,还需要追问"虎患"告示的道德意义,以及武松借道景阳冈的归家目的。说到底,武松打虎的问题涉及伦理和道德的双重问题。

其次,生态伦理批评反对"人类中心主义",也反对"生态中心论"。无论"人类中心主义"还是"生态中心论"都不能正确看待人类在自然环境中所扮演的重要角色。迄今为止,在外星人未出现以前,我们暂且这么说,人类在自然环境中拥有主体的地位。所谓"主体地位"并非

---

① 聂珍钊:《〈老人与海〉与丛林法则》,《外国文学评论》2009年第3期,第89页。

是一种"人类中心主义"观点,因为"主体"的概念是相对的,主体地位不是主宰地位。有时候,主体和客体的关系还会因为特殊的语境而互换,人类在自然的面前也要遵循自然的规律,人类有时候也需要服从自然所规定的"法则",且是道德意义的"法则"。"所谓道德,究其实质,是人性内在决定的人类行为的必然秩序。因而,所谓伦理道德,只可能是人的伦理道德,要建立新的生态伦理观,其最基本的逻辑起点不能是自然,也不能是人与自然的结合,而只能是人。"①因此,生态伦理批评的主体只能是人,所有生态问题的产生都是人类伦理选择的结果。无论是人类对动物的滥杀滥屠,还是人类对自然的乱砍滥伐,都是人类在活动过程中的伦理选择。即便是自然变迁、气候变化等因素带来的灾难性后果,也离不开人类的活动。当我们没有见到外星人之前,只能暂且谈论人类时特指生活在地球上的人类,而地球上的自然万物都已和人类产生了密切的社会化联系。因此,生态伦理批评的主体只能是人,生态伦理批评所讨论的问题也是人类伦理选择的问题。

生态伦理批评作为跨学科研究的视角,一方面是因为其理论基础来源于生态批评和文学伦理学批评,另一方面,生态伦理批评同时也是跨学科研究的发展产物。众所周知,生态批评从诞生之初就不可避免地和其他学科产生了紧密的联系。"生态批评是一种文化批评,但与其他文化批评类型相比,又超越了性别、种族、阶级、性取向等单一的视角局限。生态批评广阔的理论视野,要求它与其他文学理论的整合以及多种学科知识的融会。"②而从事生态批评的研究者,不仅要关注文学作品本身,也要关注文学作品所诞生的时代风貌。"生态批评跨越学科界限,一方面深入挖掘文化的生态内涵、凸显人与自然之间不可割裂的亲缘关系,另一方面从多视角透视生态危机产生的复杂原

---

① 刘文波、周宇:《人性与价值的预设:生态伦理学的逻辑起点》,《湖南师范大学社会科学学报》2002年第5期,第20页。

② 刘蓓:《生态批评研究考评》,《文艺理论研究》2004年第2期,第92页。

因，进行综合的文化诊断、文化治疗，目的在于建构生态诗学体系，倡导生态学视野，让它渗透到人文社会科学、技术领域，以便从根本上变革人类文化。"①因此，生态批评不仅是生态伦理批评重要的理论基础，而且还决定了生态伦理批评的跨学科特征。

同时，文学伦理学批评同样是跨学科研究的产物。文学伦理学批评是从伦理的角度来阐释、分析和评价文学作品的一种跨学科研究方法。文学和伦理学研究的结合，不仅是文学伦理学批评的跨学科特征，更是文学伦理学批评的重要基础。"没有跨学科，就没有文学伦理学批评的产生，也没有文学伦理学批评的发展。文学伦理学批评之所以能够在学术界获得认可，就因为它是跨学科的产物，所以它比单一理论更能够解决文学中存在的问题。"②因此，生态伦理批评所涉及的问题必然会涉及多个学科领域的话题。比如生态伦理批评不仅会涉及人文社科的诸多领域，如政治学、社会学、人类学、民俗学等学科，也会涉及自然科学的诸多领域，如天文学、物理学、地球科学、生物医学等。比如近年来获得广泛关注的科幻文学就涉及了社会科学和自然科学的方方面面，人文理性和技术理性交织的背后，涉及方方面面的伦理问题。总而言之，生态伦理批评作为一种跨学科的研究视角，必然也会关注更多跨学科领域的问题。

第三节　生态伦理批评的实践

生态伦理批评是一种从伦理的维度分析、阐释和评价文学作品中生态问题的研究视角，其本质上仍然属于文学伦理学批评的范畴。文学起源于伦理表达的需要，文学是伦理的艺术，文学的基本功能是教

---

① 胡志红：《生态批评与跨学科研究——比较文学视域中的西方生态批评》，《四川师范大学学报》（社会科学版）2005年第3期，第58页。
② 王金娥：《跨学科视域下的文学伦理学批评——聂珍钊教授访谈录》，《山东外语教学》2018年第1期，第9页。

诲功能。因此,研究生态伦理问题,依旧是为了给人类的生存提供道德经验,为人类与自然和谐相处提供道德警示。根据文学伦理学批评,生态伦理问题的产生是人类在社会化活动过程中伦理选择的结果。人类依赖自然资源,人类依赖"非人类生物",但这并非意味着人类可以对自然资源做出"自由选择",如果人类不能意识到对自然资源的索取是在一定范围之内的事,那么,当人类欲望无限膨胀,进而对自然生态肆意破坏,终将要付出惨重的代价。所有生态危机的产生,归根到底是人类认知上出了问题,或者说是人类无视生态系统的道德约束所致。"生态伦理学把人与自然的关系纳入了人与人的关系之中,深刻地揭示了二者的内在统一性,揭示了人与自然的关系背后的人与人之间的伦理关系。"①人与人之间的伦理关系背后是每个人的伦理选择,所有生态问题的产生,都是人的伦理选择的结果。因此,对生态伦理问题的研究,最终要落实到对人的问题的研究上;生态伦理问题的解决,也最终依赖人的选择来完成。

生态伦理批评的研究对象与文学伦理学批评研究对象基本相同,其研究对象只能是文学,不同的是生态伦理批评仅仅关注文学作品中涉及生态问题的内容。当然,生态问题也十分广泛,在文学作品中也有着各种各样的表现。根据文学伦理学批评,生态伦理批评的研究对象主要集中在如下几个方面:

其一,就作家创作动机而言,生态伦理批评关注作家创作过程中对生态问题关注的道德观念和道德倾向,即便有些作家不动声色地描述作品中的生态问题,作品背后依旧隐藏着作家的道德焦虑。其二,就作家所创作的作品而言,生态伦理批评关注作家在作品中对生态伦理问题的书写,作家有责任也有义务去关注生态问题,并对生态问题产生的根源、时代语境、过程给予揭示,并有必要在作品中对人物的道

---

① 傅华:《论生态伦理的本质》,《自然辩证法研究》1999 年第 8 期,第 67 页。

德行为进行正确的评价。其三,就读者而言,生态伦理批评关注读者对于作品中所描写的生态伦理问题的接受和反应、读者对于作品中生态伦理问题的评价、作品中生态伦理问题对读者的影响。比如在近年来兴起的科幻小说中作家对地球面临的各种灾难的描写,对读者的日常提供了生态预警,如果有一天我们的地球真的变得满目疮痍,人类又将如何生存下去?其四,生态伦理问题还关注批评家的道德立场和道德义务。作为文学研究者,批评家有责任指出作品中的生态问题,并对人类的现实生活提供警示。①

伊恩·麦克尤恩在《蝴蝶》中对主人公生活的废弃工厂的描写,不动声色地指出了主人公道德意识的形成与其生活环境之间的因果关系。《蝴蝶》中充斥着对废弃的工厂、臭气熏天的河流,以及满大街随风而起的废品和垃圾的描写,小说描写的不仅是一个环境遭遇严重破坏的社会一角,而且是一个"感情荒芜"的世界。小说主人公,一个十几岁的男孩,因为先天性的生理缺陷(没有下巴),在遭遇了父母的先后离世之后,最终被这个破败不堪的世界遗忘了。从生态伦理批评来看,作家把故事置于这样的伦理环境之中,正是彰显了作家对生态问题的揭示以及书写这些问题背后隐藏着的道德立场。作品中的畸形少年正是在这样破败的自然环境和冷漠的人际环境中,逐渐放任自己的天性,最终做出了恶的行为。作家"通过想象最糟糕、最极端的伦理事件、一个只有九岁的幼女受害者,以增加作品的阅读张力,昭示道德失败的教训,让读者在惊恐不安的阅读状态中,认识到客观社会中所可能存在的邪恶,进而承认它们、改变它们"②。麦克尤恩书写这样的小说,正是为了唤醒人们对生态伦理问题的关注,无论是读者还是批评家,都会从中受到启发。诸如此类的作品非常之多,由于人类对生

---

① 参见聂珍钊:《文学伦理学批评:文学批评方法新探索》,《外国文学研究》2004年第5期,第19—20页。

② 尚必武:《"让人不安的艺术":麦克尤恩〈蝴蝶〉的文学伦理学解读》,《外语教学》2012年第3期,第85页。

态系统的肆意破坏，进而引发了一系列的生态危机和生态灾难，作家用自己的笔触揭示人类的不道德行为，旨在唤起人们对生态问题的重视，重新寻找并建构一条与自然和谐相处的道路。作为文学伦理学批评的重要组成部分，生态伦理批评在批评实践过程中，一方面要借助生态批评的理论思想，关注作家对生态问题的书写；另一方面，要紧紧围绕文学伦理学批评的批评术语而展开研究。当然，在批评实践过程中，充分运用文学伦理学批评的关键术语展开研究，并不是简单移植或借用文学伦理学批评术语，而是根据生态伦理问题研究的批评实践，提炼和加工相关伦理术语并为之服务。文学伦理学批评作为中国学者建构的原创理论体系，在理论建构与批评实践两方面都与西方伦理批评有着本质的区别，其中一个重要的区别就是中国学者富有创见地提出了一系列批评术语，并通过不断阐释，运用于实践研究，获得了广泛的关注。不仅大批中国学者积极运用文学伦理学批评的术语展开研究，而且不少西方学者包括美国艺术与科学院院士、欧洲科学院院士等也饶有兴趣地运用文学伦理学批评的术语进行研究。这一点，可参见历届国际文学伦理学批评研究会会议综述。由于篇幅有限，这里仅简要介绍三个重要批评术语：斯芬克斯因子、伦理身份和脑文本。

聂珍钊教授在《文学伦理学批评导论》中专章讨论了"斯芬克斯因子与伦理选择"。根据文学伦理学批评，伦理身份的背后承载着人物的伦理责任与伦理义务，要分析伦理身份变化的根源，必然要涉及"斯芬克斯因子"。"斯芬克斯因子"由人性因子与兽性因子组成，两种因子有机地组合在一起，从而使人成为有伦理意识的人，其中人性因子是占据主导的因子，兽性因子是被主导的因子，人性因子如果不能主导兽性因子，人可能会犯下错误。斯芬克斯因子的不同组合和变化，将导致文学作品中人物的不同行为特征和性格表现，同时形成不同的伦理冲突，表现出不同的道德教诲价值。"斯芬克斯之谜"告诉我们一个道理："在人类文明发展进程中，人类面临的最大问题是什么？就是如何把人同兽区别开来以及在人与兽之间作出身份选择。"①斯芬克斯通过追问什么是"人"的问题表明人类经历自然选择并没有解决人类的伦理问题,也就是没有把人同兽区别开来。在斯芬克斯明白什么是人的"谜底"之后,他必须要经历伦理选择才能把自己同兽区别开来。因此,斯芬克斯跳崖的"这一举动恰恰证明了他最终做出了人的行为,即通过死亡证明了自己是一个有理性的人,用死亡的方式完成了他的伦理选择"②。

　　人作为一种斯芬克斯因子的伦理存在,人性因子与兽性因子之间的博弈决定了人的理性意志与自由意志之间的较量,正是这两者之间的动态关系构成了人的复杂性;伦理选择是人类经历生物性选择之后的选择,伦理选择把人从兽中区别开来、成为伦理的存在,人的一生都在经历伦理选择。"只有经过伦理的洗礼,才能把自己同兽区别开来,认识到自己同兽的不同,建立起伦理观念,变成理性的人。"③因此,伦理身份与伦理选择是文学伦理学批评一个重要的批评术语,在研究路径与研究范式的呈现过程中有着不可或缺的作用。举一个例子,对伦理身份的研究相当于打开宝藏的一把钥匙,而探寻宝藏的过程就是分析伦理身份变化的过程,最终探寻作品人物的伦理选择即宝藏中的宝物。聂珍钊在接受美国学者查尔斯·罗斯(Charles Ross)采访时谈及了伦理身份与伦理选择之间的关系:"伦理身份的自我确认是伦理选择的逻辑起点。我们按照伦理意义上的人所必需的条件进行选择而成为人。我们依据决定我们伦理身份的各种条件进行选择,并决定选择什么和如何选择。"④

---

① 聂珍钊:《文学伦理学批评导论》,北京:北京大学出版社,2014年,第32页。
② 张连桥:《"斯芬克斯之死"——论〈动物园的故事〉中的身份危机与人际隔离》,张三夕主编:《华中学术》(第十一辑),武汉:华中师范大学出版社,2015年,第85页。
③ 刘建军:《文学伦理学批评:中国特色的学术话语建构》,《外国文学研究》2014年第4期,第18页。
④ [美]查尔斯·罗斯:《文学伦理学批评的理论建构:聂珍钊访谈录》,杨革新译,《外语与外语教学》2015年第4期,第78页。

根据聂珍钊教授的研究，文本是以某种载体保存的文字或符号，能够表达某种意义或内涵，比如刻在石碑或木头上的文本、写在布匹上的文本、印刷在纸质上的文本等，这类文本属于物质文本。而随着数字技术的推广，存储在计算机里的文本被称为电子文本或数字文本。由此可见，文本不仅需要有某种形式的载体，也需要能表达特殊的含义。在物质文本和电子文本出现以前，流传于民间的口头文学则是第三种文本："脑文本"，因为口头文学的传播者是凭借人类的大脑进行记忆和加工的，并借助声音、表演加以传播，因此口头文学属于"脑文本"。"脑文本是就文本的介质而言的，它是文本的原始形态。就介质的性质而言，脑文本是一种特殊的生物形态。"[1] 由于每个人的人生体验或阅读积累不同，"脑文本"的储存、加工、编辑和提取的过程与结果各不相同，从而决定了人是各种各样的人，决定了生活的丰富多彩。由此看来，我们阅读文学作品，重要的是如何做出正确的选择，从中吸取好的营养并将其转化成脑文本，从而做一个好人。

从上面的术语介绍来看，理解这些术语并不难，那么问题在于，这些批评术语对于生态伦理批评而言有何意义？在生态伦理批评实践过程中，如何根据具体的文本展开研究？人类在发展过程中，为何会对生态环境进行没有限制的破坏？说到底正是人类欲望的膨胀，为了追求更高的利润、更多的物质享受，在欲望的驱使下，人性因子失去了有效的控制，人在自由意志的作用下，做出了极端的行为。作为人类，正因为其特殊的伦理身份，更应该意识到人类与自然的依赖关系，人类需要时刻警醒自己的身份，做出与身份相符合的伦理选择。在自然没有遭受到破坏以前，人类对于自然灾难了解不多，也就是"脑文本"不多，因此破坏自然环境的恶果没有引起人类足够的重视。就个体而言，通过阅读文学作品中大量的生态危机现象，有关生态危机和生态

---

[1] 聂珍钊：《文学伦理学批评：口头文学与脑文本》，《外国文学研究》2013 年第 6 期，第 11 页。

保护的"脑文本"便储存在个体大脑中,因而对个体发挥着作用。文学作品中的人物在面对各种境遇与困难的时候,其自身储存的"脑文本"影响和改变了其个人的言行。这就是为什么文学作品中的人物或现实中的人物的兽性因子占据上风从而控制了人性因子,使人做出了不良的举动或犯下了错误,甚至实施了犯罪。这都是因为有关正面的和积极的"脑文本"的储存不足,换句话说,是因为教化不足。当然,有的人就算头脑中存储了有关"不能破坏环境"的"脑文本",还是在欲望的驱使下做出了肆意破坏环境的行为。因此,研究"脑文本"对于我们研究文学作品中的伦理问题有着重要的启示意义。

生态伦理批评在文学伦理学批评的理论基础上,同样强化对人类伦理身份与伦理选择的研究。伦理身份既是伦理选择的前提,也是伦理选择的结果。中国学者正是基于中华民族的文化身份所赋予的责任与使命,积极创建富有中国特色的理论体系,在与西方学术进行沟通与对话的过程中积极彰显中国立场与伦理使命。文学伦理学批评以西方伦理批评为参照、以我国传统的道德批判为起点,其对伦理问题的重视体现了中国文化精神的核心内容。生态伦理批评同样以文学文本为批评的对象,从伦理的视角分析、解释文学中描写的不同生态问题,在人与自我、人与他人、人与社会以及人与自然之间复杂的伦理关系中,对处于特定历史环境中不同的文学范例进行阐释,研究人物伦理选择的不同动机,解读人物伦理选择的过程,揭示不同选择给我们带来的道德启示,挖掘可供效仿的道德榜样,为人类文明进步提供经验和教诲。

第四节　生态伦理批评的发展趋势

在我国,生态批评的研究成果可谓多如牛毛,无论是生态美学、生态文艺学,或者生态文明等理论派别,在理论建构与批评实践方面都取得了卓越的成果;同时,在中外学者的共同努力下,文学伦理学批评的理论建构与批评实践也取得了突出的成就。近年来,中外学者积极运用文学伦理学批评展开研究,发表了一系列卓有创见的学术成果。与此同时,运用生态伦理批评的研究成果日益增加,如叶平的论文《人与自然:西方生态伦理学研究概述》(《自然辩证法研究》,1991)、徐雅芬的论文《西方生态伦理学研究的回溯与展望》(《国外社会科学》,2009)、何怀宏的论文《儒家生态伦理思想述略》(《中国人民大学学报》,2000)、徐少锦的论文《中国古代生态伦理思想的特点》(《哲学动态》,1996)等。

需要说明的是,上述"生态伦理学"和"生态伦理思想"的研究成果主要还是以生态学为理论基础,所关注的问题和生态学所关注的问题大致相同。其中,生态伦理学的研究成果中,不少论文也涉及了文学作品中的伦理问题,但是在分析相关问题的时候运用生态学的理论术语,彰显的依旧是生态学批评话语。如赵玲在《论生态伦理学的伦理基础》中指出的那样,"生态伦理学的伦理基础可以认为主要是由三部分构成:自然的价值、自然的权力和自然的利益。由此确立起自然的伦理即生态伦理,它体现了人类与自然界和生态系统的责任、义务的关系。"[①]由此可见生态伦理学的理论诉求和文学伦理学批评的理论诉求的异同,前者强调人与自然、生态系统之间的责任与义务,后者则强调人类在生产活动过程中的伦理选择,而伦理选择背后同样是人类的伦理责任与伦理义务。但前者主要彰显自然的价值、自然的权力和自然的利益,而后者彰显的则是人的选择及其与自然和生态系统之间的依赖关系。另外,虽然有个别论文在标题上体现了"生态伦理批评",但其理论基础依然是生态伦理学,如宋玉书从生态伦理批评视角研究商业广告:"商业广告的生态伦理取向反映了广告活动主体的生

---

① 赵玲:《论生态伦理学的伦理基础》,《东北师大学报》(自然科学版)2000年第4期,第88页。

态伦理取向,对商业广告展开生态伦理批评,旨在促使广告活动主体检省自己的生态伦理,将生态关怀和生态责任植入广告活动的价值体系和道德准则中。"[1]在这篇论文中,作者强调广告活动主体的生态关怀和生态责任,这一点和文学伦理学批评的目的是有相同之处的。

生态伦理批评在理论建构方面任重道远。作为文学伦理学批评的重要组成部分,生态伦理批评秉承生态批评和伦理批评的理论要点,关注中外文学作品中的生态伦理问题,通过研究人类在生活生产过程中的伦理选择,为人类文明提供道德警示。为丰富和发展生态伦理批评的理论建构问题,未来主要有三个方面需要不断加强:一、进一步阐释生态伦理批评的话语属性与功能属性,建构生态伦理批评的理论体系。尽管生态伦理批评源自于生态批评和文学伦理学批评中,但在具体阐释的过程中,应该突出生态伦理批评话语的特殊性和差异性。二、进一步总结和阐释生态伦理批评的批评术语并运用于实践,处理好生态伦理批评与伦理选择、生态伦理批评与脑文本之间的关系。三、正确处理好生态伦理批评与其他批评方法之间的关系,吸纳和借鉴其他批评方法的重要成果。作为跨学科研究发展的产物,生态伦理批评应该积极吸纳包括后殖民主义批评、女性主义批评、叙事学等理论流派中与生态伦理批评有关的批评策略,丰富生态伦理批评的理论来源。实际上,在后殖民主义批评、女性主义批评和叙事学等理论话语中,也会探讨与生态伦理相关的问题,与生态伦理批评的批评诉求有交叉之处。

因此,生态伦理批评在未来发展过程中,跨学科交叉和融合是其发展的内在驱动之一。比如生态批评与后殖民主义批评之间的融合发展就是当今比较重要的研究课题。江玉琴指出,后殖民生态批评不是后殖民主义批评和生态批评的简单结合,而是基于一种超越后殖民

---

[1] 宋玉书:《商业广告的生态伦理批评》,《中国地质大学学报》(社会科学版)2011年第3期,第98页。

主义批评和生态批评的跨学科研究,研究诸如生态帝国主义、环境伦理、环境正义等问题。"后殖民生态批评探讨并批判文学中的生态帝国主义,关注后殖民文学的环境伦理,警惕全球发展主义大潮中西方资本与批评话语对非西方国家的新殖民。"①无疑,后殖民生态批评作为生态批评跨学科研究的产物,为文学研究提供了新的范式。在后殖民语境下研究文学作品中的生态伦理问题,其同样是超越生态批评与文学伦理学批评的跨学科研究视角,探讨后殖民语境中的伦理身份、伦理选择等问题。

近年来,随着全球化发展浪潮的推进,影视娱乐业在网络媒介的推动下,迅速实现了全球化的布局与影响。比如在全球产生广泛影响的李安导演的电影《少年派的奇幻漂流》,自公演以来,好评如潮,荣获了多项奥斯卡大奖,也让这个电影的同名小说家喻户晓。无论是小说还是电影,这个作品引起人们对于环境的关注肯定是前所未有的。作品的背景被置于印度的一个动物园,并在举家搬迁的过程中探讨了人与动物的关系:"它对动物与人类关系的反思和再认识以及对自然信仰复归的探讨使其具有了一定生态价值。"②从文学伦理学批评来看,这个作品蕴藏着丰富的伦理内涵。黄曼指出,作品中的重要隐喻和伦理线相呼应,主人公少年 Pi 体现了斯芬克斯因子的两面性,人性因子与兽性因子之间压制与反压制的抗争是一个长期的过程:"Pi 无法面对厨子杀害并吃掉船员的事实、无法面对厨子杀害其母的事实,更无法面对自己这个虔诚的宗教追求者和素食者在极端环境的刺激和迫切生存的愿望的驱使下杀人并吃人的血淋淋的现实。"③同时,从后殖

---

① 江玉琴:《论后殖民生态批评研究——生态批评的一种新维度》,《当代外国文学》2013 年第 2 期,第 96 页。

② 王坤宇:《生态视域下的〈少年派的奇幻漂流〉》,《山东社会科学》2014 年第 9 期,第 136 页。

③ 黄曼:《论〈少年 Pi 的奇幻漂流〉中的伦理隐喻》,《外国文学研究》2013 年第 4 期,第 149 页。

民生态批评视角来看,这个作品从故事的开端到故事的进程都充满着对殖民思想的反思。正如江玉琴指出的那样:"本地治里的殖民地生活经验反复纠缠在多伦多的现代生活中,呈现出处于两种文化之间的印度裔移民对过去的怀念与疏离,以及心灵深处的文化创伤。这也是小说开篇就呈现的基调。"①

从影视文学作品来看,探讨生态问题的影视剧非常之多,其中,电影类的有2016年上映的《荒野猎人》所代表的探险类电影、2002年以来上映的《生化危机》系列科幻类电影,另外还有《大白鲨》系列惊悚类电影、奥斯卡获奖影片《黑天鹅》《时时刻刻》《房间》等探讨生态女性题材的电影等,这些电影都可以从生态伦理批评展开研究。因此,运用生态伦理批评研究影视作品,未来可以从如下方面展开:一、影视作品中的生态题材研究;二、影视导演的生态伦理批评研究;三、影视拍摄与自然、动物关系的研究;四、影视生态与演员的生存话语研究。当然,生态伦理批评作为生态批评和文学伦理学批评跨学科研究的视角,在理论建构和批评实践方面都还处于探索之中,对相关问题的探讨仍然存在不成熟的地方,需要不断完善,但我们相信,生态伦理批评可以有更多的阐释可能。

本章小结

本章围绕生态伦理批评展开,主要分为四个部分:生态批评的发展概述、生态伦理批评的理论基础与特征、生态伦理批评的实践、生态伦理批评的发展趋势。西方生态批评在短短数十年的时间里取得了卓越的成就,不仅在文学、艺术学、社会学、人类学、政治学等领域获得了空前的认可,而且被诸多学科的学者运用于批评实践。生态批评作

---

① 江玉琴:《论〈少年派的奇幻漂流〉的空间想像与后殖民生态意识》,《文学跨学科研究》2017年第3期,第167页。

为重要的学术流派,不但在美国取得了卓越的成果,在欧洲及中国都得到了极大的关注,一系列重要的学术著作得以问世。从发轫到繁荣,在跨学科、跨媒介发展的今天,生态批评也从单一的批评视角走向多元的批评实践。作为一种批评流派,西方生态批评自传入中国以来,在中国学界产生了深远的影响。生态批评在中国兴起的时间并不算长,但在短短几十年的时间内形成规模,影响广泛,主要得益于中国学者的理论建构与批评实践。比如王诺、胡志红等学者,对西方生态批评进行了系统而深入的研究,把西方生态批评引入我国,推动了我国生态批评的发展。我国学者结合中国的生态资源与文学传统,在借鉴西方生态批评的理论话语的基础上,又富有创见地提出了诸如生态美学、生态文艺学、环境伦理学等理论话语,并积极付诸批评实践,引发了广泛关注。

生态批评与文学伦理学批评之间有着共同的理论建构,两者都是生态伦理批评的理论来源。生态批评的道德关怀与道德约束也正是文学伦理学批评所强化的要点。因此,生态伦理批评的理论基础同样源自于文学伦理学批评对于道德与伦理的界定及其他相关批评术语。生态伦理批评在本质上并非要建构一种批评方法,而是作为一种视角,借助文学伦理学批评的方法,专注于对文学中的生态伦理问题的关注和探究。生态伦理批评作为跨学科研究的视角,一方面是因为其理论基础来源于生态批评和文学伦理学批评,另一方面,生态伦理批评同时也是跨学科研究发展的产物。生态伦理批评是一种从伦理的维度,分析、阐释和评价文学作品中生态问题的研究视角,其本质上仍然属于文学伦理学批评的范畴。文学起源于伦理表达的需要,文学是伦理的艺术,文学的基本功能是教诲功能。因此,研究生态伦理问题,依旧是为了给人类的生存提供道德经验,为人类与自然和谐相处提供道德警示。

根据文学伦理学批评,生态伦理问题的产生是人类在社会化活动过程中伦理选择的结果。作为文学伦理学批评的重要组成部分,生态伦理批评在批评实践中,一方面要借助生态批评的理论思想,关注作家对生态问题的书写,另一方面,要紧紧围绕文学伦理学批评的批评术语而展开研究。生态伦理批评在理论建构方面任重道远,未来需要在以下三方面不断加强:一、进一步阐释生态伦理批评的话语属性与功能属性,建构生态伦理批评的理论体系。二、进一步总结和阐释生态伦理批评的批评术语并将其运用于实践,处理好生态伦理批评与伦理选择、生态伦理批评与脑文本之间的关系。三、正确处理好生态伦理批评与其他批评方法之间的关系,吸纳和借鉴其他批评方法的重要成果。作为跨学科研究发展的产物,生态伦理批评应该积极吸纳包括后殖民主义批评、女性主义批评、叙事学等理论流派中与生态伦理批评有关的批评策略,丰富生态伦理批评的理论来源。

第八章

叙事学与文学伦理学批评

德国知名学者安斯加尔·纽宁(Ansgar Nünning)在《叙事学与伦理批评:同床异梦,抑或携手联姻?》("Narratology and Ethical Criticism: Strange Bed-Fellows or Natural Allies?",2015)一文中开门见山地指出:"乍看起来,叙事学与伦理批评似乎同床异梦,甚至在关于叙事虚构作品的研究路径上分道扬镳。发端于20世纪60年代的经典叙事学主要聚焦于叙事作品的形式与结构特征,在很大程度上忽视了语境、历史、阐释、规范以及价值等问题;伦理批评也并未过多关注叙事形式和叙事技巧,相关学者也未能经常从叙事学概念和模式中受益,因此回避涉及以叙述、聚焦、多视角、复调为叙事再现形式的话题以及范式与价值方面的对话和合作。"①纽宁的观察与判断可谓切中肯綮,一举戳中了叙事学和伦理批评分道扬镳、互不往来的要害。

在文学批评史上,对叙事的研究和对伦理的关注,源远流长。如亚里士多德的《诗学》被普遍认为是叙事批评的鼻祖,而亚氏的另一著作《尼各马可伦理学》则是伦理批评的一个重要源头。令人费解的是,在当下的文学批评理论中,叙事学与伦理批评为何鲜有交叉?本章试图从发端于20世纪中后期的"叙事转向"(narrative turn)和"伦理转向"(ethical turn)入手,在讨论叙事学和文学伦理学批评兴起与发展的基础上,考辨两大批评派别之间的互涉与交流,并尝试性地探讨诞生于中国语境的文学伦理学批评与叙事学之间的互补空间。

第一节 从"叙事转向"到"叙事学"

论及当下叙事学研究的繁荣和兴盛,"叙事转向"是无法绕过的话题。国际叙事学研究权威专家詹姆斯·费伦(James Phelan)将叙事转向视为当代思想界最重要的运动之一,并先后在《美国现代语言协会会刊》和国际叙事学研究协会会刊《叙事》,专门撰文对之加以详细讨论。费伦说:"叙事转向,即关于故事与故事讲述的本质与作用的研究,将持续成为当代思想界最重要的运动之一,并影响越来越多的学科领域。"②至于"叙事转向"的原因,费伦大致解释如下:"一、叙事无处不在。二、叙事是一种灵活的研究对象,这种研究易出成果。就像语言研究,它使用有限的方式(场景、人物、事件、情节和各种叙述技巧)来为似乎无限的能力服务(还有什么经验之域可完全置身叙事之

---

① Ansgar Nünning, "Narratology and Ethical Criticism: Strange Bed-Fellows or Natural Allies," *Forum for World Literature Studies* 1(2015):16.

② James Phelan, "Narratives in Contest; or, Another Twist in the Narrative Turn," *PMLA* 1(2008):166.

外?)。三、叙事不仅是阐释和评论的对象,也是阐释和评论的方法。"①简单地说,费伦把叙事转向的原因归结于叙事的普遍性、叙事研究的易操作性以及叙事作为研究对象与研究方法的双重性。费伦对"叙事转向"原因的归结准确得当,但遗憾的是他并没有明确叙事转向的发生时间、发生场域、代表人物、理论范式和重要影响。关于上述话题,笔者在《叙事转向:内涵与意义》(2016)一文中已经有过较为详细的阐述,在此不赘。②

除费伦外,马丁·克赖斯沃斯(Martin Kreiswirth)③、汤姆·奇恩特(Tom Kindt)④、马蒂·许韦里宁(Matti Hyvärinen)⑤、玛丽·哈塔瓦拉(Mari Hatavara)、拉尔斯-克里斯特·许登(Lars-Christer Hydén)、汉娜·梅雷托亚(Hanna Meretoja)⑥等西方叙事学家和国内学者赵毅衡⑦都对叙事转向做过不同程度的阐述。笔者认为,从最基本层面上来说,"叙事转向"大致包含两层意思:一是把叙事作为研究的对象(narrative as an object of research),即"转向叙事"(turn to narrative);二是把叙事作为研究的方法(narrative as a tool of

---

① James Phelan, "Narratives in Contest; or, Another Twist in the Narrative Turn," *PMLA* 1(2008):167.

② 尚必武:《叙事转向:内涵与意义》,《英美文学研究论丛》2016 年第 2 期,第 352—371 页。

③ Martin Kreiswirth, "Narrative Turn in the Humanities," Qtd. in David Herman, Manfred Jahn and Marie-Laure Ryan, eds. *Routledge Encyclopedia of Narrative Theory*, London and New York: Routledge, 2005, pp. 377—382.

④ Tom Kindt, "Back to Classical Narratology: Why Narrative Theory Should Not Bother too Much about the Narrative Turn," Qtd. in Lars-Åke Skalin, ed. *Narrativity, Fictionality, and Literariness: The Narrative Turn and the Study of Literary Fiction*, Örebro: Örebro University, 2008, pp. 25—36.

⑤ Matti Hyvärinen, "Revisiting the Narrative Turns," *Life Writing* 1 (2010): 69—82.

⑥ Matti Hyvärinen, Mari Hatavara, and Lars-Christer Hydén, eds., *The Travelling Concepts of Narrative*, Amsterdam/Philadelphia: John Benjamins Publishing Company, 2013.

⑦ 赵毅衡:《广义叙述学》,成都:四川大学出版社,2013 年。

research），即"叙事学转向"（narratological turn）。从时间发生与范式转移的角度来看，叙事转向大致经历了三个阶段，即20世纪六七十年代的第一阶段、20世纪80年代的第二阶段、20世纪90年代的第三阶段。

第一阶段的叙事转向大致等同于"转向叙事"，即许多叙事学家们开始注意到叙事的普遍性，并将之作为研究的对象。这一期间，叙事转向主要发生在文学叙事的范畴，其代表人物有罗兰·巴特（Roland Barthes）、A. J. 格雷马斯（A. J. Greimas）、克劳德·列维-斯特劳斯（Claude Levi-Strauss）、茨维坦·托多罗夫（Tzvetan Todorov）等。第二阶段的叙事转向实际上带有方法论上的"叙事学转向"的色彩，即叙事学作为一种方法，开始向历史学、心理学、哲学等非文学叙事领域渗透，有效地实现了叙事学的扩展。第三阶段的叙事转向综合了前两个阶段的叙事转向，具有"双向互动"的特点：叙事学家们既把"叙事"作为自己的研究对象，开始引入相邻学科的研究成果与发现，更新叙事研究的工具，同时也把"叙事"作为一种方法，将之引入其他相邻学科领域，不断开辟叙事学研究的新领域与范畴。

在叙事转向的第一阶段，结构主义者们如巴特、格雷马斯、托多罗夫等人将叙事，尤其是文学叙事作为主要的研究对象，充分借助结构主义语言学的研究模式与方法，力图探求共存于叙事作品的普遍结构，建构叙事作品分析的批评体系，提出叙事作品分析的专业术语。通过他们的积极努力，叙事学最终从传统的小说理论中独立出来，成为一门具有自身特色的学科。不过，结构主义者们过于聚焦于"诗学"层面和叙事作品本身，忽视了叙事作品生产语境、接受语境和其他相关因素。因此，随着文化批评和后结构主义浪潮的崛起，叙事学逐渐遭到一定程度诟病和攻击，走向衰微。在叙事转向的第二阶段，叙事学作为一种研究方法，开始受到历史学家海登·怀特（Hayden White）、路易斯·闵克（Lois Mink）、弗兰克·R. 安克斯密特（Frank R. Ankersmit）、心理学家杰罗姆·布鲁纳(Jerome Bruner),哲学家保罗·利科(Paul Ricoeur)等人的重视,他们将之成功地运用于历史学、心理学和哲学等其他学科领域,由此不仅使得叙事学成为解构主义浪潮中的一股潜在的暗流,而且还在某种程度上有效地拓展了叙事学研究的范畴。发生于20世纪90年代至今的叙事转向的第三阶段,大致等同于"后经典转向"(postclassical turn)或"语境主义转向"(contextual turn),也由此引发了后经典叙事学的产生。

随着大量新方法的引入以及叙事学向其他领域的不断渗透,在叙事转向的第三阶段,后经典叙事学涌现出了诸多不同的新流派。其中,占据当下叙事学研究前沿的后经典叙事学主要理论代表人物有:一、修辞叙事学,主要代表人物有詹姆斯·费伦、彼得·拉宾诺维茨、理查德·沃尔什(Richard Walsh);二、认知叙事学,主要代表人物有戴维·赫尔曼(David Herman)、艾伦·帕尔默(Alan Palmer)、丽莎·尊希恩(Lisa Zunshine)、帕特里克·科尔姆·霍根(Patrick Colm Hogan)、H.波特·阿博特(H. Porter Abbott)等;三、女性主义叙事学,主要代表人物有苏珊·兰瑟(Susan Lanser)、罗宾·沃霍尔(Robyn Warhol)、露丝·佩奇(Ruth Page)、凯丽·A.玛什(Kelly A. Marsh)等;四、跨媒介叙事学,主要代表人物有玛丽-劳雷·瑞安(Marie-Laure Ryan)、扬-诺埃尔·索恩(Jan-Noël Thon)、维尔纳·沃尔夫(Werner Wolf);五、非自然叙事学,主要代表人物有布莱恩·理查森(Brian Richardson)、扬·阿尔贝(Jan Alber)、斯特凡·依韦尔森(Stefan Iversen)、亨里克·斯科夫·尼尔森(Henrik Skov Nielsen)等。

在后经典叙事学研究的领军人物赫尔曼看来,如果说引入新的方法是后经典叙事学第一发展阶段的任务和内容,那么在后经典叙事学的第二发展阶段就是加强这些方法之间更为紧密的对话。[①] 在《后经

---

① 尚必武:《当代西方后经典叙事学研究》,北京:人民文学出版社,2013年,第274页。

典叙事学的第二阶段：命题与动向》一文中笔者指出后经典叙事学在第二阶段的六个主要特征与核心命题：一、叙事学新流派的不断涌现；二、对叙事学研究跨学科路径的重访与反思；三、叙事学研究的"历时转向"；四、叙事学研究的"跨国界转向"；五、对叙事学家个人学术思想的研究；六、后经典叙事学流派之间的交叉整合。① 其中，就"对叙事学研究跨学科路径的重访与反思"而言，笔者认为，加强叙事学和文学伦理学这两个当今最重要的文学批评方法之间的交流与对话，综合发挥它们的长处和优点，以互补形态深入挖掘文学文本的意义与内涵，就显得颇有必要。

第二节 从"伦理转向"到"文学伦理学"

20世纪80年代末，西方批评界迎来了一轮势头猛进的"伦理转向"。必须指出，在发生场域上，这一转向既涉及文学研究，同时又涉及道德哲学；在研究对象上，前一领域的研究转向伦理，后一领域的研究转向文学。就此而言，伦理转向就具有了"双重转向"(double turn)意义。用迈克尔·埃斯金(Michael Eskin)的话来说，所谓的伦理转向指的是在文学研究领域，转向伦理(a "turn to ethics" in literary studies)；在道德哲学领域，转向文学(a "turn to literature" in [moral] philosophy)②。论及伦理转向的发生，不得不提芝加哥学派第二代批评家韦恩·布斯。布斯的一系列论著如《小说修辞学》(*The Rhetoric of Fiction*, 1961)、《反讽的修辞》(*The Rhetoric of Irony*, 1974)、《我们所交的朋友：小说伦理学》(*The Company We Keep*: *An Ethics of Fiction*, 1988)直接预见，甚或激发了"伦理转向"的发生。当然，这一

---

① 尚必武:《后经典叙事学的第二阶段：命题与动向》，《当代外国文学》2012年第3期，第33—42页。

② Michael Eskin, "On Literature and Ethics," *Poetics Today* 4(2004): 557.

期间介入伦理批评浪潮的理论家还有 J. 希利斯·米勒、伊曼纽尔·列维纳斯、玛莎·努斯鲍姆等。

笔者认为,伦理转向的发生主要有如下两个原因。第一,就文学研究领域的"转向伦理"而言,解构主义对逻各斯中心主义的批判,为后结构主义批评的崛起创造了条件和支撑(如女性主义、后殖民主义、马克思主义批评等,过于强调对政治的批评)。实际上,随着保罗·德曼第二次世界大战期间写过的一些支持纳粹的文章被披露,解构主义的根基动摇了,批评家们对文本的不确定性产生反感,这为重新审视文学与伦理之间的关系营造了契机。第二,就道德哲学领域中的"转向文学"而言,哲学家重新重视文学中的伦理问题,认为文学有助于他们加深对伦理的理解,试图在文学中发现伦理传统和道德指引。阿拉斯代尔·麦金太尔、保罗·利科、努斯鲍姆即是如此。努斯鲍姆在《爱的知识》(*Love's Knowledge*,1990)一书中直截了当地说:"文学说的就是我们的事……正如亚里士多德所指出的那样,它深入帮助我们探讨如何生活,而不是简单地……记载这个或那个事件,它在寻找有关选择与环境的可能模式,选择与环境之间的互动一再出现于人类生活之中,以至于它们必须被看成是人类生活的一部分。"①

双重转向的重要意义在于文学与伦理之间的关系再度浮出地表,被重新纳入批评视野。阿迪亚·门德尔森-茂兹(Adia Mendelson-Maoz)在为《哲学》杂志 2007 年刊发的"伦理与文学"("Ethics and Literature")研究专题所撰写的导言中,不无感慨地指出:

> 过去二十年间,出版和发表了大量关于伦理与文学的论文、专著和专题文集,经常使用"伦理批评"(ethical criticism)这一术语。讨论的话题非常丰厚,方法多样。不仅大量的哲学文本和文学文本得以审视,而且研究的范畴也非常广阔:研究文学的道德

---

① Martha Nussbaum, *Love's Knowledge: Essays on Philosophy and Literature*, New York: Oxford University Press, 1990, p. 171.

主题,假定人物的行为能够以我们所熟知的相似行为为基础,进而可以用我们自己的术语、资源和"不完整的生活"来做出阐释;讨论两个学科之间的关系,解读它们之间的差异,探讨它们之间的交叉性;把读者、叙述者和作者之间的关系视为伦理关系;建构新人文主义解读的新路径;审视文学文本教育年轻一代的力量,假定文本可以塑造我们的信仰和行为,帮助我们理解伦理两难;通过阅读文学文本来展示伦理理性,把文本视作道德试验室;检验文学文本,讨论修辞方法及其之于创造判断的力量,建议对具体文本做出细读和阐释;展示对文本做出伦理阅读的方式,挖掘文本背后的社会、政治和伦理暗流,研究权力关系。①

经历伦理转向之后,西方学界的文学伦理学产生了不同的倾向,出现了不同的批评派别。在《文学伦理学批评导论》一书中,聂珍钊敏锐地发现了近三十年来西方伦理批评研究的两种倾向:一是从理论上研究文学、作家和阅读的伦理价值;二是从方法论的立场研究作家、作品。②如果按照我们之前讨论的文学批评领域的"转向伦理"和道德哲学领域的"转向文学"来看,西方的文学伦理批评也可以分为这样两种形式:一、后结构主义伦理(poststructuralist ethics),如列维纳斯、努斯鲍姆、德里克·阿特里奇、杰弗里·盖特·哈珀姆等的伦理批评即是如此。二、人文主义伦理(humanist ethics),如布斯、亚当·扎克瑞·纽顿、詹姆斯·费伦等人的伦理批评即是如此。由此不能发现上述两类伦理批评的缺憾:在后结构主义伦理的阵营中,伦理批评被哲学"收编",而在人文主义伦理阵营中,伦理批评被叙事学"收编",二者都没有发展成为独立的批评体系。对此,聂珍钊概括道:"客观地说,在西方文学批评史上,伦理批评一直遭到质疑和反对,其中一个重要原因

---

① Adia Mendelson-Maoz, "Ethics and Literature: Introduction," *Philosophia* 2 (2007):113.
② 聂珍钊:《文学伦理学批评导论》,北京:北京大学出版社,2014年,第152—153页。

就是伦理批评尽管源远流长,最早可以追溯至古代希腊,但是到目前为止,伦理批评一直没有建立起一个完整的系统理论体系,尤其是缺少自己明确的方法论。"①

欣喜的是,在伦理转向的大潮下,受到西方伦理批评的影响,中国的文学伦理学批评在新世纪之后迅速崛起,成为当下文学研究的一个重要方法。按照聂珍钊的解释,"文学伦理学批评是一种从伦理视角认识文学的伦理本质和教诲功能,并在此基础上阅读、分析和阐释文学的批评方法。文学伦理学批评从起源上把文学看成是道德的产物,认为文学是特定历史阶段人类社会的伦理表达形式,文学在本质上是关于伦理的艺术。"②近几年来,对文学伦理学批评的讨论日渐深入,有关文学伦理学批评的课题、专著、论文等也呈现出爆炸式增长的态势,并开始逐渐引起了西方学界关注。具有百年之久的英国权威期刊《泰晤士报文学增刊》于 2015 年 7 月专门刊发长篇评论,重点推荐了中国学者所热切从事的文学伦理学批评。该评论指出,经过将近十年的努力,文学伦理学批评发展成了"成熟的学科"(a fully fledged discipline),拥有"完整的理论框架和一系列核心术语和论点,如文学的伦理起源、伦理选择、斯芬克斯因子等"③。与之相对应的是,国际知名学术期刊《阿卡迪亚:国际文学文化期刊》(Arcadia: International Journal of Literary Culture)、《比较文学与文化》(CLCWeb: Comparative Literature and Culture)、《世界文学研究论坛》(Forum for World Literature Studies)等纷纷刊发文学伦理学批评的研究专题,引发国际学界的热切关注。

西方学界之所以对诞生于中国的文学伦理学批评表现出日益浓厚的兴趣,其主要原因在于同西方的伦理批评相比,文学伦理学批评

---

① 聂珍钊:《文学伦理学批评导论》,北京:北京大学出版社,2014 年,第 159 页。
② 同上书,第 13 页。
③ William Baker and Shang Biwu, "Fruitful Collaborations: Ethical Literary Criticism in Chinese Academe," *Times Literary Supplements* 7.31 (2015): 14.

具有自己鲜明的特点:第一,建立文学伦理学批评方法论,有效地研究具体的文学问题。第二,把文学的教诲作用看成是文学的基本功能,从理论上设立了自我立场。第三,用文学伦理学批评概念取代伦理批评,避免主观的道德批评而转为客观的文学伦理学批评,解决了文学批评与历史脱节的问题。第四,建构了自身的批评话语和体系,如伦理环境、伦理秩序、伦理两难、伦理禁忌、伦理结等,成为灵活易用的批评工具。① 正如笔者在《一种批评理论的兴起》一文中所指出的那样,就文学伦理学批评的未来发展而言,除了要建构文学伦理学批评的批评原则和加强中西方文学伦理学批评之间的交流与对话外,还要考察文学的伦理与叙事形式之间的内在关联②,而这也是下一节所要讨论的内容。

第三节 叙事学的"伦理转向"与文学伦理学的"叙事转向"

纽宁指出:"强调形式与内容、形式主义与语境主义,或者诸如叙事学等形式主义方法与诸如伦理这类主要关注文学作品内容的方法之间过时的对立性是毫无意义的。任何学者,只要对叙事尤其是叙事虚构作品之于传播道德规范和伦理价值的文化对话的介入方式感兴趣,都可以从叙事学以及文学伦理批评中获益良多。"③ 必须指出的是,在经典叙事学那里,并没有伦理转向的发生。经典叙事学家们把索绪尔开创的结构主义语言学视作"领航科学"(pilot science),旨在探寻所有叙事作品共存的结构与模式,既不关注叙事的美学效果,也不

---

① 聂珍钊:《文学伦理学批评导论》,北京:北京大学出版社,2014年,第170—171页。
② Shang Biwu, "The Rise of a Critical Theory: Reading *Introduction to Ethical Literary Criticism*," *Foreign Literature Studies* 5 (2014): 34—35.
③ Ansgar Nünning, "Narratology and Ethical Criticism: Strange Bed-Fellows or Natural Allies," *Forum for World Literature Studies* 1(2015): 34—35.

关注叙事的伦理问题,而是把叙事看成一个自足的研究对象。忽略文本的内容,无视文本的生产语境与接受语境,是经典叙事学的短板。

叙事学领域发生伦理转向是在后经典阶段发生的事情,其直接结果便是"叙事伦理"(narrative ethics)和"伦理叙事学"(ethical narratology)的产生。如前所述,颇为吊诡的是,在"伦理转向"的大旗下,伦理批评反倒被叙事学一举"收编"。就叙事伦理而言,按照费伦的解释,所谓的叙事伦理主要探讨"故事以及故事讲述领域与道德价值的交叉性",具体包括四个方面的内容:一、被讲述对象的伦理(the ethics of the told);二、讲述行为的伦理(the ethics of the telling);三、书写/生产的伦理(the ethics of writing/producing);四、阅读/接受的伦理(the ethics of reading/reception)。[1] 尽管在西方从事叙事伦理研究的学者为数众多,如布斯、亚当·扎克瑞·纽顿、雅各布·洛特(Jakob Lothe)、利斯贝思·科尔塔尔斯·奥特斯(Liesbeth Korthals Altes)等,但他们几乎都未能脱离费伦所列的上述四个方面内容。

与叙事学在美国率先复兴的情况相左,伦理叙事学崛起于欧洲大陆的德国,其主要人物有沃尔夫冈·穆勒(Wolfgang Müller)、诺拉·贝尔宁(Nora Berning)和安斯加尔·纽宁。在《伦理叙事学》("An Ethical Narratology",2008)和《从荷马的〈奥德赛〉到乔伊斯的〈尤利西斯〉:伦理叙事学的理论与实践》("From Homer's *Odyssey* to Joyce's *Ulysses*: Theory and Practice of an Ethical Narratology",2015)两篇论文中,穆勒认为,故事讲述的具体方式和叙事视角具有重要的伦理内涵。[2] 在穆勒那里,伦理叙事学主要探究叙事形式与技巧

---

[1] James Phelan, "Narrative Ethics," Qtd. in Peter Hühn et al., eds. *Handbook of Narratology* (2 nd edition), Berlin: De Gruyter, 2014, p.531.

[2] Wolfgang G. Müller, "An Ethical Narratology," Qtd. in Astrid Erll, Herbert Grabes, and Ansgar Nünning, eds. *Ethics in Culture: The Dissemination of Values Through Literature and Other Media*, Berlin: De Gruyter, 2008, p.117.

的道德意义。具体而言，穆勒指出："传播道德价值和警示读者道德价值与伦理问题的策略与三种叙述模式相关：一、通过评价和反思，作者式叙述给读者提供了道德方向；二、叙述视角，让读者接受任务解码人物及其行动的道德品质；三、第一人称叙述，根据文本的主题，使得读者直面同质叙述者之于人物和事件的道德品质的态度。"[1]在建构伦理叙事学时，穆勒的核心观点是"价值无法脱离其所依赖的形式。文本不是简单地以教化的方式来交流价值，相反，它是让读者感受伦理命题与问题"[2]。

与穆勒略有不同的是，诺拉·贝尔宁提出了"批判伦理叙事学"(critical ethical narratology)的概念，其理论假设是"一部作品的道德视角与其形式、文类和媒介等方面有着不可分割的联系"[3]。贝尔宁这样解释批判伦理叙事学："'批判'这一概念指的是细致的分析评价，即把形式、文类和媒介都细致分析为世界建构的主要构成要素。叙事的形式特征是一部作品的认知、文化、工具和范式等功能发挥作用时所依赖的结构。叙事技巧是叙事的脊椎；只要它们支撑叙事发挥作为知识、价值和信仰等有力工具的主要功能，叙事技巧就会有伦理输入。"[4]在《建构批判伦理叙事学：跨媒介文学非虚构作品的价值建构分析》(Towards a Critical Ethical Narratology: Analyzing Value Construction in Literary Non-Fiction Across Media, 2013)一书中，贝尔宁从叙事情境(narrative situation)、叙事时间(narrative time)、叙

---

[1] Wolfgang G. Müller, "An Ethical Narratology," Qtd. in Astrid Erll, Herbert Grabes, and Ansgar Nünning, eds. *Ethics in Culture: The Dissemination of Values Through Literature and Other Media*, Berlin: De Gruyter, 2008, p. 118.

[2] Wolfgang G. Müller, "From Homer's *Odyssey* to Joyce's *Ulysses*: Theory and Practice of an Ethical Narratology," *Arcadia: International Journal of Literary Culture* 1 (2015): 10.

[3] Nora Berning, *Towards a Critical Ethical Narratology: Analyzing Value Construction in Literary Non-Fiction Across Media*, Berlin: Verlag Trier, 2013, p. 5.

[4] Ibid., p. 3.

事空间(narrative space)、叙事身体(narrative bodies)等多个角度探究了非虚构叙事作品在跨媒介语境中的价值建构(value construction)。

安斯加尔·纽宁试图整合伦理批评和叙事学,并在此基础上提出了伦理叙事学。他认为:"伦理叙事学接受了叙事是世界建构的重要而强有力的文化方式这一普遍假设。叙事不仅仅描述或再现世界,而且是为事件、故事和世界的产生所服务,赋予它们意义和价值。"① 就此而言,纽宁把伦理叙事学定义为"语境化的、历时性的叙事理论和叙事分析,对叙事形式和伦理道德价值的文化依赖性和历史变异性,做出了客观公正的研究"②。在纽宁那里,伦理叙事学的研究重点是叙事理论和文学的伦理批评在研究对象上的界面与关系,即叙事现象的类型、结构和功能,以及文学中伦理道德价值的传播。③

必须指出的是,尽管以德国为首的叙事学家们认识到叙事形式的伦理价值,尤其是叙事形式、结构和技巧之于传播道德价值的重要作用,但令人遗憾的是,他们在伦理叙事学的建构过程中,以"语境主义"和"伦理转向"的幌子走向了隐形的形式主义批评,即过于关注叙事形式的伦理特性,而割裂了叙事形式的伦理与叙事内容的伦理之间的内在关联。

自诞生之日起,文学伦理学批评就注重吸收相邻学科的研究成果,具有很强的兼容性,从而使该方法始终保持与时俱进的批评魅力。这既是文学伦理学批评领域发生"叙事转向"的背景,同时也是文学伦理学批评借鉴叙事学,为己所用的前提。聂珍钊指出:"文学伦理学批评具有很强的兼容性,它能很好地同伦理学、美学、哲学、心理学、精神分析学、社会学等其他方法结合在一起,从而增加自己的适用性。"④

---

① Ansgar Nünning, "Narratology and Ethical Criticism: Strange Bed-Fellows or Natural Allies," *Forum for World Literature Studies* 1 (2015): 23.
② Ibid., 28.
③ Ibid., 27.
④ 聂珍钊:《文学伦理学批评导论》,北京:北京大学出版社,2014年,第171页。

上述提到的其他方法势必包括叙事学。笔者认为,文学伦理学批评与叙事学之间相互结合的总体原则是:"叙事之矢,伦理之的"(narrative means, ethical end),即叙事如何有效地作为表达伦理的手段。在这一原则上,我们则需要探讨其他一系列开放式问题。譬如,如何从单一的关注作品内容的伦理,到兼顾作品形式的伦理? 具体作品如何获得现有的叙事样式与结构,其伦理效果如何? 具体的叙事形式如何有效传递与表达作品的伦理思想与价值? 以及叙事形式的伦理与叙事内容的伦理之间如何互动? 等等。

本章小结

就文学批评而言,伦理既关乎作品的内容,又关乎作品的形式。遗憾的是,无论在理论建构上还是批评实践中,前者似乎更多地被文学伦理学批评所讨论,而后者似乎更多地被叙事学所关注。在《文学的事件》(*The Event of Literature*, 2012)一书中,特里·伊格尔顿指出:"如果一部作品有任何衔接如此连贯的东西,那么就是它的道德观同时隐蔽于作品的形式和内容中。"(A work's moral outlook, if it has anything so cohesive, may be secreted as much in its form as its content.)①伊格尔顿进一步指出:"我们不可能通过一般或命题形式来充分把握文学作品所表现出的隐形道德知识(tacit moral knowledge),当然这并非说这些知识根本无法获取。此类的认知形式不会被轻易地从它们所获得的过程中提取出来。当我们说文学文本的形式与内容无法分割的时候,指的就是这个意思。"②换言之,考察一部作品的意义与价值,既需要有内容的研究,又要兼顾形式的考察,

---

① Terry Eagleton, *The Event of Literature*, New Heaven: Yale University Press, 2012, p.46.
② Ibid., p.66.

二者不可偏废,或顾此失彼。就此而言,以作品内容为中心分析伦理特性的文学伦理学批评与以作品形式为中心分析叙事特征的叙事学之间,颇有双向交流、相互借鉴的必要与可能。用纽宁的话来说:"文学伦理批评越是借用叙事学方法,以及叙事学越是对伦理和价值传播感兴趣,它们就越能取得双赢的研究成果。"①

---

① Terry Eagleton, *The Event of Literature*, New Heaven: Yale University Press, 2012, p.36.

第九章

形式主义伦理批评

西方学界关于形式的探讨至少可追溯至古希腊罗马时期,"形式主义"也广泛存在于哲学、伦理学、文学、语言学、美学、数学等领域。本章所指"形式主义"伦理批评并非像康德、马克斯·舍勒(Max Scheler)等人那样研究伦理范畴内部的形式与抽象问题,而是运用文学伦理学批评方法讨论20世纪上半叶流行于文学批评理论领域的形式主义文艺理论思潮。"'形式主义'一词在正统的马克思主义文论中似乎总带有贬义。按照马克思主义的文艺观点,文学艺术的形式应该而且必须和内容融为一体,因为既没有无形式的内容,也没有无内容的形式。"[1]整体而言,形式主义批评强调文学的

---

[1] 钱佼汝:《"文学性"和"陌生化"——俄国形式主义早期的两大理论支柱》,《外国文学评论》1989年第1期,第26页。

自律性,试图采取科学和客观的方法研究文学,将文学从历史、文化和意识形态等语境中抽离出来,专注于文学形式本身,反对从道德和伦理角度阐释文学作品。"形式"研究成为20世纪文艺理论研究的趋势所在,形式主义被视为现代西方文艺理论的开端,对结构主义、读者反应批评、解构主义、符号学等文艺思潮有直接影响。

俄国形式主义思潮是一场内容较为驳杂的文学运动,关于它的分期问题,学界有不同意见。韦勒克认为可分为三个阶段:1916—1921年(自我界定的早期阶段)、1921—1928年(扩展和巩固的中期阶段)、1928—1935年(解体和调和的时期)。① 美国学者厄尔里希在他的重要著作《俄国形式主义:历史与理论》中将俄国形式主义文学思潮分成肇始阶段(1916年以前)、挣扎与争论阶段(1916—1920)、动荡的成长阶段(1921—1926)、危机与溃败阶段(1926—1930)以及之后的回光返照阶段。② 斯坦纳曾用三个隐喻来概括俄国形式主义思潮的主要理论模式:机器(the machine)、有机体(the organism)和系统(the system),其代表人物分别为什克洛夫斯基(Viktor Shklovsky)、日尔蒙斯基(Viktor Zhirmunsky)和梯尼亚诺夫(Yuri Tynyanov)。③ 在20世纪初期,俄国经历了激烈的社会变革,力图超越庸俗社会学,重新评估传统文学价值体系,在这种历史条件下,俄国形式主义批评所主张的原则无疑具有进步意义。形式主义使文学批评的重心回归文本,对20世纪现代文论的发展演进起了重要的引领作用。从文学伦理学批评视角来看,俄国形式主义批评片面强调文学形式,将文学与现实割裂开来,否定文学的教诲功能,忽视文学和文本背后的复杂伦理规范,

---

① [美]雷纳·韦勒克:《近代文学批评史》第七卷,杨自伍译,上海:上海译文出版社,2006年,第532—533页。
② Victor Erlich, *Russian Formalism: History-Doctrine*, The Hague: Mouton Publishers, 1980, pp. 51—53.
③ Peter Steiner, *Russian Formalism: A Metapoetics*, Ithaca: Cornell University Press, 1984, pp. 7, 44, 70, 99.

并未能令人信服地解释文学意义产生的机制，也未能真正发现文学发展的内在规律。

第一节　形式主义的反道德批评

要想真正把握形式主义的进步意义和局限所在，必须还原历史现场，回到那些形式主义文学理论形成时的历史空间，将它们置于当时的伦理环境，唯有如此才能理解俄国形式主义者所做伦理选择的艰难情境。自形式主义崛起以后，各种文学批评思潮在西方风起云涌，流派层出不穷。伊格尔顿将1917年定为文学理论进入快速繁衍变化的时间起点，标志性事件是当年俄国形式主义批评家什克洛夫斯基发表了《作为手法的艺术》（"Art as Device"）一文。① 确切而言，什克洛夫斯基在1917年发表的这篇文章已经是形式主义思潮运动中的一个强劲潮头，形式主义的真正缘起并不在此。早在1914年，什克洛夫斯基出版的小册子《词语的复活》就被视为"这个流派的第一个历史文献"②。1915年和1916年③，雅各布森领衔的"莫斯科语言小组"与什克洛夫斯基领衔的圣彼得堡"诗歌语言研究会"相继成立，而这两个学术组织正是推动俄国形式主义思潮兴起的两大源头。这两个学术组织之间合作密切，共同出版了三本学术论文汇编：《诗性语言理论研究》（1916年与1917年各一辑）与《诗学：诗性语言理论研究》（1919）。④ "莫斯科

---

① Terry Eagleton, *Literary Theory: An Introduction*, Malden: Blackwell, 1996, p. ix.
② [苏联]巴赫金：《巴赫金全集》第二卷，李辉凡、张捷、张杰、华昶等译，石家庄：河北教育出版社，1998年，第177页。
③ 学界倾向于将上述时间视为两个学术组织正式成立的日期，但不同文献有多种说法。据雅各布森和什克洛夫斯基回忆，它们都成立于1914年。参见[俄]维克托·什克洛夫斯基等：《俄国形式主义文论选》，方珊等译，北京：生活·读书·新知三联书店，1989年，第1页。本书所引不同文献将什克洛夫斯基的国籍标注为苏联或俄国，引用时遵照原书标注。
④ Nina Kolesnikoff, "Formalism, Russia," Qtd. in Irene Rima Makaryk, ed. *Encyclopedia of Contemporary Literary Theory: Approaches, Scholars, Terms*, Toronto: University of Toronto Press, 1993, p. 53.

语言小组"和"诗歌语言研究会"在很多方面有着共同的理念和追求，但整体的研究重心有较大区别。博嘉提雷夫(Petr Bogatyrev)和雅各布森曾共同发文，对莫斯科和圣彼得堡两大阵营的理论分野做出界定："'莫斯科语言小组'研究的出发点是将诗歌作为具有审美功能的语言，而圣彼得堡派则认为诗歌主题并不仅是语言材料的展现；前者声称艺术形式的历史发展具有社会学基础，而后者则坚持艺术形式的完全自律。"①"莫斯科语言小组"和"诗歌语言研究会"试图发现文学文本区别于其他语言文本的特质，进而洞察文学发展的内在机制，但是它们在诗歌的审美功能和文学艺术的自律问题上各执一端，充分展示出俄国形式主义文学思潮的异质和复杂特性，见证了俄国形式主义者构建文学自主地位的努力及如何在"形式"的旗帜下"和而不同"地坚守各自的理论主张。俄国形式主义批评在肇始阶段就走上了一条反对文学伦理阐释的道路，聚焦于文学的语言材料和审美维度。

　　虽然俄国形式主义不同阵营对文学形式各有不同的理解，但是基本都打着改革俄国历史文化学派的旗帜，将注意力放到语言和修辞之上，将文学隔绝于社会、历史、道德和意识形态等因素之外，态度鲜明地反对将文学视为道德的容器或表达形式。形式主义思潮秉持的立场实际上反对道德批评而且反对教诲论，这与文学伦理学批评的基本立场截然相对。文学伦理学批评认为道德教诲是文学的基本功能，"文学的历史和社会文明史表明，文学从来就是人生的教科书，其教诲功能是最基本的功能。"②受到西方语言学转向的影响，形式主义为了追求形式，背离了西方历史悠久的道德批判传统。作为一种革命性的文艺理论创新，形式主义当然有历史进步意义，但实质上误解了文学的本质和文学的功能。自叔本华、尼采和弗洛伊德以降，反道德批判

---

①　Qtd. in Peter Steiner, *Russian Formalism: A Metapoetics*, Ithaca: Cornell University Press, 1984, pp. 17—18.
②　聂珍钊:《文学伦理学批评导论》,北京:北京大学出版社,2014年,第249页。

和反理性主义具有极大的影响力，形式主义就是这个大的历史背景下的一个文学批评支流。

形式主义文学思潮在20世纪10年代后期勃兴于苏俄，这个过程有着特定的历史土壤和伦理环境。上文已述，什克洛夫斯基在1917年发表的《作为手法的艺术》通常被视为形式主义思潮起源的标志性事件。那年俄国爆发了十月革命，二者的相伴而生应该引起深思。除了什克洛夫斯基之外，俄国形式主义文学思潮的主要倡导者还有雅各布森、艾亨鲍姆（Boris Eichenbaum）、托马舍夫斯基（Boris Tomashevsky）和梯尼亚诺夫等人。① 在形式主义思潮诞生之初，什克洛夫斯基、雅各布森和艾亨鲍姆等人都是二十出头的青年人，他们带着叛逆和颠覆的激情对文学进行革故鼎新。"诗歌语言研究会"成员大多数都是布尔什维克。什克洛夫斯基曾说道："我们是革命的制造者，革命的儿女。"②《作为手法的艺术》一文发表以后曾多次重印，然而什克洛夫斯基却不曾对其进行修改，他给出的理由是："并不是因为这篇文章多么正确无误，而是犹如我们之用铅笔写作，时代是用我们来写作的。"③ 形式主义思潮于20世纪初出现于俄国，这是时代造就的结果。然而，形式主义者的革命热情在文学领域内产生的理论思想却并不符合当时俄国的主流意识形态。在列宁的领导下，无产阶级文学和马克思主义思想在20世纪初的俄国日益占据重要地位，在苏联成立以后更成为压倒性的正统力量。

形式主义的文学主张同马克思主义之间有着根本性的矛盾冲突。托洛茨基在1923年出版的《文学与革命》中对形式主义展开了激烈批

---

① 形式主义阵营内部不同成员之间的文学理念存在较大差异，而且同一个人在不同时期对同一个概念的论述也大不相同，不少人在晚年甚至完全推翻自己年轻时候的观点，本章不再具体展开讨论。See Peter Steiner, *Russian Formalism: A Metapoetics*, Ithaca: Cornell University Press, 1984, pp. 20—22.

② [苏联]维·什克洛夫斯基：《散文理论》，刘宗次译，南昌：百花洲文艺出版社，1997年，第80页。

③ 同上书，第83页。

评,正式拉开了苏联官方主流思想界批判形式主义思潮的序幕:"如果不算革命前各种思想体系的微弱回声,那么,形式主义的艺术理论大概是这些年来在苏维埃的土壤上与马克思主义相对立的唯一理论。尤其出奇的是,俄国形式主义把自己与俄国未来主义紧密联系在一起,而当未来主义或多或少地在政治上投降了共产主义时,形式主义却竭尽全力地在理论上把自己与马克思主义对立起来。"①托洛茨基从侧面认可了形式主义在俄国文学界独树一帜的政治姿态和影响力。托洛茨基在文中批评了以什克洛夫斯基为首的,包括日尔蒙斯基和雅各布森在内的形式主义理论家阵营追求"纯艺术"和客观主义,脱离了历史和文化生活而"走向词语的迷信",因此,"形式主义流派是应用于艺术问题的唯心主义的早产儿,它被学究式地制成了标本"②。托洛茨基从学理出发对形式主义进行了批判。1924年以后,苏联教育人民委员卢那察尔斯基和时任俄共(布)中央政治局委员的布哈林等人对形式主义发起批判,③卢那察尔斯基将形式主义视为逃避主义和颓废运动,他严厉驳斥形式主义者只关注文学技巧和文体而脱离政治与生活的做法,申明"真正的艺术都是意识形态的"④。1925年6月18日,俄共(布)通过《关于党在文学方面的政策》的决议,形式主义被划归到反革命分子的行列,因而遭受到大面积的批判。在当时国内政治和舆论的巨大压力下,雅各布森流亡到捷克,什克洛夫斯基和艾亨鲍姆等留在国内的形式主义者也放弃了自己的观点,主动或被动地开始自我反省和忏悔。⑤ 在哲学社会科学领域内语言学转向的大历史背景下,

---

① [苏联]托洛茨基:《文学与革命》,刘文飞、王景生、季耶译,张捷校,北京:外国文学出版社,1992年,第150页。

② 同上书,第159、170页。

③ Victor Erlich, *Russian Formalism: History-Doctrine*, The Hague: Mouton Publishers, 1980, pp. 104—107.

④ Ibid., p. 106.

⑤ 杨建刚:《学术批评抑或政治斗争——马克思主义与形式主义之间的论争及其反思》,《西北大学学报》(哲学社会科学版)2012年第2期,第50—51页。

俄国形式主义批评以叛逆者和颠覆者的形象崛起于20世纪初的俄国思想界，创新性地提出了众多批评理念和概念术语，极大地推动了文学的内部研究。因为政治姿态和学术理念不容于当时苏俄当局主流意识形态，形式主义长期遭到严厉打压。"在长达30余年的时间里，形式主义在苏联被视为反马克思主义的异端，'形式主义'通常被当作侮辱性质的词语来称呼文学批评家、作家和艺术家。"[①]俄国当局对形式主义的批判持续了十多年，到了20世纪30年代以后，在国内政治形势的高压之下，形式主义思潮逐渐偃旗息鼓。对文学伦理学批评而言，以什克洛夫斯基等人为代表的俄国形式主义思潮从萌发和壮大到挣扎和溃散的发展历程值得深思。形式主义各种流派在文学批评实践维度用一种反伦理的姿态演绎出了一系列颇有新意的文学理论，这个流派之所以在十余年间会迅速消失，不仅是迫于当时苏联特定的政治环境，而且它忽视伦理因素和拒绝道德评判所造成的明显理论缺憾也为自己带来了众多尖锐批评，这个历史境况不得不察。

第二节　文学性与文学的伦理本质

在勘探俄国形式主义的思想渊源时，我们应当从内外两个角度考察它诞生时的历史现场。就外部的理论脉络而言，学界普遍认为"俄国形式主义是源于西方哲学美学思潮，源于索绪尔的语言学和胡塞尔的现象学"；而在当时起了决定作用的是俄国内部的本土因素，"他们一方面同俄国文艺学学院派，同象征主义、未来主义有血肉联系，一方面剧烈反对俄国文艺学文化历史学派忽视审美特征，将文学史等同于文化史、思想史；反对革命后将文艺学等同于政治、经济，等同于生活

---

① Nina Kolesnikoff, "Formalism, Russia," Qtd. in Irene Rima Makaryk, ed. *Encyclopedia of Contemporary Literary Theory: Approaches, Scholars, Terms*, Toronto: University of Toronto Press, 1993, p. 57.

的庸俗社会学和教条主义"①。俄国形式主义理论家极其关注语言和文学的独立性。他们认为组成文学文本的语言文字迥异于日常生活语言,这种具有诗性的文学语言区别于其他语言的特质被称为"文学性"(literariness)②。"文学性"这一重要的形式主义概念由雅各布森在1921年的《论艺术中的现实主义》("On Realism in Art")一文中提出。雅各布森以此强调文学语言的诗性功能,围绕诗性和文学性来讨论文学语言问题,引起了俄国文艺界的高度关注。在形式主义理论视域下,使文学成其为文学的文学性并不能简单地从文学文本推导而来,而是文学文本类属的一种特定内涵和功能。米尔纳认为"文学性本质上并不是文本的属性,甚至不是文本可以使用的特殊手法,而是文学系统本身的属性,是后来结构主义者用来称呼不同文本之间互文性关系的那种属性"③。形式主义试图对文学性做出一个本质主义的抽象解释,想从万千鲜活丰富的文学文本中提炼出一种可以界定文学的独特属性。这种文学批评理论深受语言学理论的影响,将文学隔离于历史具体性和伦理体系之外,无法超越上升到哲学高度,也无法令人信服地解释文学语言与生活语言的真正差异。

俄国形式主义理论家试图从文学作品中提取出文学语言独有的"文学性",这是一个带有本质主义色彩的理论抽象行为,将文学语言视为孤立的语言文本,脱离了文学生产与消费的历史语境和话语实践过程。批评界早已公认"文学性"这一形式主义概念过于抽象,理论内部含有难以克服的矛盾,在实际层面也不具备可操作性。形式主义研究仅关注文学的内部而完全忽视文学的外部研究,将文学视为一种独

---

① 程正民:《历史地看待俄国形式主义》,《俄罗斯文艺》2013年第1期,第27—29页。

② "文学性"这一概念并非专属于文学领域,作为一种表达原则,它超越了文学,进入很多话语语境,其中最显著的是新闻报道和广告话语。See Paul Simpson, *Stylistics: A Resource Book for Students*, London and New York: Routledge, 2002, pp. 101-102.

③ Andrew Milner and Jeff Browitt, *Contemporary Cultural Theory: An Introduction*, London and New York: Routledge, 2002, p. 99.

立的固化存在物,这无疑是有失偏颇的。周小仪指出:"没有一个抽象的、永恒的、客观的文学性,只有具体的、历史的、实践中的文学性。"①文学不仅无法离开具体历史实践,作为一种话语行为和消费活动,更无法摆脱伦理环境和各种复杂的伦理关系。

"文学"这一概念含义复杂,在不同的历史时期里,有着不同的内涵和外延,且在不断地演变发展。"在不同历史时期,存在着文学观念形成的特定伦理环境,离开了这个环境,则不可能认识和理解文学。"②要理解什克洛夫斯基等人何以强调文学作品的"文学性",必须回到俄国形式主义运动发生的历史现场。汤普森指出下列五大历史因素共同促成了形式主义在20世纪初期发轫于俄国:"俄国年轻一代学者不满于当时学术界专注于对文学进行政治历史和社会分析的做法、西方与东欧语言文学和文化理论的影响、革命导致俄国内部激进思想的兴起、安德烈·别雷(Andrei Bely)等象征主义者身上的康德思想与浪漫主义式语言文学理论、唯心主义和象征主义的文学'让人重新看世界'的观念。"③雅各布森等俄国形式主义者,不满足于从文学文本中研究道德教诲功能和意识形态意义,试图从文学语言质料中对文学进行"提纯",创立出一种纯粹的文学特质。实际上,这种追求抽象和永恒的理论构想只能是一种人为搁置道德判断的自我封闭和自我满足的理论实践行为。文学伦理学批评认为文学性"通过伦理结的形成或解构的不同过程体现出来"④。文学文本具有文学特性,不仅在于它具有审美功能,更重要的是因为它具有伦理意义,伦理冲突是构成文学文本的文学性要件。

无论是作者还是读者,作为审美主体,他们参与的写作与阅读活

---

① 周小仪:《文学性》,《外国文学》2003年第5期,第51页。
② 聂珍钊:《文学伦理学批评导论》,北京:北京大学出版社,2014年,第23页。
③ Ewa M. Thompson, "Formalism," Qtd. in Victor Terras, ed. *Handbook of Russian Literature*, New Haven and London: Yale University Press, 1985, p. 152.
④ 聂珍钊:《文学伦理学批评导论》,北京:北京大学出版社,2014年,第259页。

动都是以人为中心的事件,文学作品是人这个行为主体的产物,其间必然涉及意义生产、价值判断以及文学作品和世界的关系,文学作品的写作和阅读是一个言语的交往和对话过程,所有的一切都无法脱离伦理的范畴。"对文学的基本评价不仅要看文学作品是否带来快感或者审美感受,而且更要看文学作品带来的快感和审美感受是否符合社会或人类所共同遵守的伦理和道德准则。"[①]文学伦理学批评认为文学在本质上是一种伦理的存在物,试图脱离伦理而对文学抽象出一种非伦理的永恒本质,这无异于在根源上对文学本身进行架空和釜底抽薪。形式主义聚焦于文学作品语言材料的构成形式,割裂形式和内容的有机关系,将文学隔绝于社会之外,脱离于言语交往过程和伦理之外,当然也就无法真正揭示文学作品的价值和意义所在。

第三节 陌生化与审美过程的非道德评判

俄国形式主义者将"形式"上升到本体论高度,试图建构文学的自律性。如果说"文学性"是他们在为文学构建一种独立的形式精神,那么"陌生化"(defamiliarization)就是达成文学性的重要途径。什克洛夫斯基在1917年发表的《作为手法的艺术》被称为"形式主义的宣言"[②]。什克洛夫斯基在文中对"陌生化"进行了详细论述:"正是为了恢复对生活的体验,感觉到事物的存在,为了使石头成其为石头,才存在所谓的艺术。艺术的目的是为了把事物提供为一种可观可见之物,而不是可认可知之物。艺术的手法是将事物'奇异化'(陌生化)的手法,是把形式艰深些,从而增加感受的难度和时间的手法,因为在艺术

[①] 聂珍钊:《文学伦理学批评导论》,北京:北京大学出版社,2014年,第103页。
[②] Boris Eichenbaum, "The Theory of the Formal Method," Qtd. in Lee T. Lemon and Marin J. Reis, trans. *Russian Formalist Criticism: Four Essays*, Lincoln and London: University of Nebraska Press, 1965, p. 113.

中感受过程本身就是目的,应该使之延长。"①在论述"陌生化"概念时,什克洛夫斯基强调的是人们对艺术的感知过程,奇异的艺术形式可以打破平庸语言表达方式带来的自动化效应,给审美主体带来新鲜的体验。形式主义最为注重艺术成形过程中给人带来的感受力,对于艺术作品本身反而不甚重视。文学伦理学批评认为文学审美和体验过程是一种鲜活生活经验和想象力的交流传递,陌生化的效果固然可以提升人们对生活的感受和体验,但这只是手段方法,而不是最终目的。俄国形式主义者试图从感官和经验的渠道去把握文学,在审美范畴上,他们"对美的界定及其方法都与康德不同。它带有经验主义美学的性质,因为经验主义美学就是把审美感觉经验作为出发点,或者说从审美感觉经验上去把握美的特征和规律"②。俄国形式主义者只谈审美体验、诗性语言和形式特质,忽略了文学是道德的产物这个事实。"文学的历史告诉我们,文学产生的目的就是源于伦理表达的需要,文学的功能就是教诲,而文学的审美功能则只是文学教诲功能的衍生物,是为教诲功能服务的。文学缺失了教诲功能,即伦理价值,文学的审美价值则无法存在。"③文学的最终目的是为了道德教诲,作为一种带有公共属性的实践行为,文学不可能只是一种单纯的精神形式,而是有着具体而丰富的伦理内涵。

什克洛夫斯基在艺术形式和审美新体验方面的主张是一以贯之的,至少可以追溯到1914年发表的《词语的复活》,他要做的是使早已失去活力的"僵死的"词语和"坟墓"中的语言再度复活。④ 什克洛夫斯基的"陌生化"理论带有革命的激情和诗意的冲动,意在摆脱传统和

---

① [苏联]什克洛夫斯基:《散文理论》,刘宗次译,南昌:百花洲文艺出版社,1997年,第10页。
② 陈本益:《俄国形式主义的文学本质论及其美学基础》,《浙江大学学报》(人文社会科学版)2003年第6期,第97页。
③ 聂珍钊:《文学经典的阅读、阐释和价值发现》,《文艺研究》2013年第5期,第38页。
④ [俄]B.什克洛夫斯基:《词语的复活》,李辉凡译,《外国文学评论》1993年第2期,第25页。

陈旧事物的束缚,开创新局面。陌生化"通过对前在文本经验的违背,创造出了一种与前在经验不同的符号经验,这种对前在经验的反拨,体现了陌生化的质的规定性:取消语言及文本经验的'前在性'"①。陌生化理论将文学技巧抽离于伦理环境和伦理关系之外,具有历史虚无主义倾向。道德规范具有超越时空的基本稳定性,同时在不同时代和不同地域文化中又会有演变,既是特定历史时期的产物,又是民族文化跨越时空的心理沉淀。语言和文本经验是表达伦理关系的载体,它们通过各种互文关系与历史和文化进行回应和互动,同时又不断产生出新的话语。什克洛夫斯基等人在圣彼得堡成立"诗歌语言研究会"时,巴赫金恰巧在圣彼得堡读大学。巴赫金曾撰写多篇文章与形式主义者进行商榷,对俄国形式主义思潮表明了批评的姿态。巴赫金指出了作者在文学艺术作品创作过程中与作品中人物之间的审美与伦理关系:"在史诗中,特别是在长篇小说中,有时也在抒情诗中,主人公及其感受,他对事物的情感意志的总体取向,并不是直接地就取得了纯粹审美的形式,而是首先受到作者的认识和伦理的界定;换句话说,作者在对其作出形式上的直接审美反应之前,先要在认识伦理上作出反应;然后再把认识伦理上经过判定的主人公,从纯粹审美方面加以最终完成。"②巴赫金用清晰而深刻的语言概括了文学阅读活动中审美和伦理认知上的发生过程,指出伦理对文学意义生成所起的重要作用。文学伦理学批评认为文学的基本功能是教诲,审美只是文学的作用之一,"文学的美仍然是伦理的美"③。

什克洛夫斯基终生都在研究托尔斯泰,在《作为手法的艺术》中他就讨论了托尔斯泰的多部作品对寻常事物使用的陌生化技巧,更大段

---

① 杨向荣:《陌生化》,《外国文学》2005年第1期,第64页。
② [苏联]巴赫金:《巴赫金全集》(第一卷),晓河、贾泽林、张杰、樊锦鑫等译,石家庄:河北教育出版社,1998年,第91页。
③ 杜娟:《从脑文本谈起——聂珍钊教授谈文学伦理学批评》,《英美文学研究论丛》2018年第1期,第15页。

引用了小说原文来分析托尔斯泰在《霍尔斯托密》中如何通过一匹马来叙述故事,使得"事物被不是我们的,而是马的感受所奇异化了"[①]。什克洛夫斯基对托尔斯泰这个叙述技巧的分析遭到了批评界的诟病,巴赫金在《文艺学中的形式主义方法》一文中指出什克洛夫斯基对托尔斯泰所运用的这种陌生化手法的理解和解释"根本是错误的",因为"托尔斯泰绝不欣赏奇异化的东西。相反,他把事物奇异化只是为了离开这一事物,摒弃它,从而更强烈地提出真正应该有的东西——某种道德价值"[②]。巴赫金一针见血地指出了什克洛夫斯基的"陌生化"概念以及俄国形式主义思潮内部的根本问题所在:将艺术单纯视为手法,片面强调文学形式的自主性,而忽视形式背后所承载的意识形态功能和伦理考量。

据什克洛夫斯基回忆,当初他在确立"陌生化"这个术语时,其实想用的是另一个意思相近的俄语词,意在强调一种"奇异"或者"奇怪"的感觉。[③] 在什克洛夫斯基看来,文学创作的根本任务是为了让读者对习以为常的事物产生新奇体验,将感知和审美过程本身作为文学的唯一而且终极的要旨。如此一来,什克洛夫斯基的"陌生化"概念就将文学与外部世界切割开来。作为一个技术概念,"陌生化"完全抛弃了文学意义产生过程中的道德维度。文学作品的阅读、认知和审美过程中必然涉及读者的主体性,"读者是审美的主体,文学是审美的对象即客体,审美是读者如何阅读、理解和欣赏文字,因此文学本身不能审美,只有阅读文字的读者才能审美。就读者而言,审美就是文学教诲价值的发现和实现。审美并不是文学的功能,而是为文学的教诲功能

---

① [苏联]什克洛夫斯基:《散文理论》,刘宗次译,南昌:百花洲文艺出版社,1997年,第12页。
② [苏联]巴赫金:《巴赫金全集》(第二卷),李辉凡、张捷、张杰、华昶等译,石家庄:河北教育出版社,1998年,第187页。
③ [苏联]什克洛夫斯基:《散文理论》,刘宗次译,南昌:百花洲文艺出版社,1997年,第81页。

服务的，是文学教诲功能实现的方法与途径"①。什克洛夫斯基认为在无数次的重复中，人们对日常生活的感知已经到了麻木的程度，自动化（习惯化）的感觉极度压缩了体验过程，使得原本应有的感知变成知而不感。因此他提出"陌生化"概念，强调通过文学技巧对寻常事物做出不寻常的文学描写，重新塑造感知过程，恢复对生活的体验。什克洛夫斯基的"陌生化"概念刻意强调感知过程的重要性，旨在使词语和文学成为人们摆脱自动化和机械生活模式的救赎力量。什克洛夫斯基的这个主张有利于高扬文学的审美价值，秉持文学语言的"救赎"意义，有利于提升文学的地位，但是他却将形式推向了极端，不仅将道德、历史、政治等非审美的因素排除在文学之外，而且对审美实践活动本身也进行了形式主义的改造。托多罗夫通读了俄国形式主义批评流派的大量著述后指出，俄国形式主义批评家们虽然极其注重文学作品的声音、韵律、组合、程式与语义等问题，却甚少直接讨论文学艺术品中的审美问题。②托多罗夫看到了俄国形式主义者在理论建构方面的缺陷，形式主义甚少直接讨论何为审美，但是他们的大量论述都涉及审美过程和审美感受。

在上文所引《作为手法的艺术》中，什克洛夫斯基还说道："艺术是对事物的制作进行体验的一种方式，而已制成之物在艺术之中并不重要。"③什克洛夫斯基重视文学作品（审美对象）本身的形式结构的构成方式和表述方式，完全忽视文学作品的思想内容、意识形态、伦理道德等方面。"陌生化"手法的使用确实可以产生新奇的效果，延长读者的感知和审美过程，对于提升文学作品的文学特质有较为直接的功

---

① 聂珍钊：《文学伦理学批评导论》，北京：北京大学出版社，2014年，第14页。
② Tzvetan Todorov, *Literature and Its Theorists: A Personal View of Twentieth-Century Criticism*, Catherine Porter, trans. London: Routledge and Kegan Paul, 1988, p. 10.
③ [苏联]什克洛夫斯基：《散文理论》，刘宗次译，南昌：百花洲文艺出版社，1997年，第81页。

效。然而从深层次意义上来说，什克洛夫斯基颠倒了目的和手段之间的关系，将"陌生化"手法本身作为追求目标，而无视这个手法所指向的终极意义。巴赫金在《文艺学中的形式主义方法》中对俄国形式主义思潮进行了系统而深入的批评，其中一条便是批判它在创立阶段就无法摆脱的虚无主义倾向："形式主义在这个时期制定的基本概念——玄奥的语言、奇异化（陌生化）、手法、材料——都彻头彻尾地贯穿着这种消极的虚无主义的倾向。"[①]经过"陌生化"手法处理的文学作品可以重塑审美快感和更新人们对生活的感知，但这只是途径而不是最终目的，这个行动最终指向的终极目标应该是文学作品给人带来的解放，使之通过阅读叙事或抒情性质的文字得到审美快感，接受道德教诲，进而在生活上达成愉悦和幸福。从根源上来说，"俄国形式主义的'纯形式'文学本质论基于康德美学。但这种'纯形式'概念是依据感觉（'陌生化'感觉）经验来确定的，因而剥离了康德美学'形式'概念中的主体性意蕴。"[②]离开主体和历史来谈论审美感受与形式，不谈伦理，这本身就是一种鲜明的伦理取向。

第四节　诗性语言与文学的伦理属性

"诗性语言"是俄国形式主义者青睐的一个概念。艾亨鲍姆提到，"使形式主义者结成最早的一个团体的主要口号，是把诗的语言从哲学和宗教的禁锢中解放出来的口号，这些偏见越来越深地控制住了象征主义者"[③]。早在"莫斯科语言小组"与"诗歌语言研究会"成立之

[①] [苏联]巴赫金：《巴赫金全集》（第二卷），李辉凡、张捷、张杰、华昶等译，石家庄：河北教育出版社，1998年，第186页。

[②] 陈本益：《俄国形式主义的文学本质论及其美学基础》，《浙江大学学报》（人文社会科学版）2003年第6期，第95页。

[③] [俄]艾亨鲍姆：《形式主义方法论》，张捷选编：《十月革命前后苏联文学流派》（下编），上海：上海译文出版社，1998年，第213页。

初,这些形式主义批评家合作出版的三本学术专辑都是直接以"诗性语言"为标题的。批评界也经常将这个术语用于指称和概括俄国形式主义文学思想的理论要旨,比如托多罗夫在其文论专著《文学与理论家:二十世纪批评刍议》中就使用"诗性语言"作为讨论俄国形式主义章节的主标题。①

在什克洛夫斯基看来,"诗就是受阻的、扭曲的语言"②。以他为代表的俄国形式主义理论家借鉴语言学的系统,创造出精确的术语,高扬文学的独立原则,试图建立一门研究文学的科学。关于这个问题,艾亨鲍姆在1924年发表的《谈谈"形式主义者"的问题》一文中曾有过明确表述,他指出形式主义思潮所讨论的问题"涉及的不是研究文学的方法,而是建立文学科学的原则"③。在这个宏大的愿景下,俄国形式主义有着鲜明的学术主张,那就是强调文学的自主性,这是形式主义思潮的一个核心主张。最有代表性的论断是什克洛夫斯基宣称的:"艺术永远是独立于生活的,它的颜色从不反映飘扬在城堡上空的旗帜的颜色。"④什克洛夫斯基等人在形式主义思潮运动早期阶段的理论推演都显得偏激和极端,这与写作时的具体历史环境有关。什克洛夫斯基对十月革命持反对态度,他曾于1918年在圣彼得堡策划反布尔什维克的武装暴动,并为此短暂流亡乌克兰。这些形式主义批评家展开论战姿态,于内是为了反叛与超越批评传统,于外是为了反

---

① Tzvetan Todorov, *Literature and Its Theorists: A Personal View of Twentieth-Century Criticism*, Catherine Porter, trans. London: Routledge and Kegan Paul, 1988, p. 10.
② [俄]维克托·什克洛夫斯基等:《俄国形式主义文论选》,方珊等译,北京:生活·读书·新知三联书店,1989年,第9页。
③ [俄]艾亨鲍姆:《谈谈"形式主义者"的问题》,张捷选编:《十月革命前后苏联文学流派》(下编),上海:上海译文出版社,1998年,第206页。
④ Viktor Shklovsky, *Knight's Move*, trans. Richard Sheldon, London: Daily Archive Press, 2005, p. 22. 译文参考[俄]维克托·什克洛夫斯基等:《俄国形式主义文论选》,方珊等译,北京:生活·读书·新知三联书店,1989年,第11页。

对俄国当局政治力量对文艺界的直接干涉。① 什克洛夫斯基的这个著名论断遭到了尖锐批评。1919年,青年巴赫金在自己发表的第一篇论文《艺术与责任》结尾处说道:"艺术与生活不是一回事,但应在我身上统一起来,统一于我的统一的责任中。"②托洛茨基也从马克思主义以及政治立场角度批判了什克洛夫斯基的这个论战口号,在1923年出版的《文学与革命》第五章"诗歌的形式主义学派与马克思主义"中专门驳斥了以这个论断为代表的俄国形式主义纯艺术论。③汤普森指出:"艾亨鲍姆在20世纪20年代写作的论文中一直声明形式主义完全独立于任何哲学和美学理论之外,因此(苏联主流思想界)将形式主义划为唯心主义的控诉不能成立。"④事实上,不仅文学无法完全独立于生活之外,形式主义理论或思潮亦无法完全独立于哲学、美学理论和伦理学之外。

　　什克洛夫斯基在1925年出版的《散文理论》前言里说明了自己为何专门研究文学形式的变化问题:"在文学理论中我从事的是其内部规律的研究。如以工厂生产来类比的话,则我关心的不是世界棉布市场的形势,不是各托拉斯的政策,而是棉纱的标号及其纺织方法。"⑤该书出版以后,巴赫金专门发表了书评,批判什克洛夫斯基的这个论断。巴赫金指出:"织布的方法与总体技术水平和市场形势紧密相关,

---

① 什克洛夫斯基在晚年曾反省自己和其他人年轻时在掀起形式主义思潮之时的草率。参见[苏联]什克洛夫斯基:《散文理论》,刘宗次译,南昌:百花洲文艺出版社,1997年,第83页。
② [苏联]巴赫金:《巴赫金全集》(第一卷),晓河、贾泽林、张杰、樊锦鑫等译,石家庄:河北教育出版社,1998年,第2页。
③ [苏联]托洛茨基:《文学与革命》,刘文飞、王景生、季耶译,张捷校,北京:外国文学出版社,1992年,第152页。
④ Ewa M. Thompson, *Russian Formalism and Anglo-American New Criticism: A Comparative Study*, The Hague: Mouton & Co., 1971, p. 29.
⑤ [苏联]什克洛夫斯基:《散文理论》,刘宗次译,南昌:百花洲文艺出版社,1997年,第3页。

前者取决于后者。"①巴赫金从伦理哲学的高度对审美过程做出过精彩论述,在回应俄国形式主义者的重要观点时经常举出实例,针锋相对地批判什克洛夫斯基等人忽视历史具体性和伦理关系的缺陷。

晚年的什克洛夫斯基撰写了多篇论述反思和修正自己的"陌生化"理论,其中论述较为集中的是1982年出版的另一部同为《散文理论》的著作。什克洛夫斯基在1982年版《散文理论》中全盘否定了自己早年主张的文学理念:"我说过,艺术是超情绪的,艺术里没有爱,艺术是纯粹的形式。这是个错误。"②什克洛夫斯基在书中继续修正自己关于艺术和伦理之间的论断:"不向艺术里注入意义——这是怯懦。所以,颜色的斑点应当先散开,后再组合——但不是像镜子一样。我曾经写过,艺术无恻隐之心。此话激烈,但并不正确。艺术——是怜悯于残忍的代言人,是重新审理人类生存法则的法官。"③什克洛夫斯基青年时代和晚年对待艺术和道德态度的剧烈转变是俄国历史形势和政治权力改造的结果,同时也是他在深思熟虑之后对形式主义主张的扬弃。

不仅什克洛夫斯基本人的文学形式与伦理观在不同时期有过明显转变,在文学史观上,俄国形式主义文学思潮阵营中其实也有分化,并非所有理论家都只关注文学作品的语言结构和形式,而完全忽视意识形态和文化历史等外部因素。俄国形式主义思潮由不同学派和集群构成,它们"彼此共同致力于语言艺术形态解析而建设'科学化'的文论",交汇成一个共同的文论流派,这个流派高扬文学的独立地位,这个群体兼容并包,多元共存,"正是由于他们的共同奋斗,俄罗斯文论在20世纪第一个25年终于完成了由传统形态向现代范式的第一

---

① [苏联]巴赫金:《巴赫金全集》(第二卷),李辉凡、张捷、张杰、华昶等译,石家庄:河北教育出版社,1998年,第67页。
② [苏联]什克洛夫斯基:《散文理论》,刘宗次译,南昌:百花洲文艺出版社,1997年,第80页。
③ 同上书,第82页。

次大转型"①。"俄国形式主义的历史表明了这个流派内部的一个明显转变:从前期的共时研究转向后期的历时研究,从孤立、静止地考察文学语言文学技巧的特征,转向将文学形式放在历史过程以及文学的和文学外的系统中动态地加以把握"②对于雅各布森和什克洛夫斯基等早期形式主义者来说,有必要对文学形式的重要性进行绝对化,以此宣示与旧的批评传统决裂,进而创立一种新兴的文学思潮。但是,到了形式主义思潮后期,不少俄国形式主义者已充分觉察到这一观点的偏颇,从而开始回归文学的外部研究,对文学形式和文化语境进行折中处理,比如说"像日尔蒙斯基、托马舍夫斯基(还有梯尼亚诺夫)都不同程度地肯定了文学演变与社会文化系统的关系"③。雅各布森、什克洛夫斯基和艾亨鲍姆等人在早期研究中将形式主义推到了极致,他们的贡献最大、理论观点最具辨识度,所以学界在讨论俄国形式主义思潮之时,通常只集中讨论他们这几位典型代表的早期理论。

本章小结

俄国形式主义思潮为俄国文艺批评在 20 世纪达到新的制高点提供了直接推力,雅各布森曾做出如此评价:"研究内容从句法原则扩大到分析完整的叙述及其对话交流,最后达到俄国诗学中最重要的一个发现,即发现决定民间创作材料布局的规律(普罗普、斯卡夫迪莫夫),或是文学作品材料布局的规律(巴赫金)。"④形式主义于 20 世纪前期在苏俄掀起热潮时,并没有波及西方主流思想界。虽然雅各布森 1920

---

① 周启超:《直面原生态 检视大流脉——二十年代俄罗斯文论格局刍议》,《文学评论》2001 年第 2 期,第 71 页。
② 陶东风:《俄国形式主义的文学史观》,《外国文学评论》1992 年第 3 期,第 97 页。
③ 同上文,第 100 页。
④ [俄]罗曼·雅各布森:《序言:诗学科学的探索》,[法]茨维坦·托多罗夫编选:《俄苏形式主义文论选》,北京:中国社会科学出版社,1989 年,第 3 页。

年移居布拉格以后将形式主义理念传承给了布拉格学派,对捷克和波兰思想界产生了重要影响,但是直到20世纪五六十年代,在厄尔里希和托多罗夫等人的介绍下,形式主义才真正为西方英美等国的主流思想界所熟知。① 俄国形式主义者在早期阶段提出的"陌生化"和"文学性"等理论主张最具创造力,极大地颠覆了人们对文学观念的认知和理解,同时也饱受批评,成为学界最为关注的对象。相比之下,他们在后期对结构、功能和系统的强调,甚至什克洛夫斯基和雅各布森等人在后期阶段对自己先前理论的反思和修正,都往往被批评界所忽视。随着众多俄国形式主义研究者在韵律、语义和功能等方面的研究不断推进,他们逐渐接受了以下观点:"话语艺术的各个因素是相互联系的。某个因素占有支配地位,就使其他因素的作用处于从属地位,并使之改变形式,但很少完全消弭其作用。如果形式主义学派把文学看作一个系统,其特点是该系统的各成分存在相互依赖的关系,那么这一立场就必须叫做结构主义,虽然他们在1927年以前很少使用这个名称。"② 随着雅各布森等人在20世纪20年代移居捷克,俄国形式主义后期阶段所蕴含的关于结构的思想火花在布拉格燃起了结构主义文学语言研究方法的熊熊烈火。捷克结构主义研究方法与俄国形式主义之间存在深刻的渊源,甚至被视为俄国形式主义的延续阶段。

在20世纪西方文艺理论发展的历史上,俄国形式主义具有开创新风的作用,它将研究重心聚焦在文学作品本身,专注于讨论文学的形式,试图建立独立的文学科学。伊格尔顿指出:"形式主义的本质是将语言学应用到文学研究之中,此语言学是形式的,关注语言的结构而不是人们实际所说的内容,因而形式主义忽略对文学'内容'的分析

---

① Nina Kolesnikoff, "Formalism, Russia," Qtd. in Irene Rima Makaryk, ed. *Encyclopedia of Contemporary Literary Theory: Approaches, Scholars, Terms*, Toronto: University of Toronto Press, 1993, p. 58.

② [荷兰]D. W. 佛克马、[荷兰]E. 贡内-易布思:《二十世纪文学理论》,林书武、陈圣生、施燕、王筱芸译,北京:生活·读书·新知三联书店,1988年,第24页。

而研究其形式。"①俄国形式主义者提出的"形式""文学性""陌生化"和"诗性语言"概念高度提纯了他们的文学主张,因此招致了批评和非难。艾亨鲍姆早在1925年发表的长文《形式主义方法论》中就指出过这个问题:"非难他们根本原理含糊不清或粗枝大叶,非难他们对美学、心理学、哲学、社会学等一般问题漠不关心。"②其实形式主义运动持续了二十多年,从早期到中后期的漫长过程中,其主导研究方法经历过重要的改变与进化,这一点通常被学界所忽视。艾亨鲍姆在此文结尾处曾对形式主义运动最重要的十年(1916—1925)间所产生的变化和影响进行了全面论述。③ 从中可以看到形式主义明显地朝结构主义理念靠近的趋势。与其他任何文学思潮一样,俄国形式主义流派一直都在不可避免地接受苏联政治和历史带来的巨大塑形力量,不断地主动和被动地演变发展。然而总体上来说,经典的形式主义批评理念基本都是拒斥对文学进行伦理考量,试图在文学文本身上找到文学的本体意义和存在目的。形式主义者对文学进行了人为切割,将它放置在伦理的真空里,忽视了文学与人之间的历史关系和联结力量。形式主义批评的确提出了一系列让人耳目一新的文学批评概念,这些都是批评家抛弃伦理考量、走向唯语言和形态解析理论之路所取得的研究成果。俄国形式主义文学批评顺应了西方20世纪语言学转向的历史大潮,推动了俄国和西方文学批评从传统向现代的转型,具有无可替代的进步意义。但是它完全抛弃伦理立场和道德责任的批评理念,极大地压缩了文学的阐释空间,损害了文学丰富性,使文学和文学批评成为无本之木、无源之水。俄国形式主义者以颠覆传统批评观念的姿态出现,倾其所能地强调文学的意义。形式主义仅仅关注语言内部

---

① Terry Eagleton, *Literary Theory: An Introduction*, Malden: Blackwell, 1996, p. 3.
② [俄]艾亨鲍姆:《形式主义方法论》,张捷选编:《十月革命前后苏联文学流派》(下编),上海:上海译文出版社,1998年,第211页。
③ 同上书,第243页。

的技巧和规律,试图摆脱伦理来谈文学,排斥一切外在伦理因素。形式主义思潮诞生了一系列形式主义批评概念,产生出源源不断的理论内聚力,一致向内的理论冲动致使外在研究变得贫乏,巨大的压力差最终导致了形式主义文学运动的坍塌。俄国形式主义者的理论诉求是为文学取得独立地位与合法性。但是他们否认文学的伦理因素,否认文学的教诲功能,其实是对文学进行釜底抽薪。这或许是他们始料未及的结果。

第十章

存在主义伦理批评

　　20世纪中叶前后,存在主义哲学在西方盛极一时。不仅是思想家、艺术家或者知识分子,即便是普通大众也对这一文化思潮趋之若鹜,乃至于在社会生活的方方面面都可以看到存在主义的影子。一般认为其理论源头包括丹麦哲学家克尔凯郭尔(Soren Kierkegaard)和德国哲学家尼采。其他主要代表性人物有雅斯贝尔斯(Karl Jaspers)、海德格尔、加缪(Albert Camus)和萨特等人。在后结构主义和文化研究兴起之前,存在主义堪称最为流行的现代主义哲学和文化思潮,对20世纪的文学和文化批评产生了巨大影响,成为现代主义文论的重要一支。而到了20世纪80年代,随着署名"潘晓"的作者在《中国青年》杂志发表了一篇题为《人生的路呵,怎么越走越窄……》①的读者来信,把存在主义哲学的观点改头换面转述到中国以后,存在主义思想在中国广大青年学生中立即引起了强烈共鸣。上述存在主义哲学家都被大量引介到中国,其中又以萨特的影响最大。存在主义的哲学观念、范畴和口号都被以各种方式简化和挪用,似乎成了最时髦的语汇符号,例如"绝对个体""本真存在""自由选择""存在先于本质""世界是荒谬的、人生是痛苦的"等都流传甚广。② 可以说,很少有哪一种哲学思潮能像存在主义那样,对知识界以外的整个社会产生那么广泛而深刻的影响。时至今日,虽然存在主义已经不再像当年那么受人追捧,但它的影响余波仍在,它的很多术语、观念和学说都已经被广泛传播,扩散在当今的社会文化和思想领域。因此,从文学伦理学批评的角度对存在主义思潮进行批评性反思就有其积极意义。

值得强调的是,存在主义之所以能够被广泛接受,一个非常重要的原因就是它关注的核心问题不是抽象真理或者说先验准则,而是作为个体的人的现实存在。可以说存在主义哲学从一开始就有一种道德或者伦理的向度,对人类存在状况及其道德意义的思考是包括萨特在内的绝大多数存在主义者的思想原动力。③ 正如阿尔文·普兰丁格(Alvin Plantinga)所说:"无论从源头上还是从理论动机上来看,存在主义似乎从根本上来说是一种伦理学说。存在主义者关心的核心问题就是人的在世状态及其对行为的意义,他们的语气经常和《旧

---

① 该读者来信发表于《中国青年》1980 年 5 月号刊。"潘晓"是从黄晓菊和潘祎两个名字中各取一字合成而来。可参见网址:https://www.sohu.com/a/136647113_336994。

② 有关存在主义在中国的传播,可参阅杨经建:《20 世纪中国存在主义文学史论》,北京:人民出版社,2014 年。

③ See Fred Newman, "The Origins of Sartre's Existentialism," *Ethics* 76. 3 (1966): 178—191; Pierre Burgelin, "Existentialism and the Tradition of French Thought," *Yale French Studies* 16 (1955): 103—105.

约》中的先知类似……道德或者说道德主义渗透在存在主义的方方面面。"① 也正是在这一层意蕴上,存在主义与文学伦理学批评之间便有了某种对话的可能,因为它们同样关心在文学和社会中的道德问题。但要想真正展开这种对话,首先就需要对它们的核心理念进行比较,同时也需要关注在它们彼此的学术话语或者思想著作中使用频率非常高,且具有很高相似度的术语,比如自由意志和伦理责任、自由选择和伦理选择等。有时它们虽然在使用同样的说法,但表达的意义却可能完全不同,透露出的也是迥异的社会关切或伦理考量。

第一节 萨特存在主义:"人的自由先于人的本质"

人类无不渴望自由,特别是拥有不受任何条件限制的绝对自由。诗人为自由高歌,政治家也为之慷慨陈词,革命者甚至不惜为了争取自由而失去生命。但究竟什么是自由?人真是自由的吗?当我们谈到自由的时候,究竟意味着什么?这样的问题也是存在主义哲学思考的重要出发点。虽然存在主义思想庞杂,在不同理论家那里表现不一,但对几乎所有的存在主义哲学家来说,自由都是核心命题之一。

我们都知道,存在主义哲学从根本上来说是一种反理性思潮,其理论出发点是认为单凭理性不足以让我们理解生活的深度和生命的意义。② 因为在绝大部分人的日常生活中,起决定性作用的因素往往不是理性,而是欲望。欲望——无论是有意识的还是无意识的——驱使我们做出行动、获得满足。随着欲望的满足,我们对自由的感知和理解也在变化。可以说,欲望才更接近生活的真实表征。西方哲学自古希腊以降就一直试图用理性来理解世界和生活,为人类的行为、知

---

① Alvin Plantinga, "An Existentialist's Ethics," *Review of Metaphysics* 12. 2 (1958): 235.

② See Robert C. Solomon, "Existentialism, Emotions, and the Cultural Limits of Rationality," *Philosophy East and West* 42.4 (1992): 597—621.

识、价值和意义寻找绝对基础。而存在主义者反对这个传统。他们认为,理性主义者找到的答案都太抽象晦涩,割裂了知识与生活的有机联系。生活不是有待理性去破解的谜题,而更像是等待每个人去亲自探索的神秘之境。理性无法解决我们在日常生活中最紧迫的关切,不能告诉我们生活的意义,更无法指导我们在面对道德困境时如何抉择。与千变万化的鲜活的日常现实比起来,理性的思辨和形而上学的抽象道德教条都显得太苍白乏力。因此,几乎所有的存在主义者都把具体的、个人化的生活经验置于理性的抽象思考之上。换句话说,个人在具体情境中的自由选择要比脱离情境的抽象道德准则更值得同情和信赖。在萨特看来,我们很难给出一个有关自由的准确概念,这主要是因为自由不是抽象的,而总是在我们具体日常选择的情境中体验到的。应该说,自由理论是整个萨特存在主义哲学的基石,也是其伦理思想的植根之处。[①] 在对萨特的自由理论继续做深入讨论之前,我们有必要先对历史上的自由理念做一下简短回顾。

从词源学上来说,"自由"的观念源自拉丁语词"Immunitas a coercione",即"免遭强迫(freedom from coercion)"之意,也意味着能够自己决定做什么和不做什么。而《哲学百科全书》网站对"自由"的解释是:"自由主要意味着一种不受他人强迫和限制的状态。如果一个人能够自主决定他的目标或者行动,能够在不同的选项之间做出抉择,当他不想行动时不会被迫行动,当他想要行动时又不会受到阻止,不管这迫力或是阻力来自他人意志、政府或者别的什么权威,那么就可以说他是自由的。"[②]虽然有关自由的观念早已有之,但只有到了古希腊时期才被哲学家们深入思考和讨论,而且也仅限于在道德反思问题上。古希腊的思想家们几乎很少直接讨论自由问题,因为他们相信

---

① 有关萨特存在主义伦理思想的简要概括,可参见 John Messerly,"Summary of Sartre's Ethics," https://reasonandmeaning.com/2017/11/15/ethics-existentialism/。

② P. H. Partridge, "Freedom," In Paul Edwards, ed. *Encyclopedia of Philosophy*, New York: McMillan and the Free Press, 1967, p. 222.

无论是人还是神，都受一种高高在上的命运或者绝对意志所支配，它们间接决定了人的一切行为。"由于人自身力量的弱小、知识的贫乏，尚没有能力把理想世界中的自由转化为现实行动中的自由，只好依据神话当中众多自然神、社会神，在观念中实现意识上的自由。"[①]到了中世纪，有关自由的问题变成了人和上帝的关系问题。基督教的上帝取代了古希腊人所说的命运，成为人类的绝对主宰。既然包括人在内的一切事物都是上帝所创，那么人类的自由也就无从谈起。基督教文化中的人和古希腊时期的人其实没有什么太大不同，都要受命运或者上帝摆布，没有独立选择自己的行动的自由。无论行善还是做恶，似乎都不是人自己能够主宰的，似乎也就有了推卸责任的借口。而到了近代，随着启蒙运动的兴起和自然哲学的影响，上帝作为命运主宰的形象逐渐瓦解，人们转而又开始认为人类行为并非完全自由，而是受一些生物本能所决定，包括激情、直觉、情感、无意识、力比多等。再到现代时期，受实证主义和马克思主义等思想影响，再加上各具体门类的社会科学的兴起，人们更强调社会因素——包括政治、经济、文化和媒体技术等——对人类行为的影响。虽然人类被认为有着高贵的理性，但人类似乎还是不能自主自己的行为。每一个行动背后，似乎都隐含着千丝万缕的各种决定力量。因此可以说，至少在存在主义出现之前，人们认为自由至多是相对的，人的行为不可能完全摆脱各种内在的或外在的限制。但到了萨特这里，自由变成了一种绝对之物。

萨特的思想学说一直不遗余力地为自由鼓吹，他的学说甚至可以被视为一种完全的无神论和非道德主义，即人的行为既不受上帝的限制，也不受任何道德规范的约束。他认为，人是由自我创造的，并注定是自由的。他最著名的一段话是："人的自由先于人的本质并且使人的本质成为可能，人的存在的本质悬置在人的自由之中。……人并不

---

① 易兰:《古希腊人的自由观念》,《史学集刊》2004年第2期,第99页。

是首先存在以便后来成为自由的,人的存在和他'是自由的'这两者之间没有区别。"①人不同于生活中的某件工具或物品。在它们尚未被制造出来以前,其功能或存在价值就已被预先设计好了,因此它们的本质先于存在。人却不一样,他不是造物主按照某个预先存在的理念设计好了的。萨特坚决反对的观点是:我们的本质源自自身之外某个造物主,他预先知道我们将会是什么,也知道我们将为何而存在;我们的幸福和成就也就取决于达到这个造物主在创造我们的时候设定的外部标准;我们的价值和本质都来自外部。他解释说:"我们说存在先于本质的意思指什么呢?意思就是说首先有人,人碰上自己,在世界上涌现出来——然后才给自己下定义。……人就是人,这不仅说他是自己认为的那样,而且也是他愿意成为的那样——是他(从无到有)从不存在到存在之后愿意成为的那样。人除了自己认为的那样以外,什么都不是。这就是存在主义的第一原则。"②那个预先决定了我们的价值和本质的外部源头并不存在。没有什么外部事物能够决定我们将要是什么,以及为什么而活着。我们必须从内部做自己的主宰。我们将会是什么,什么对我们来说是好的,这些完全是自己的事务。既然我们都是绝对个体,那么就不存在所谓本质和价值的外部源头。"如果存在真是先于本质的话,人就要对自己是怎样的人负责。所以存在主义的第一个后果是使人明白自己的本来面目,并且把自己存在的责任完全由自己担负起来。"③

在萨特看来,自由和责任是人之为人的两个必要和绝对条件。事实上,对他来说,人与自由和责任基本上是同义的,它们是存在的必要条件。本真存在的前提就是活在自由和责任之中。任何逃避它们的

---

① [法]让-保尔·萨特:《存在与虚无》,陈宣良等译,杜小真校,北京:生活·读书·新知三联书店,1987年,第56页。

② [法]让-保罗·萨特:《存在主义是一种人道主义》,周煦良、汤永宽译,上海:上海译文出版社,1988年,第6—7页。

③ 同上书,第7页。

企图都会导致非本真存在，或者说自欺（bad faith，又译为"错误信念"）。自由先于本质，没有自由就没有人的存在。它是一切人类行为的基础，并界定了人的本质。人可以自由地为自我做出决定，并为自己的选择带来的任何后果承担责任。① 自由是绝对的，而选择也是绝对自由的，它可以不受任何外在条件的决定。除了人自身以外，没有什么东西可以决定人的选择，也就不能决定人的存在。然而与自由相伴随的是责任，绝对的自由选择也就意味着绝对的责任。人可以自由地选择任何行动，但同时他也必须为自己选择的任何后果承担责任，而不能再把责任归咎于上帝或是命运。萨特说："上帝不存在是一件极端尴尬的事情，因为随着上帝的消失，一切能在理性天堂内找到价值的可能性都消失了……因此人就变得孤苦伶仃了，因为他不论在自己的内心里或者在自身以外，都找不到可以依靠的东西。他会随即发现他是找不到借口的。"②

或许有人会提出疑问：如果说我是自由的，我难道可以随意地成为全球首富或美国总统吗？我可以随便改变容貌吗？我能随心所欲地在空中飞翔吗？这些显然都不是能够随便实现的。既然我的生理状况、出生环境等都是先天决定的，我的行为又处处受限于身边的具体条件，又怎能说我是自由的呢？存在主义者认为，答案就存在于我们是一个绝对个体这一本性上。我不同于任何外部投射的形象，那个处在我的主体孤岛之内的自我永远不会被他人直接触摸到。即便我是一个任人摆布的傀儡，我的思想和心灵依旧不受他人控制。我可以自由地反抗我的主人。③ 他人可以操控我的身体，却无法主导那个真

---

① See Jerome Neu, "Divided Minds: Sartre's 'Bad Faith' Critique of Freud," *The Review of Metaphysics* 42.1 (1988): 79—101.
② [法]让-保罗·萨特：《存在主义是一种人道主义》，周煦良、汤永宽译，上海：上海译文出版社，1988年，第12—13页。
③ See Philip Blair Rice, "Existentialism and the Self," *The Kenyon Review* 12.2 (1950): 304—330.

实的自我内心。外部条件只能够决定哪些客体事物以何种方式显现在我面前,但只有我自己才可以决定如何把这些不同的形象以何种方式整合成一个统一连贯的形象。萨特把这种能力比作艺术家的创作。艺术家不能决定画布的性质,也不能改变他手中的颜料、画笔,绘画的主题有时候也非他能决定。但他却可以决定怎样把这些元素组合成一幅整体图画。同样,虽然我们对身边的具体事物和环境条件无能为力,却可以按照自己想要的方式去观看它们,在头脑中组合它们。这是一种神奇的能力,能够化腐朽为神奇,化庸俗为高雅。

总之,在萨特看来,之所以说我们是绝对自由的,有两个主要原因:一、我们的绝对个体性把我们的真实自我与外在世界隔绝开来,自我可以不受外部影响。二、即便我们的日常经验受外在条件限制,我们却可以自由地对经验进行再加工,组合成我们想要的画面。那么按照这种看法,人的生存所需要遵循的伦理准则便是"本真",人类幸福的根源,或者说道德行为的准则就是避免自欺,自己承担起责任来,去创造自己的本质和价值。存在主义者强调,不受外来影响的自我选择是人的本质和价值的根源,而不是外在的他人或伦理环境。

第二节 文学伦理学批评:"人是一种伦理的存在"

美国存在主义研究者托马斯·弗林曾指出:"自由构成了存在主义者的终极价值,恰如本真性构成了他们的首要德行。"[①]通过我们在上一节的分析也可以看出,萨特的存在主义思想的核心问题是自由而非责任。他强调个人在任何情境下都可以不受外在条件限制,自主选择行动,并为行动的后果承担责任。也就是说,承担责任不过是自由选择之后的事情,而且这种责任更多强调的是对自己将如何界定自我

---

① [美]托马斯·弗林(Thomas R. Flynn):《存在主义简论》,莫伟民译,北京:外语教学与研究出版社,2008年,第225页。

本质所需承担的责任,而非对别人需要承担的伦理责任。在萨特这里,道德判断的核心是选择。如果认识不到选择在道德经验中的关键位置,就不可能做出真正的伦理反思。由于我们意识到自由在道德经验中的重要性,我们就必须承认,任何与自由的价值相冲突的行动在道德上都是站不住脚的。用萨特的话来说,这样的行动都是"自欺/错误信念"的表现形式。由于自欺行为下的选择会导致非本真存在,因此他关注的不再是选择的对错,而是这个选择究竟是自由的,还是一种自欺行为?很明显,这与文学伦理学批评所强调的伦理选择和自由意志还是有很大区别的。

实际上,文学伦理学批评和萨特的存在主义在关于人的本质问题上还是有一点共识的,那就是两者都认为并不存在被预先设定好的本质,而且都认为人的本质取决于人的自我选择。只不过萨特强调的是自由选择,它以自己的本真存在为唯一伦理标准。而文学伦理学批评更强调人的伦理选择,它的衡量标准不是自我的本真存在,而是对已经存在于公共领域的伦理规范的认同和维系。存在主义的自由选择只需要考虑主体所处的具体情境,无须以外在的道德律令为指南,只要主体没有被自欺行为所误导,那么即便其选择行为造成了伦理上的恶果,仍旧不能谴责他的选择是错的。相反,文学伦理学批评倡导的伦理选择却把伦理上的善的后果作为指导和衡量主体行为的最重要标准。一个人不能仅出于自己的自由意志和欲望便可以对他人做出恶的举动,无论他的行为是否出于有意。文学伦理学批评认为,真正意义上的、完整的人类需要经历两次自我选择才能形成。第一次是自然选择,即从猿到人的生物进化过程。虽然这一次选择使人具备了人的生理外形,并把人与兽在形式上区别开来,但是"人类的生物性选择并没有把人完全同其他动物即与人相对的兽区别开来,而真正让人把自己同兽区别开来是通过伦理选择实现的"①。文学伦理学批评特别强调:"人类的生物性选择与伦理选择是两种本质不同的选择,前者是人的形式的选择,后者是人的本质的选择。"②

换句话说,人的本质并非通过自由选择而得出的某种类似"属性"的积累,而是通过伦理选择而获得的"分辨善恶的能力"③。伊甸园中的夏娃和亚当在蛇的引诱下偷食了禁果,犯下了"原罪",因此被上帝逐出伊甸园。他们从此失去无忧无虑、长生不死的快乐生活,变成要遭受人间苦楚的肉体凡胎。按照存在主义的理解,归根结底这也是亚当与夏娃自由选择的结果,不能怪罪于蛇的引诱。他们必须为自己的行为承担责任,因此遭受驱逐并终将遭遇死亡就成了上帝对人的某种惩罚。存在主义者对生活的悲剧性看法正由此而来,即人类存在终究是荒诞的,既然生命总要走向死亡,那么活着也就没有太大意义。无聊、无助、苦恼、空虚和绝望便成为困扰存在主义信徒的消极心理。但从文学伦理学批评的角度来看,这何尝不是人类始祖做出的第一次伦理选择?因为他们偷食了禁果,就连上帝也认为"那人已经与我们相似,能知道善恶"(《创世记》3:22)。可见"知道善恶"是一种非同寻常的能力,它虽然让亚当和夏娃付出了巨大代价,却也让他们的肉体凡胎获得了某种神圣意味,即分辨善恶的能力。"亚当和夏娃通过吃智慧树上的果子而能够分辨善恶,完成了伦理选择,终于从生物学意义上的人变成了有伦理意识的人。"④从此他们便不再和野兽同类:一个成了丈夫,一个成了妻子;一个要做"终身劳苦……汗流满面才得糊口"(《创世记》3:17—19)的父亲,另一个要做"生产儿女必多苦楚"(《创世记》3:16)的母亲,这也可看作是人类最早出现的伦理关系和责任意识。因此,从文学伦理学批评的角度来看,亚当与夏娃的选择

---

① 聂珍钊,《文学伦理学批评导论》,北京:北京大学出版社,2014年,第35页。
② 同上。
③ 同上。
④ 同上。

非但不是什么悲剧，反倒是积极人生的发端。在此之前，他们充其量也只是在伊甸园里过着一种"自在"的生活，而这是一种就连存在主义者也不认可的存在状态。正是通过伦理选择，他们从此进入"自为"的存在状态，有了道德理性也便获得了成为人的本质。

前文已经说过，存在主义哲学作为一种反理性思潮，对人类依靠理性来认识自我和世界的能力抱有一种根本上的怀疑态度，认为理性对于指导人类生活无能为力。欲望和自由意志才是人类生活的真正驱动力。而对于文学伦理学批评来说，理性却被赋予了一种乐观主义的信任。当然这种理性不是上天赋予的、与生俱来的那种纯粹理性，而是通过文学和文化的熏陶教导、不断对正确的伦理选择进行学习和模仿之后逐渐培养出来的一种道德理性。聂珍钊指出："人类伦理选择的实质就是做人还是做兽，而做人还是做兽的前提是人类需要通过理性认识自己，即认识究竟是什么将人同兽区别开来。"①在文学伦理学批评看来，存在主义所说的那种自由意志仍旧是受兽性因子控制的非理性意志，不过是"欲望的外在表现形式"②。"人同兽的区别，就在于人具有分辨善恶的能力，因为人身上的人性因子能够控制兽性因子，从而使人成为有理性的人。"③ 存在主义意义上的人在面对选择时不假外求，只需听从自己的本真信念，不为自欺信念所惑；他只要选择了，无论对他人带来什么后果，对他自己来说都是一种伦理上的正确选择，并获得自己的存在本质。文学伦理学批评意义上的人却不可能这样只听从于自身意志，因为那不过是人尚未摆脱自身兽性的表现。人只有不断从童话、民间故事、戏剧表演以及文学作品中接受伦理教诲，学习和模仿伦理示范，才能逐渐培养出自己的伦理选择能力，成为伦理意义上的人。

---

① 聂珍钊：《文学伦理学批评导论》，北京：北京大学出版社，2014年，第36页。
② 同上书，第39页。
③ 同上。

不难看出,萨特存在主义强调人的绝对自由,并把自由看作先于本质的存在条件,人通过自由选择获得自己的本质。而文学伦理学批评更重视人的责任,并且主要是自我需要对他人承担的伦理责任,因为在后者看来,人从成为人的那一刻起,就不再是一种自由的个体存在,而是"一种伦理的存在"①。人通过学习和模仿,用理性意志战胜自由意志,做出正确的伦理选择,获得自己作为人的本质。人的伦理存在就意味着他始终处于各种人和人的关系之中,并需要遵循各种被广泛接受和认可的伦理秩序和规范。人不但要为自己的选择承担责任,更需要考虑自己的选择有可能给他人带来的伦理后果。简单一点来说,人不单是为自己而存在,更是与他人一起存在。

第三节 分歧与对话:何为自由选择的道德依据

通过上一节的分析,我们可以看出,文学伦理学批评认为人是一种伦理存在的观念与萨特存在主义所宣称的"绝对个体"观念存在很大的分歧。众所周知,萨特自由理论的一个重要基石便是存在主义哲学有关"绝对个体"的假定。在存在主义者看来,我们每个人在这世上都是绝对孤独的。只有"我"才最清楚自己在生活中的具体情境,能够真实地感受到内心深处在当下的痛苦、愉悦、希望和恐惧。别人只能作为旁观者从外部了解"我",同样"我"也只能从外部认识他们。无论我们怎样努力,中间始终隔着一些距离,谁也不能完全感受到彼此的内心深处。换句话说,我们每个人都被束缚在自己的思维中,除了自己的感觉和经验,别的什么也感受不到。存在主义者常把自我比作被困在没有窗户的漆黑屋子里的囚徒,他与外界沟通的唯一渠道便是挂在墙上的一幅屏幕(主观思维),透过屏幕可以感受外部事物的影像。

---

① 聂珍钊:《文学伦理学批评导论》,北京:北京大学出版社,2014年,第39页。

因此，作为一个绝对个体就意味着被自我束缚，除了思维屏幕上的意象，我们不能感受或接触到其余任何事物，别人同样也无法直接接触到我。绝对自我就是客观世界中的一座主体孤岛。对于这座孤岛来说，孤独必然是最基本的存在体验。

由于萨特把自我想象成一种绝对孤独的存在，这导致他把自我的本真性而非伦理责任视为自我选择的道德依据，并且他把人在行动选择前的正常伦理考量都视为逃避自由的自欺行为。[①] 萨特认为，我们明明都是绝对自由的，却试图在行动中欺骗自我，好像我们的行为都是不自由的，而是受我们的本性、身体、外部条件、社会环境或者他人的期待所决定。这就是他所说的自欺或错误信念，即我们明明可以做出自由的选择，却逃避这种选择的自由，宁肯接受一种被给予的选择。因为我们总是惧怕自由选择会带来的不确定后果，所以宁可接受有确定后果的不自由的选择。比如在日常生活中，有人从小接受伦理教诲，明白了很多道德准则，知道自己必须尽到很多基本的道德义务。随着年龄增长，他可能会对其中某些道德原则产生怀疑，甚至认为自己或许没必要恪守它们。但他一想到自己如果放弃这些既定的准则，就要去创立自己的准则，走自己的充满未知的道路，便感到恐慌，因此他宁可固守那些已经让他产生怀疑的道德准则。在萨特看来，这样的人在道德上就是可疑的，那是一种非本真的存在。但问题是，这样的人果真就应受谴责吗？生活中不是有很多这样的人吗？他们兢兢业业，任劳任怨，为他人谋幸福而牺牲自我，虽有苦楚却也无怨无悔。在任何一个正常的伦理社会，这样的人不都是值得推崇的好人吗？

在日常生活中，我们每天都会扮演各种角色，并不时按照别人的意愿调整自己的选择。在一定程度上来说，我们都倾向于依据别人对

---

① 有关萨特存在主义理论中的伦理选择与"非本真性"问题，可参阅 Robert G. Olson, "Authenticity, Metaphysics, and Moral Responsibility," *Philosophy* 34. 129 (1959): 99—110; Andrew West, "Sartrean Existentialism and Ethical Decision-Making in Business," *Journal of Business Ethics* 81. 1 (2008): 15—25.

我们的印象来塑造自我。例如父母或长辈的期望、老师或领导的期许等。我们也会习惯从别人对我们的接受程度来判断自我价值。当我们看到别人对我们的印象，也会据此来扮演合适的角色去适应这种被投射出来的形象。学生、儿子、教师、长辈、丈夫、学者、职员……我们总会依据别人的期待在不同时刻扮演不同的角色。但在萨特看来，所有这些都是自我欺骗，真实的自我不过躲在后面观察，他原本完全可以按照自由原则追寻自我的本真存在，自我的本质或价值也完全是由自己的选择所决定的主观的东西。他认为，当我们最终认识到我们的本质和价值根本不依赖于外部事物时，也就找到了幸福的源头，即完全从自我出发寻找本质和价值。由此就产生了一个问题：既然我的本质和价值只取决于自我，那么我对他人有何责任？难道我可以自由地选择结束别人的生命吗？就像古希腊神话人物俄瑞斯忒斯杀死他的母亲一样？是不是像陀思妥耶夫斯基所说的："既然上帝不存在了，一切都是可以的？"

然而文学伦理学批评认为，自由不可能被看作是一种纯粹的主观价值。这是因为只有意识到其他道德主体的需要和欲求时，自由的价值才能被最深切地感受到。我们是在伦理选择的实践经验中体会到自由的价值的。伦理选择的核心主题就是我们与其他同处一个道德世界的人的关系问题。从这一层意义上来说，道德判断不可避免地都是指向外部的。它是我们对来自外部世界的提问所做出的回应。对自由价值的最直接体验就是，它是我们与其他生命互动的要素。因此，我们不可能仅把它视为某种只有纯粹主观价值的产物。萨特把自由等同于人类的现实存在，或者说它构成了人类的现实存在。这意味着人必须能够与外部世界拉开距离，或者说把全世界外化。这样的自我就是与世隔绝的自我，世界对他来说就是虚无，生命的伦理价值就被大大掏空了。

萨特在其名作《苍蝇》中对古希腊剧作家埃斯库罗斯的悲剧《俄瑞

斯忒斯》进行了改写，借以宣传自己的存在主义思想。有人从存在主义的角度对它进行解读，认为："可以说萨特笔下的俄瑞斯忒斯是一个做出了英雄的自我选择而成了一个存在主义英雄的人物。他自由地选择了个人的命运与生活道路，因而获得了自身存在的意义和价值。"① 但若从文学伦理学批评的角度来看，这部剧作就会显现出不一样的伦理内涵。在故事中，王后克吕泰涅斯特拉和情人埃吉斯托斯合谋害死老国王阿伽门农。面对这样的通奸和弑君罪行，阿尔戈斯的满城百姓却选择了沉默，他们由此遭到报应，整座城市陷入巨大的道德混乱，变成"一座像一具腐尸一样招满苍蝇的城市"②。人们总是在相互指责，相互揭发，似乎都把别人当成是一切不幸的罪魁祸首。相较于他们，俄瑞斯忒斯在故事开始时的确处于一种自由的状态："我是自由的，感谢上天。啊？我是多么自由！我的灵魂又是多么美妙的空虚！"③ 他"摆脱了各种奴役和信仰的羁绊，没有家庭，没有祖国，没有宗教，没有职业，可以自由自在地承担各种义务。"④ 但伴随这种自由的也有莫大的空虚，因为他也是在逃避自己应当承担的伦理责任。"他的父亲被人谋害了，他的母亲与杀父凶手同床共枕，他的姐姐沦为奴隶。"⑤ 在世界上任何一种文化中，杀父与弑君都是不可宽恕的伦理重罪。俄瑞斯忒斯身为老国王的唯一儿子，他有责任为父报仇，解救姐姐。

但是，俄瑞斯忒斯所面临的处境是比莎士比亚笔下的哈姆雷特更复杂的伦理困境，因他所面对的仇人不只是新国王埃吉斯托斯，还有自己的亲生母亲克吕泰涅斯特拉，甚至还包括背叛了老国王的满城百

---

① 徐曙玉、边国恩等编：《20世纪西方现代主义文学》，天津：百花文艺出版社，2001年，第179页。
② [法]萨特：《苍蝇》，袁树仁译，沈志明、艾珉主编：《萨特文集1.小说卷[I]》，北京：人民文学出版社，2000年，第13页。
③ 同上书，第17页。
④ 同上书，第16页。
⑤ 同上书，第24页。

姓。但由于他坚信"我干的是正义的事!"①所以他睥睨天公的威胁和拉拢,也不在乎满城百姓的态度。"我再也不分善与恶,我需要的是给我指出一条我应走的路。"②从存在主义的立场来看,俄瑞斯忒斯最终杀死埃吉斯托斯和自己的母后,这是一个自由的选择。从他自身所处的情境来判断,他替父报仇也合情合理。他敢于挑战天公权威,并且承担后果,心甘情愿地忍受满城百姓的误解和谩骂,成为一个存在主义的"英雄"。按照萨特倡导的存在主义伦理学,只要个体能够证明他在其所处的具体境遇下做出的选择是认真且必需的,换作别人也必然会做出同样的选择,那么他在道德上就是正确的,因为行动的正确与否不取决于外在的伦理准则,而在于个体是否准备为自己的选择承担后果。但若从文学伦理学批评的角度来看,俄瑞斯忒斯的选择却有违伦理道德。就像朱庇特一语道破的:"你杀死了一个毫不自卫的男子和一个求饶的老太婆。……去吧,别得意。最卑鄙无耻的杀人凶手!"③无论弑君还是杀母,他都犯下了阿尔戈斯城的伦理禁忌。如果说杀死仇人埃吉斯托斯尚可理解的话,那么杀死自己的母后却违背了伦理道德。这是他身上潜伏的嗜血的兽性因子作祟。难怪在他行凶的时候,连他的姐姐也认不出他来了,因为杀戮和复仇的强烈欲望已经占据了他的内心。杀死母亲已经不再是他的自由选择,而是他的兽性因子被激发出来后迷障了他的伦理意识,导致他犯下伦理大罪。难怪阿尔戈斯城的百姓会那么憎恶俄瑞斯忒斯,他们高喊着:"亵渎神明的家伙! 杀人凶手! 屠夫! 要把你四马分尸! 要把滚烫的铅水浇在你的伤口上!""我要抠你的眼睛!""我要吃你的心肝!"④因为俄瑞斯忒斯触犯了伦理禁忌而且还毫无忏悔愧疚之意,这样的人如果继续安

---

① [法]萨特:《苍蝇》,袁树仁译,沈志明、艾珉主编:《萨特文集 1. 小说卷[I]》,北京:人民文学出版社,2000年,第 68 页。
② 同上书,第 53 页。
③ 同上书,第 85 页。
④ 同上书,第 93—94 页。

然留在城内，必将进一步扰乱城内的伦理秩序，所以才要把他驱逐出城。

本章小结

通过上述比较可以看出，萨特的存在主义思想与文学伦理学批评有着迥异的价值取向。前者更侧重个人的自由选择，按照自我的内在本真性原则选择自己的行动，并承担后果，获取自己的本质和存在价值。萨特对世界的"虚无"带有一种非常乐观的看法。他认为，无论是自我还是自我所处的世界原本都没有任何意义，只是通过人的行动选择才具有了意义。由于人没有被预设的意义，他就必须在自己的条件下创造价值。萨特的全部伦理学正是围绕这一点构建的。他相信，人可以通过行动不断塑造自我，而且意义和价值也是由这些行动的意图所创造。世界就是人的主体世界，人可以规划自我，抵达超越性的目标。[1]萨特也意识到人在现实中必然受到各种外在条件的制约，自我不可能随心所欲，想怎样就怎样。由于任何人都不可能完全生活在与世隔绝的时空，那么他的行为也必然会影响到他人，他需要承担的责任也自然就延伸到他人。这就意味着当我们做出选择时，这不只是我们自己的事情，也是一种与他人相关的主体间的事情。然而对于如何解决自我选择的自由与对他人的伦理责任之间的矛盾这一问题，萨特的回答还是不够清晰。他似乎只是认为，如果一个人意识到自己的现实存在条件，自然就会做出不仅对自己有利，也对全人类有好处的选择。归根结底，萨特哲学更偏向于自我的绝对"自治"（autonomy）。事实上，正如斯图亚特·Z.查梅（Stuart Z. Charmé）所指出的，萨特在《存在与虚无》一书中所描绘的自我与他人之间的根本关系似乎就是

---

[1] See Catherine Rau, "The Ethical Theory of Jean-Paul Sartre," *The Journal of Philosophy* 46. 17 (1949): 536—545.

"冲突和敌视"①,他在《禁闭》中所说的"他人即是地狱"或许就是对这种紧张关系的形象描述。个人自由和人与人之间的关系似乎也永远相互排斥。

萨特把自由放在人类存在的中心位置。这意味着人的自由是一切价值的唯一基础,自我没有任何理由接受外在的价值体系。难怪保罗·克里腾登(Paul Crittenden)会批评萨特"表达了一种极端形式的道德相对主义"②,阿尔文·普兰丁格也认为萨特哲学所蕴含的道德观"与任何一种道德观都有矛盾","萨特的自由学说不合乎道德。任何选择都和别的选择一样好,人不可能犯下道德上的错误。这对道德来说是致命的。恰如绝对的宿命论一样,绝对自由也损害了道德存在的可能。"③对萨特来说,每一个行为、每一种选择都必然是正确的。但道德的意思就是,我每一次选择的行动都有一定的道德风险,都有好坏对错的问题。而萨特却否认这种区别存在。在他看来,所谓错误的行动是不可能存在的。如果说所有的具体行为都必然是正确的,那么也就不存在对错的问题了。何为对错?在1974年的一次谈话中,萨特给出了典型的萨特式回答。他说一切对人类自由有用的东西就是善,凡是对自由有害的就是恶。虽然他也认为任何人的自由都必须以尊重他人的自由为前提,但还是不免让人感到他对善恶的区分非常模糊。④

由于任何一种道德系统都必须构筑在一些绝对价值之上,而萨特从根本上又否认任何绝对价值的存在,也就否认了一切道德系统的可

---

① Stuart Z. Charmé, "The Different Voices of Sartre's Ethics," *Bulletin De La Société Américaine De Philosophie De Langue Française* 4. 2—3 (1992): 265.
② Paul Crittenden, *Sartre in Search of an Ethics*, Newcastle: Cambridge Scholars Publishing, 2009, p. 3.
③ Alvin Plantinga, "An Existentialist's Ethics," *Review of Metaphysics* 12. 2 (1958): 245, 250.
④ Paul Crittenden, *Sartre in Search of an Ethics*, Newcastle: Cambridge Scholars Publishing, 2009, p. 7.

能。因为没有绝对价值作依托，就不可能对选择的对错善恶做出评判。拒绝为自我提供一个实在内核的哲学自然也就会拒绝为行动提供任何基于预设规则或既定规范之上的伦理制度。萨特认为一切价值都是由自我选择所创造的，而对他来说选择又没有对错之分，这就很容易推演出道德相对主义。相比之下，文学伦理学批评更重视人与人之间的伦理关系，这种关系不仅意味着相互承担的伦理责任，也意味着对彼此的理解、同情和包容。它强调个体的伦理身份和处境，自我在采取行动前应当有足够的伦理意识，因为人在本质上是一种伦理的存在，只有在一定的伦理关系和环境下，自我的身份和价值才会有意义。人的本真存在并非孤独无依、完全自由的绝对个体，实际上这是彻底的个人主义信徒才会相信的自欺。它还认为人的伦理选择是人运用道德理性约束自由意志的结果，它是一种有意识的自愿行为。正是因为有了伦理意识，人类才能够通过伦理选择获得与兽的本质区别。更重要的是，文学伦理学批评并不把人的伦理身份和责任看作限制自由的枷锁，而是对人的真实存在条件的深刻把握，并把人的自由内涵真正提升到了一个新的高度。

第十一章

马克思主义伦理批评

"从某种意义上说,文学的产生最初完全是为了伦理和道德的目的。文学与艺术美的欣赏并不是文学艺术的主要目的,而是为其道德目的服务的。"①这是具有崇高社会责任感的人文学者的坚守。2004年由中国学者创建的"文学伦理学批评",作为一种文学批评方法"主要用于从伦理的立场解读、分析和阐释文学作品、研究作家及与文学有关的问题"②。它借鉴了西方伦理批评和中国道德批评等资源,其中的"伦理"之义则分别指向"行为准则""准则""条理""道德标准""道德"等层面。文学伦理学批评将伦理选择作为理论

---

① 聂珍钊:《关于文学伦理学批评》,《外国文学研究》2005年第1期,第8页。
② 聂珍钊:《文学伦理学批评:基本理论与术语》,《外国文学研究》2010年第1期,第14页。

基础;将对道德的产物的关注,视作文学起源;将对伦理的描写及教诲功能的挖掘,视作批评的任务。① 明确的道德指向、道德关怀、道德评判赫然在列。简言之,文学伦理学批评强烈呼吁追求真善美、揭露假丑恶。这一点与旨在从辩证唯物主义和历史唯物主义出发,"全面研究道德现象和道德问题"②,特别是"利益和道德的关系问题"③的马克思主义伦理学的主要精神一脉相承。换言之,马克思主义伦理学是其理论基础。深入研究文学伦理学批评的理论基础,既有利于学者们准确把握这一批评的基本指向,也有利于创作者们将这一批评思想视作行动指南,从而创作出更多思想格调健康向上的优秀作品。

第一节 马克思主义伦理批评与"伦理选择"

文学伦理学批评认为"真正让人把自己同兽区别开来是通过伦理选择实现的。人类的生物性选择与伦理选择是两种本质不同的选择,前者是人的形式的选择,后者是人的本质的选择",因为"知道善恶才把自己同其他生物区别开来,变成真正的人"。④ 重视伦理选择,必然触及作家的道德意识及相关的创作行为,触及作家的道德规范,也就必然触及"人的本质的选择"问题。这也是马克思主义伦理学的原初起点。

马克思早在马克思主义伦理学"形成期"的著作《1844年经济学—哲学手稿》中就指出:"动物只是按照它所属的那个物种的尺度和需要来进行塑造,而人则懂得按照任何物种的尺度来进行生产,并且随时随地都能用内在固有的尺度来衡量对象;所以,人也按照美的规律来

---

① 聂珍钊:《文学伦理学批评导论》,北京:北京大学出版社,2014年,"内容提要"第1页。
② 龙静云主编:《马克思主义伦理学》,北京:中国人民大学出版社,2016年,第11页。
③ 同上书,第16页。
④ 聂珍钊:《文学伦理学批评导论》,北京:北京大学出版社,2014年,第35页。

塑造物体。"①这里,"物种的尺度""内在固有的尺度"一致指向劳动,指向实践,人就在此基础上"按照美的规律来塑造物体"。即是说,实践创造美。毋庸讳言,马克思深化了"劳动生产美好的产品"②的著名命题。具体说来,在马克思眼中,动物按照本能来进行生产,如蜜蜂营巢、蜘蛛织网等;人却按照社会实践"尺度"——"内在固有的尺度"——来进行生产,进行美的塑造。即是说,"动物只是在直接的肉体需要的支配下生产,而人则甚至摆脱肉体的需要进行生产,并且只有在他摆脱了这种需要时才真正地进行生产;动物只生产自己本身,而人则再生产整个自然界;动物的产品直接同它的肉体相联系,而人则自由地与自己的产品相对立。"③与动物相比,人的生产的目标更高"一筹",超越富于功利色彩的"肉体需要"层面,依据自己强有力的"尺度",直接生产合乎自己要求或需要的"整个自然界"。马克思所说的"内在固有的尺度"就是指人这一主体在改造对象时用以规划劳动对象的尺度,人根据它来制定生产过程以及产品的蓝图。④ 简言之,这一"尺度"可以理解为一种"行为准则",一种"伦理"。不过,"这种人的'内在的尺度'⑤是在认识了劳动资料和劳动对象的性质和特征之后形成的"⑥,比如,石器、铜器、铁器,作为劳动工具,是人类的劳动资料,而劳动者就可利用这些"物的机械的、物理的和化学的属性",通过

---

① [德]马克思:《1844年经济学—哲学手稿》,刘丕坤译,北京:人民出版社,1979年,第50—51页。

② 聂珍钊:《"文艺起源于劳动"是对马克思恩格斯观点的误读》,《文学评论》2015年第2期,第25页。

③ [德]马克思:《1844年经济学—哲学手稿》,刘丕坤译,北京:人民出版社,1979年,第50页。

④ 周忠厚:《讲解》(马克思《1844年经济学哲学手稿〈摘录〉》,纪怀民、陆贵山、周忠厚、蒋培坤编著:《马克思主义文艺论著选讲》,北京:中国人民大学出版社,1982年,第7页。这里《〈讲解〉》是专为马克思《1844年经济学哲学手稿〈摘录〉》而作。下文引用各页的类似注解,均为此意,特此说明。

⑤ 即"内在固有的尺度"——引者注。

⑥ 周忠厚:《讲解》(马克思《1844年经济学哲学手稿〈摘录〉》,纪怀民、陆贵山、周忠厚、蒋培坤编著:《马克思主义文艺论著选讲》,北京:中国人民大学出版社,1982年,第7页。

劳动,使劳动对象"经过形式变化",成为"适合人的需要的自然物质"①。不仅如此,人们可根据物的属性,结合自己的目的和需要,制定出"内在的尺度"进行生产。② 所以,有学者说得好:"'内在的尺度',从它的内容和根源来说,是客观的,它反映了劳动对象的内部规律;同时,它又体现了人类改造、利用对象的愿望和要求,体现了人类生活活动的需要和目的性,体现了人的'本质力量'"。③ 换言之,人的本质实现依靠"内在固有的尺度"。"内在固有的尺度"实际上是作家在创作时坚守的一种"理论基础",一种"行为准则",一种"底线",一种"伦理",一种"审美"伦理。在批判现实主义作家的创作实践中,这"内在固有的尺度"几乎等同于对正义的选择、对弱者的同情、对恶者的鄙视等,这早已成为马克思主义伦理学的任务。与此同时,本节开篇引文中的"人类的生物性选择与伦理选择是两种本质不同的选择"一语,似乎在表达风格上也与来自《1844 年经济学—哲学手稿》中的引文——"动物只是在直接的肉体需要的支配下生产,而人则甚至摆脱肉体的需要进行生产,并且只有在他摆脱了这种需要时才真正地进行生产;动物只生产自己本身,而人则再生产整个自然界;动物的产品直接同它的肉体相联系,而人则自由地与自己的产品相对立。"④——如出一辙。将二者对比,我们不难看到,在文学伦理学批评那里,人的本质的体现,依靠伦理选择;在马克思那里,人的本质体现依靠"内在固有的尺度",两者内涵几乎一致,因为"内在固有的尺度"也是一种"伦理",一种"实用"伦理,一种"目的"伦理。文学伦理学批评无疑继承了马克思《1844 年经济学—哲学手稿》中的马克思主义伦理学观点,但有

---

① 周忠厚:《讲解》(马克思《1844 年经济学哲学手稿〈摘录〉》),纪怀民、陆贵山、周忠厚、蒋培坤编著:《马克思主义文艺论著选讲》,北京:中国人民大学出版社,1982 年,第 8 页。
② 同上书,第 7 页。
③ 同上书,第 8 页。
④ [德]马克思:《1844 年经济学—哲学手稿》,刘丕坤译,北京:人民出版社,1979 年,第 50 页。

所创新,即通过强烈的跨学科意识,将原属于伦理学本身的问题扩大到或提升到专门的文学批评层面,为文学伦理讨论注入强大生机。

不仅如此,此节开篇引文中的"前者是人的形式的选择,后者是人的本质的选择"之说,实际上已涉及"人的本质对象化"问题,后者一直被马克思津津乐道,他在《1844年经济学—哲学手稿》中说:"为了创造与人的本质和自然本质的全部丰富性相适应的人的感觉,无论从理论方面来说还是从实践方面来说,人的本质的对象化都是必要的。"①但如何促使"人的本质的对象化"? 那就是劳动,因为"人的劳动的过程,就是使人的本质对象化的过程"②。这与动物的劳动大相径庭,因为在马克思看来,"诚然,动物也进行生产。它也为自己构筑巢穴或居所,如蜜蜂、海狸、蚂蚁等所做的那样。但动物只生产它自己或它的幼仔所直接需要的东西;动物的生产是片面的,而人的生产则是全面的;动物只是在直接的肉体需要的支配下生产,而人则甚至摆脱肉体的需要进行生产,并且只有在他摆脱了这种需要时才真正地进行生产;动物只生产自己本身,而人则再生产整个自然界"③。即是说,动物的生产太功利,"一叶障目,不见泰山",因而十分"片面"、狭隘,不可能走向"对象化"。只有人的生产才走向"对象化",人"再生产"着整个自然界,自然经过人的劳动即一定的"尺度",就变成"人化的自然"④。当然,这其中隐含异化问题,因为"对象化表现为对象的丧失和为对象所奴役,占有表现为异化、外化"⑤,"以致劳动者生产的对象越多,他能

---

① [德]马克思:《1844年经济学—哲学手稿》,刘丕坤译,北京:人民出版社,1979年,第80页。
② 周忠厚:《讲解》(马克思《1844年经济学哲学手稿〈摘录〉》),纪怀民、陆贵山、周忠厚、蒋培坤编著:《马克思主义文艺论著选讲》,北京:中国人民大学出版社,1982年,第9页。
③ [德]马克思:《1844年经济学—哲学手稿》,刘丕坤译,北京:人民出版社,1979年,第50页。
④ 周忠厚:《讲解》(马克思《1844年经济学哲学手稿〈摘录〉》),纪怀民、陆贵山、周忠厚、蒋培坤编著:《马克思主义文艺论著选讲》,北京:中国人民大学出版社,1982年,第10页。
⑤ [德]马克思:《1844年经济学—哲学手稿》,刘丕坤译,北京:人民出版社,1979年,第44页。

够占有的对象便越少,并且越加受自己的产品即资本的统治"①。

　　文学伦理学批评还提出:"亚当和夏娃通过吃智慧树上的果子而能够分辨善恶,完成了伦理选择,终于从生物学意义上的人变成了有伦理意识的人。由此可见,能否分辨善恶是辨别人是否为人的标准。善恶的概念是与伦理意识同时出现的。善恶一般不用来评价兽,而只用来评价人,是评价人的专有概念。因此,善恶是人类伦理的基础。"②是否关注善恶、是非,早已成为文艺评论亘古不变的标准,成为文艺理论工作者必须坦然接受的任务。这一点在经典马克思主义者那里同样可以觅到"知音"。马克思主义者列宁同志在《托尔斯泰和无产阶级斗争》一文中就曾指出:"托尔斯泰以巨大的力量和真诚鞭打了统治阶级,十分明显地揭露了现代社会所借以维持的一切制度——教堂、法庭、军国主义、'合法'婚姻、资产阶级科学——的内在虚伪。……俄国人民……应该……向唯一能摧毁托尔斯泰所憎恨的旧世界的那个阶级学习,即向无产阶级学习。"③这里明确表达了无产阶级革命导师颂扬正能量,谴责假丑恶的坚定不移的立场。马克思主义者毛泽东同志在《在延安文艺座谈会上的讲话》中谈及同样的善恶观:"一切危害人民群众的黑暗势力必须暴露之,一切人民群众的革命斗争必须歌颂之,这就是革命文艺家的基本任务。"④当然,文学伦理学批评更具身份意识,因为它直接标明自己就是"文学伦理学批评",这一"身份意识"展现了一种敢于革新的勇气与活力,并且它明确宣称了自己的研究对象与方法,这是至关重要的,因为"任何一个学科都有两个要求:'第一,要确定研究对象;第二,要寻找和指出有助于掌握该对

---

　　①　[德]马克思:《1844年经济学—哲学手稿》,刘丕坤译,北京:人民出版社,1979年,第45页。
　　②　聂珍钊:《文学伦理学批评导论》,北京:北京大学出版社,2014年,第35—36页。
　　③　[苏联]列宁:《托尔斯泰和无产阶级斗争》,纪怀民、陆贵山、周忠厚、蒋培坤编著:《马克思主义文艺论著选讲》,北京:中国人民大学出版社,1982年,第380—381页。
　　④　毛泽东:《在延安文艺座谈会上的讲话》,纪怀民、陆贵山、周忠厚、蒋培坤编著:《马克思主义文艺论著选讲》,北京:中国人民大学出版社,1982年,第558页。

象的方法'."①

简言之,文学伦理学批评通过汲取马克思主义伦理学资源,夯实了基础,扩大了视野,丰富了自身,可更为有效地解决建构者所称的"斯芬克斯之谜",因为在有的学者那里,"人类伦理选择的实质就是做人还是做兽,而做人的前提是人类需要通过理性认识自己,即认识究竟是什么将人同兽区别开来的"②。

第二节 马克思主义伦理批评与文学的道德起源论

文学到底从何而来?文学伦理学批评"从起源上把文学看成道德的产物,认为文学是特定历史阶段社会伦理的表达形式,文学在本质上是关于伦理的艺术"③,因为"文学……几乎具有了伦理学研究所需要的全部内容,……通过艺术形象提供更为典型的道德事实"④。因此,对文学应该成为道德的产物的关注,无疑成为文学的起源。在这一前提下,"文学教唆犯罪或损害道德是不能被允许的,如果批评家仅仅把这些看成艺术虚构和艺术审美而失去了自己的道德立场,也是不负责任的。无论作家创作作品或批评家批评作品,都不能违背文学的伦理和损害道德"⑤。这确是一番真知灼见,同样闪烁着马克思主义伦理学的光辉。

马克思的亲密战友恩格斯早在《大陆上的运动》(1844年1月)这一马克思主义伦理学"形成期"的文章中,通过赞扬作为"道德的产物"的法国19世纪中期著名小说家欧仁·苏的作品《巴黎的秘密》,做过

---

① [苏联]鲍列夫:《美学》,乔修业、常谢枫译,北京:中国文联出版公司,1986年,第1页。
② 聂珍钊:《文学伦理学批评导论》,北京:北京大学出版社,2014年,第36页。
③ 同上书,"内容提要"第1页。
④ 同上书,第98页。
⑤ 同上书,第101页。

一段相关的"一往情深"的论述:"这本书以鲜明的笔调描写了大城市的'下层等级'所遭受的贫困和道德败坏,这种笔调不能不使社会关注所有无产者的状况。……先前在这类著作中充当主人公的是国王和王子,现在却是穷人和受轻视的阶级了,而构成小说内容的,则是这些人的生活和命运、欢乐和痛苦。"①欧仁·苏为下层人民的苦难呐喊,为下层人民的命运"鸣冤",恩格斯对此予以充分肯定。它是作品赖以产生之源,得以"奠基"之根。"它(指作品——引者注)在客观上一定程度地揭露了资产阶级社会的贫富对立,触及了人们所普遍关心的社会矛盾"②,尽管作家曾因"思辨的迷雾",在《神圣家族》中受到马克思、恩格斯的口诛笔伐。恩格斯也曾在《致玛·哈克奈斯》(1844年4月)这一起草于马克思主义伦理学"发展期"的信函中,对法国最伟大的现实主义小说家巴尔扎克在创作中建构的"道德的产物"赞赏有加:"他在《人间喜剧》里给我们提供了一部法国'社会'特别是巴黎'上流社会'的卓越的现实主义历史,他用编年史的方式几乎逐年地把上升的资产阶级在1816年至1848年这一时期对贵族社会日甚一日的冲击描写出来……巴尔扎克在政治上是一个正统派(指被推翻的波旁王朝的拥护者——引者注);……他的全部同情都在注定要灭亡的那个阶级方面。但是,尽管如此……他的嘲笑是空前尖刻的,他的讽刺是空前辛辣的。……他看到了他心爱的贵族们灭亡的必然性,从而把他们描写成不配有更好命运的人;他在当时唯一能找到未来的真正的人的地方看到了这样的人"③。宏论滔滔,令人拍案叫绝。在恩格斯看来,巴尔扎克"除细节的真实外……真实地再现典型环境中的典型人

---

① [德]恩格斯:《大陆上的运动》(1844年1月)(节选),陆梅林辑注:《马克思恩格斯论文学与艺术(上)》,北京:人民文学出版社,1982年,第222页。
② 蒋培坤:《讲解》(马克思 恩格斯《神圣家族〈摘录〉》),纪怀民、陆贵山、周忠厚、蒋培坤编著:《马克思主义文艺论著选讲》,北京:中国人民大学出版社,1982年,第66页。
③ [德]恩格斯:《致玛·哈克奈斯》,纪怀民、陆贵山、周忠厚、蒋培坤编著:《马克思主义文艺论著选讲》,北京:中国人民大学出版社,1982年,第269—270页。

物",实现了"现实主义的最伟大的胜利之一"。① 这指明了现实主义的创作方向,深刻阐明了作家生活实践、世界观与创作之间天然"亲缘"关系,足可让我们见识一个竭力背叛自己阶级的超凡脱俗的革命者的气魄,一个"甚至可以违背作者的见解而表露出来"②的伟大的现实主义作家形象。正是因为如此,恩格斯酷爱巴尔扎克,在友人、马克思二女儿劳拉·拉法格面前也难掩激动:"在我卧床这段时间里,除了巴尔扎克的作品外,别的我几乎什么也没有读,我从这个卓越的老头子那里得到了极大的满足。这里有1815年到1848年的法国历史,比所有沃拉贝耳、卡普菲格、路易·勃朗之流的作品中所包含的多得多。多么了不起的勇气!在他的富有诗意的裁判中有多么了不起的革命辩证法!"③与此同时,恩格斯与马克思在《神圣家族》这部他们首次在马克思主义伦理学"形成期",于巴黎合作的论战性著作中,也对女主角玛丽花身上所表现出来的"重压下优雅"般的道德品质,赞叹不已:"尽管她处在极端屈辱的境遇中,她仍然保持着人类的高尚心灵、人性的落拓不羁和人性的优美。这些品质感动了她周围的人,使她成为罪犯圈子中的一朵含有诗意的花,并获得了玛丽花这个名字。"④此外,两位革命导师还饶有兴致地告诫人们提防《巴黎的秘密》中"校长"复仇行为所隐含的伪道德问题。我们还应该注意到,此时的马克思,流亡他国,朝不保夕,度日如年,但依然不屈不挠、满腔热忱地思考着广大无产阶级的前途、命运,写出《1844年经济学—哲学手稿》《神圣家族》等一批在世界共产主义运动史上声誉卓著的著作,用自己的行动,忠实践行了自己一贯倡导的道德原则。他真是给人类带来"'盗火者'

---

① [德]恩格斯:《致玛·哈克奈斯》,纪怀民、陆贵山、周忠厚、蒋培坤编著:《马克思主义文艺论著选讲》,北京:中国人民大学出版社,1982年,第269—270页。
② 同上书,第269页。
③ [德]恩格斯:《致劳拉·拉法格》,《马克思恩格斯全集》(第二版)第三十六卷,中共中央马克思恩格斯列宁斯大林著作编译局编译,北京:人民出版社,2016年,第77页。
④ [德]马克思、[德]恩格斯:《神圣家族(摘录)》,纪怀民、陆贵山、周忠厚、蒋培坤编著:《马克思主义文艺论著选讲》,北京:中国人民大学出版社,1982年,第25页。

光明"的普罗米修斯。境界何其高远,令人心向往之!

　　文学伦理学批评还论及文学作为特殊商品的问题。它如是说:"文学作品是一种特殊的商品,它最终要进入市场进行交易,因此必须符合一定的质量标准才能进入文学的交易市场,这个质量标准就是文学的价值标准。社会赋予文学批评家一定的责任,以便文学的价值标准能够得到坚守。无论文学批评还是文学创作,都要遵守文学交易市场的道德法则。在文学这个自由市场里,社会责任就是这个市场所有参与者都要自觉遵守的质量标准和交易规则。"①这实际上是在说,既然文学作品是"特殊商品",进入市场进行交易时,必须遵守市场"准入准则",这个"准则"就是"文学的价值标准",就是"道德法则",就是"社会责任"。文学批评家就应该履行"准则",向市场严肃认真地推荐作品,绝不可为了"赤裸裸的金钱关系"而夸大其词,祸害读者。无独有偶,马克思主义者斯大林同志曾在 1930 年 1 月 17 日《给阿·马·高尔基的信》中对即将进入市场流通的战争小说的出版做出严格要求:"至于描写战争的小说,那必须严加选择之后再出版。在书籍市场上出现了许多描写战争的'恐怖'、引起对一切战争(不仅对帝国主义战争,而且也对其他一切战争)的反感的文艺小说。这是没有多大价值的资产阶级和平主义的小说。我们所需要的是能够把读者从帝国主义战争的恐怖引到了解必须打倒组织这种战争的帝国主义政府的小说。……我们反对帝国主义战争,因为它是反革命的战争。但是我们拥护解放的、反帝国主义的、革命的战争"②。也就是说,一切出版物必须服从反对帝国主义战争,歌颂革命的正义战争这一"准则",这一"社会责任",以此"鼓舞革命人民通过革命战争去摧毁旧制度,推翻旧

---

　① 聂珍钊:《文学伦理学批评导论》,北京:北京大学出版社,2014 年,第 101 页。
　② [苏联]斯大林:《给阿·马·高尔基的信》,纪怀民、陆贵山、周忠厚、蒋培坤编著:《马克思主义文艺论著选讲》,北京:中国人民大学出版社,1982 年,第 529 页。

世界,建立新世界"①。这是无产阶级革命导师对作家成长的巨大关怀,弥足珍贵。

第三节 马克思主义伦理批评与文学的教诲功能

文学伦理学批评主张"运用辩证的历史唯物主义的方法研究文学中的道德现象,倾向于在历史的客观语境中去分析、理解和阐释文学中的各种道德现象"②,并"强调文学及其批评的社会责任,强调文学的教诲功能,并以此作为批评的基础"③。显然,对伦理的描写及教诲功能的挖掘,遂成为批评的任务。其中,"运用辩证的历史唯物主义的方法"去进行伦理描写,且在方法论上"强调文学的教诲功能,并以此作为批评的基础",文学伦理学批评所具有的马克思主义立场、观点、方法显而易见。

英雄所见略同。列宁同志在《列·尼·托尔斯泰和现代工人运动》这篇写于马克思主义伦理学"高潮期"的文章中,通过对托尔斯泰的赞誉,充分肯定其作品所表现出的正义道德力量:"他在自己的晚期作品里,对现代一切国家制度、教会制度、社会制度和经济制度作了激烈的批判,而这些制度所赖以建立的基础,就是群众的被奴役和贫困,就是农民和一般小业主的破产,就是从上到下充满着整个现代生活的暴力和伪善"④。"对现代一切国家制度、教会制度、社会制度和经济制度作了激烈的批判",意味着列宁采用马克思主义的立场、观点去充分面对并分析、阐释、批判托氏作品所呈现的俄国这一现代国家早已

---

① 周忠厚:《讲解》(斯大林《给阿·马·高尔基的信》),纪怀民、陆贵山、周忠厚、蒋培坤编著:《马克思主义文艺论著选讲》,北京:中国人民大学出版社,1982年,第536页。
② 聂珍钊:《文学伦理学批评导论》,北京:北京大学出版社,2014年,第134页。
③ 同上书,第135页。
④ [苏联]列宁:《列·尼·托尔斯泰和现代工人运动》,纪怀民、陆贵山、周忠厚、蒋培坤编著:《马克思主义文艺论著选讲》,北京:中国人民大学出版社,1982年,第377页。

呈现的丑恶现象。这是共产主义者面对无产阶级的敌人发出的战斗号角，面对"魑魅魍魉"般的丑恶、无耻发出的坚强怒吼。斯大林同志发表过类似"高见"。他在1929年2月2日《答比尔-别洛策尔科夫斯基》的信中如此这般强调文学的教诲功能："至于《土尔宾一家的日子》这个剧本本身，它并不那么坏，因为它给我们的益处比害处多。不要忘记，这个剧本留给观众的主要印象是对布尔什维克有利的印象：'如果象土尔宾这样一家人都承认自己的事业已经彻底失败，不得不放下武器，服从人民的意志，那就是说，布尔什维克是不可战胜的，对他们布尔什维克是毫无办法的。'《土尔宾一家的日子》显示了布尔什维克主义无坚不摧的力量。"①比尔-别洛策尔科夫斯基是苏联剧作家、功勋艺术家。《土尔宾一家的日子》是根据苏联剧作家布尔加柯夫未完成的长篇小说《白卫军》改编的话剧，比尔-别洛策尔科夫斯基可能参与了改编，该剧1926年在莫斯科艺术剧院上演，遭到广大群众的强烈抵制，因为作品中的土尔宾一家对白匪寄予无限同情，反对革命，丑化十月革命后的苏联社会主义制度。他们最后都没有好下场，不得不向正义认输。斯大林同志以此作为反面教材，站在辩证唯物主义的立场，首先分析剧本所体现的伦理描写秩序："至于《土尔宾一家的日子》这个剧本本身，它并不那么坏，因为它给我们的益处比害处多"；然后阐释剧本所传达的教诲功能："《土尔宾一家的日子》显示了布尔什维克主义无坚不摧的力量"即教育人民、鼓舞人民的力量，讴歌共产主义一定要实现的伟大力量。这是"对布尔什维克有利的印象"②。

文学伦理学批评还郑重其事地提醒学界："今天的文学批评不能背离社会公认的基本伦理法则，不能破坏大家遵从的道德风尚，更不能滥用未来的道德假设为今天违背道德法则的文学辩护。"③毛泽东

---

① [苏联]斯大林：《答比尔-别洛策尔科夫斯基》，纪怀民、陆贵山、周忠厚、蒋培坤编著：《马克思主义文艺论著选讲》，北京：中国人民大学出版社，1982年，第511页。
② 同上。
③ 聂珍钊：《文学伦理学批评导论》，北京：北京大学出版社，2014年，第135页。

同志在《在延安文艺座谈会上的讲话》中也就此表达了鲜明立场:"文艺批评有两个标准,一个是政治标准,一个是艺术标准。按照政治标准来说,一切利于抗日和团结的,鼓励群众同心同德的,反对倒退、促成进步的东西,便都是好的;而一切不利于抗日和团结的,鼓动群众离心离德的,反对进步、拉着人们倒退的东西,便都是坏的。……按着艺术标准来说,一切艺术性较高的,是好的,或较好的;艺术性较低的,则是坏的,或较坏的。"①不难理解,毛泽东同志所说的政治标准、艺术标准,就是一定时期的批评家们针对具体作品进行分析、阐释、评价时必须恪守的基本伦理法则、道德风尚。政治标准与艺术标准之间彼此关联,不能割裂,尽管二者既有联系又有区别。换言之,毛泽东同志要求作家在创作时必须将革命的政治内容与尽可能完美的艺术形式相统一,理由在于"一部作品的思想政治倾向总是通过人物形象和故事情节表现出来的,文艺批评只有通过对艺术形象的分析,才能把握这种思想政治倾向"②。这必然涉及"为谁服务""为谁创作"的大是大非问题。马克思主义者周恩来同志后来在《在文艺工作座谈会和故事片创作会议上的讲话》这部同样是马克思主义伦理学"高潮期"的光辉文献中,做了言之成理的阐发:"毛主席指出文艺为工农兵服务,就是我们的政治标准。为工农兵服务,为劳动人民服务,为无产阶级专政制度下的人民大众服务,这只是文艺的政治标准。政治标准不等于一切,还有艺术标准,还有个如何服务的问题。服务是用文艺去服务,要通过文艺的形式,文艺的形式是多种多样的,不能框起来。"③特别值得一提的是,周恩来同志所说的"为无产阶级专政制度下的人民大众服

---

① 毛泽东:《在延安文艺座谈会上的讲话》,纪怀民、陆贵山、周忠厚、蒋培坤编著:《马克思主义文艺论著选讲》,北京:中国人民大学出版社,1982年,第555页。
② 纪怀民:《讲解》(毛泽东《在延安文艺座谈会上的讲话》),纪怀民、陆贵山、周忠厚、蒋培坤编著:《马克思主义文艺论著选讲》,北京:中国人民大学出版社,1982年,第588页。
③ 周恩来:《在文艺工作座谈会和故事片创作会议上的讲话(摘录)》,纪怀民、陆贵山、周忠厚、蒋培坤编著:《马克思主义文艺论著选讲》,北京:中国人民大学出版社,1982年,第659—660页。

务",是在区别于无产阶级取得政权、建立社会主义制度之前的情况下提出来的。在无产阶级专政时代,文艺的服务对象不仅包括工农兵、知识分子和其他劳动人民,也包括各民主党派、爱国资产阶级和旅外侨胞及其他一切爱国人士。① 伟大的革命家、战略家毛泽东、周恩来同志高瞻远瞩,其文学理论批评,较之文学伦理学批评更加严谨、深刻,更加富于马克思主义精神,可补充后者之不足。

本章小结

马克思主义伦理学像光芒万丈的灯塔,照耀着文学伦理学批评的前进之路。背靠着马克思主义伦理学这片丰厚沃土,文学伦理学批评以辩证唯物主义和历史唯物主义为指导,聚焦马克思主义伦理学的研究对象,切实履行马克思主义伦理学的任务、目标,并有效借鉴源远流长的世界文学创作资源。这样的文学伦理学批评,丰富了一百年来马克思主义伦理学的理论宝库,积极推进了马克思主义文艺学的建设,是我国百年马列文论研究史上的一件大事。所以,有马克思主义伦理学"保驾护航"的文学伦理学批评,有着高度的政治站位和强烈的责任担当,有益于文学工作者最大限度地挖掘中外文学中的伦理(道德)资源,以此弘扬主旋律,特别弘扬那些在中国"已经成为道德的象征,变成了深入人心的艺术形象"②所传达出来的英雄主义精神,与历史虚无主义做斗争,为民族精神引吭高歌,理由正如习近平同志所说:"追求真善美是文艺的永恒价值。艺术的最高境界就是让人动心,让人们

---

① 周忠厚:《讲解》(周恩来《对在京的话剧、歌剧、儿童剧作家的讲话〈摘录〉》),纪怀民、陆贵山、周忠厚、蒋培坤编著:《马克思主义文艺论著选讲》,北京:中国人民大学出版社,1982年,第694页。

② 聂珍钊:《文学伦理学批评导论》,北京:北京大学出版社,2014年,第143页。

的灵魂经受洗礼,让人们发现自然的美、生活的美、心灵的美。"①另一层面,我们还可以将这一负载着浓厚马克思主义色彩的文学伦理学批评作为理论武器,以无所畏惧的勇气,甚至"壮士断臂"的气魄,与学术腐败做坚决斗争,只要这样,"我们的民族就永远健康向上、永远充满希望"②,我们的新时代中国特色社会主义伟大事业就会无往而不胜。

---

① 习近平:《在文艺工作座谈会上的讲话》,http://www.xinhuanet.com/politics/2015-10/14/c_1116825558.htm。
② 同上。

参考文献

一、英文著作

Abrams, M. H. *A Glossary of Literary Terms*. Beijing: Foreign Language Teaching and Research Press, 2004.

Aristotle. *The Politics*. Trans. Carnes Lord, Chicago and London: The University of Chicago Press, 1984.

Ashcroft, Bill, Gareth Griffiths and Helen Tiffin. *The Empire Writes Back Theory and Practice in Postcolonial Literature*. London and New York: Routledge, 2002.

Baxter, Brian. *Ecologism: An Introduction*. Edinburgh: Edinburgh University Press, 1999.

Berning, Nora. *Towards a Critical Ethical Narratology: Analyzing Value Construction in Literary Non-Fiction Across Media*. Berlin: Verlag Trier, 2013.

Booth, Wayne C. *The Company We Keep: An Ethics of Fiction*. Berkeley: University of California Press, 1988.

Carson, Rachel. *Silent Spring*. New York: Houghton Miffiln Company, 2002.

Cascardi, Anthony J., ed. *Literature and the Question of Philosophy*. Baltimore: Johns Hopkins University Press, 1987.

Crittenden, Paul. *Sartre in Search of an Ethics*. Newcastle: Cambridge Scholars Publishing, 2009.

Davis, Todd F. and Kenneth Womack, eds. *Mapping the Ethical Turn: A Reader in Ethics, Culture, and Literary Theory*. Charlottesville: University Press of Virginia, 2001.

Eaglestone, Robert. *Ethical Criticism: Reading after Levinas*. Edinburgh: Edinburgh University Press, 1997.

Eagleton, Terry. *Literary Theory: An Introduction*. Malden: Blackwell, 1996.

Eagleton, Terry. *The Event of Literature*. New Heaven: Yale University Press, 2012.

Eaton, Marcia Muelder. *Merit, Aesthetic and Ethical*. New York: Oxford University Press, 2001.

Eichenbaum, Boris. "The Theory of the Formal Method." In *Russian Formalist Criticism: Four Essays*. Trans. Lee T. Lemon and Marin J. Reis. Lincoln and London: University of Nebraska Press, 1965, pp. 99—140.

Erlich, Victor. *Russian Formalism: History-Doctrine*. The Hague: Mouton Publishers, 1980.

Foucault, Michel. "*An Aesthetics of Existence*." In L. Kritzman, ed. *Politics, Philosophy, Culture: Interviews and Other Writings, 1977—1874*. London: Routledge, 1988.

Frye, Northrop. *Anatomy of Criticism: Four Essays*. Princeton: Princeton University Press, 1957.

Garber, Marjorie, Beatrice Hanssen, Rebecca L. Walkovitz, eds. *The Turn to Ethics*. New York: Routledge, 2000.

Gaut, Berys. *Aesthetics and Ethics: Essays at the Intersection*. Ed. Jerrold Levinson. Cambridge: Cambridge University Press, 2010.

Goldberg, S. L. *Agents and Lives: Moral Thinking in Literature*. Cambridge:

Cambridge University Press, 1993.

Guillory, John. "The Ethical Practice of Modernity: The Example of Reading." In Marjorie Garber, Beatrice Hanssen, Rebecca L. Walkovitz, eds. *The Turn to Ethics*. New York: Routledge, 2000, p. 38.

Hansen, Randall. *Citizenship and Immigration in Post-War Britain: The Institutional Origins of a Multicultural Nation*. Oxford & New York: Oxford University Press, 2000.

Harpham, Geoffrey Gait. *Getting It Right: Language, Literature, and Ethics*. Chicago, CA: University of Chicago Press, 1992.

Howe, Susanne. *Novels of Empire*. New York: Columbia University Press, 1949.

Hunt, Theodore W. *Ethical Teachings in Old English Literature*. London: Funk & Wagnalls Company, 1892.

Innes, Catherine Lynette. *The Cambridge Introduction to Postcolonial Literatures in English*. New York: Cambridge University Press, 2007.

Kindt, Tom. "Back to Classical Narratology: Why Narrative Theory Should Not Bother too Much about the Narrative Turn." In Lars-Åke Skalin, ed. *Narrativity, Fictionality, and Literariness: The Narrative Turn and the Study of Literary Fiction*, Örebro: Örebro University, 2008, pp. 25—36.

Kolesnikoff, Nina. "Formalism, Russia." In *Encyclopedia of Contemporary Literary Theory: Approaches, Scholars, Terms*. Ed. Irene Rima Makaryk. Toronto: University of Toronto Press, 1993, pp. 53—60.

Kreiswirth, Martin. "Narrative Turn in the Humanities." In David Herman, Manfred Jahn and Marie-Laure Ryan, eds. *Routledge Encyclopedia of Narrative Theory*, London and New York: Routledge, 2005, pp. 377—382.

Leavis, F. R. *The Great Tradition: George Eliot, Henry James, Joseph Conrad*. New York: G. W. Stewart, 1948.

Levinas, Emmanuel. *Ethics and Infinity: Conversations with Philippe Nemo*. Trans. Richard A. Cohen. Pittsburgh: Duquesne University Press, 1985. First published in France in 1982.

Man, Paul de. *Allegories of Reading*. New Haven and London: Yale University Press, 1979.

Matti Hyvärinen, Mari Hatavara, and Lars-Christer Hydén, eds. *The Travelling Concepts of Narrative*. Amsterdam/Philadelphia: John Benjamins Publishing Company, 2013.

Meine, Curt & Richard L. Knight. *The Essential Aldo Leopold: Quotations and Commentaries*. Madison: The University of Wisconsin Press, 1999.

Miller, J. Hillis. *The Ethics of Reading: Kant, Eliot, Trollope, James, and Benjamin*. New York: Columbia University Press, 1987.

Mills, Charles W. *The Racial Contract*. New York: Cornell University Press, 1999.

Milner, Andrew and Jeff Browitt. *Contemporary Cultural Theory: An Introduction*. London and New York: Routledge, 2002.

Muir, Ramsay. *A History of Liverpool*. London: Redwood Press, 1907.

Müller, Wolfgang G. "An Ethical Narratology." In Astrid Erll, Herbert Grabes, and Ansgar Nünning, eds. *Ethics in Culture: The Dissemination of Values Through Literature and Other Media*. Berlin: De Gruyter, 2008, p. 117.

Naipaul, V. S. *A Bend in the River*. London: Picador, 2011.

Newton, Adam Zachary. *Narrative Ethics*. Cambridge: Harvard University Press, 1995.

Nussbaum, Martha C. *Love's Knowledge: Essays on Philosophy and Literature*. New York: Oxford University Press, 1992.

Nussbaum, Martha. *Love's Knowledge: Essays on Philosophy and Literature*. New York: Oxford University Press, 1990.

Phelan, James. "Narrative Ethics." In Peter Hühn et al., eds. *Handbook of Narratology* (2nd edition). Berlin: De Gruyter, 2014, pp. 531—546.

Phillips, Caryl. *The Atlantic Sound*. New York: Vintage International, 2001.

P. H. Partridge, "Freedom." In Paul Edwards, ed. *Encyclopedia of Philosophy*. New York: McMillan and the Free Press, 1967, pp. 221—225.

Posner, Richard A. *Law and Literature*. Cambridge: Harvard University Press,

1998.

Rushdie, Salman. *Midnight's Children*. London: Vintage Books, 2013.

Schultz, Duane P. and Sydney Ellen Schultz. *A History of Modern Psychology*. Belmont: Wadsworth, 2011.

Selden, Roman, Peter Widdowson and Peter Brooker. *A Reader's Guide to Contemporary Literary Theory*. Beijing: Foreign Language Teaching and Research Press, 2004.

Selkirk, J. B. *Ethics and Aesthetics of Modern Poetry*. London: Smith, Elder, and Co., 1878.

Shklovsky, Viktor. *Knight's Move*. Trans. Richard Sheldon. London: Daily Archive Press, 2005.

Siebers, Tobin. *The Ethics of Criticism*. Ithaca, NY: Cornell University Press, 1988.

Steiner, Peter. *Russian Formalism: A Metapoetics*. Ithaca: Cornell University Press, 1984.

Thompson, Ewa M. "Formalism." In Victor Terras., ed. *Handbook of Russian Literature*. New Haven and London: Yale University Press, 1985, pp. 151—154.

Thompson, Ewa M. *Russian Formalism and Anglo-American New Criticism: A Comparative Study*. The Hague: Mouton & Co., 1971.

Thompson, Maurice. *Ethics of Literary Art*. Connecticut: Hartford Seminary Press, 1893.

Todorov, Tzvetan. *Literature and Its Theorists: A Personal View of Twentieth-Century Criticism*. Trans. Catherine Porter. London: Routledge and Kegan Paul, 1988.

Toker, Leona, ed. *Commitment in Reflection: Essays in Literature and Moral Philosophy*. New York: Garland Publishing, 1994.

Trilling, Lionel. *The Liberal Imagination: Essays on Literature and Society*. New York: Harcourt Brace Jovanovich, 1979.

White, Charles. *Essays in Literature and Ethics*. Boston: S. K. Whipple and Company, 1853.

二、中文著作

[美]阿拉斯代尔·麦金太尔:《伦理学简史》,龚群译,北京:商务印书馆,2004年。

[俄]艾亨鲍姆:《谈谈"形式主义者"的问题》,张捷选编:《十月革命前后苏联文学流派》(下编),上海:上海译文出版社,1998年,第205—208页。

[俄]艾亨鲍姆:《形式主义方法论》,张捷选编:《十月革命前后苏联文学流派》(下编),上海:上海译文出版社,1998年,第209—244页。

[苏联]巴赫金:《巴赫金全集》(第一卷),晓河、贾泽林、张杰、樊锦鑫等译,石家庄:河北教育出版社,1998年。

[苏联]巴赫金:《巴赫金全集》(第二卷),李辉凡、张捷、张杰、华昶等译,石家庄:河北教育出版社,1998年。

[苏联]鲍列夫:《美学》,乔修业、常谢枫译,北京:中国文联出版公司,1986年。

北京大学哲学系美学教研室编:《西方美学家论美和美感》,北京:商务印书馆,1980年。

北京大学哲学系外国哲学史教研室编译:《西方哲学原著选读》(上卷),北京:商务印书馆,1981年。

[古希腊]柏拉图:《理想国》,郭斌和、张竹明译,北京:商务印书馆,1986年。

[英]伯特兰·罗素:《我们关于外间世界的知识:哲学科学方法应用的一个领域》,陈启伟译,上海:上海译文出版社,2006年。

[意]但丁:《飨宴》,中国社科院外国文学研究所外国文学研究资料丛书编辑委员会编:《欧美古典作家论现实主义和浪漫主义》(一),北京,中国社会科学出版社,1980年。

[荷兰]D. W. 佛克马、[荷兰]E. 贡内-易布思:《二十世纪文学理论》,林书武、陈圣生、施燕、王筱芸译,北京:生活·读书·新知三联书店,1988年。

[美]弗朗西斯·福山:《大分裂:人类本性与社会秩序的重建》,刘榜离等译,北京:中国社会科学出版社,2002年。

[德]弗里德里希·梅尼克:《历史主义的兴起》,陆月宏译,南京:译林出版社,2010年。

[德]弗里德里希·席勒:《审美教育书简》,冯至、范大灿译,北京:北京大学出版社,1985年。

[奥]弗洛伊德:《性欲三论》,赵蕾、宋景堂译,北京:国际文化出版公司,2000年。

[奥]弗洛伊德著,车文博主编:《精神分析新论》,北京:九州出版社,2014年。

[奥]弗洛伊德著,车文博主编:《图腾与禁忌》,北京:九州出版社,2014年。

[奥]弗洛伊德著,车文博主编:《癔症研究》,北京:九州出版社,2014年。

[奥]弗洛伊德著,车文博主编:《自我与本我》,北京:九州出版社,2014年。

[美]格林布拉特:《〈文艺复兴自我造型〉导论》,赵一凡译,中国社会科学院外国文学研究所《世界文论》编辑委员会编:《文艺学与新历史主义》,北京:社会科学文献出版社,1993年。

[德]古斯塔夫·弗莱塔克:《论戏剧情节》,张玉书译,上海:上海译文出版社,1981年。

[古罗马]贺拉斯:《诗艺》,杨周翰译,北京:人民文学出版社,1962年。

[古希腊]赫西俄德:《神谱》,张竹明、蒋平译,北京:商务出版社,2009年。

[德]黑格尔:《美学》(第三卷)下册,朱光潜译,北京:商务印书馆,1981年。

[英]亨利·菲尔丁:《弃儿汤姆·琼斯的历史》(上册),萧乾译,西安:太白文艺出版社,2005年。

胡志红:《西方生态批评史》,北京:人民出版社,2015年。

[法]吉尔·利波维茨基:《责任的落寞——新民主时期的无痛伦理观》,倪复生、方仁杰译,北京:中国人民大学出版社,2007年。

纪怀民、陆贵山、周忠厚、蒋培坤编著:《马克思主义文艺论著选讲》,北京:中国人民大学出版社,1982年。

[美]贾雷德·戴蒙德:《崩溃——社会如何选择成败兴亡》,江滢、叶臻译,上海:上海译文出版社,2008年。

金莉、李铁主编:《西方文论关键词》(第二卷),北京:外语教学与研究出版社,2017年。

[瑞士]卡尔·古斯塔夫·荣格:《转化的象征——精神分裂症的前兆分析》(珍藏限量版),孙明丽、石小竹译,北京:国际文化出版公司,2011年。

[德]康德:《判断力批判》,邓晓芒译,杨祖陶校,北京:人民出版社,2002年。

孔丘:《泰伯篇第八》,《论语译注》,杨伯峻、杨逢彬译注,长沙:岳麓书社,2009年。

[法]拉康,《拉康选集》,褚孝泉译,上海:上海三联书店,2001年。

[美]雷纳·韦勒克:《近代文学批评史》第七卷,杨自伍译,上海:上海译文出版社,

2006年。

[美]理查德·舒斯特曼:《实用主义美学——生活之美,艺术之思》,彭锋译,北京:商务印书馆,2002年。

龙静云主编:《马克思主义伦理学》。北京:中国人民大学出版社,2016年。

龙娟:《环境文学研究》,长沙:湖南师范大学出版社,2005年。

[德]路德维希·费尔巴哈:《费尔巴哈哲学著作选集》(下卷),荣震华、王太庆、刘磊译,北京:商务印书馆,1984年。

陆贵山,周忠厚编著:《马克思主义文艺论著选讲》(第五版),北京:中国人民大学出版社,2011年。

卢世林:《美与人性的教育——席勒美学思想研究》,北京:人民出版社,2009年。

[美]罗伯特·索罗门、[美]凯瑟琳·希金斯:《最简洁的哲学:智慧的历史》,杨艳萍译,北京:中国书籍出版社,2009年。

[俄]罗曼·雅各布森:《序言:诗学科学的探索》,[法]茨维坦·托多罗夫编选:《俄苏形式主义文论选》,北京:中国社会科学出版社,1989年,第1—4页。

[德]马克思、[德]恩格斯:《马克思恩格斯全集》(第二版)第三卷,中共中央马克思恩格斯列宁斯大林著作编译局编译,北京:人民出版社,2002年。

[德]马克思、[德]恩格斯:《马克思恩格斯全集》(第二版)第三十六卷,中共中央马克思恩格斯列宁斯大林著作编译,北京:人民出版社,2016年。

[德]马克思、[德]恩格斯:《马克思恩格斯选集》第三卷,中共中央马克思恩格斯列宁斯大林著作编译局编译,北京:人民出版社,2012年。

[德]马克思:《1844年经济学—哲学手稿》,刘丕坤译,北京:人民出版社,1979年。

[法]米歇尔·福柯:《词与物——人文科学考古学》,莫伟民译,上海:上海三联书店,2001年。

[美]莫达尔:《心理分析与文学》,郑秋水译,台北:远流出版公司,1987年。

[德]尼采:《悲剧的诞生——尼采美学文选》,周国平译,北京:生活·读书·新知三联书店,1986年。

[德]尼采:《尼采生存哲学》,杨恒达等译,北京:九州出版社,2003年。

聂珍钊:《文学伦理学批评导论》,北京:北京大学出版社,2014年。

[法]让-保尔·萨特:《存在与虚无》,陈宣良等译,杜小真校,北京:生活·读书·新知三联书店,1987年。

［法］让-保罗·萨特:《存在主义是一种人道主义》,周煦良、汤永宽译,上海:上海译文出版社,1988年。

［法］萨特:《苍蝇》,袁树仁译,沈志明、艾珉主编:《萨特文集1·小说卷[I]》,北京:人民文学出版社,2005年。

尚必武:《当代西方后经典叙事学研究》,北京:人民文学出版社,2013年。

［英］史蒂芬·恩萧:《存在主义》,上海:上海外语教育出版社,2009年。

［苏联］什克洛夫斯基:《散文理论》,刘宗次译,南昌:百花洲文艺出版社,1997年。

［德］叔本华:《叔本华美学随笔》,韦启昌译,上海:上海人民出版社,2009年。

［荷兰］斯宾诺莎:《伦理学》,贺麟译,北京:商务印书馆,1958年。

［德］斯威布:《古希腊神话与传说》,高中甫、关惠文、晓辉译,北京:燕山出版社,2002年。

［英］特里·伊格尔顿:《审美意识形态》,王杰、傅德根、麦永雄译,柏敬泽校,桂林:广西师范大学出版社,2001年。

［英］特里·伊格尔顿:《现象学、阐释学、接受理论——当代西方文艺理论》,王逢振译,南京:江苏教育出版社,2006年。

［美］梯利:《西方哲学史》,葛力译,北京:商务印书馆,1995年。

童庆炳主编:《文学理论教程》(修订二版),北京:高等教育出版社,2004年。

［苏联］托洛茨基:《文学与革命》,刘文飞、王景生、季耶译,张捷校,北京:外国文学出版社,1992年。

［美］托马斯·弗林(Thomas R. Flynn):《存在主义简论》,莫伟民译,北京:外语教学与研究出版社,2008年。

王宁:《文学与精神分析学》,北京:人民文学出版社,2002年。

王宁主编:《文学理论前沿》(第十七辑),北京:清华大学出版社,2017年。

［俄］维克托·什克洛夫斯基等:《俄国形式主义文论选》,方珊等译,北京:生活·读书·新知三联书店,1989年。

［英］威廉·莎士比亚:《莎士比亚全集》(全11册),朱生豪译,北京:人民文学出版社,1991年。

［德］席勒:《论美》,《秀美与尊严——席勒艺术和美学文集》,张玉能译,北京:文化艺术出版社,1996年。

［德］席勒:《美育书简》,徐恒醇译,北京:中国文联出版公司,1984年。

［英］休谟:《人性论》,关云文译,郑之骧校,北京:商务印书馆,1980年。

徐曙玉、边国恩等编:《20世纪西方现代主义文学》,天津:百花文艺出版社,2001年。

［古希腊］亚里士多德:《论诗》,苗力田主编:《亚里士多德全集》(第九卷),北京:中国人民大学出版社,1994年。

［古希腊］亚里士多德:《尼各马可伦理学》,廖申白译注,北京:商务印书馆,2003年。

［古希腊］亚里士多德:《诗学》,罗念生译,北京:人民文学出版社,1962年。

［古希腊］亚理斯多德:《修辞学》,罗念生译,北京:生活·读书·新知三联书店,1991年。

杨经建:《20世纪中国存在主义文学史论》,北京:人民出版社,2014年。

姚小鸥:《诗经译注》(上册),北京:当代世界出版社,2009年。

赵毅衡:《广义叙述学》,成都:四川大学出版社,2013年。

中国社会科学院外国文学研究所《世界文论》编辑委员会编:《文艺学与新历史主义》,北京:社会科学文献出版社,1993年。

中国社会科学院外国文学研究所外国文学研究资料丛刊编辑委员会编,陈洪文、水建馥选编:《古希腊三大悲剧家研究》,北京:中国社会科学出版社,1986年。

朱光潜:《西方美学史》(下卷),北京:人民文学出版社,1979年。

宗白华:《宗白华全集》(第三卷),合肥:安徽教育出版社,1994年。

三、英文论文

Baker, William and Shang Biwu. "Fruitful Collaborations: Ethical Literary Criticism in Chinese Academe", *Times Literary Supplements* 7.31(2015):14—15.

Biwu, Shang. "The Rise of a Critical Theory: Reading *Introduction to Ethical Literary Criticism*", *Foreign Literature Studies* 5(2014):26—36.

Burgelin, Pierre. "Existentialism and the Tradition of French Thought", *Yale French Studies* 16(1955):103—105.

Chace, W. M. "The Decline of the English Department", *The American Scholar* Autumn,78(2009):32—42.

Charmé, Stuart Z. "The Different Voices of Sartre's Ethics", *Bulletin De La Société Américaine De Philosophie De Langue Française* 4. 2 — 3 (2010): 264—280.

Danto, Arthur C. "Philosophy as/and/of Literature", *Proceedings and Addresses of the American Philosophical Association* 58. 1 (1984): 5—20.

Eskin, Michael. "Introduction: The Double 'Turn' to Ethics and Literature?" *Poetics Today* 25. 4 (2004): 557—572.

Eskin, Michael. "On Literature and Ethics", *Poetics Today* 4(2004):573—594.

Gikandi, Simon and David Jefferess. "Postcolonialism's Ethical (Re)Turn: An Interview with Simon Gikandi", *Postcolonial Text* 2. 1 (2006). http://postcolonial—europe. eu/index. php? option = com_content&view = article&id = 84%3Apostcolonialisms-ethical-return-an-interview-with-simon-gikandi-&catid = 36%3Ainterviews&Itemid=75&lang=en

Gregory, Marshall. "Ethical Criticism: What It Is and Why It Matters", *Style* 32. 2 (1998): 194—220.

Gregory, Marshall. "Ethical Engagements over Time: Reading and Rereading *David Copperfield* and *Wuthering Heights*", *Narrative* 12. 3 (2004): 281—305.

Gregory, Marshall W. "Redefining Ethical Criticism, the Old vs. the New", *JLT* 4. 2 (2010): 273—301.

Hyvärinen, Matti. "Revisiting the Narrative Turns", *Life Writing* 1(2010): 69—82.

Jackson, John P. Jr. and Nadine M. Weidman. "The Origins of Scientific Racism", *The Journal of Blacks in Higher Education* 50 (2005/2006): 66—79.

Mendelson-Maoz, Adia. "Ethics and Literature: Introduction", *Philosophia* 2 (2007):111—116.

Mendelson-Maoz, Adia. "Ethics and Literature", *Philosophia* 35 (2007): 111—116.

Messerly, John G. "Summary of Sartre's Ethics". https://reasonandmeaning.

com/2017/11/15/ethics-existentialism/

Müller, Wolfgang G. "From Homer's *Odyssey* to Joyce's *Ulysses*: Theory and Practice of an Ethical Narratology", *Arcadia: International Journal of Literary Culture* 1(2015):9—36.

Neu, Jerome. "Divided Minds: Sartre's 'Bad Faith' Critique of Freud", *The Review of Metaphysics* 42.1 (1988):79—101.

Newman, Fred. "The Origins of Sartre's Existentialism", *Ethics* 76.3 (1966): 178—191.

Nie, Zhenzhao. "Towards an Ethical Literary Criticism", *Arcadia* 1 (2015): 83—101.

Nünning, Ansgar. "Narratology and Ethical Criticism: Strange Bed-Fellows or Natural Allies", *Forum for World Literature Studies* 1(2015):15—40.

O'Brien, Conor Cruise, Edward Said, and John Lukacs. "The Intellectual in the Post-Colonial World: Response and Discussion", *Salmagundi* 70—71 (1986): 65—81.

Olson, Robert G. "Authenticity, Metaphysics, and Moral Responsibility", *Philosophy* 34.129 (1959): 99—110.

Phelan, James. "Narratives in Contest; or, Another Twist in the Narrative Turn", *PMLA* 1(2008):166—175.

Plantinga, Alvin. "An Existentialist's Ethics", *Review of Metaphysics* 12.2 (1958): 235—256.

Posner, Richard A. "Against Ethical Criticism", *Philosophy and Literature* 1 (1997):1—27.

Rabinowitz, Peter J. "On Teaching *The Story of O*. Lateral Ethics and the Conditions of Reading", *JLT* 4.1(2010):157—165.

Rau, Catherine. "The Ethical Theory of Jean-Paul Sartre", *The Journal of Philosophy* 46.17 (1949): 536—545.

Rice, Philip Blair. "Existentialism and the Self", *The Kenyon Review* 12.2 (1950): 304—330.

Said, Edward. "Intellectuals in the Post-colonial World", *Salmagundi* 70—71

(1986): 44—64.

Solomon, Robert C. "Existentialism, Emotions, and the Cultural Limits of Rationality", *Philosophy East and West* 42.4(1992):597—621.

West, Andrew. "Sartrean Existentialism and Ethical Decision-Making in Business", *Journal of Business Ethics* 81.1 (2008):15—25.

四、中文论文

[俄]B.什克洛夫斯基:《词语的复活》,李辉凡译,《外国文学评论》1993年第2期,第25—29页。

曹顺庆:《重写文学概论——重建中国文论话语的基本路径》,《西南民族大学学报》(人文社科版)2007年第3期,第72—76页。

[美]查尔斯·罗斯:《文学伦理学批评的理论建构:聂珍钊访谈录》,杨革新译,《外语与外语教学》2015年第4期,第75—78页。

陈本益:《俄国形式主义的文学本质论及其美学基础》,《浙江大学学报》(人文社会科学版)2003年第6期,第95—100页。

程正民:《历史地看待俄国形式主义》,《俄罗斯文艺》2013年第1期,第26—34页。

杜娟:《从脑文本谈起——聂珍钊教授谈文学伦理学批评》,《英美文学研究论丛》2018年第1期,第1—15页。

傅华:《论生态伦理的本质》,《自然辩证法研究》1999年第8期,第66—70页。

耿幼壮:《永远的神话——索福克勒斯〈俄狄浦斯王〉的批评、阐释与接受》,《外国文学研究》2006年第5期,第158—166页。

郭海良:《关于希罗多德与修昔底德作品中对神谕的描述》,《史林》2003年第6期:第107—112、124页。

何辉斌:《古希腊文学中的"善"》,《外国文学研究》2005年第4期,第121—124、175页。

胡志红:《论西方生态批评思想基础的危机与生态批评的转型》,《鄱阳湖学刊》2014年第6期,第42—52页。

胡志红:《生态批评与跨学科研究——比较文学视域中的西方生态批评》,《四川师范大学学报》(社会科学版)2005年第3期,第58—62页。

黄晖,张连桥:《文学伦理学批评与国际学术话语的新建构——"第五届文学伦理学批评国际学术研讨会"综述》,《外国文学研究》2015 年第 6 期,第 165—169 页。

黄开红:《关于文学伦理学批评——访聂珍钊教授》,《学习与探索》2006 年第 5 期,第 117—119 页。

黄曼:《论〈少年 Pi 的奇幻漂流〉中的伦理隐喻》,《外国文学研究》2013 年第 4 期,第 146—151 页。

[美]J. 希利斯·米勒:《全球化时代文学研究还会继续存在吗?》,国荣译,《文学评论》2001 年第 1 期,第 131—139 页。

江玉琴:《论后殖民生态批评研究——生态批评的一种新维度》,《当代外国文学》2013 年第 2 期,第 88—97 页。

江玉琴:《论〈少年派的奇幻漂流〉的空间想像与后殖民生态意识》,《文学跨学科研究》2017 年第 3 期,第 157—170 页。

景德祥:《德国历史主义学派的评价问题——兼评伊格尔斯著〈德国的历史观〉》,《山东社会科学》2007 年第 7 期,第 34—38 页。

[法]拉康:《欲望及对〈哈姆雷特〉中欲望的阐释》,陈越译,《世界电影》1996 年第 2 期,第 191—223 页。

廖文娟:《审美的革命与政治的革命——席勒对法国大革命的美学反思》,《语文学刊》2014 年第 2 期,第 81—82 页。

林朝霞:《论中国生态批评的存在误区与价值重构》,《福建师范大学学报》(哲学社会科学版)2015 年第 5 期,第 73—80、170 页。

凌越:《布罗茨基的美学和伦理学:嵌入音韵缝隙里的道德》,《新京报》2014 年 11 月 1 日。

刘蓓:《生态批评研究考评》,《文艺理论研究》2004 年第 2 期,第 89—93 页。

刘建军:《文学伦理学批评:中国特色的学术话语建构》,《外国文学研究》2014 年第 4 期,第 14—18 页。

刘文波、周宇:《人性与价值的预设:生态伦理学的逻辑起点》,《湖南师范大学社会科学学报》2002 年第 5 期,第 16—21 页。

刘悦笛:《从伦理美学到审美伦理学——维特根斯坦、杜威与原始儒家的比较研究》,《哲学研究》2011 年第 8 期,第 104—109 页。

刘悦笛:《作为伦理学的美学:席勒的"美善"观念四题》,叶朗主编:《意象》(第一期),北京:北京大学出版社,2006年,第239—250页。

龙娟:《美国环境文学的核心主题及其表现技巧》,《湖南师范大学社会科学学报》2008年第6期,第116—120页。

龙娟:《美国环境文学:弘扬环境正义的绿色之思》,《湖南师范大学社会科学学报》2009年第5期,第106—109页。

马元龙:《安提戈涅与精神分析的伦理学》,《外国文学评论》2005年第4期,第18—27页。

[法]米歇尔·福柯:《〈反俄狄浦斯〉序言》,麦永雄译,《国外理论动态》2003年第7期,第43—44页。

聂珍钊:《伦理禁忌与俄狄浦斯的悲剧》,《学习与探索》2006年第5期,第113—116页。

聂珍钊:《脑文本和脑概念的形成机制与文学伦理学批评》,《外国文学研究》2017年第5期,第26—34页。

聂珍钊:《文学经典的阅读、阐释和价值发现》,《文艺研究》2013年第5期,第34—42页。

聂珍钊:《文学伦理学批评:基本理论与术语》,《外国文学研究》2010年第1期,第12—22页。

聂珍钊:《文学伦理学批评:口头文学与脑文本》,《外国文学研究》2013年第6期,第8—15页。

聂珍钊:《文学伦理学批评:伦理选择与斯芬克斯因子》,《外国文学研究》2011年第6期,第1—13页。

聂珍钊:《文学伦理学批评:文学批评方法新探索》,《外国文学研究》2004年第5期,第16—24页。

聂珍钊:《文学伦理学批评与道德批评》,《外国文学研究》2006年第2期,第8—17页。

聂珍钊:《"文艺起源于劳动"是对马克思恩格斯观点的误读》,《文学评论》2015年第2期,第22—30页。

潘晓:《人生的路呵,怎么越走越窄……》,《中国青年》1980年第5期,第3—6页。

钱佼汝:《"文学性"和"陌生化"——俄国形式主义早期的两大理论支柱》,《外国文学评论》1989年第1期,第26—32页。

尚必武:《非自然叙事的伦理阐释——〈果壳〉的胎儿叙述者及其脑文本演绎》,《外国文学研究》2018年第3期,第30—42页。

尚必武:《后经典叙事学的第二阶段:命题与动向》,《当代外国文学》2012年第3期,第33—42页。

尚必武:《"让人不安的艺术":麦克尤恩〈蝴蝶〉的文学伦理学解读》,《外语教学》2012年第3期,第82—85页。

尚必武:《叙事转向:内涵与意义》,《英美文学研究论丛》2016年第2期,第352—371页。

盛宁:《对"理论热"消退后美国文学研究的思考》,《文艺研究》2002年第6期,第5—14页。

宋友文:《"反启蒙"之滥觞——历史主义兴起的哲学反思》,《南京社会科学》2012年第1期,第55—61页。

宋玉书:《商业广告的生态伦理批评》,《中国地质大学学报》(社会科学版)2011年第3期,第98—103页。

苏晖、熊卉:《从脑文本到终稿:易卜生及〈社会支柱〉中的伦理选择》,《外国文学研究》2018年第5期,第48—58页。

陶东风:《俄国形式主义的文学史观》,《外国文学评论》1992年第3期,第97—104页。

童明:《暗恐/非家幻觉》,《外国文学》2011年第4期,第106—116页。

王金娥:《跨学科视域下的文学伦理学批评——聂珍钊教授访谈录》,《山东外语教学》2018年第1期,第3—12页。

王静:《"美学是伦理学的花冠"——论赫勒对康德道德美学思想的重建》,《苏州大学学报》(哲学社会科学版)2014年第3期,第31—36页。

王坤宇:《生态视域下的〈少年派的奇幻漂流〉》,《山东社会科学》2014年第9期,第136—140页。

王宁:《"后理论时代"西方文论的有效性和出路》,《中国文学批评》2015年第4期,第58—67、127页。

王宁:《生态批评与文学的生态环境伦理学建构》,《上海交通大学学报》(哲学社会科学版)2009年第3期,第5—12页。

王宁:《生态文明与生态批评:现状与未来前景》,《东方丛刊》2010年第2期,第1—16页。

王诺:《生态批评的美学原则》,《南京师范大学文学院学报》2010年第2期,第18—25页。

王诺:《生态批评:发展与渊源》,《文艺研究》2002年第3期,第48—55页。

王诺:《生态批评:界定与任务》,《文学评论》2009年第1期,第63—68页。

王松林:《作为方法论的文学伦理学批评》,《文艺报》2006年7月18日,第3版。

王晓华:《中国生态批评的合法性问题》,《文艺争鸣》2012年第7期,第34—38页。

王岳川:《东方文化身份与中国立场》,《东南学术》2005年第1期,第109—116页。

王岳川:《拉康的无意识与语言理论》,《人文杂志》1998年第4期,第122—129页。

王岳川:《生态文学与生态批评的当代价值》,《北京大学学报》(哲学社会科学版)2009年第2期,第130—142页。

温越:《生态批评:生态伦理的想象性建构》,《文艺争鸣》2007年第9期,第141—144页。

吴秉杰:《善是艺术美的内核》,《文艺理论研究》1990年第4期,第98页。

吴承明:《论历史主义》,《中国经济史研究》1993年第2期,第1—9页。

武兴元:《西方伦理学中理性主义的含义及其基本观念》,《延安大学学报》(社会科学版)2007年第3期,第5—9页。

习近平:《在文艺工作座谈会上的讲话》,http://www.xinhuanet.com/politics/2015-10/14/c_1116825558.htm

肖凤良、伍世文:《边沁与穆勒的功利主义思想之比较》,《广东农工商管理干部学院学报》2000年第4期,第65—71页。

徐彬:《黑奴、黑金与泛非节——卡里尔·菲利普斯〈大西洋之声〉中黑奴贸易幽灵的后殖民精神分析》,《国外文学》2019年第2期,第136—144页。

徐彬:《卡里尔·菲利普斯〈外国人〉中的种族伦理内涵》,《国外文学》2016年第4期,第127—136页。

徐彬:《拉什迪的斯芬克斯之谜——〈午夜之子〉中的政治伦理悖论》,《外语与外语教学》2015年第4期,第86—91页。

徐彬:《奈保尔〈河湾〉中"逃避主题"的政治伦理内涵》,《国外文学》2015年第3期,第69—76页。

徐彬:《V. S. 奈保尔21世纪小说中的婚姻政治与伦理悖论》,《国外文学》2015年第 4 期,第 136—143 页。

徐岱:《审美正义与伦理美学》,《文学评论》2014 年第 2 期,第 116—123 页。

徐岱:《席勒与审美教育论》,《美育学刊》2015 年第 4 期,第 14—21 页。

杨道圣:《论"美是道德的象征"——康德哲学中审美与道德关系的初步研究》,《华东师范大学学报》(哲学社会科学版)2000 年第 1 期,第 11—17 页。

杨革新:《文学研究的伦理转向与美国伦理批评的复兴》,《外国文学研究》2013 年第 6 期,第 16—25 页。

杨建刚:《学术批评抑或政治斗争——马克思主义与形式主义之间的论争及其反思》,《西北大学学报》(哲学社会科学版)2012 年第 2 期,第 38—47 页。

杨丽娟、刘建军:《关于文学生态批评的几个重要问题》,《当代外国文学》2009 年第 4 期,第 50—59 页。

杨向荣:《陌生化》,《外国文学》2005 年第 1 期,第 61—66 页。

易兰:《古希腊人的自由观念》,《史学集刊》2004 年第 2 期,第 98—104 页。

曾繁仁:《生态美学:后现代语境下崭新的生态存在论美学观》,《陕西师范大学学报》(哲学社会科学版)2002 年第 3 期,第 5—16 页。

曾繁仁:《生态美学——一种具有中国特色的当代美学观念》,《中国文化研究》2005 年第 4 期,第 1—5 页。

张锦:《作者弗洛伊德——福柯论弗洛伊德》,《国外文学》2017 年第 4 期,第 1—11 页。

张连桥:《范式与话语:文学伦理学批评在中国的兴起与影响》,转引自王宁主编:《文学理论前沿》(第十七辑),北京:清华大学出版社,2017 年,第 148—169 页。

赵光旭:《生态批评的三次"浪潮"及"生态诗学"的现象学建构问题》,《外国文学》2012 年第 3 期,第 141—148、160 页。

赵彦芳:《美学的扩张:伦理生活的审美化》,《文学评论》2003 年第 5 期,第 20—29 页。

中国社科院文学所"学科学术前沿报告"课题组:《人文社会科学前沿扫描(文学理论篇)》,《中国社会科学院院报》2003 年 5 月 15 日第 2 版。http://www.docin.com/p-325017317.html

周启超:《直面原生态 检视大流脉——二十年代俄罗斯文论格局刍议》,《文学评论》2001 年第 2 期,第 68—78 页。

周宪:《文学理论的创新问题》,《中国社会科学》2015年第4期,第137—146页。
周宪:《现代西方文学学研究的几种倾向》,《文艺研究》1984年第5期,第43—55页。
周小仪:《文学性》,《外国文学》2003年第5期,第51—63页。
朱鹏飞:《美学伦理化与"人生论美学"两个路向》,《社会科学辑刊》2011年第1期,第214—216页。

后　记

　　《文学伦理学批评理论研究》是在聂珍钊教授首创的文学伦理学批评理论的基础上，对文学伦理学批评的基本立场、基本概念、基本方法的进一步阐述。本子课题系统地梳理了文学伦理学批评理论的发生和发展过程，对一些容易混淆的理论术语做了辨析，并在此基础上拓宽了文学伦理学批评理论的研究疆界。课题力图在理论体系上构建一个融伦理学、美学、心理学、语言学、历史学、文化学、人类学、生态学、政治学和叙事学为一体的研究范式。在研究方法上，课题从跨学科的视域出发将人文学科、社会科学和某些自然科学的交叉问题纳入视野，从方法论上阐明了文学伦理学批评对马克思主义批评、历史主义批评、心理分析批评、生态主义批评、后殖民主义批评、叙事学研究等文学批评理论和方法的吸纳和跨越。

　　本子课题从历史主义的批评立场出发，主张客观的相对主义伦理道德观，提出"人是一种伦理的存在"的重要命题；

超越美学与伦理学的长期之争,鲜明地提出"至善亦是至美"这一美学伦理批评思想;从道德正义的角度出发指出后殖民书写中的政治伦理的问题;提出了构建生态伦理批评的重要性和理论依据;借鉴精神分析方法对心理和伦理之间的关系进行分析;结合叙事学的研究理论剖析叙事伦理和伦理叙事之间的关系;汲取认知科学、生命科学和计算机科学的最新研究成果,阐述人类文明由自然选择走向伦理选择再走向科学选择的必由之路。课题从跨学科的视域就文学伦理学批评可能涉及的领域展开了多维度的讨论,学术视野具有开放性和包容性。

本子课题是统领整个课题的理论核心,项目首席专家聂珍钊教授设计了子课题的研究框架。子课题其他各部分由项目组成员协力完成。本套丛书的"总序(一)"由聂珍钊教授和王松林教授共同撰写,"总序(二)"由苏晖教授撰写。本书是课题的理论编,共由十一章构成。第一章"导论:文学伦理学批评的理论基础"由浙江大学聂珍钊教授撰写;第二章"从伦理批评到文学伦理学批评"由浙江大学杨革新教授撰写;第三章"历史主义视域下的文学伦理学批评"和第四章"美学伦理批评"由宁波大学王松林教授撰写;第五章"精神分析伦理批评"和第九章"形式主义伦理批评"由杭州师范大学陈礼珍教授撰写;第六章"后殖民伦理批评"由东北师范大学徐彬教授撰写;第七章"生态伦理批评"由广州大学张连桥副教授撰写;第八章"叙事学与文学伦理学批评"由上海交通大学尚必武教授撰写;第十章"存在主义伦理批评"由华中科技大学陈后亮教授撰写;第十一章"马克思主义伦理批评"由重庆师范大学费小平教授撰写。项目组成员克服种种困难,定期召开研讨会,对文学伦理学批评的理论与批评实践的关系以及理论本身可能遇到的一些问题展开了深度探究,最终圆满地完成了项目的设计任务。本子课题最后由聂珍钊教授和王松林教授统稿。

本子课题是在项目首席专家的设计下完成的,同时也吸收了不少同行专家的建议。撰写过程中,华中师范大学苏晖教授对全书的结构、写作格式和学术规范提出了宝贵意见。广州大学张连桥副教授、南昌航空大学王晓兰教授、华中师范大学熊卉博士为本书的校对付出了大量的劳动。对此,我们表示诚挚的谢意。

编者

2019 年 10 月 20 日